王为政 著

听画

文史
中国文史出版社

图书在版编目（ＣＩＰ）数据

听画 / 王为政著. -- 北京 : 中国文史出版社,
2018.7
ISBN 978-7-5205-0376-1

Ⅰ. ①听… Ⅱ. ①王… Ⅲ. ①中篇小说－小说集－中
国－当代②短篇小说－小说集－中国－当代 Ⅳ.
①I247.7

中国版本图书馆 CIP 数据核字 (2018) 第 145821 号

责任编辑：全秋生
封面设计：徐　晴

出版发行：中国文史出版社
地　　址：北京市西城区太平桥大街 23 号　　邮编：100811
电　　话：010－66173572　　66168268　　66192736 （发行部）
传　　真：010－66192703
印　　装：北京温林源印刷有限公司
经　　销：全国新华书店
开　　本：787×1092　　1/16
印　　张：16　字数：248 千字
版　　次：2018 年 8 月北京第 1 版
印　　次：2018 年 8 月第 1 次印刷
定　　价：49.80 元

"神似"的奥妙

荒 煤

　　本书的作者王为政同志是一位颇有自己独特风格的著名画家。经常到国外举办画展和讲学，回国之后，还经常写点散文。我读得不多，总觉得他的散文充满诗情画意，心中不免想到，到底是一位画家，即使使用文字，也能给你描绘一幅具有异国风情的、丰富多彩的画面来。

　　前不久，他要我为他的一本书作序。我笑道：我现在精力越来越不行了，写序很吃力，虽写的字数不多，但要看几十万字，又不愿意仅仅说几句应酬话，总想说点心里话、真心话，当然还想宣传一下自己的"老观点"，所以觉得写序很难，今后不再给人写序了。不过，为政的这本书，我还是答应了，作为我写的最后一篇序言吧！

　　出乎我意外的是，为政送来的并不是抒情散文，竟是他的一本小说集！

　　为政给我的印象，是一位温文尔雅的君子，言谈之间很少锋芒外露，加上我孤陋寡闻，印象中的中国画家，兼作诗人与书法家的较多，却很少写小说的。读罢为政的小说，我倒有些后悔，不该随便答应为它写序了。首先是我对为政了解得还嫌太少，其次，我觉得此序不好写。小说虽然只有几篇，题材不一，没有什么大主题，也没有揭露什么重要的矛盾，然而透过这些人物的肖像甚至是速写所表现的世态与心态，却不是几句泛泛之辞可以形容和概括的。对我这个年逾古稀、应该心境淡泊的老人，也难免感到心灵上的刺痛。这是我事先没有料到的。

　　中国有句老话："知人知面不知心"。语简而内涵很深，人们可以从各自不同的角度去加以解释。我也我的解释：与人相识，最难的是知心；作为朋友，最难求的是知己。文学作品最可贵的是"交心"——把心交给读者。

文学是以文字为人画像。画像贵在神似，写出人的灵魂，写出各种人物在各自不同的丰富而复杂的生活经历中那些被拨弄的心弦激发出来的喜怒哀乐，形形色色、斑驳离奇的心态，使人们如见其面，洞察其心。典型的意义，作品艺术的成就和思想深度，作者的功力，关键就在于此。

我很高兴，为政作为一位画家，画人力求神似；而当他以文字写人时，也能用质朴简明的语言，把人物的心态表现得如此细腻，真实可信，因而人物形象颇有光彩，栩栩如生，值得玩味，发人深思。例如《傲骨》中的老画家盘老，在大半生坎坷中一身傲骨，宁折不弯，赢得人们的尊敬；而在耄耋之年却被世风扭曲了心灵，变傲骨为"媚骨"。这一悲剧似乎是作者对中国知识分子人格的反思，远远不只是对盘老的"惋惜"或对那位"我的父亲"的谴责。尽管作者在跋中声明："本篇人物纯属子虚，情节纯系乌有，画界同仁切勿对号入座，读者诸君无须按图索骥。然小说虽为杜撰，余也自信情理之不谬。"我们仍然感到作品的真实性和感染力。这其实也是许多作家共同的心态：你说实，我则说虚。你若以一"虚"字全盘否定，我却认为合乎情理则为实——不仅是实，而且是真。

由此可见，小说"虚"终究来源于实。关键在于作者要有一身傲骨，无畏地面对现实，勇于洞察各种世态和心态；要有一双慧眼，善于在纷纭繁杂的社会现象中透视人间的真实；要有一副妙手，无情地解剖各种人物的灵魂。这才能以作家真正的才华，把一颗赤诚的心奉献给读者，打动读者的心！

凡属优秀的警世之作，莫不如此。以心会友，才可能产生不朽之作。

我无意也不忙于要在这里肯定《傲骨》便是不朽之作。但《傲骨》所创造的"傲骨"，虚更胜于实，也更逼于真，给了我很大启发。我为此而感到高兴，为政的文学创作虽然是在他的"画余"时间"兴之所至，偶尔为之"，但已显示了难得的才华。有此一支运用自如的传神之笔，无论画人还是写人，必有不朽之作！

因而，我觉得幸运，在我平生所写的最后一篇序言中还能倚老卖老，借题发挥，发此一通感慨，呼唤不朽之作。其这，为政已是一位名画家，他当然早已深谙"神似"的奥妙了，何用我多说？

1990 年 10 月 7 日

听画者说

霍 达

    1990 年，画家王为政应邀在新加坡南洋艺术学院讲学，偶然听到当地美术界朋友的一句闲谈："新加坡人不是用眼睛看画，而是用耳朵听画！"瞬间，他的灵感被触动，小说《听画》的最初萌芽由此诞生。回国以后，十几万字一气呵成。在小说中，上面那句惊人之语出自大收藏家天庐居士之口，他认为全世界大多数人其实"看"不懂艺术的价值，只是在"听"艺术品的价钱，他本人则已是一位双目失明的耄耋老人，什么也看不见了。作品写了画家"我"与天庐居士的一夕长谈，纵论名碑、名画、名人墨宝的沧桑沉浮，两代收藏家的血泪情仇，对于包括你我在内的读者来说，无形中也被置于"听画"的地位，不知诸位"听"得如何？据作者说，他在写作过程中，完全没有考虑这部充满美术专业术语的文字是否为读者所接受，所喜爱，他也不愿意适应任何人的口味，只想把自己要说的话说出来，正如蚕吐出来的只能是丝，而非他物。应该说，这是他最"自我"、最"任性"的一次写作。

    作品完成后，交付《中国作家》杂志，受到了编者和文学界朋友们的"激赏"。其实这也不意外，天卜之大，有龙驹便有伯乐，有伯牙便有子期。有论者说，"初读之时，以为作者受了茨威格《看不见的珍藏》的启迪，读完之后，却不禁要为作者的独立创造和学养功底叫一声'好'。"有论者说，"这种作品的艺术感染力，主要不是来自生活，而是来自生活的精华——艺术自身的力量，所谓诗胆、文胆、情胆者。""它本身就是一件文物气很重的艺术品。""语言上，精雕细琢，白描功力也很强，颇得古典小说的堂奥；内容上，可视为相对封闭自足的领域——民族文化瑰宝的领域，直接以文化为表现对象，有深湛的人文传统，自成体系；在精神上，借传奇情节，揄扬如雪的民族情操、圣徒般艺术至上的追求。"

这些都是知音之论。"自成体系"是很高的评价。为政的小说，不随波逐流，不落人窠臼，以文化人的视角关注人生、解读世界，以丰厚的学养和独特的审美意趣创造了独树一帜的文字风格。而他又决不重复自己，试看《听画》的文质彬彬，《傲骨》的冷峻凌厉，《书道》的书锋剑气，《魔道》的奇闻诡说，无不别开生面，给人以各异其趣的艺术感受。

为政作为专业画家，早已成就卓著，画名远播，而他也像痴迷绘画一样深深地爱恋着文学，几十年不离不弃，于挥洒笔墨的同时锤炼文字，正如台湾出版家林郁先生所说，"他是缪斯最钟爱的儿女，得天独厚地以右手作画，用左手从事文学创作。"或许，正是为画名所掩，也由于文化小说的"小众"特质，使作品流传的广度受到限制，他的文学才华远未被人们充分认识。而他则淡定自若："知我者，二三子。"

浮躁的年代也需要纯净的文学吧？作家沉下心来写，读者沉下心来读，方不负，这岁月。

目 录

CONTENTS

听　画

天庐居士

1990 年 5 月，新加坡。

"新加坡人不是用眼睛看画，而是用耳朵听画。"

我刚到新加坡不久，便听到这样的惊人之语。在国内只听说有腋下认字、耳朵认字，而未闻有以耳朵"听画"者。莫非新加坡人个个有"特异功能"？

据说，出此惊人之语者，是一位号"天庐居士"的老先生。他是本地著名的收藏家，家藏中国书画珍品无数。但性情孤傲，有来访者，若话不投机，往往被讥为"孤陋寡闻""俗不可耐"，受其冷遇。"天庐居士"嘛，地上住不下他，便以天为庐，凡人自然不在他的眼里。因而，许多人对他的"天庐"望而却步，那里到底藏了些什么，也不甚了然。这倒愈加引起了我前往造访的兴趣。我想，孤傲的人必有值得一傲的资本。

我拨通了天庐居士府上的电话号码——这是很容易查到的。接电话的就是他本人。一个虚弱的老人的声音，普通话讲得很好，几乎不带南洋口音。我自报家门，说明来意，他听了并未显示出什么孤傲，表示欢迎，还说了"久仰""如蒙光临，不胜荣幸"之类的客气话，也不知是否出于真诚。但他详细地告诉了我他府上的地址，约了见面时间，又不像是违心的。也许由于我是个外国人，而且是中国人，并且是画家，况且还是画中国画的画家之故。

黄昏时分，我吃过了晚饭，如约前往。南洋的夏天很长，晚上七点多钟，天还是大亮的。其实南洋永远是夏天，只不过夏天更"夏天"罢了。我雇了一辆计程车，径往天庐居士府上——"查无是路"某号。这

1

个路名很像是我虚构的。其实不然，是按英文路名 Jervois Road 音译的，"查无是路"有路可查。

天庐居士的府上是一座独立式住宅。矮矮的透花栅栏院墙爬满了青藤，人站在外边，目光越过院墙，院中景色一览无余：一幢二层小楼，白墙红瓦，券门，像放大了的童话中的小房子；房前，白色的、紫色的"九重葛"和七彩斑斓的新加坡国花卓锦万代兰开得灿烂一片；花丛中，竖起几株高大的棕榈树和那种叶片排成美丽的扇形的、犹如孔雀开屏的"旅人蕉"；树下是茵茵草坪，一条碎石铺成的小路从房门通至院门。

院门是锁着的。新加坡没有"夜不闭户"这一说，就是在大白天，也是家家门户森严，铁栅门上挂着沉甸甸的大锁，客人来了，主人便从腰间掏出钥匙，稀里哗啦地开锁迎客，客人的自我感觉像是"探监"。其实新加坡的治安良好，鲜有入户抢劫之徒，不知为什么人们却总是如此倍加防范。不过像天庐居士这样的大收藏家，铁将军把门倒也在情理之中。

我来到门前，伸手刚要按门铃，忽地一串犬吠声不知从哪个角落窜了过来。低头一看，却是一只玩具般的鬈毛小哈巴狗，大耳短鼻，吐着小红舌头，朝我狂吼不止，却毫无威慑力量，只显得滑稽可爱。随着它的吼声，便有一个中年女人跑出来开门，狗的叫声代替了门铃。

这女人肤色很重，厚嘴唇，看样子是个在南洋常见的泰国女佣。我说的话她听不懂，她说的话我也听不懂。不过她似乎不是向我询问什么，只不过用我听不懂的话打个招呼而已，没等我把话说完就打开了门。显然这里平时门可罗雀，今天因为天庐居士事先有所交代，此时客至，女佣便知必是我来了。我进了门，那狗还在"汪汪"地发威。泰国女佣斥了它一声，狂吠戛然而止，哈巴狗吐着小红舌头，舔我的皮鞋，摇尾乞怜，亲热得了不得。狗就是这样人云亦云，毫无主见。

泰国女佣和狗带着我来到房门前。上了三层台阶，泰国女佣就把鞋子脱掉，看来我也该脱鞋了。按照新加坡人的习惯，进门必先脱鞋，然后赤脚大仙般地登堂入室。偏偏我极不愿这样"入乡随俗"，正在犹豫，里面传出了天庐居士的声音："王先生不必脱鞋，请进！"这破例的通融使我对天庐居士未曾见面便印象颇佳。

走进客厅，迎面便看到墙上的一块雕漆横匾和一副对联。匾文是："以天为庐。"正是我所猜想的他号"天庐"之意，可见口气之大；联语曰："移柳待莺对竹思鹤，按图索骥误笔成蝇。"集句集得巧妙，充分显示了他作为文人雅士兼收藏家的自得其乐之趣。这时却不见天庐居士其人，左面一道屏风把客厅隔成两部分，屏风后面传来电视的声响。我听得出，现在播放的是每天一集的电视连续剧《我爱芳邻》，本地著名歌星黄文永正在唱主题歌：

> 你的名字我不知道，
> 我的年龄也从未向你透露，
> 你我同在一个屋檐下，
> 彼此陌生却又朝夕相处；
> 昨日东家长来西家短，
> 今天却各自修行各走各路……

我有些不悦。你既然约我前来，不该这么慢客。我已经到了，你不出来，还在看电视！

就在这时，我已经从屏风旁边看见了天庐居士。他深深地陷进沙发里，显得那么瘦小。听到我的脚步声，他这才撑着沙发扶手，挂着手杖站起身来。

这是一位相当瘦弱的老人，简直可以说是皮包骨。穿着一身米黄色绉纱裤褂，像一阵风就能吹倒的衣裳架子。脚穿青布鞋，他原来也是不脱鞋的。头顶几乎不见头发，颏下倒有一部浓密的银须。因为瘦，颧骨和眉弓显得特别高，一双眼睛却黯淡无神。他撑着手杖，摸摸索索地向我走来："是王先生？请坐，请坐！"霎时，我在心里原谅了他的"慢客"，原来他是一位双目失明的老人！

我在他旁边的沙发上落座，说："对不起，打扰了您看电视……"话一出口就后悔了，他……他是个盲人！

天庐居士苦笑了笑，细声细语地说："我有眼无珠，哪里是在看？是在听！其实这种俗不可耐的戏也不值一听，我是在等八点新闻！"说着，用手边的遥控器把电视的音量减得很低，却没舍得关上。他吩咐泰国女佣为我泡茶。他说的话我听不懂，只是凭他的语气和泰国女佣的反应猜出他说的是泡茶。他为此向我道歉："对不起，我是不得已才当着客人的面讲方言！因为中国话里她只懂闽南话。"

"您不必这么客气，"我说，"天庐居士是福建人？"

"不，闽南话是来新加坡之后学的。"他笑笑，"其实，敝乡南京。听说先生的府上也在江苏，那么，我们还是大同乡了！"

"是啊，有幸和居士是大同乡，他乡遇'故人'了！"我不无感动地说，因为我事先不曾提到自己的籍贯，天庐居士竟了如指掌，表现了作为中国画收藏家的素质，显然"久仰"之类也就不是虚伪的应酬。但我不好就此表示什么，只说："您的普通话讲得很好啊！"

他又笑笑："南腔北调罢了！大半辈子四海为家……"说到这里，我以为他要谈自己的传奇经历了。他却停了停，把话题转到别处去，"中国人，还是要有一种大家都能听得懂的语言。新加坡的华人，福建的、广东的……各讲方言，彼此隔膜。现在政府提倡华人讲华语——就是大陆所说的普通话，这是很有远见的。我中华文化，源远流长，历五千年而不衰，独特的语言文字是极其重要的传播工具。据专家预测，21世纪将是华语、汉字发挥威力的时代，到那时候，中国人的国际地位又将大大提高了！"

确切地说，天庐居士只是"华人"而不是"中国人"（尽管在英语中这二者是一回事），他作为一个"外国人"，仍对中国怀有如此深情，实在令人感动。

我喝着他那浓酽的"铁观音"，不由地说："您致力于中国书画珍品的搜集、收藏，对于中华文化的流传，也功德无量啊！"

天庐居士却淡然一笑："先生过奖了。我是因爱画而藏画，碰巧有益于世，不谋而合罢了，何谈功德？不过，若为功德而藏画，则更无功德可言了！"

像是自谦，却又含着高度自信。淡泊以明志，宁静以致远。天庐居士的艺术观、功德观，于淡中蕴浓、平中寓奇。

刚刚谈到有关收藏家的正题，天庐居士却突然打住，眼睛"望"着电视。《我爱芳邻》终于播完了，屏幕上的"莱蒙威"表正指在八点。

"对不起，"天庐居士歉意地然而又是不可通融地对我说，"我不能看报，每天的新闻却不可不听……"

"我也是这样。"我赶忙说。其实这话说错了大半，我不但每天必看（而不只是"听"）电视新闻，而且必看报纸，并不像他那样双目失明。不过他倒没在意。

现在，播音员胡敬中和曾月丽开始报告新闻，新加坡人熟悉他们就如同中国人熟悉赵忠祥和邢质斌，连模样都有些像。首先报告新闻提要：美国总统布什说了什么什么；南非黑人领袖曼德拉表示如何如何；东西德统一前景怎样怎样……

天庐居士听完提要就把电视关上了。"没有关于艺术的新闻，不必听了。我们谈我们的。"

这位老先生心中只有艺术，"听"电视也只听艺术。我突然想起他的那句惊人之语，脱口说："据闻，您说过：新加坡人不是用眼睛看画，而是用耳朵听画……"话说到这里又后悔了，他……他是个盲人哪！

他却坦然地笑笑："岂止在新加坡？全世界都是如此！"

"唔？"我不解，他的惊人之语又升级了！

他没有直接回答我，却把话题扯得很远："先生是画家，一定很熟悉国际艺术品市场的行情。现在，全世界没有任何一位画家能比荷兰的梵·高更走红。最近——5月15号，他的《加赛医生肖像》在纽约被日本大昭和制纸公司会长斋藤了英以8250万美元的惊人高价买去，继他的《向日葵》《鸢尾花》之后，再次创'世界纪录'。可是，先生知道，他生前穷困潦倒，平生只卖出一幅画《红葡萄园》，售价400法郎，而《鸢尾花》则无人问津。从1937年到1947年，这幅画曾先后被纽约的三家画廊收藏，价格也并不高。1947年，查尔斯·佩森女士以8万美元把它买下，创了当时的'纪录'。40年后，1987年，佩森家族把这幅画拿到索思比拍卖，澳大利亚富豪艾伦·邦德出价5390万美元而成交，价格已是40年前的700倍！死后百年的梵·高为天下瞩目、世人景仰，他的作品被视为人类至宝。请问：一百年前人们没长眼睛吗？今天又凭借什么发现了这些画的'价值'？是用眼睛吗？"天庐居士说话的声音不高，但语气极其严厉。高高的眉弓下，那双深陷的眼睛专注地盯着我，盯着全世界。而那双眼睛却是什么也看不见的。真的什么也看不见吗？

1987年3月30日，一个令艺术之神感到骄傲或者沮丧的日子。

英国伦敦城金色的黄昏，位于市中心的克里斯蒂拍卖行门前车水马龙，一场震惊世界的艺术品拍卖即将举行。

拍卖厅里已经座无虚席，坐满了绅士淑女、社会名流，也不乏斗鸡走狗之徒，座位都是早已预订的。而最为引人注目并且具有决定性作用的，是一些巨贾富豪。当然也有几位艺术家掺杂其中，但他们没有往日在自己的画室里或展览会上那么自信、自若，而是有些惶惶然。因为，待一会儿，艺术家们视为生命和儿女的作品将像鱼和肉那样摆上来示众，待价而沽。这里不是艺术圣殿，而只是市场。他们以无法掩饰的羞怯和恐惧神色窥测着周围，等待着即将遭受的精神折磨。哪位艺术家敢于亲自观看自己的作品拍卖？今天光临的都是事先打听清楚拍卖与自己无关才惴惴驾到的。实际上不可能"无关",他们很关心自己的前辈或同行的"行情"。这种关心,既有对被"卖"的耻辱,又有某种企盼。

大厅里,十几位拍卖行的职员坐在一侧,每人守着一部电话机。而在人们所不知道的某个地方,电话线连接着由于某种原因不能前来或不愿露面的买主。他们腰缠万贯,遥控着这间大厅。一种神秘的气氛笼罩在人们心头。

主持人登场了,拍卖开始。每一幅画出现在拍卖台上,他便首先报出底价。于是有人举手加价,进行一场财力的较量,富有而又挥金如土者胜。那些手持电话听筒的职员,此时紧张地传递信息,听取指令,代主报价,卖力地作"传声筒"。

突然,像有一团金光照亮了大厅,人们立即鸦雀无声。拍卖台上开放了一束金色的向日葵,那是梵·高的《向日葵》!

荷兰画家文森特·梵·高,一生画过七幅《向日葵》。作于 1888 年的有四幅:一幅由日本商人收藏,后来毁于战火;另外三幅收藏在欧洲古董商手里。作于 1889 年的有三幅:一幅收藏在阿姆斯特丹博物馆;一幅收藏在费城博物馆;最后一幅,现在正摆在拍卖台上,而它的来历却鲜为人知,据说是从梵·高家族后人转入商人之手,最终又出现在这里。

15 朵黄色的花朵,黄色的花瓶,黄色的桌子,一切都是灿烂的黄色。《向日葵》默默地开放,它在等待"买主"吗?

主持人报价:"500 万英镑!"

台下立即层层加码:

"550 万!"

"600 万!"

……

"1000 万!"

"1500 万!"

只有短短几分钟的时间,《向日葵》已经使人们发了疯!无论是主持人、监场的或者充当"传声筒"的职员、狂热的竞争者,还是普通看客,都屏住了呼吸,大厅里剑拔弩张,气氛紧张到千钧一发!

"2000 万!"

"2200 万!"

场子静下来了,静得可以听到人们的呼吸和心跳。可怕的沉默。在金钱面前,人们分出了高下,捉襟见肘者终于没有力量和勇气再攀登了,还有谁？有谁能登上这金字塔的顶端？

有的，也许会有的。如果没有，现在便已经是顶端，《向日葵》有主了！但是，且慢……

这时，一位紧握着电话听筒的"传声筒"猛地跳起来，用沙哑的嗓子喊出最强音："2250万！"

死一般的寂静。人们被吓傻了！

主持人缓缓地举起木槌，目光像搜寻猎物似的巡视着大厅："2250万……"

没有人再满足他那更贪婪的期待，谁也不敢搔首挖耳擦鼻子，以免被误认为举手。

主持人于是高声说："2250万，以最后一次报价敲定！"

"当"的一声，木槌落了下来，截止到此刻，世界上最高的画价诞生了。光荣属于文森特·梵·高吗？不幸的文森特活着的时候曾经壮起胆子说过："我敢向你担保，我所画的《向日葵》对于那些英格兰或者美国的收藏家来说，每幅也将值五百法郎……"而今天《向日葵》换来的钞票是2250万英镑，相当于2280万法郎！

大厅里，有一位双目失明的老人，默默地从头到尾听着这一切。这是他今生最后一次出席拍卖现场，以后就再也没去过。但是他毕竟没有离开这个世界，在他无法与世隔绝的"天庐"之中，还在关切而又焦虑地听着外界的声息……

"我不买西洋画，但并不无视它们，了解世界是为了更好地认识自己！"天庐居士现在说起来仍然很激动，"随着西方艺术品的行情疯涨，中国画也开始走俏。在去年3月的太古佳士得春季拍卖会上，清末赵之谦的《花卉四轴》以352万港币成交，创了近代中国画拍卖的'世界纪录'；去年11月，索思比在香港将张大千的晚年泼墨山水《松壑飞泉图》以297万港币卖出，为当代中国画家作品售价之最；去年5月，吴冠中的《高昌遗址》在香港索思比以187万港币出手，在世的中国画家目前尚无人能出其右。对此，真正的行家，堪喜，还是堪忧？"

天庐居士再次推出一个问号，话却停了。那双视而不见的眼睛盯着我，显然在等着我回答。

我当然要回答。

"我算不算'真正的行家'，姑且不论。但我可以谈谈自己的感受：

喜忧参半。"

"所喜者何？"他好像在审问我。

"喜者，"我说，"尽管这些中国画的售价比起梵·高或者毕加索还微乎其微，但毕竟标志着中国画终于打进了国际市场。有朝一日，可以和西方争雄。"

"那么，所忧者何？"他步步紧逼。

"忧者，是这种竞争带有很大的盲目性，"我说到这里立即意识到在一位盲人面前说"盲目"是犯忌的，但实在找不出更合适的词儿，而且他也没有显出反感的意思，就继续说下去，"严格地说，这还不是竞争，而是追随。当今世界，西方文化成为'主流'，逐渐渗透到地球的每一个角落，似乎追随西方便是全人类的唯一出路。而美国学术界公认的'奇才'、纽约科内尔大学教授布卢姆却警告说：'自从文化变成大量消费社会的一种产品后，任何东西皆可冠上文化的名堂。''西方世界一旦无法出现伟大的思想家，精神文明将会是一片空白，西方文化也迟早要面对危机。'我们不妨再看看梵·高、高更、毕加索、莫迪里阿尼……这一批西方的也是全人类公认的艺术大师，他们似乎更早地就意识到这一点。他们对西方艺术传统的反叛，是因为明显地受到了东方艺术的影响。毕加索甚至还直接用宣纸、毛笔学习中国画，范本是齐白石的画，1956年并且曾当面向张大千请教。中国绘画不必追随西方，应该与之竞争！而竞争的目标和标准，绝不只是拍卖的价格！"

"先生所言极是！"天庐居士深深地点了点头，"可惜，知音有几人哪！我不敢非议画家，但就买家来说，有不少是真正的瞎子！"他令我震惊地使用了"瞎子"这个词儿，而且语气凛凛然，"他们衡量一幅藏品的全部标准，就是价格和作者的'名'。他们的眼睛根本看不见画，而只是凭耳朵在听'行情'。这种恶劣风气也影响了社会。一些既不懂画也从不买画的人，也突然对此热心起来。每逢有画展或是拍卖，总要纷纷打电话问我：某某画家'行情'如何？目前谁的画最'走俏'？谁最有'发展'？等等。对此，我一律不予回答。他们买画不是为了欣赏，而是要'存钱''押赌'，就像买彩票、马票，怀着可笑、可怜又可恨的市侩心理。本来，这在中国人也是古已有之，但近年来又受到西方的'鼓励'而变本加厉。1985年，西柏林国家博物馆用最先进的科学检测手段对伦勃朗的传世名作《戴金盔的男子》做出骇人的鉴定：这幅画并非出自伦勃朗之手。全世界为之目瞪口呆！那些天才的评论家们，过去把《戴金盔的男子》吹捧得金光四射，无以复加；现在却反唇相讥，说此画中金盔和面部表现手法如何不一致，表情刻画如何呆板，一无是处，身价一落千丈。如果伦勃朗再世，目睹这一场闹剧，一定哭笑不得！”

我笑笑，叹了口气，说："这场闹剧，其实正是伦勃朗和那幅画的真正作者联手制造的！”

“唔？愿闻其详！”

"伦勃朗生前并不走运，当时主宰欧洲画坛的是意大利的古典画派和法国华而不实的宫廷艺术。到了18世纪，也只有歌德等少数几个人对他的作品偏爱。19世纪以来才声誉鹊起，人们甚至为他的头上不断地添描光环，把他神化了。其实，真实的伦勃朗既是一位杰出的天才，又是一个庸俗的市侩。他自私、狠毒，为了另求新欢，不惜以少量'借款'为理由把他的情人和助手格尔特·迪尔茨投入监狱11年，而格尔特曾在他的妻子死后给予他不少慰藉。为了使自己的艺术风格被世人承认，他痴迷地追求有钱的买主，卑躬屈膝。他特别热衷于艺术品的'贸易'，为了赚钱竟然自愿地在伪作上签名，毫无廉耻之心！不然，为什么他传世的作品中赝品特别多？在西方美术界流行一句笑话：伦勃朗一生画了600幅画，倒有3000幅在美国！”

天庐居士朗声大笑："这正是我不愿意讲的，因为先生是画家，怕您'袒护'这位同行！”然后，他收敛笑容，"今天幸会先生，受益匪浅！老朽不才，几十年来倒也收藏了几件珍爱的东西，正好就教于先生。先生欲上楼一观吗？”

这正是许多人求之不得的，也正是我今日造访的目的！

天下第一碑

"工先生，洗手间在这里，请！”天庐居士用右手指着前面，说。

我一愣。不是要请我看画吗？去什么洗手间！"哦，我们现在就……”

他也一愣："先生平日作画、看画，不是要事先沐手熏香吗？”

我这才明白了他的意思。我其实历来并没有这些讲究，但在此时，毕竟是国际交往，中国画家的体面要紧，于是说："噢，是的，是的。我只是怕给您添麻烦……”

"不麻烦，不麻烦，”天庐居士连声说，"纵是麻烦，此事也万万不可省略！"

我于是随他如厕。他等我先洗了手，然后自己洗，洗得极慢，极认真，仿佛外科大夫要上手术台。

走出洗手间，他引我上楼。天庐居士虽然双目失明，却方向感极强，径直走向楼梯，也不用人搀扶，泰国女佣只是远远地看着他，大概从来就是如此的，楼上禁止闲杂人等擅入。而且天庐居士天天走得烂熟的地方，如履平地。踏上楼梯，他靠了扶手，连手杖都不用了。

楼上是天庐居士藏珍集粹的密室。他伸手摸到开关，打开了灯。灯光极亮，又极柔和，显然是特地设计的，既可保证观画时毫发毕现，又不使藏品遭受强光损伤。不过这灯纯粹是为像我这样有幸一览秘宝者准备的，天庐居士本人无须照明，他的眼前是永久的黑夜。

我巡视着这间藏画楼。四壁是格式一律的硬木立柜，一个个抽屉横竖成行，像中药柜，像图书馆，所不同的是每个抽屉上都挂着沉甸甸的黄铜大锁。房间当中，摆一张宽大的条案，铺着白毡，颇似我和同行们的画案，却又免了文房四宝。我想天庐居士不作画，这是看画用的。案前，一张皮面安乐椅，显然是主人座席；旁边一排沙发，是为客人准备的了。此外再无别的陈设。天庐居士除了守着自己的藏品，对世间万物都"视而不见""目空一切"，也无须其他多余的饰物了。

我想现在该看画了。不料天庐居士却向窗前走去，哦，窗台上有一只青铜香炉。他从旁边拈起一束香，用打火机点燃了，双手举过头顶，口中念念有词，听不清是何语言。然后插在香炉里，默默地肃立良久。炉中那一缕青烟，缥缥缈缈环绕室中，仿佛置身于庙堂那般肃穆庄严。此室中无任何图腾偶像，天庐居士所敬奉者，佛耶？道耶？我想，那是无色无相、无污无垢、至真至善、纯美纯情的艺术之神。

这一套仪式完毕，天庐居士回到案前，手扶着沙发方向，说声"请坐"，自己先坐在安乐椅上，那是他的地方。我便在沙发上就座。

"从哪里看起呢？"天庐居士谦虚地"望"着我，问。

我环顾着四周的柜子，都上着锁，谁知都藏着些什么，又依什么次序排序？不禁茫然，便说："客随主便！"

"好的。"天庐居士立起身，走向一只柜子，伸手从腰间提起一串稀里哗啦的钥匙，像数念珠似的摸到其中一把，插入与之对应的锁孔，打开了这只抽屉，手伸进去，取出一个立轴，"那么，就从这一件看起吧！"

他把立轴放在案上，却不急于打开，慢慢地说："此件，是我最重要的收藏之一，四世传家之宝。说起来话长，我家曾祖曾任江宁织造，便是《红楼梦》作者曹雪芹的祖父曾经做过的营生。曹老先生命运太过悲惨，落得个抄没家产，大厦倾覆。我家那位先人眼见得仕途多险恶，事君如伴虎，便适可而止，急流勇退，辞官归隐，卜居于苏州阊门内，建宅名曰'悟园'。园中叠山造湖，插柳栽竹，小桥流水，曲径回廊，亭台楼阁。湖心有一'未晚楼'，悟之未晚之谓也。老人家闭门谢客，深居简出，在未晚楼中把玩秦砖汉瓦、文物字画自娱。以收藏而论，虽不敢说富可敌国，亦可谓独步三吴。享年一百零五岁，无疾而终。弥留之际，喃喃道：'儿孙不可一日为官，家中不可一日无画。'……"

"喔，老人家说得好！"我不禁赞叹。

天庐居士也长长地叹息了一声，说道："话扯远了。请先生过目吧，这是老人家最得意的藏品——《琅玡台刻石》。"

说着，他小心地解开丝带，双手把住卷轴的天杆，我接过地杆，心里却在想：老先生"眼中无物"，语气却如此肯定，不会拿错吧？立轴缓缓地展开。先是长长的天头，驼色绫上两条深棕色绶带；一段米色上隔水；再往下展开，就是画心了——正是一件碑刻拓片，铁划银钩，斑斑驳驳，显示着漫长的岁月……

"唔？"天庐居士抬眼"望"着我，像是在向我炫耀，又像是征询我的见解，他心里大概认为我未必识得此宝，还需他指点。他在等待我说"请指教"。

我虽不才，对这件东西倒还碰巧略知一二。

那是在公元前 219 年，秦始皇二十八年。雄才大略的始皇续六世之余烈，振长策而御宇内，实现了吞二周而亡诸侯，履至尊则制六合，执棰拊鞭笞天下，威震四海的统一事业的第三个年头。这位中国历史上的第一代皇帝，是个极不安分的人。他把天下分成三十六郡，统一了车轨、文字、度量衡之后，便急不可耐地开始巡视全国。由帝都咸阳出发，东行郡县，乘羊车上峄山；又登泰山举行封禅大典，半路上受到风雨雷电的袭击都不肯作罢，为他遮雨的松树有幸被封为五大夫；接着，并渤海以东，穷成山、登之罘；又登琅玡，遣徐福入海求仙；还过彭城，欲出泗水周鼎而弗得；乃西南渡淮水，之衡山、南郡，渡湘江而风雨受阻，一怒之下把湘山树木伐得精光，然后自南郡由武关怏怏而归。这是他一生中四次大规模出巡的第一次。虽然颇多扫兴，却也振作精神，耀武扬威了一番。始皇本人乘金根车，驾六马，羽盖华爪、黄屋左纛，又有五色安车、五色立车各一，驾四马，属车八十一乘；从行臣子浩浩荡荡，位居列侯的就有王离、王贲，伦侯有赵亥、成、冯毋择，以及丞相隗林、王绾，卿李斯、王戊，五大夫赵婴、杨樛等。所到之处，勒铭刻石，为后世制造了诸多文物。

此次巡游，仅琅玡一站就逗留了三个月，"大乐之"。琅玡在今山东诸城东南，山高显于众山之上，高五里，下周二十余里。公元前四七二年，越王勾践二十五年，徙都琅玡，立观台以望东海。二百多年之后，秦始皇帝又在越王勾践的"观台"旧址筑台，气魄更远胜于勾践之上。山上垒石为台，石形如砖，每块长八尺、宽四尺、厚一尺半。台分三级，每级高三丈。最上一级为宽广的平台，周长二百余步。此台东、南、西三面环海，北面为登台沙道。这就是著名的琅玡台。为了筑琅玡台，大秦帝国耗费了多少人力物力，史籍无载，但苦了黔首（百姓）是不言而喻的。始皇下令迁徙黔首三万户于琅玡台下，免除他们十二年的赋税徭役，以示皇"恩"。琅玡台竣工，举行了盛大典礼，始皇率领群臣昂然登台，以观沧海。他身长八尺六寸，蜂准，长目，鸷鸟膺，豺声。着玄色天子服，冕冠垂旒，佩太阿之剑，威风凛凛。在一片山呼万岁声中，一座高一丈五尺、下宽六尺、中宽五尺、上宽三尺、顶宽二尺三寸、南北厚二尺五寸的圭形石碑屹立台上。此碑色彩沉郁黝黑，质地粗砺而坚硬若铁。碑上刻辞，辞曰：

维廿八年，皇帝作始。端平法度，万物之纪。以明人事，合同父子。圣智仁义，显白道理。

东抚东土，以省卒士。事已大毕，乃临于海。皇帝之功，勤劳本事。上农除末，黔首是富。

普天之下，抟心揖志。器械一量，同书文字。日月所照，舟舆所载。皆终其命，莫不得意。

应动四时，是维皇帝。匡饬异俗，陵水经地。忧恤黔首，朝夕不懈。除疑定法，咸知所辟。

方伯分职，诸治经易。举错必当，莫不如画。皇帝之明，临察四方。尊卑贵贱，不逾次行。

奸邪不容，皆务贞良。细大尽力，莫敢怠荒。远迩辟隐，专务肃庄。端直敦忠，事业有常。

皇帝之德，存定四极。诛乱除害，兴利致富。节事以时，诸产繁殖。黔首安宁，不用兵革。

六亲相保，终无寇贼。獾欣奉教，尽知法式。六合之内，皇帝之土。西涉流沙，南尽北户。

东有东海，北过大夏。人迹所至，莫不臣者。功盖五帝，泽及牛马。莫不受德，各安其宇。

刻辞用无以复加的美好言辞尽情地讴歌了秦始皇帝及其政策。下面记述了立碑刻石的缘起以及从臣姓名，就是前面提到的那些人。他们"与议于海上"，说了许多使始皇很舒服的话：

古之帝者，地不过千里。诸侯各守其封域，或朝或否，相侵暴乱，残伐不止。犹刻金石，以自为纪。古之五帝三王，知教不同，法度不明，假威鬼神，以欺远方，实不称名，故不久长。其身未殁，诸侯倍叛，法令不行。今皇帝并一海内，以为郡县，天下和平。昭明宗庙，体道行德，尊号大成。群臣相与诵皇帝功德，刻于金石，以为表经。

全文共 496 字，系李斯手笔。书体为小篆，这是他在统一中国文字的大业中的杰出创造，从而留下了不仅作为政治家而且作为书法家的千古美名。

九年之后，不可一世的始皇在第四次巡游中不幸病死。而曾辅佐他干出轰轰烈烈一番大事业的丞相李斯却在这时屈从于阴谋家赵高，一起篡改了始皇遗诏，谋杀皇长子扶苏，拥立昏庸无能又残暴无比的十八皇子胡亥继承了皇位。公元前 209 年，刚刚登基的二世皇帝胡亥便仿照始皇先例，浩荡出巡，东北至碣石，西南达会稽，足迹遍及当年始皇所到之处。他对赵高说："朕年少，初即位，黔首未集附。先帝巡行郡县，以示强，威服海内。今晏然不巡行，即见弱，毋以臣畜天下。"可见其色厉内荏。大秦的事业，至此已是强弩之末。值得一提的是，他此行也没有忘记刻石，把老子留下的那些刻石又统统添上一段，但已经无大话可说，仅狗尾续貂而已：

皇帝曰："金石刻尽始皇帝所为也。今袭号而金石刻辞不称始皇帝，其于久远也如后嗣为之者，不称成功盛德。"丞相臣斯、臣去疾、御史大夫臣德昧死言："臣请具刻诏书刻石，因明白也，臣昧死请。"制曰："可"。

这是一出颇为滑稽的双簧，皇帝装装样子，臣子"昧死请"。于是始皇帝刻石上又添了这七十八个字。依然是李斯所书之小篆。此时的李斯已经是个助纣为虐的混账东西，不知他在"昧死请"以及书写之际是何种心境？

两千年历史的风云在我心头掠过，双手把着立轴的轴头，眼望着流传至今、残缺不全的《琅玡台刻石》拓片，我陷入了沉思，久久默默不语。

天庐居士的脸上泛起微微的笑意，露出了傲态，大概他平时接待来访者常常是这种傲态。这我完全可以理解，因为仅凭这一件藏品，就可以说他是富有的。

王先生，您慢慢看，这件东西确实值得一看的。在中国，在全世界，有几个秦始皇？只有一个。中国历史上"树碑立传"的传统，当始于秦，有吴讷《文章辨休·铭文》为证："秦刻铭于峰山之巅，此碑之所始也。"始皇一生所刻之石，据《史记》所载，共有七块，即：峰山、泰山、琅玡台、之罘、之罘东观、碣石、会稽。其中，峰山刻石原文，《史记》不载。唐《封氏闻见记》云，石为后魏太武推倒，邑人火焚。杜甫有句云："峰山之碑野火焚，枣木传刻肥失真。"可见唐时已有假冒品上市了。泰山刻石宋时尚存 220 字，至明代只存 29 字。原在岳顶玉女池上，明代移至碧霞宫玄君祠之东庑，已仅存 29 字。清乾隆五年，祠遭火厄，石失所在。嘉庆二十年，蒋因培复访得残石两块，仅存十字，还有三个是半字。宣统二年，末一字又损半，完整的字只有六个半了！现传世的二十九字拓本，均系翻刻，无价值可言。虽无锡华氏曾藏有北宋拓全文，但已卖往日本。之罘、东观、碣石、会稽刻石，早已佚失。

那么，琅玡台刻石呢？这座刻有秦始皇帝、二世皇帝诏书的古碑，在秦亡之后仍然屹立于琅玡之巅。它本来四面环刻，经历千余年风雨剥蚀，至北宋时，东面始皇诏已大部不可辨认，南面久泐，秦篆荡然无存。苏东坡任密州太守时，曾在南面题词："今诏书亡矣，其从臣姓名仅有存者，而二世诏书俱在。"这在李清照和她的丈夫赵明诚合著的《金石录》中可以找到佐证："秦琅玡台刻石，在今密州。其颂诗亡矣，独从臣姓名及二世诏书尚存，然亦残缺。熙宁中，苏翰林守密，令庐江文勋模揭刻石，即此碑也。"到了清代，东面始皇诏已无一字可辨，南面又被顺治年间的诸城知县程芳磨平，刻上"海天一色"四个隶字，不过是煞风景之举而已，对文物最大的破坏。乾隆年间一次大地震，碑被震倒。乾隆二十八年，知县宫懋譲将碑重新竖起，并熔铁束之，得以不颓。但此碑已遍体鳞伤。最大的破坏不是天灾，而是人祸，识宝而又有能力护宝的人，毕竟太少了！历尽劫磨，此碑四面秦篆仅存者，唯有西面残留始皇诏从臣五大夫杨樛姓名及二世诏书共十三行八十六字，字径二寸。自"皇帝曰"以下，与《史记》所载内容完全一致。而今传世拓本，翻刻赝品自不必论，即使是真品，也只有九行或十一行，而未能尽收仅存之硕果。先生请看，我这件拓片，是清同治年间拓本，十三行，八十六字。李斯小篆，书法圆劲严整，清人杨守敬评说："虽磨泐最甚，而古厚之气自在，信为无上神品。"决非过誉！既然碑自秦始，此碑流传最久，存字最多，拓印最全，可称之为天下第一碑也！顺便说一句，有的学者认为刻石不可称为"碑"，我不以为然。早在《吕氏春秋》中就曾记载夏禹"功绩铭于金石"。高诱注曰："金，钟鼎也；石，丰碑也。"只是实物已经失传。而杜甫则明确称峄山刻石为"峄山之碑"，那么我们称琅玡台刻石为"琅玡之碑"当无不可。我之所以珍之、宝之，不仅在于它的历史价值和艺术价值，更因为这块碑到了清光绪二十六年四月前后，某日午后，雷雨大作，此碑于雷雨中不知去向，据说倾坠大海之中！难道这是天意？是嬴秦焚书坑儒、横征暴敛激起天怒人怨？那么，又何必在时隔两千余年之后再来报复？承受这报复的已经不是嬴秦，而是中华民族的历史了！呜呼，历史无罪，文化无罪！赫然《琅玡台刻石》，与晋之嵇康《广陵散》同为千古绝响了！

天庐居士，您的这件收藏，的确价值连城。我今天得以目睹，三生有幸！

但是，我还要告诉您：《琅玡台刻石》原碑并未坠入大海——您不要太激动，我有确证！1949年冬，新中国成立前夕，国共两党战争正打得激烈。胶东属老根据地，战事方休，已在进行土地改革，斗争仍然是残酷的。

诸城县的乡间土路上，还弥漫着尚未散尽的硝烟味，却走来了一位文质彬彬、面色白皙的青年。他大约二十余岁，体态稚气未脱，神色却又显得少年老成。他一边走着，一边深情地纵览这片黄土地，这是生他养他的故乡。

此人姓石名可，字无可，号未了，山东诸城人氏。师承著名考古学家、金石书画家王献唐先生，抗战期间毕业于四川文化图书馆专科学校。此人不但是版画家，而且精于治石，有石"癖"。中年时代为觅良石造砚，跑遍山东百余县，所采石样可车载船装。精选以治砚，使鲁砚大放光华。60岁展出所作陶刻壁画《孔子生平图》20幅，轰动香港。这些都是后话。此时，25岁的石可风尘仆仆回到故乡，是为了寻找《琅玡台刻石》。

他来自胶东文物管理委员会。这个文管会的主任谢明钦，是个知识分子出身的老革命。虽然耳聋，却耳"听"八方，在枪炮轰鸣的年代，还关心着文化事业。

"你们诸城有件珍宝，"他对石可说，"要找到它，一定要找到它！"

他指的就是《琅玡台刻石》。

对于此石，石可也并不陌生。他知道，光绪二十六年的那场大雷雨并没有毁灭秦碑，它埋没在荆棘丛中，等待着识宝、爱宝的人。此人是诸城县教育局长王景祥。王氏在复得秦碑后有跋云："中华民国十年，景祥承乏邑中教务，迭奉省令保存古迹，遂嘱县视学王君培祐亲往琅玡台从事搜寻。见零星断石，弃置荆棘中。地处海滨，保护匪易，恐日久沦没，乃亟运城中。详绎其文，尚多残缺。翌年春，王君复往诸道院及台下居人，又得数石。综校前后所获，竟成完璧。爰命工黏合，嵌置教育局古物保存所中。"此跋载于容庚所著《秦始皇刻石考》中。而在容庚与王景祥之间的牵线人，正是石可的老师王献唐。当时的诸城县长李承寿恰恰是毕业于北京大学的文人，对此颇为关照，命人以玻璃匣保护此碑。那时石可还是个读小学的顽童，在"衙门"前玩耍，对秦碑耳濡目染，记得上面有八十六字。但是，在经历了八年的日寇铁蹄蹂躏之后，人们却发现秦碑再次不翼而飞了！它到哪里去了呢？

带着深深的焦虑，带着渺茫的希望，带着文管会主任的嘱托，石可归心似箭，直奔故乡来了。他要找到那块秦碑，此石不见，心事未了。好一个"石未了"！

来到儿时玩耍的"衙门"前，这里已被战争夷为平地，哪里还有秦碑的踪迹可寻！石可只有深入民间，细细察访。所到之处，人们向他瞠目以视：疯子吧？这个时候，人的性命都是从地狱里强拖回来的，你还有闲心玩什么石头？

他爱的就是石头，况且这块石头非同小可！

"秦碑会不会被日本人抢走了呢？"他问老乡。

"不能吧？"不止一个老乡说，"民国26年冬天，日本人来到咱县，马上就找这块石头，小鬼子也爱石头哩！他们抓了好些人，吊起来打，打得血肉横飞，也没有一个人交出个石头碴。不知道嘛！小鬼子肯定没带走。找都没找着，他带啥走？"

"那就好，"石可的心放下了一半，"只要秦碑还在诸城，还在中国，就有希望找到！"

继续寻找，终于有了一条线索：此碑没有丢。它既未被日军抢走，也未毁于战火，而是被一位有心人保护起来了，此人何人？三清观道人！

石可兴奋至极，从心底升起一股敬意：好一位道长！道可道，非常道，你做了一件功德无量的大好事！

急急如律令，石可直奔三清现。可是，赶到原址，道观已荡然无存。寻访乡民，说是道人也早已灵魂归天，见张天师去了。线又断了！

懊丧之余，石可在道观废墟旁徘徊，不忍离去，仿佛要看穿脚下的黄土，追寻悄然遁去的秦碑的蛛丝马迹。

蛛丝马迹果然又跳了出来。他在千寻百问中得知：道人死后并没有去见张天师，因为他并不是一个彻底的道教徒，生前就已还了俗，娶了一位和他同样还俗的道姑为妻。那么，道姑何在？在诸城乡下务农。

跟踪追击，石可竟然找到了这位当年的道姑。

她已经六十岁了，白发苍苍，满脸沧桑。听石可问起当年事，恍若隔世，"白头宫女在，闲坐说玄宗"。

"他死了，庙拆了，砖头瓦片都叫人家抢走了，我任啥也没有了"几多悲怆，几多歔欷！

闻此铁石也动情，石可不是无情人。面对这么一位不幸的老弱女子，他不可能不洒下同情的热泪。但是，他此行的目的是什么？不是搜寻道姑道人的罗曼故事，也不是落实宗教政策，他是来寻碑的！一切嘘寒问暖、家长里短都来不及细说了，他单刀直入，切中要害："那块碑呢？"

"碑？你是说老头子留下的那块大石头吧？"老道姑用肮脏的袄袖擦擦泪，茫然地望着他，"是不？"

"是，就是！"石可急切地追问，"在哪里？"

"我呀，把它垒了鸡窝了。"

"唔？"石可急忙抬眼寻找鸡窝。

茅舍前就是鸡窝。可是，那是用一色青砖垒成的，并不见一块石头！

"你甭找，早没有了。"

"嗯？"石可又愣了。

"那年，来了个有学问的人，"老道姑这才慢悠悠地说，"他问我：'我拿新砖换你的这块大石头，行不？'我说：'哪还有不行的？你说话得算数！'他说：'当然算数！'就拉来一车新砖，换走了那块大石头。喷，天底下还有这样的人，这不是赔钱的买卖吗？你说这个人傻不傻？"

"傻！我和他一样傻！"石可乐了。

老道姑倒傻了眼，怎么尽碰见这样的傻子？

"那个傻子，他叫什么名儿？"石可只好这么问。

老道姑想了想，说："他的大号叫王……王子光。"

"王子光？"石可重复着这个名字。他虽不认识此人，倒有所耳闻。王子光曾是书法家孟昭鸿的门客，并且以金石著称。看来，果然与石未了有缘！

石可匆匆辞谢老道姑，又去寻觅王子光的下落。

问清楚了，此人尚在。王子光一生都不曾发达，老来更加落魄，七十多岁了，无儿无女，孤苦伶仃，瘫痪在床。但是，这位老知识分子却一身傲骨，不与官府来往。对国民党反感，对共产党也保持警惕。他平生敬佩的，只是学者，尤其是金石家，石可的老师王献唐便是其中之一。

那么……石可琢磨着，以共产党的文管会工作人员身份前去拜访他，也许要碰钉子。但如果以金石家身份，自己年方二十有五，且成就未显，恐怕也不在他眼里。那么，只有打着老师王献唐的旗号了。

打听到王子光老人不但嗜石，而且嗜酒——这也在意料之中，文人有几个不嗜酒的？于是提了一瓶佳酿、一只烧鸡，如刘皇叔三请诸葛亮那般毕恭毕敬地去拜望王子光这位瘫痪在床的"卧龙"。

王老先生的府上，该怎么形容呢？"这华居其实住不得。"——《儒林外史》中曾经如此恭维范进的家，王子光却连范进还不如。茅舍土墙，东倒西歪。朔风中，好似摇摇欲坠。

石可来到门前，轻轻叩门："王老先生在家吗？"

在家，一定在家。一个瘫痪老人，不在家又能在哪里？就听里面传出一个虚弱的声音："谁啊？"

石可犹豫了一下，推门而入，因为他料定主人难以下床为他开门，刚才的叩门纯粹是出于礼貌。

一位枯瘦如柴的老人躺在床上，以疑惑的目光望着来人，并不认得。他的身后，斑驳的土墙被烟火熏得棕黑，又垂下无数道曲曲折折的雨迹，恰似金石家追求的妙趣："如折钗股，如屋漏痕。"

"王老先生，"石可躬身说道，"晚辈石可，献唐先生的弟子。对王老仰慕已久，却无缘拜识。今奉我师之命，前来看望先生……"

话还未说完，老人惊得坐了起来："啊，是献唐公高足！听说，献唐公如今做了共产党的博物馆长，我以为他一定'涉之为王沈沈者'，不记得故人了。想不到……"

竟流下两行老泪。

石可微笑道："先生不必把共产党和人民政府视为怪异，好的共产党员和政府官员应是人杰！我师不正是如此吗？"

遂置鸡酒于案，找来杯箸，斟满佳酿，双手奉于王子光。老人接过，一饮而尽，大欢，"是！献唐公这样的共产党员，老朽信服！石先生记得高阳酒徒郦食其初见汉王刘邦的故事吗？太史公书载：沛公方踞床，使两女子洗足。郦生不拜，长揖，曰：'足下必欲诛无道秦，不宜踞见长者。'于是沛公起，摄衣谢之，延上坐。——这是一切为王为官者的教训，对于文人，必先尊重而后用。士可杀而不可辱，士为知己者死！"

"先生所言极是！"石可与之对饮，酒酣耳热，谈兴更浓，"汉之所以兴，在于刘邦知人善任，秦之所以亡，则在于众叛亲离。焚书坑儒，斯文浩劫，天怒人怨，岂有不亡之理！不过，秦虽无道，却也有功。万里长城自不必说，仅仅灿烂的文化创造，短短的秦王朝已使后世惊叹！我师献唐公致力于金石研究，对秦碑尤其推崇，并且极为钦佩先生保护千古文物之义举……"

他这是在转弯抹角地把话题往秦碑上扯。话刚说到这里，却被王子光拦住："石先生不必说了，我已知你来意！"醉眼蒙眬地伸手指指墙角，"那碑，我恐战乱中有失，已藏于复壁中！"

"啊！"石可此时的激动，难以言表。乘兴饮尽杯中物，起身抚着那堵斑驳的土墙，直欲放声大哭！

王子光老人在催促他："推倒此墙，碑在墙中！"

这时，突然间轰的一声响，土墙不推自塌！天意乎？

石可俯下身去，在瓦砾中细细寻找，得秦碑之残石十三块，正好是子光老人藏石之数，一块不少！当下辞别老人，雇了一辆大车，拉着宝贝回去复命，并电告山东省文管会主任吴仲超。

送至济南后，将残石精心拼接，两千年古碑，复为完璧。而且经过流落过程中的反复"折腾"，表层泥沙剥落，某些字迹反比原来略显清晰了。数日后，山东省文管会向护碑、献碑的王子光老人颁奖二千元。此款当然不足抵秦碑价值之万一，仅在表彰一颗爱国之心。而且当时百废待兴，政府资金也相当拮据。山东省文管会将此碑复制了两件，一为收藏，一为展出，原石专程送往北京。

《琅玡台刻石》历尽沧桑，众里寻它千百度，踏破铁鞋无觅处，终于又重见天日。如此艰苦历程，落到史籍上却只有几个字，山东省博物馆载："1949 年于诸城寻自瓦砾中。"

《琅玡台刻石》现藏北京中国历史博物馆。

这个故事是石可先生亲口讲给我听的。

天下第一碑没有毁灭，没有丢失，它还在中国！

天庐居士静静地听完了我的叙说，两眼放射出激动的毫光。他没有说什么动听的言辞，只是双手合十，向着北方，默默地表达衷心的祝愿。

簪花未落东流水　高髻纤裳美人妆

良久，天庐居士说："刚才，我仅凭道听途说，妄言秦碑佚失，贻笑大方了！"

我顿觉不安："居士，我无意班门弄斧！"

"不，不"他说，"先生不必过谦，老朽之言，实是发自肺腑。鉴藏犹如治史，治史须言之凿凿，无一字虚、假、妄。否则，何称'信史'呢？对此，我是有教训的！"

他慢慢将立轴卷起，复放回原处，锁好柜口。想了一想，又打开另一个柜子，说："那么，现在请先生看看此件。此件不是碑帖，而是画，题为"唐寅仿唐人笔意图"。大名鼎鼎的唐寅，先生一定是非常熟悉的，苏州吴县人，生于1470年，卒于1523年，享年仅53岁。字伯虎，又字子畏，号桃花庵主、六如居士。明弘治十一年即1498年举应天府第一名解元，世称'唐解元'。后赴北京应进士试，因江阴人徐经贿赂朝中学士陈敏政的家童取得考题，酿成科场案，唐寅受累入狱，被革黜功名。出狱后遂放浪形骸，游历天下，纵情于诗酒书画。晚好佛事，治圃舍于桃花坞，日饮其中。其学务穷研造化，于应世诗歌，不甚措意。奇趣时发，或寄于画。画法沉郁，风骨奇峭，刊落庸琐，务求浓厚。连江垒巘，洒洒不穷。信士流之雅作，绘事之妙诣。远攻李唐足任偏师，近交沈周可当半席。与沈周、文徵明、仇英并称'吴门四家'……"

画还未开卷，已洋洋洒洒把个唐伯虎说得透彻见底，够一篇墓志铭了。而我心里却在想：刚才还说不可妄言，现在却又收不住了。你老人家两眼一抹黑，不要拿错了，这一幅敢肯定是唐伯虎吗？

画卷放在案上。这是一幅手卷，仿古锦包首，白玉插签。这次不劳我做帮手，天庐居士一手持上端的米贴，一手持下端的卷轴，缓缓展开，天头、副隔水、正隔水过后，露出了相当于立轴"诗堂"的引首部分，上书："唐寅仿唐人笔意图，未晚楼主题。"

没有错，是唐伯虎。天庐居士对藏品的谙熟已到了惊人的地步。不知为引首题字的"未晚楼主"是他的哪位先人，我记得他刚才说过苏州旧宅悟园中有楼名未晚。天庐居士继续展开手卷，又一段正隔水之后，画心展现在我面前。天庐居士手中握着的卷轴，至此停止，下面的题跋部分没有展开。事后想起来，他是故意这样做的，而我当时却未留意，只顾看画了。画心高约一尺，宽约一尺五寸，不像常见的手卷那样横长，却像册页之一幅，或者大幅手卷、立轴之局部残本，靠了颇长的引首和后面必然还有的题跋才勉强裱成手卷。此幅系绢本设色，工笔重彩。画中仅一盛装仕女，体态丰硕，冰骨玉肌；高髻，簪花；着蝉翼薄纱，肌肤清晰可见；袅袅婷婷，顾盼生姿。浓丽却不失端庄，妩媚又别于妖冶。线描细若游丝，笔笔相生，不绝如缕，又柔中带刚；设色鲜活而典雅，不温不火，浓淡相宜。因年代久远，画面霉迹斑斑，又有虫蛀鼠咬，多所残破，几经修补，但仍不失原有光彩。左侧下方有题款："仿唐人笔意，正德十五年，岁在庚辰，姑苏唐寅。"后缀两方印章，一为"六如"，一为"江南第一风流才子"。对于唐伯虎其人其画，恕我不恭，一向并无什么好印象。他虽穷工极巧，窃以为不过类似柳永之词，绮靡柔媚，终未脱小家子气，难望东坡、稼轩之项背。及至见了这一幅，却不觉刮目相看，怪哉，子畏亦有如此佳作，子诚可畏也！于是脱口赞叹："好画！"略一沉吟，又说："不过，这幅画倒让我想起……"

我还未说完，却被天庐居士拦住话头："不必说，不必说，免得一言既出，悔之不及！"

我咽下后半句话，心中不悦：你知道我要说什么？又焉知我会"后悔"？这个天庐居士，并不是永远像刚才那样谦逊！

天庐居士如果是明眼人，此时一定会发现我的脸色不大可观。好在他"熟视无睹"，只顾自己说下去："作为鉴藏家，未经深思熟虑而轻易下断语，是一大忌。我年轻的时候，也曾有过……"他轻轻地抚摸着卷轴，那手在微微颤抖，枯瘦的脸上，漾起一缕不可名状的神色，是凄苦，是惆怅，还是某种慰藉？

"这幅画陪伴我，已经七十多年了！"他发出一声长长的叹息……

1918 年，民国 7 年，苏州。

早春三月，正是江南好风景，一天风露，杏花如雪。一艘画舫驶出城郭，沿一湾碧水，飘摇而去。船尾立一船夫摇橹，画蓬下设一小案，置一壶酒，几碟小馔。二人据案而坐：一长髯老者，长袍马褂，瓜皮帽，帽正一颗晶莹的翡翠，脑后一条长长的辫子；一弱冠少年，着软缎长衫，皮鞋，免冠，长发中分。正是清朝、民国交替时期，人们的衣着已经不再整齐划一。那老者是家父，少年就是我，年方十七。是日系家父五十寿诞，老人家不喜待客酬酢，而携子春游，这也是多年积习。他是悟园和未晚楼的第三代主人，承袭祖上遗风，酷爱收藏。但已由博而专，对金石不甚留意，惟嗜书画如性命。凡名家墨宝，必孜孜以求。他又不像某些收藏家那样以一己之好恶臧否前贤，杜绝门户之见，无论南宗、北宗、院体、海派，只要有其特色，均兼收并蓄。尤其对"吴门四家"，更是见一幅买一幅，虽倾家荡产亦在所不惜。若遇藏家不肯割爱，则寝食不安，度日如年，家人侍奉稍不如意，便大发雷霆。由于他长于书画鉴藏，又性情暴躁，同道们送了个亦褒亦贬、亦庄亦谐的绰号："丹青判官"。他倒欣然领受，引以为荣。丹青之"判官"嘛，一切书画之真伪优劣，均须由他判定，江南第一慧眼也！

　　此时，"丹青判官"携了爱子即敝人乘画舫出了城，眼前便是一幅绝妙丹青：绵绵细雨下，嫩柳朦胧，碧桃如烟，掩映着两岸白墙黑瓦、参差人家、茵茵稻田、灿灿菜花。船夫手中的一把橹，如鲤鱼破浪，拨开错落浮萍、水上文章，欸乃疾行。穿过小小拱拤，前面就是桃花坞了。

　　这桃花坞，便是当年唐伯虎圃舍所在之地。我虽祖籍南京，却是出生于苏州，和唐寅也算是同乡了。今日到此，如见故人。遥想四百年前六如居士，除却解元巾，无官一身轻；醇酒微醉后，蕉荫迟醒时；展素笺，拈紫毫，挥写旖旎风物、窈窕佳人；尽一生意气，著百代风流，是何等潇洒惬意！

　　正在抚今思昔，浮想联翩，忽觉脚下一阵摇晃，案上杯盏几乎倾覆。抬头看时，见一蓑笠渔翁，驾一叶扁舟擦肩而过，行驶过速，激起水浪，使画舫颠簸。我急忙去扶家父，老人家满脸怒容，就要发作，却听得那渔翁悠然自得地唱起歌来！歌曰：

　　　　半亩桑园一网鱼，
　　　　家藏万卷解元书，
　　　　桃花坞里是吾庐。

三笑奇缘天下笑，

六如妙笔几人如？

神仙过眼也追摹。

本以为是渔歌野调，不料却是一阕《浣溪沙》，缘何出自村夫之口？听到这里，家父脸上的怒容竟不觉收敛了，喃喃道："他唱的竟是唐六如典故，莫非是伯虎后人吗？"

我说："爹爹，他如果是唐寅子孙，怎么能直呼其祖上名讳？况且，'三笑点秋香'只不过是穿凿附会的民间故事，也称不上典故。由他唱去，不必当真吧？"

家父却不以为然："一个渔夫，哪里懂得避四百年前的祖讳？看他那神韵，仿佛多少传得一些六如风采……"

痴痴地望着，目不转睛。那蓑笠渔翁把橹摇得飞快，一曲终了，小舟已经远去，隐没于雨雾柳烟之中。

"追！"家父一声令下，画舫便如离弦之箭，赶了上去！

在一处石埠头旁，我们追上了渔翁。岸上竹篱中有几间茅舍，想必是他的家。他正收网系缆，舍舟登岸，家父一步跳上岸去："先生稍等！"

渔翁待答不理，白了一眼，只顾走去，口中嘟哝着："大路朝天，各走一边；敲锣买糖，一人一行。此地只有打鱼人，呒没啥个'先生'不'先生'！"

家父何曾受过这神奚落？却并不恼怒，忍气吞声，换了吴地方言，赔笑道："老伯伯，请问侬贵姓？"

渔翁似乎很不耐烦，随口说："姓唐！我伲格搭人全姓唐！"

家父眼睛一亮，又问："刚才唱的歌词，是啥人教的？"

"啥人教？我伲打鱼人，学堂也呒没进过，字也识不得一个，做生活做得苦透苦透，唱两声渔歌白相相，祖祖辈辈传下来格！"

"这就对了！"家父一把拉住他的手臂，"老伯伯祖上可是六如居士？"

当着唐家的人，他没有直呼唐寅名讳，以示尊重。

渔翁倒比他干脆："啥人不晓得？唐伯虎！"

如雷贯耳！

"果然是唐公之后！"家父激动不已，深深一揖，"乡贤在上，'丹青判官'这厢有礼了！"

那渔翁听了大骇，好似大白天撞见了鬼："判官！？喔哟，亲爷娘！"惶惶然就要逃命而去。

家父和颜悦色道："乡贤不必惊慌，我这个'判官'，一不要人命，二不收供奉，所喜爱的只是书画。"

渔翁瑟瑟发抖："老爷，我俚打鱼人呒没啥个书啊画啊……"

家父笑道："乡贤刚才唱的歌词，不是明明说'家藏万卷解元书'吗？"

渔翁一声长叹："唉！那是老早辰光的事体。原先，我俚屋里，书倒是勿勿少少，认也认不得，呒没啥用场，全卖脱换老酒吃哉！"

"啊？！"家父不禁跌足，"可惜，可惜！"又问："难道一点都没有了吗？"

"呒没哉，真格呒没哉……"渔翁说着，就往竹篱院中走去。但看得出，他说话的神色闪闪烁烁，所言未见得是真，只不过想摆脱纠缠而已。

家父见的世面多了，哪肯轻易相信他，使天赐良机失之交臂？遂又追上去，恳切相求："乡贤再想想看，府上或许还有秘藏？唐解元遗物，纵是一张纸头，也是无价之宝！"

渔翁眼睛一亮，似有所心动，但嘴里仍旧说："唉！我俚屋里假使有啥个'无价之宝'，还要这样苦做吗？求判官老爷网开一面，勿要同我俚小百姓为难哉！"

这时，我们已经进了他家的院子，一个老妇人正在屋门前织网，见我们进来，愣愣地望着。听见老头子口称"判官老爷"，骇得瑟瑟发抖。

看来，由于家父思贤若渴，已经引起了误会。我忙上前解释："老伯伯，老妈妈，不要害怕，我俚是苏州城里的读书人，与官府不搭界的！我家爹爹最爱书画，听说倷是唐伯虎后代，特来拜访。如果府上有家藏书画，肯让我俚看一看吗？我俚既不偷，也不抢，说到做到的！"

渔翁、渔婆听了，都不言语。这时，从屋里传来一阵呻吟声。渔翁烦躁地往屋里看了一眼，又望望我们，说："算了算了，跟我进来！"

我们随他走进屋去，迎面一股难闻的浊气，鱼腥味儿夹杂着汗味儿霉味儿。外间的木床上卧着一个壮年汉子，盖一条渔网般的破絮，正在呻吟。渔翁带我们从床前走过，径入里间。里间更加幽暗，堆满杂物，土墙斑驳，满是漏痕。渔翁弯腰从床下拖出一只破渔筐，摆在床上，从筐里取出一只旧木箱，小心地掸掸灰尘，打开锁，又从中拿出一个细长的油纸包。这时，他的两手交替着在衣襟上擦拭，家父和我眼也不敢眨，紧盯着那油纸包……

油纸包打开来，一幅手卷残卷出现在我们面前——就是王先生现在看到的这幅画！

家父将画移至窗前明亮处，细细观看。望着这幅布满水渍、霉斑和蛀痕的《仿唐人笔意图》，老人家激动得颤抖了！

"只有这一张哉！"渔翁说，"老爷看过，就请……我俚还有事体，呒没辰光陪老爷哉！"

家父把图睇视，不忍释手，抬头试探地望着渔翁，问："这幅画，乡贤肯转让吗？"

"啥个？"渔翁一把将画夺回，匆匆卷起来，像是唯恐被抢了去，"祖宗传下来格物事，哪好随便让把别人家？我俚爹爹临死交代过：这张画最要紧，千万勿要丢脱，就是人家把倷五百块大洋，也勿要卖！"

家父忙问："假如我把倷一千块大洋呢？"

"一千块？"渔翁一愣，但双手仍紧紧护着画轴，"勿卖，勿卖！"

家父紧追不舍，伸出两个指头："那么，我出两千块！"

渔翁吃惊地望着他，未置可否。渔婆从外间跟了进来，张了张嘴巴，欲言又止。

这时，外间屋里的汉子的呻吟一声紧似一声："啊哇，痛煞哉！亲爷娘……"

家父问道："这是……？"

渔翁没有答话，渔婆抢着说："是我俚儿子，打鱼弄伤了脚，看病吃药，铜钿也呒没，急煞人哉！"

家父为之动容，从身上取出几枚银圆，递过去："治病救人要紧，买画的事慢慢再商量。"

渔婆伸手要接，却被渔翁拦住："非亲非故，勿好白白要人家铜钿！"

渔婆手足无措，掀起衣襟拭泪："铜钿勿肯要，画也勿肯卖，倷眼睁睁等儿子死脱？一张破纸头，吃也吃勿得，喝也喝勿得，留勒浪屋里陪倷进棺材！"

渔翁被渔婆骂得焦躁，额上沁出汗珠。忽然一咬牙，狠狠地说："卖！卖！只好做唐家不肖子孙哉！"

家父喜出望外，忙施一揖："既然乡贤忍痛割爱，敝人不胜感激！"

伸手就要去接画，渔翁拦住说："慢！一手交钱，一手交货！"

"当然！"家父笑道，"两千块大洋，敝人讲话是算数的。现在就请乡贤屈尊随我到舍下取钱！"

如此，这幅画就进了悟园。未晚楼中，家父沐手熏香，将此画郑重置于案上，小心翼翼地打开，轻轻拭去尘埃，手持放大镜，细细观赏，赞不绝口："老夫五十而知天命，此画诚天所赐予我也，未晚楼蓬荜生辉了！"当时便依尺寸裁了一方纸，援笔濡墨，题了引首，准备改日请号称"书画郎中"的段阅古揭裱为新的手卷。

我在一旁陪他看了许久，轻声说："爹爹，唐寅的画我多少见过一些，怎么这一幅完全没有他的风格？"

家父笑道："这正是六如居士高妙之处！我曾见赵子昂摹王羲之《兰亭序》，虽布局、间架、笔姿均亦步亦趋，极力描摹，连'有崇山峻领'[①]一句中羲之漏写的'崇山'二字，也依原作添于行间。但通篇看去，却只见子昂，不见羲之，分明是赵体，哪里是王体！六如则不然，仿唐人之画必似唐人，这才见本事！你看，连他所用的绢，既非明绢，也非元绢、宋绢，乃是真正的唐绢，可谓天衣无缝。他虽技能乱真，却不假托古人，而明言'仿唐人笔意'，光明磊落。不像铁砚斋那样狗窃鼠盗，欺世盗名！"

家父所说的"铁砚斋"，是清末民初我们苏州的一家画坊，以伪托古人、制造假画为业。所售之画，人称"苏州片子"——苏州"骗子"，为收藏界所不齿。

"何况，"家父继续说，"鉴别画之真伪，第一要看款识。此画的落款，潇洒飘逸，字字透出六如神韵，绝非凡夫俗子可仿造——顺便说一句：六如之书法虽师子昂，但又脱窠臼，自成一家，即使子昂再世，也不可替代。再看这两方图章，与我往日所藏唐寅之作，亦分毫不爽。更有一秘诀，人多不知：押章之印泥，宋以前均用水印，以水调朱；南宋之后始用蜜印，以蜜调朱；元时始用油朱调艾；至清乾隆年间，始用八宝印泥。作伪者不学无术，往往张冠李戴，乱点鸳鸯谱，贻笑大方矣！你看此画，乃真正明代蜜印，孺子当牢记之，以后若遇书画，则洞察无疑也！"

我接过家父手中的放大镜，细细察看，果然如此，便不再言语。

三日后，家父邀请三五同道，莅临未晚楼，共赏此画。被邀请者有：收藏家冷子枫、画家马冼凡、吴楚杰，凌波楼主黄浮鹤，还有那位"书画郎中"段阅古。这几位，皆当地一时名士，于书画鉴赏，具相当资历与功力，而又公推家父为执牛耳者。

当时家父和他们沐手熏香，然后郑重地捧出画轴，展开于案，细细观赏，专家们均赞不绝口。正在分析此画妙处，忽听家人来报：有客！

①王羲之《兰亭序》原文如此，"岭"作"领"，系通假字。

家父猛然抬头，不觉一愣！

我随着他的目光看去，也一愣！

客人已经来到未晚楼廊下，却是一个十六七岁的女孩儿。手提一只礼盒，穿一身青玉色软缎衫裤，青丝鞋，绣着两根缠枝青藤；体态婀娜娉婷，面色白净姣好，一双纤眉下，两只眸子如明净秋水；颈后垂一条乌亮的大辫子。人们常说"苏杭出美女"，我久居苏州，未尝见如此娇娘！

家父也并不认得她，问道："你是何人？"

那女孩儿答道："我是铁砚斋主的侍女碧萝。听说'丹青判官'喜得六如墨宝，斋主命我前来道贺！"

原来是个不速之客！座上的那几位贵客都吃惊地望着家父，纳罕他怎么还向那位声名狼藉的铁砚斋主下了帖子？我知道家父平生最厌恶铁砚斋主，此时有口难言，心里一定在发恨：是哪个嘴快的，早早地给他报了信？他望望身旁的几位贵客，皱了皱眉头，对碧萝说："我与贵斋主素无来往，怎劳垂赠？恐受之有愧！"

碧萝莞尔一笑，从容说道："未晚楼主德高望重，在书画界一峰插天，我家斋主高攀还怕来不及。虽未蒙召唤，也理当相贺。区区薄礼，还望笑纳。有道是'礼多人不怪'，难道要我原封拿回不成？让我这做下人的如何向斋主交代？"

好一个伶牙俐齿、处变不惊的小丫头！她这么一说，家父倒不好坚辞不受了，耐着性子说了声："多谢！"便吩咐家人接过礼盒。那礼物是：宋代吴郡墨工丁真一制墨一锭，元代姑苏纸一卷，清代吴县笔工王永清制笔一支，清代吴门琢砚家顾二娘制砚一方。恰为文房四宝，且均堪称姑苏之骄傲。家父看过，竟不发一语，置于一旁。因为他明知这些都是仿制品，铁砚斋主断然不会以真品送人。既然是假的，在"丹青判官"眼中也就一文不值了。

家父端起茶碗，表示"送客"。

不料碧萝姑娘却毫无去意，从容说道："愿一睹六如墨宝，回去才好向斋主复命。"

家父面露不悦，这个小丫头怎么能在他眼里？又岂有资格在此赏画？但人家送了礼来，也不便逐客。于是以目光征询身旁几位贵客的意思。前面说过，这几位都是一代名士、书画专家，怎肯屈尊与一个侍女共览稀世墨宝？这时，都"顾左右而言他"，"书画郎中"段阅古甚至起身离座，似欲拂袖而去。眼看今日雅集就要不欢而散——毁在这个小丫头手里！家父本是极要面子的人，决不容许！他垂下眼，轻轻咳了一声，冷冷地说："要看六如墨宝，改日请铁砚斋主自来。今天，舍下有客！"

逐客令终于发出。碧萝却并无窘态，粲然一笑："看一眼也不会偷了你的！既然如此，不看也罢。不就是那幅仕女吗？题款是：'仿唐人笔意，正德十五年，岁在庚辰，姑苏唐寅。'"

家父一愣："唔？你还未看画，怎么会知道得如此详细？"

碧萝答道："那一行字是我写的。献丑了！"

此语一出，举座皆惊。几位贵客、行家都愣愣地望着碧萝，连正要打道回府的"书画郎中"也不走了。

家父依然十分镇定，他当然不会相信这个侍女的信口雌黄。看来，碧萝的不期而至，必是铁砚斋主有意寻衅。那么，未晚楼主岂能受你所欺？

家父哦哦笑道："老夫孤陋寡闻，尚不知铁砚斋有你这位女书家，四百年前曾为唐伯虎代笔！"他指指案上的文房四宝，"承蒙光临，请赐墨宝！"

他这是要碧萝当场出丑，实则为羞辱铁砚斋主。几位贵客自然也心领神会，兴致盎然。

碧萝却不谦让，随即走到案前，我奉父命为她磨墨，平生第一次也是最后一次伺候一个女孩子。

奇迹在我眼前发生了。碧萝从容命笔，墨走龙蛇，飘逸潇洒，圆转遒丽。一点一画，尽得唐寅神韵，仿佛六如再生！

那几位行家看得呆了，家父看得醉了！

"你……你是何人？"他神情恍惚，起身一揖，"莫非真是六如居士在天之灵显现吗？"

"不，我是铁砚斋主侍女碧萝！"姑娘挥毫已就，掷笔于案，轻轻说了这么一句，飘然而去！

未晚楼中，空气凝固了。那几位行家一个个瞠目结舌，好似被施了定身法。

家父如梦方醒，急急地拿起碧萝留下的那张字，仔细审看，那是一首七言绝句：

> 此六如非彼六如，
>
> 休因鱼目误珍珠，
>
> 可怜未晚楼尊者，
>
> 输与砚斋侍笔奴！

诗笺从家父手中飘落，他那双手瑟瑟发抖，面色铁青，额上的青筋一根根暴起，怒目圆睁，怒发冲冠，名副其实的"判官"！我平生见过他无数次发怒，都不可与这次比拟。他抖索着，一把抓起刚才还视若珍宝的《仿唐人笔意图》，就要撕毁……

我急忙上前伸手抢了过来。当时为什么敢于在家父盛怒时保护这幅画，而且还是一幅假画？实在难以解释。也许是因为此画虽假，但"假"出了水平，不忍毁掉；也许内心深处已对这件"墨宝"的作者碧萝产生了敬慕与好感？

"啊！"家父大叫一声，口中喷出一摊鲜血，立时昏倒在地。

他从此一病不起，且拒绝一切药石。任何人探视，一律拒之门外。数日之后，已虚弱至极。

"书画郎中"段阅古来了。他是家父至交。我家藏画，多数由他揭裱，即使残破不堪，也能起死回生，妙手回春，真是一位神"医"，家父对他推崇备至。他执意要见家父，说有话要讲。但父命不可违，我仍将他拦住，只在客厅叙话。

"唉！"段阅古说，"令尊也是聪明一世，糊涂一时。那幅画，风格与唐伯虎风马牛不相及，明明是假的，他怎么竟信以为真呢？"

事后诸葛亮！我此时对他颇为不满，也顾不得客气了："段老伯，你是'书画郎中'，为什么当时不向家父直言？"

"我这个'郎中'只可医得画病，却医不得心病。令尊的病，在于他见得太多，懂得太多，大学问家反被学问所累。书画界一切作伪的手段，都已被他看透，所以敢出惊人之语。而且，他对于某些特别钟爱的前贤如唐伯虎，感情过重，奉若神明，认为无所不能，使判断失去冷静。凡伪作，略似原作，最易识破；太似或太不似，则不易判断。此幅《仿唐人笔意图》即太不似唐寅。作伪者大胆而又巧妙，敢于出此绝招，班门弄斧，也非寻常之辈。而令尊恰在此时失去警惕，以为别人不敢。他太自信了！我若当众唱反调，岂不丢了他的面子？他又哪里肯听？"

说得也是。可是已经于事无补。

一个月后，家父已奄奄一息。家母和居家老小心急如焚，却束手无策。

那是一个寒冷的春夜，我侍立在家父病榻前，垂泪劝慰他："爹爹！古语云：'智者千虑，必有一失。'纵使一幅画判断不确，也可以此为鉴，不必太苦了自己。铁砚斋主根本不是爹爹的对手，世人有目共睹。"

家父紧闭双眼，看也不看我，摇了摇手，以极其微弱的声音说："竖子懂得什么！铁砚斋主是作伪世家，蒙骗了不知多少人。此次出奇制胜，使我败北。我们是鉴藏世家，自你曾祖起，已届四代，滴水穿石，铢积寸累，方有今日。'丹青判官'在书画界，犹如太史公。考据要明察秋毫，下笔要去伪存真。而我竟然将鱼目误作珍珠，辱没了祖上遗风，毁坏了一世声名。纵使亲人、朋友、书画同仁可以原谅我，我却不能自谅！而今，我已万念俱灰，只等一死了之。我死之后，家人不必过于悲伤，也不要与铁砚斋主为仇。他此次作伪，似意不在牟利，而在向我挑战。虽手段恶劣，但兵不厌诈，我也无话可说。如果他在得逞之后，不露声色，我必信以为真。而以我的声望，必然无人再持异议，假伯虎遂成真六如，我岂不是也在通同作伪、欺世盗名、贻误后人、篡改历史吗？铁砚斋主一生为我所不齿，但最终将我战胜，而且他不惜披露自己的作伪手段，以击中我要害，显其大家之风，使我折服，死而无怨！冤有头，债有主，也许我前世注定今生死于他手。儿啊，可惜你还太年轻，我来不及将你雕琢成材，也无此资格了。好自为之吧！如果你将来有志于家学，当以父为鉴。切记，切记……"

这是家父在最后时刻留给我的遗嘱。自"切记"以下，已声不可辨。他吐尽最后一口气，便停止了呼吸。

丧事办得极其隆重。苏州书画界、文史界同仁，以及家父遍布海内的亲朋故旧都前来吊唁，痛失书画鉴藏界一代巨擘。没有任何人提到一字他最后的一点瑕疵。出殡的那一天，苏州城万人空巷。当然，在送葬的队伍中没有铁砚斋主和碧萝。他们是害死家父的元凶，我举家老小都发誓总有一天要报仇。

唯独我心中平静如水。家父的临终遗言，使我真正理解了他。没有哭，没有泪；没有仇，没有恨，他的死是一位真正的收藏家的壮烈的死。他一生过眼的书画，不下千万件，从中寻珍觅宝，探骊得珠。拂去明珠上的尘土，使之重放光华，此中乐趣，非凡人可以理解。阅历之广，治学之严，练就了一双慧眼，古今书画，立判真伪，所下断语，百无一失。他曾在若干件传世《兰亭序》中遴选出与原作年代最近的唐代摹本，亦曾将无款唐宋珍品指出其准确作者。元明清以后作品之真伪，则更不必说。而无论是自己所藏，还是他人之宝，均毫无私念，不说假话。他更有一好品德，虽爱画如命，却不将家藏视作私产。每有所得，必邀友人共赏。如有友人爱此更甚于己，往往肯慷慨割爱。他认为书画瑰宝属于全社会，收藏家的天职是使之传世久远，对唐太宗以《兰亭序》真迹殉葬之举深恶痛绝。书画鉴藏是他唯一的爱好，他为此耗费终生心血，也以此作为对自己人格和心灵的冶炼。他像一名教徒，艺术是他崇高的信仰，决不容亵渎。但是，他自己却在晚年不幸触犯了这一戒律，一世修行功亏一篑，这是对他致命的打击，他只有以死谢罪了！他的死，是对"好死不如赖活"人生哲学的鞭笞，后人将不以成败论英雄，对他只有更加尊重。作为他的儿子，我从中得到的是激励，而不是沉沦，我只有更加奋起。

家父安葬之后，我因是长子，成为未晚楼第四代主人。按照传统礼俗和家教，我要居丧三年，深居简出，闭门谢客，仕途经济、男婚女嫁都在禁止之列。我将把这三年作为自己的"大学"，每天披阅家藏字画，研读经典，两耳不闻窗外事。遇有疑难，常独自前往墓地，跪祭先考，备述惶惑，仿佛与家父对语。冥冥中似有神助，每使疑难迎刃而解。

某日黄昏，我在墓地跪祭已毕，起身返回，突然发现身旁伫立一位女子，俯首低眉，双手合十，似在默默祈祷。我疑惑不解：这是我家祖坟，外人缘何到此？又为谁祈祷？这才仔细看她面目，不觉大吃一惊，原来此人是铁砚斋侍女碧萝！

记得我刚才对先生说过，我对碧萝并无恶感，甚至还有几分敬佩。但是，如今两家之仇已不共戴天。狭路相逢，我虽未"分外眼红"，也只能"敬而远之"。

我绕道而行，不料碧萝却将我拦住，说："公子留步！"

我只好停步，但口中却说："事已至此，你我还有何话说！"

她面有愧色："碧萝年幼无知，妄托六如，酿成大祸，追悔莫及。今天是来向丹青判官及公子赔罪的！"

这话，她不说倒也罢了，说出来反激起我一腔怒火！

"碧萝姑娘！杀人不过头点地，你家斋主也欺人太甚了！"我不觉摆起未晚楼主的架子，"他有何话说，请亲自出马，敝人在舍下恭候，不必由一个丫头传话！"

"我不是丫头！"她却昂然说，"铁砚斋主是我爹爹！"

我一惊："那为什么要自称家奴？"

她从容答道："不过是要请令尊知道，铁砚斋连家奴都是上得台盘的！"

"真是作伪世家，出口便是谎言！"我愤愤然，"你我两家何冤何仇？以至于费尽心机与家父作对？"

"难道令尊不是一直在与家父作对吗？"碧萝并不示弱，反守为攻，"丹青判官是人所共知的'伪画克星'，铁砚斋几乎每卖一幅，令尊便贬一幅，挤得我们连生路都要断了！"

这话说得太夸张了些。其实铁砚斋炮制的大量赝品，并不在苏州本地销售，以躲避家父揭伪，"丹青判官"纵是神通广大，也鞭长莫及。所以，他们的生意还是可以称得上兴隆的。但是，铁砚斋主的女儿肯这样说，等于公开甘拜下风，又使我感到欣慰与骄傲！

"小姐此言差矣！"我说，"明辨是非，去伪存真，是世间公理。家父以此为己任，光明磊落。不然，难道要为虎作伥吗？"

碧萝听到这里，脸上泛起红晕，似有羞愧之意。她叹了口气，说："公子，说话请留一步，不要称家父为'虎'，这叫我做女儿的如何听得下去？世间的公理、'婆'理，本是各说各有理，说不清的，我们各保其主，井水不犯河水也就是了。其实，家父对于令尊一向是蛮尊重的……"

"尊重？"我忍不住打断她的话，"暗箭伤人，置之死地，天下竟然有这样的'尊重'？"

碧萝双眉微蹙，咬了咬嘴唇，说，"唉！我说出来只怕公子不相信，家父的心并没有那么狠，他精心安排了心腹化装为渔夫，吸引令尊买'六如墨宝'，用意仅仅是出其不意地试试令尊的眼力，却不料'丹青判官'真也有失手的时候！结果……"

"结果为一幅赝品而断送了性命！"我慨然长叹，语气不觉缓和了一些。碧萝的解释，如果出于铁砚斋主之口，我也许会不相信；但由这么一个女孩儿说出来，却不能不信。因为从她的气质和才学可以推断她和她父亲的为人，即使称不上君子，也不至于是杀人凶手。

碧萝静静地观察我的反应，以探究的目光看着我："那幅《仿唐人笔意图》，令尊和公子果然认为是赝品吗？"

"当然是赝品！"我很奇怪她为什么这样问我，"那不是小姐的'杰作'吗？小姐那天当众声明鱼目混珠！"

"公子记错了！"她的语气很是失望，"我并没说'鱼目混珠'，而分明写的是'休因鱼目误珍珠'！看来，不但令尊没有留意，公子至今也还没有领会！"

"啊？"在这一瞬间，我突然蒙蒙眬眬地意识到，家父和我都犯了一个极大的错误，而一时又说不清楚。忙问，"你这话，是什么意思？"

"意思很清楚。'鱼目'只是题款，'珍珠'仍是'珍珠'；那幅画并非出自我手，虽不是六如所作，但确是一幅真迹，价值更在六如之上！"

"什么人？"

"公子还要问我吗？纵使令尊和公子都认为是六如'仿唐人笔意'，

难道没有想到所'仿'的是何人吗？"

经她这么一点，我心中蒙眬的念头顿时清晰了，不等她再往下说，急忙答道："这就是了。其实，当初看到那幅画的第一眼，我便立即想起了一个唐人，我相信家父也立即想到了他。但是由于家父对六如过于崇拜，认定是六如仿作。我虽有所怀疑，但才疏学浅，证据不足。而且在家父面前，也不敢妄言。看来，小姐可以肯定是他的真迹了？"

"是，我深信不疑。"她断然说。

我们两人所说到的那位唐人，虽然彼此都未点出姓名，但心里很清楚，那人定是周昉！

说到周昉其人，先生一定是熟悉的。不过，史籍并没有为我们提供太多、太实的史料，甚至连他的生卒年份都不清楚。我们只知道他字景玄，又字仲朗，京兆人，出身于显贵之家，曾在唐代宗大历年间也就是公元766年到公元785年这个范围之内的某些年份任越州长史，那正是安史之乱以后，大唐由盛而衰的转折时期。他之所以青史留名，因为他是一位著名画家。唐张彦远著《历代名画记》中说他"初效张萱，后少异，颇极风姿，全法衣冠"，"衣裳劲简，彩色柔丽"。他擅画佛教壁画，改变了千篇一律的"三尊式"，创造了"水月观音"的形式。他曾为名将郭子仪的女婿赵纵画像，神气、性情毕肖，赢得盛誉。当然，他最擅长的还是绮罗仕女，以极其高超的技巧表现宫廷妇女豪华奢艳的生活，人物丰腴柔媚、优雅闲适，设色变吴道子的"浅绛'而为富丽堂皇，用笔则变吴道子的"兰叶描"为"琴丝描"，即把"铁线描"和"游丝描"糅合而一，淡墨细线，极适于描绘贵族妇女柔嫩细腻的肌肤和光洁华美的衣饰，连罗纱那薄而透明的质感都表现得淋漓尽致，令人想起杜甫的名句："态浓意远淑且真，肌理细腻骨肉匀。"就创造性而言，他的贡献不亚于东晋顾恺之、盛唐吴道子，这一新的风格样式，人称"周家样"。"周家样"其实是周昉和他的老师张萱共同创造的。可惜，张萱的作品均已失传，现在传世的《虢国夫人游春图》《捣练图》和《唐后行从图》都是摹本。周昉也曾经画过虢国夫人，并且曾经以唐明皇和杨贵妃故事为素材画过《明皇纳凉图》《明皇斗鸡射鸟图》《明皇击梧桐图》《明皇夜游图》《杨妃出浴图》《太真教鹦鹉图》等等，但流传至今，已十不余一，仅存《挥扇仕女图》《调琴啜茗图》《演乐图》《内人双陆图》和《簪花仕女图》了！

现在我们要着重谈论《簪花仕女图》。先生知道，此画现藏中国辽宁博物馆。我在国内的时候没有机会看到原作，现在可以看到了，眼睛又不行了。不过，年轻时我曾经见过高手的摹本，并且藏有一帧照片，领略了基本风貌。此画原作纵46厘米，横180厘米，绢本设色。画中有贵妇五人、侍女一人，并有一犬、一鹤。贵妇或采花，或看花，或漫步，或戏犬；侍女执扇。贵妇高髻簪花，衣饰华丽，情状闲逸。画法工整富丽，精细入微。浓艳丰肥的妇女，酥胸着团花长裙，肩披薄纱，"绮罗纤缕见肌肤"，有温润香软之感。

这幅画把"周家样"的艺术特色发挥到了极致，是周昉的代表作，我年轻时对此倾心已久。当家父买到《仿唐人笔意图》时，我立即便想到了"周家样"，家父当然更不会想不到，因为这幅画太像《簪花仕女图》了。但我们都不会认为这是周昉的原作，因为周昉太神圣了，他的传世作品寥若晨星，且都是皇室秘宝，如何会轻易流落民间，又怎么会偶然到了我们手里？我和家父所不同的是，我认为这可能是《簪花仕女图》的摹本残卷，而家父则进而认为此画既然系唐氏家藏，又有唐寅题款，必是唐寅手笔无疑。而"唐寅"也并未讳言摹仿，题明"仿唐人笔意"，只不过没有点明周昉罢了。前面说过，由于家父对唐寅极为崇拜，认为他无所不能，所以此画越是像周昉，他也就越相信只有唐寅才能仿得这样到家。"丹青判官"的失误就是这样造成的。既然被碧萝说破题款是她本人作伪，家父一怒之下不及深思详察，便认为画本身也是碧萝之伪作了。这是他的又一次失误！幸亏当时画未被毁，不然，将造成无法弥补的损失！

"碧萝小姐，"我已经不知不觉地对她恭而敬之了，但心中仍存有疑虑，"你凭什么断定这是周昉真迹呢？要知道，'周家样'别人也是可以仿的！"

"但绝仿不到这等水平！"碧萝的语气斩钉截铁，"我曾把它与《簪花仕女图》的珂罗版影印本细细对照，笔法绝无二致！而且，摹本往往是极力追摹原作，亦步亦趋，不敢越雷池一步；而这幅画却处处是周昉笔法，而又无一处与《簪花仕女图》雷同，当是周昉本人所作同类题材的若干画幅之一，而非副本，也就更显珍贵，其价值不在《簪花仕女图》之下！"

"那么……"我琢磨着她的话，虽言之有理，仍不敢深信，"依小姐之见，此画可盖棺论定，判与周昉门下了。但同是一人所作，为什么《簪花仕女图》历代藏于宫廷，遍布皇家收藏印记，而此画却全然不见流传痕迹呢？"

碧萝听到这里，微微一笑："公子生于鉴藏世家，应当比我更清楚：鉴别书画，首先在于书画本身，而印章、题款、题跋等等都只能看作旁证。旁证固然重要，但也不可舍本逐末。当书画本身被证实是真迹的时候，一切旁证都可有可无了。而旁证也是可以伪造的，铁砚斋诚如世人所知，是'作伪世家'，深谙此道，也无须向公子讳言。周昉作为一代名家，其一生的作品当不止我们今天知道的几幅。千古兴亡，世事沧桑，谁能够保证他的每一幅画都归于皇室或藏家，流传有序，而不会湮没民间呢？"

言之有理。

"所以，"她继续说，"我不靠任何旁证，完全从此画的笔法、气质、神韵，即可以断定为周昉真迹。除非《簪花仕女图》也不是周昉所作，但即使如此，这两幅画也必然出自一人之手！"

话说得如此果决，我无可辩驳。但一转念，又生疑窦……

"既然是稀世珍宝，为什么令尊肯割爱呢？而且，又何必假托比周昉晚七百年的唐寅之款？铁砚斋主此举，实在令人难以置信！"

"不，家父并不认为这是周昉所作。也许，他和令尊一样，把周昉看得过于神圣了，宝物到手，反以为是假的。此画并不是铁砚斋藏品，而是廉价购自民间，家父以己度人，视为赝品了。当然，他对此画还是相当喜爱的，虽假，但仍有价值。不然，也不足以对付未晚楼主。"

"小姐为什么不向令尊劝谏呢？你明知此画的珍贵，竟然忍心添款污损，窃以为万万不可原谅！"

"唉！"碧萝无可奈何地叹息道，"父命难违啊！不过，我当时仍抱有一线希望：也许未晚楼主识得此宝，那么，也就得其所哉！可惜啊，两位老人都对此疏忽了，失之交臂！我恐怕再有闪失，才特地来提醒公子；现在宝在你手，要珍惜啊！"

我愣愣地看着她，想不到这位女孩儿不但才学惊人，而且还有如此器量，肯将手中宝物拱手让人！

"小姐，我……实在受之有愧！既然此画是小姐心爱之物，理当奉还才是！"

她笑笑："'嫁出去的女儿泼出去的水'，此画已经不属于铁砚斋了。令尊用两千块大洋买下它，尽管这个价钱不足万一，但公子已是画的主人了！只愿公子不要辜负它！"

她的语气，有感叹，有欣慰，又有某种匪夷所思的弦外之音。尤其是"嫁出去的女儿……"一句，使我听得脸红了。

我们久久地对望着，好像彼此都有许多话要说，却又没有说。在墓地黄昏，这两个本来是仇敌的青年男女终于化干戈为玉帛，两颗心悄悄地贴近了。只是由于时代的约束，我们之间始终保持着三步远的距离，更不可能像今天的娃娃们那样手拉手，或者做一个"吕"字。在民国初年，这是不可能的，况且我还在居丧期间。

她只在分手的时候提醒我："还有一句话要告诉公子。画上的'六如'题款。我是做了手脚的，事先涂上了一层药水，字写上去不会浸透，揭裱时可以洗掉的！

"啊？"我不禁惊喜，"什么药水，这么神奇？"

"祖传秘方，不敢外漏。"她避而不谈，又补充了一句，"等来日吧，来日方长！"

回到悟园未晚楼，我急切地捧出唐寅《仿唐人笔意图》——这个名称已经不可再用了，反复观赏，对碧萝所作结论只有膺服，此画作风与《簪花仕女图》的确毫无二致，当系周昉所作无疑。于是爱不释手，朝夕研读，夜晚置于枕边，与之同眠。由于此卷残破不堪，又请"书画郎中"段阅古重新揭裱。

段阅古审看了三天，没有动手。我去催他，他说："贤侄啊！这幅画，我早就说过是赝品。如果真是周昉真迹，也瞒不过令尊的眼睛。现在，仅凭一个女孩子的一家之言就判为真迹，未免过于轻率。何况府上与铁砚斋有不共戴天之仇，这样做岂不愧对令尊在天之灵？"

"老伯，"我说，"书画鉴定的宗旨是还历史本来面目，不可因人废言、因人废画，家父从来是铁面无情的。何况他对铁砚斋父女并无怨恨，含恨而死是恨自己不慎败于强者手下。他生前没有来得及考证出此画的真正作者，后人完成他未竟的事业，对他的在天之灵，当是莫大安慰，绝无不敬之意！"

段阅古沉吟半晌，才说："贤侄所言，也自成理。不过，若把它定为真迹，总还是缺乏证据。连日来，我遍查古人著述，自周昉以后成书者，有唐张彦远《历代名画记》、唐朱景玄《唐朝名画录》、宋刘道醇《圣朝名画评》、宋郭若虚《图画见闻志》、宋米芾《画史》、宋《宣和画谱》、南宋邓椿《画继》、元汤垕《画鉴》、元夏文彦《图绘宝鉴》、明文嘉《钤山堂书画记》、清顾复《平生壮观》、清吴升《大观录》，清张照、梁诗正

《石渠宝笈》，都没有提到此画……"

这是我曾经向碧萝提出的问题，便也以碧萝的解法答之："也许此画的流传另有途径，而不归于宫廷官府？"并且又加上一句，"何况此画也没有题签、款识，即使古人提到它，我们也不知所指何物！"

段阅古点点头："说得也是。但若是流传千余年的东西，总应该留下些收藏痕迹才是。贤侄不要着急，让我慢慢找找看。"

他将这幅手卷展开在案上，拿起放大镜，细细察看，老半天才移动一点，好似在一寸一寸地测量这块不大的古绢。这时他一言不发，我俯身站在一旁，也屏息静气。两双眼睛、两颗心都系在画上了。

如此，我每天早出晚归，到段阅古家里陪他看画，两人一天也不说句话。这是"书画郎中"在"望闻问切"，为画"辨症"。他以拯救天下书画为天职，裱画坊犹如诊室，遇有疑难"病症"，常废寝忘食。他本人身材伟岸，面目庄严，寿眉浓须，也确是名医之相。整整花了九天工夫，一无所获。他却毫不气馁，嘱我"明日再来"。

次日，也就是审画的第十天一早，我又来到他的裱画坊，见他面露喜色，不等我问，便说，"总算有点影子了！"

原来他彻夜未眠，审画直到天亮，案上还亮着灯。

"噢？"我忙问，"影子在哪里？"

他一手持放大镜，一手拉着我，俯身案前："贤侄请看！"

画面依旧和昨天一样，我没有看到任何变化。

他伸手指着画面上的片片黑斑，说："这些地方，都可能藏龙卧虎。我一一察看，又一一排除……"他那双眼睛就像西医的 X 光，把画的"内脏"看穿。最后，目光和手指都停留在面面的左上角，问我："这里，贤侄看出来了吗？

我接过他的放大镜，仔细看那块黑斑。看了半天，却也只好摇摇头。

"书画郎中"此时成竹在胸，左手抚着右臂，右手抚着左臂，笑吟吟地看我说："我猜想，这块黑斑的下面藏着一方印章！"

"唔？什么印章？"

"我哪里知道！不过可以肯定，这绝不是铁砚斋假造的，而是原来钤在画上的作者印或他人的收藏印。由于年代久远，失去色彩；再加上霉斑掩盖，一般人难以发现了！"

"那么，老伯的回春妙手可以使它再现吗？"

"书画郎中"的神情严肃起来，长长的寿眉下，一双眼睛闪闪发光。

这是他投入事业时的特殊神态，好似雄鹰搏兔，猛虎捕食，全神贯注，威风凛凛，令旁观者毛骨悚然。家父在时，每当鉴赏书画，也必是这种样子。

"让我试试看！"他声音低低地说了这么一句，转身走进了内室。

我耐心地等在外边。我知道，他在为名贵书画"医病"之前，甚至在装裱一切字画之前，都要沐手熏香。因为他视书画、视自己的事业如神圣。

半个时辰之后，他出来了，手里拿着几件东西。

他把东西放在案上，仔细地把那幅由唐伯虎变成周昉的手卷再次展平，然后覆盖上一层厚纸。接着，喷上一种药水，再喷上另一种药水……

我屏住呼吸，两眼盯着画面，突然问："老伯，这是什么药？"

他头也不抬，说了声"不要问"！却又说了出来，"酒精！"

我忍不住追问："酒精？做什么用？"

他冷冷地瞪了我一眼："叫你不要问嘛！"

我知道他的脾气，就不敢再说话了。在这种时候，他决不许别人插嘴。如果我不是这幅画的主人，不是他的至交"丹青判官"之子，连旁观的资格都没有的。

"书画郎中"喷过了酒精，伸手拿过早已准备好的一盒火柴。抽出一根，"嚓"地划着了……

我顾不了他的禁令，大叫一声："老伯！你这是干什么？使不得！"

"闪开！"他厉声一喝，说时迟，那时快，火柴点燃了手卷上的厚纸，"轰"的一声，腾起一片蓝色的火焰！

我被他这反常的举动惊呆了！"书画郎中"，你疯了？我与你何冤何仇，竟然下此毒手，把我的珍宝付之一炬？

我发疯似地扑上去，要抢救这幅以家父的生命换来的画，为此，我不惜一切！

段阅古对我早有防备，他双手死死地抱住我，威严地命令："不许动！不要坏了我的大事！"

我的心跳停止了，时间停止了！我不知道那火焰燃烧了多久，仿佛在那燃烧中，我的生命、我的一切都化为灰烬了！

火焰熄灭了，我的挣扎也在精疲力竭中结束了，现在一切都完了！

段阅古放开了我，奔向案前，揭开纸烬，兴奋地叫道："贤侄请看！"

我的筋骨已经酥软无力。但举目看去，那幅画却完好无损！这使我在绝望中苏醒了，急步向前奔去……

"你看，你看！"段阅古手指颤抖着，指着画面的左上角，兴奋地嚷着，"快看呀！"

两人眼睛都紧盯着这一角。刚才的黑斑淡去了，却奇迹般地出现了一方淡褐色的图章的印迹：集贤院御画印。

"这是南唐李后主的收藏印！"我欣喜若狂，放声大叫！

此时，"书画郎中"好似外科医生施行了一次耗时、费力而又劳神的手术，疲惫不堪地跌坐在椅子上，欣慰地长吁一口气："有了李后主作证，它必然在南唐之前。是周昉所作无疑！"

我感激至极，长跪在"书画郎中"面前，"老伯，感谢你请来了李后主！"

李后主这个人，在中国几乎尽人皆知，无须我多说了。他就是五代南唐国主李璟之子李煜，史称李后主。公元975年，宋兵破金陵，李煜出降，后被毒死。这是中国历史上数得着的一个昏庸无能的亡国之君。但这样一个人却又永垂不朽，万古流芳，这是因为他在文学上的杰出天赋和伟大贡献。他的千古名句"问君能有几多愁？恰似一江春水向东流"至今脍炙人口，艺术魅力不衰，使多少人流下感同身受的泪水！薄命君王、绝代词人，他就是这样一个奇特的复合体。他早期生活在极尽奢华、无忧无虑的宫廷，"四十年来家国，三千里地山河；凤阁龙楼连霄汉，玉树琼枝作烟萝。几曾识干戈？"后期亡国失土，笼鸟困兽，尝尽屈辱与哀愁，"一旦归为臣虏，沈腰潘鬓销磨。最是仓皇辞庙日，教坊犹奏别离歌。垂泪对宫娥！"也许，正是因为他亡国的悲惨命运，给他的词作以真情实感，最终奠定了他在词坛的地位。在中国历史上，能够和他相提并论的帝王大概只有宋徽宗。两人都是不务正业而又才华横溢的风流国君，国破家亡，身死敌手。所不同的是，一个是杰出词人，一个是著名画家。中国的画院，虽在五代时已有设置，但鼎盛自徽宗始。我想，王先生所在的画院，恐怕也是承袭了这一名称？是的，我没有猜错。说到这里，老朽不揣浅陋，倒有一联请先生指教：

提起亡国皇帝，少不了北宋徽宗赵佶。虽治国无能，却赢得千秋画誉；

说到薄命君王，数得着南唐后主李煜。然事艺有才，当铸成万代词名。

先生见笑了。我之所以在此提到宋徽宗，还因为他和李后主有一个共同的爱好，那便是字画收藏。当然，历代帝王莫不如此，但多数是巧取豪夺、附庸风雅；而李煜和赵佶是真正的行家。有些极珍贵的画作，如隋展子虔《游春图》、唐韩滉《文苑图》等都是靠了赵佶的题签才使后人得知这些无款作品的作者。而张萱的《捣练图》和《虢国夫人游春图》传世则是靠了赵佶摹本，先生当然比我更熟悉。此外，他创造书体"瘦金书"，钦命编辑《宣和书谱》《宣和画谱》等典籍，也功不可没，南唐后主李煜，不仅是词坛大家，而且对音乐、书画无所不精。《南唐书》载："唐之盛时，霓裳羽衣，最为大曲。罹乱，瞽师旷职，其音遂绝。后主得其谱，乐工曹生亦善琵琶，按谱粗得其声，而未尽善也。后辄变易讹谬，颇去洼淫，繁手新音，清越可听。"这是讲李煜夫妇在音乐上的贡献，"后"即大周后。李煜书法，作颤笔樛曲之状，创"金错刀"体，与赵佶之"瘦金书"堪称书坛双璧。李煜又擅画，自然爱画，顾闳中传世名作《韩熙载夜宴图》便是奉李煜之命而作。虽然其初衷是在于揭露韩熙载的奢华生活，但成就了一件艺术瑰宝。李后主生前藏画甚丰，他的收藏印，就是"书画郎中"段阅古以魔术般的神奇手段为我重现的这方"集贤院御画印"了，与韩滉《文苑图》上所钤的印迹一模一样！

有了这方图章，充分说明了这幅画曾经李后主之手，绝不可能是南唐以后的摹本，而五代南唐距周昉生活的时代较近，他当不会收藏摹本，必是真迹了。一方图章起了如此巨大的作用，使疑难迎刃而解，碧萝小姐的大胆判断得以证实，我当时的兴奋简直无法形容！

画留在段阅古手里，准备揭裱。我仍然天天前去陪伴，并不是不放心他的手艺，而是舍不得这幅宝画。一边看画，一边在想：这幅画流传至今千余年，为什么只有李后主一方收藏印？南唐以后，可以理解，因为南唐金陵地处江南，沦丧之后，此画归于江南民家也说不定。但南唐之前呢？李煜距周昉已有二百年左右，为什么在李煜之前没有留下任何收藏痕迹？

段阅古听了我的话，咂舌道："贤侄，凡事当留余地，得意不宜再往！老朽'火烧周昉'，还是平生第一次，冒了天大的风险，至今想起还心惊肉跳！烧出了一位李后主已是万幸，不敢再烧第二次了！"

"不，不，第一次已经吓得我半死，还敢得寸进尺？"我说，"老伯，我是在想，在想……"

嗫嚅半天，竟说不出一个完整的想法。实际上，我的思路并没理出头绪。

回到家里，我在未晚楼辗转反侧，夜不成寐。闭着眼睛，眼前却清晰地看见这幅画。我无来由地自问：周昉在完成此画之后，总不会束之高阁，等待李后主吧？那么，它又是怎么流传的呢？

冥思苦索之中，我忘记了自己处在何时、何地，仿佛上溯千余年，在唐代的霓裳羽衣、鼙鼓驼铃声中游历，寻找周昉的踪迹，向他当面探询这个千古之谜……

找不到周昉。唐代画家可谓多矣，不管在他之前的、同时的；之后的，无论尉迟乙僧、阎立本、李思训、吴道子、张萱、卢楞伽、王维、郑虔、曹霸、韩幹、韩滉……都已在历史风云中销声匿迹，"流水落花春去也，天上人间！"不知我为什么突然想到了这两句绝唱？随着这天才词句在我脑际闪现，耳畔也同时响起了《浪淘沙》的优美旋律：

> 帘外雨潺潺，
> 春意阑珊，罗衾不耐五更寒。
> 梦里不知身是客，
> 一晌贪欢。
>
> 独自莫凭阑！
> 无限江山，
> 别时容易见时难，
> 流水落花春去也，天上人间！

这是谁在唱呢？我面前的烟云渐渐淡去，缥缈迷蒙之中，一位雍容华贵的女子出现了。她体态丰腴，肌肤白腻如凝脂；头绾高髻，簪一朵硕大的牡丹，酥胸着团花长裙，裸肩，披蝉翼薄纱；袅袅婷婷，且舞且歌。这是谁？是谁？不正是周昉画中人吗？在《簪花仕女图》中有她，在我收藏的宝图中也是她！

我急忙上前问讯："周昉何在？"

她好似根本没有看见我，只顾唱下去，是末句的一次反复："流水落花春去也，天上人间！"唱毕，忽然香消玉殒，无影无踪……

我一惊而起，原来是梦！愣愣地坐在床前，回忆刚才所见，心中非常奇怪：周昉笔下的人物，为什么竟唱的是二百年后李后主的歌词？周昉与李煜、李煜与周昉，又有什么匪夷所思的联系？

不能解答。

我进而又想：周昉传世作品，由于没有本人款、印——这是唐代普遍作风，到底能够肯定其中哪几件、哪一件是他的真迹？我手中的这件是不是？如果是，怎么解释它和李后主的缠绵？如果不是，又如何解释它与《簪花仕女图》的联袂？

不得而知。

我不敢再想下去了。我不能怀疑《簪花仕女图》，那就等于怀疑我所得到的一切。但是，使我困惑的是：史籍只称"周家样"如何饮誉当时、风靡后世，而"周家样"究竟是什么样子呢？如果刚才入梦的女子就是，那为什么在我们所见到的唐代遗迹中——包括绘画、壁画、石刻、泥塑，都找不到和她相同的装束？在中国，"高髻"本是古已有之。到了唐代，诗人卢微君有句，"城中皆一尺，非妾髻鬟高"，可见已高得可以。但"簪花"始于何时？为什么在周昉以前的画家作品中找不到影子？以周昉画风的写实，画中的装束必然是当时生活的反映，也许始于周昉？他作为一位男性画家，有可能在妇女的发式服装领域"领导新潮流"吗？即使如此，又为什么和他同时的画家包括他的老师张萱对于这"新潮流"却视而不见呢？周昉这个生卒年份不详的人，到底生活在什么时代？他和李后主又有什么关系？

我跳下床，直奔书房。书房里，存放着历代未晚楼主的藏画和藏书，说是"汗牛充栋"也并不夸张。望着浩瀚的典籍，从哪里查起呢？当然从唐代下手。《历代名画记》《唐朝名画录》……以至于《旧唐书》《新唐书》，都没有解答我的疑窦。这时，鬼使神差——真正是鬼使神差，我又拿起了与周昉本无关系只在我意识中有着某种搅不清的关系的《南唐书》，陆游和马令的两种版本。

翻着翻着，陆游关于南唐后主李煜之妻大周后的一段文字映入我的眼帘："创为高髻纤裳首翘鬓朵之妆，人皆效之。"而再查马令版，所载李煜哀悼大周后的诔文中也有"高髻凌风"之语。

这是什么意思？"高髻纤裳首翘鬓朵之妆"不就是我在梦中所见的那位女子的装束、也是周昉作品中贵妇的装束吗？原来是南唐大周后所首创！关键在于这个"创"字，还有"人皆效之"！怪不得在漫长的唐代找不到任何佐证，它是属于南唐的！南唐虽然承袭唐风，毕竟时代不同了，政治、经济、文化、人们的精神面貌、时尚，都会有所不同，必然会丢弃一些东西，增加一些东西，何况李后主又是一位富有创造性的人物。连大周后也不甘居其后，在音乐界革新霓裳羽衣曲的是她，在服装界"领导新潮流"的也是她！"高髻纤裳首翘鬓朵"当不只是"高髻"，更重要的是"首翘鬓朵"也就是"簪花","簪花仕女"的确切时代终于有了着落！

那么，周昉是什么时代的人？难道他不在"北"唐而在南唐吗？不然，怎么唯独他的作品和南唐大周后首创的"新潮流"吻合？

不，不可能。周昉的生卒年份虽然不详，但他是张萱的学生却是肯定的，"周家样"产生的年代也远比南唐早二百年。周昉不可能长寿二百岁，也不可能未卜先知未来之事。那么，我们得找出什么理由才能把他和南唐"拆开"呢？

我找出家藏的那张《簪花仕女图》的照片，那个时候，照片还只是黑白的，但颇清晰。逐段观赏，脑际盘桓着"剪不断，理还乱"的困惑。看到后段，那位戏犬的贵妇旁边，一树盛开的辛夷花引起了我的注意。这树辛夷，我过去当然看过多次，但现在忽然想到：辛夷是春花，画中必然是春天。而贵妇们均赤肩着纱衣。地处北方的唐都长安，春寒料峭，娇纤柔弱的贵妇在室外着纱衣？这怎么可能？除非画中的地点在江南！即使周昉可能到江南写生，唐宫却绝不可能搬到江南！搬到江南，岂不是南唐了？而周昉又怎么可能在死后游南唐？

这时，碧萝小姐的一句话蓦地在我耳畔响起："除非《簪花仕女图》也不是周昉所作！"

唔，这不正应了我现在的思路吗？

看来，正确的解释只能有一个：《簪花仕女图》可能属于"周家样"的流派，但不是周昉所作。它真正的作者，是南唐时代某位姓名失传的画家。而这幅作品又极其杰出，后人遂一厢情愿地派在周昉名下，似乎觉得没有一位大名鼎鼎的作者，就委屈了这件瑰宝，"爱之欲其生"，用心良苦，却把美术史搅乱了。

一件悬案得以解决。我第一次尝到悟园主人进入"悟境"的独特精神享受！

此时，未晚楼窗外，天已大亮。我来不及更衣，急急往"书画郎中"家里跑去，迫不及待地要告诉他这一新奇发现！及至叩响他家的大门，才蓦然想到：哎呀，我推翻的岂止一幅《簪花仕女图》？连自己的这幅画也不再是周昉真迹了！但这又何妨？家父遗训说得清清楚楚，鉴赏家的天职是还书画的历史真面目，而不能为一己之私利欺世盗名、贻误后人！此画的作者有名、无名都无关紧要，艺术成就本身必将证明：它仍不失为稀世瑰宝！

"书画郎中"的门开了，我昂然走进去。

天庐居士的话又停了，呡着嘴唇，好像在咀嚼当年余味。

他的这幅得意收藏就摆在我的面前。现在，我才清楚地看到了那方"集贤院御画印"，经过七十多年的岁月，它变得很淡了，稍不留意，就会忽略。李后主偶尔留下的这点痕迹，改变了中国美术史！

沉默有顷，天庐居士从回味中醒来，略显奇怪地"看"着我，说："先生为什么不予评论？是否因为我在前面曾经阻止先生对此画下断语？我那是担心您先说出'周昉'，使我下边不好当面反驳。那么，得罪了，望先生不必介意！"

"哪里！"我收回思路，笑道，"居士多虑了。我刚才确实觉得此画是周昉作风，因为有《簪花仕女图》先入为主，这几乎已是美术界定论。但也有异议，比如著名画家、鉴赏家谢稚柳先生就与居士英雄所见略同。我是很推崇谢老的主张的，只是还想求证。今天见了李后主的收藏印，就更深信不疑了。感谢居士，使我得窥秘宝！"

天庐居士欣慰地点点头："难得遇见先生这样的知音！"

他深情地抚摸着手卷，那好似与他相依为命数十年的挚友。"这幅画，我定名为"南唐高髻纤裳首翘鬓朵仕女图"，以示与《簪花仕女图》有所区别。在请'书画郎中'重新装裱时，我仍将家父所书'唐寅仿唐人笔意图'裱在引首。这不仅寄托着我对老人的怀念，也是对历史的尊重，从这幅手卷上可以看到收藏的全过程。而且，为了纪念碧萝小姐的赠画之情和鉴赏的重要提示，我特地提请'书画郎中'保留她假托唐寅的题款。此款虽假，我却舍不得洗掉。并且把她的那首七言绝句也裱在画心之后。如果能由她再写一段跋语，当然更好，可惜这在当时由于两家的关系不睦而无法做到。于是，这跋就只好由我来做了。"

他把手卷的后一部分慢慢展开。天庐居士真是个有心人，刚才他把手卷展到画心完毕为止，就掩住后面，不让我看，就是为了等到最后，他道出自己的鉴定，才出示题跋，而我却没有发觉其中有"考考"我的用意。

现在，正隔水之后，题跋部分完整地展现在我面前。先是碧萝的那首七绝，然后就是天庐居士的跋语了。文字不长，但精炼扼要，备述一切。再后面，仍空着约半尺白纸，不着一字，想必是预留给他人题字的。

"王先生，"天庐居士伸手指着这儿，"这块地方，已经留了七十多年，看来是等着先生！那么，就请赐墨宝！"

"我？我哪里有此资格？不要污损了这件瑰宝！"

"先生不必过谦！天庐并不是随便开口索字求画的，请万勿推辞！"

看来是推不脱了。好吧，我向他要来笔墨，略略思索，在他的跋语之后写下了一首七言绝句，以与前面的碧萝题诗呼应：

> 假六如亦假周郎，
>
> 北唐过后有南唐。
>
> 簪花未落东流水，
>
> 高髻纤裳美人妆。

写毕，念给天庐居士听。他双手合十，向我致谢。

我意犹未尽，想起他刚才还没有交代的事，问道："那位碧萝小姐后来怎么样了？如果她还健在，也已是耄耋老人了！"

天庐居士没有立即回答，只默默地摇了摇头，失明的双眼竟落下两串泪珠。

明月夜　短松冈

《南唐高髻纤裳首翘鬓朵仕女图》的发现，轰动了苏州的书画收藏界。慕名前来观赏的人络绎不绝，悟园一时门庭若市。家母极其不悦，说居丧期间，不该这么张扬，乱哄哄地成何体统！她说得对，但这些人都是行家，而且都是家父生前友好，我作为晚辈，也不好拒绝，只能以礼相待。

这一天，铁砚斋主派人下了帖子，说他要来看画。我很为难，便去请示家母。我虽然是继承父业的长子，但年纪尚轻，而且家母健在，遇大事还要她老人家做主。

家母出生在书香门第，十七岁嫁到礼教森严的悟园，四十多岁就守了寡，对我的管教是很严的。她正襟危坐在上房的太师椅上，对我说："儿啊！古人云：'有其父必有其子'，你果然处处像你父亲。他这个人，一生不求功名，热衷于读书藏画，交朋结友。这是祖上遗风，我一个妇道人家，也奈何他不得。可是他最终被此所害啊！古训曰：'亲有过，谏使更。怡吾色，柔吾声。谏不入，悦复谏。号泣随，挞无怨。'你身为长子，何曾这样劝过他？"

这真是责之过苛了。我说："爹爹的脾气，姆妈不是不知道，在他面前，哪有我说话的地方？不过，他最后收藏的那幅画，我倒是提醒过他：未必是唐寅真迹……"

家母不等我说完，就愤愤然："不要再提那幅画了，你父亲就是因此而死的！如今，他不在了，我们还忍心说长道短吗？'丧三年，常悲咽。居处变，酒肉绝。丧尽礼，祭尽诚。事死者，如事生。'你总该尽人子之道，让他在天之灵得以安息。可是，你做得如何？你父尸骨未寒，你便把他忘得干干净净，南跑北奔，滥交无益之友。现在，竟然连铁砚斋主都要成为你座上客了！他是什么人？是害死你父亲的凶手，是我家的仇人！此仇未报，你倒要和他握手言欢，我决不能容忍！你要见他，除非等我也死了！"说到这里，痛哭流涕。

我垂泪道："姆妈，我哪里会忘记父亲？儿子立志要继承他未竟的事业！《南唐高髻纤裳首翘鬓朵仕女图》的确认，为祖上争光，爹爹也会含笑九泉！铁砚斋主今天下帖，只不过是来看看这幅画，我们如果拒之门外，倒显得气量狭小，惹世人耻笑。倒不如落落大方，放他进来，在外人看来，岂不是他上门'负荆请罪'吗？"

家母拭泪不语，我知道她这是默认了。事先，我未曾料到几句话竟能将老人家说服。之所以奏效，原因恐怕并不在于前面所说的一切，只在最后"负荆请罪"四字，家母是要出这一口气的！

于是我回复铁砚斋主，三日后请他光临。

为了迎接他的大驾，悟园中所有的门房、家丁、船夫、伙夫，一律手持平时用来护家防盗的枪、棒、大刀、鸟铳，从大门至未晚楼，齐齐地站成两排，夹道"欢迎"。铁砚斋主规规矩矩地看画倒也罢了，如敢出言不逊，欺我孤儿寡母，就和他兵刃相见！这当然是家母吩咐的。我虽觉小题大做，但家母已让我一步在先，我就不能不遵从母命于后了。

铁砚斋主果然来了。他是个走京下海的买卖人，虽也是长袍马褂，却与家父作派不同，头戴礼帽，足蹬皮鞋，鼻子上架着金丝眼镜，胸前挂着一条金光闪闪的怀表长链。他未带任何随从，一个人来的，好似关云长单刀赴会。这边厢却剑拔弩张，犹如楚霸王摆下了鸿门宴。

接到家人报告，我到门前迎接。没料到悟园门外，已经挤满了里三层外三层的看客，显然他们都要看看这两家仇人是如何相见，这出戏唱到哪里"开打"。

铁砚斋主真不愧为场面上的人物，脸不变色，腿不发软，满面春风，健步如飞。见了我，笑嘻嘻拱手一揖："贤侄，长远不见噢！"——这"长远不见"就是"好久未见"，吴语方言，先生想必是听得懂的。

我忙还礼："老伯别来无恙？愚侄未及拜望，倒是老伯屈尊光临了。老伯请！"

看客们喊喊喳喳，议论纷纷，大概是觉得奇怪：冤家怎么还这么亲热？手持枪械的家丁怒目圆睁，显然是对少东家"化干戈为玉帛"表示不满，酝酿着"樊哙闯帐"呢！

铁砚斋主对此毫不在意，坦然随我步入未晚楼。分宾主坐定，仆人献茶。这些礼节之后，我便不等他点题，就取出了《南唐高髻纤裳首翘鬓朵仕女图》，展开于案："请老伯鉴正！"

其实这画本是他卖给我的，还看什么？不，彼一时，此一时也，如今此画的身份大大不同于当时了！

他看得极为认真，仿佛是要弥补过去由于不识货而对它的冷遇。那一双眼睛，放射出贪婪的毫光，在画上扫了又扫，恋恋不舍，缠绵悱恻。大约过了半个时辰，这才恢复镇静，抬起头来，以手捋须，哦哦笑道："贤侄少年英才，慧眼识宝，又胜令尊一筹，可喜可贺！难怪小女碧萝多次在我面前称赞你，自古惺惺惜惺惺嘛！"

几句热语，把他过去的所作所为在我心中冲淡了。我想，他当初之所以轻易舍弃此画，都是因为尚未发现它的价值，家父也曾经失误嘛！如今肯于承认此宝，并且前来祝贺，两家的冤仇也就可以一笔勾销了。尤其是他特意提到碧萝，更唤起我心猿意马，觉得无比亲切。忙说："老伯和小姐过奖了！其实，愚侄幸得此画，还要感谢贵斋呢！"

话越说越近乎了。铁砚斋主含笑看看我，伸手取下眼镜，用一块白手帕像是不经意地擦拭着。突然，一个失手，眼镜滑落！我急忙伸手去接，没有接着，眼镜落在方砖地上，发出清脆的碎裂声。我俯身捡起，不安地说："哎呀，坏了老伯的东西！"

铁砚斋生呲着嘴，接过破碎的眼镜，好似下意识地戴上试了试，复又取下，叹息道："糟糕，这副水晶眼镜戴了多年都不曾坏，偏偏今天坏了！实在触霉头！"

"老伯不要着急，"我起身说，"家父生前也戴过眼镜的，我去找找看，替老伯应急！"

"不必了，"铁砚斋主丢下手中的碎镜，"你不晓得，各人的眼镜是不一样的。"说着，眯起眼睛，又去看画卷，连连呲嘴，"坏了一副眼镜倒不要紧，可惜两眼昏花，画也看不清了。贤侄啊，那么我就把画带回去，再仔细观赏，如何？"

唔？他这一手我实在没想到，看来，我把铁砚斋生估计得太简单了。他竟借眼镜摔碎大做文章，莫非这都是预先设计好的吗？

"呃，这个……老伯在这里看过也就是了！"我当然不会让他把画拿走，嘴里虽然还很客气，但拒绝得很坚决。

铁砚斋主一愣，脸上的笑容消失了，厉声说："想不到你恃才傲物，对老夫如此无礼！难道忘记了这幅手卷本是我的东西吗？老夫当时略施小计，不过是要试试令尊的眼力，他果然不是对手！如今，谜底既已道破，戏也到此收场。画，我就此收回了，两千大洋改日当如数奉还！"说着，便动手卷画。

我被他的举动惊呆了。我只在书中读到"厚颜无耻"这个词，却还从未见过如此厚颜无耻的活人！

"慢着！"我一把按住了他的手……

正在争执不下，门外的门房、家丁、船夫、伙夫手持刀枪，发声喊，一齐冲了进来，朝着铁砚斋主就要下手！看客们也蜂拥而进，铁砚斋主愣在那里……

"有话好说，不要动武！"这时，匆匆忙忙挤进来一个人——"书画郎中"段阅古！他是我家极尊重的前辈，一发话，无人不听，都自觉地收敛了，等他主持公道。

他分开众人，走到我跟前："自古两国交兵，不斩来使，冤家宜解不宜结。贤侄当处变不惊！"又转眼望着铁砚斋主，"我说铁砚斋主，这就是你的不是了！这画本是你卖了的，哪里还有收回之理？"

有了他解围，铁砚斋主虽然理亏，却气壮了，昂然说："卖？这是我家秘宝，能轻易出卖吗？两千块大洋又怎么可以买得到手？卖据在哪里？拿给我看！"

我一时语塞。当初他指使家奴化装卖画，根本没有任何字据！

他见我招架不住，更加趾高气扬，"拿不出字据，就是侵吞我财产！而且，你还不经我允许，在画上妄加题跋，语多污蔑，坏我名誉，欺人太甚！诸位高邻，有目共睹！你今天人多势众，画，我可以暂不取回，但要到官府去告你！国法无情，自有公断！"

说罢，放声大笑，那笑声如鸱鸺夜鸣，闻之令人不寒而栗。在众目睽睽之下，他昂首挺胸，扬长而去！

铁砚斋主走后，悟园中倒乱了阵脚。手持棍棒的家丁们跌足懊丧；由于我"放虎归山"，使他们"无用武之地"了。我斥道："你们好不懂事，只想打个痛快，可曾想到，打过之后他岂能善罢甘休？事体反而越闹越大了！"

段阅古也说："贤侄说得是。今日虽不曾动武，事体也未了结。我看铁砚斋主此去，必然还要寻衅闹事，说不定他真的要上告官府哩！"

家母不以为然："他要告就让他去告嘛，我们一未偷，二未抢，何惧之有？官府总要讲理的！"

段阅古摇摇头说："嫂夫人只知其一，不知其二。铁砚斋主为人狡诈，他要告官，必然要暗地贿赂，买通关节。何况此画买的时候并无任何凭证，万一判给了他，如何是好！"

说得有理。我的心情更加沉重了。

家母沉吟片刻，叹息道："我们也是官宦世家子弟，公堂传唤就已丢了面子，若是输给了他，哪里还有脸见人？唉，为了一张画惹出这么大的麻烦！早知如此，不要买它倒清爽！"

我心里说：姆妈看得太轻松了！这张画不比寻常的画，我宁可丢了性命也不肯失去它，哪里还会后悔当初买到手。当然，这些话我是不敢当着家母的面讲出口的。

倒是"书画郎中"处处站在我这一边，实则他也是爱画加命，所想、所言必然与我一致："话不是这样讲。此画在他手里时只是废物而已，理璞得玉的是未晚楼幼主，而不是他！如果他当初识宝、爱宝，我们决不觊觎，更不会夺人之爱；但是既已买到手里，也决不拱手让人！如今当务之急，不是自怨自艾，应当想个万全之策，既免于和他对簿公堂。失了体面，又要保全这件无价珍品……"

家母没了主意："那么，依段公之见，该如何是好？"

全家人的眼睛都望着"书画郎中"，盼望他能开出一剂良药，既能救人，又能救画。

段阅古看了看未晚楼中乱哄哄的家丁，嘴唇动了动，却没有立即开口。半晌才说："是啊，是啊，如何是好呢？我看也不必操之过急，改日再议吧！我出来好久了，店里无人照应，就此告辞了！"说完，朝家母拱拱手，便匆匆走出未晚楼。

家母眼中流露出无限失望。家父的老朋友在关键时刻却显得畏首畏尾，不能同舟共济，不能不令老人家伤心。但家母秉性刚强，在这种时候又不愿强求于人，便说，"那么，多谢段公了！"

一家人眼睁睁看着段阅古没有说出个子午卯酉就这么走了，侧目而视。我却暗自寻思：段老伯决不是见"死"不救的人，他心里一定有了主意，只不便当众说出，怕走漏风声。

我也不再言语，默默地送他出悟园。等到走出大门，他真正告辞的时候，才低声对我说了半句话："贤侄要当机立断，宜早不宜迟，三十六计……"

我完全明白了，"走为上计！"

当夜，我携带《南唐高髻纤裳首翘鬟朵仕女图》，只身走出家门，乘一叶小舟，悄悄地离开了姑苏古城……

当年八月，杭州。

我是在漫无目的的漂流中来到千古风流名城杭州的。幼时随家父数游，"风景旧曾谙"，记得西子湖、雷峰塔，平湖秋月、柳浪闻莺，西冷凝黛、栖霞簇红。也曾在家课中读遍前人咏杭名篇，其中以柳永《望海潮》最为壮观：

> 东南形胜，江吴都会，
> 钱塘自古繁华。
> 烟柳画桥，风帘翠幕，
> 参差十万人家。
> 云树绕堤沙，怒涛卷霜雪，
> 天堑无涯。
> 市列珠玑，户盈罗绮，
> 竞豪奢。
>
> 重湖叠巘清嘉，
> 有三秋桂子，十里荷花。
> 羌管弄晴，菱歌泛夜，
> 嬉嬉钓叟莲娃。
> 千骑拥高牙，
> 乘醉听箫鼓，吟赏烟霞。
> 异日图将好景，归去凤池夸。

但是此次重游，却全无兴致。对衰柳残荷，心境极为凄凉。想起家父早逝，我又仓皇出走，悟园中只留下寡母弱弟，如何支撑门户？加以铁砚斋主相逼甚急，不知那官司又将打到什么地步？

由铁砚斋主又想到碧萝，自从我第一次见到她，就已产生十分好感；南唐手卷的判定又得到她至关重要的帮助，心中更感激不尽。铁砚斋主到未晚楼看画时，我尚且怀有一个荒唐的念头：想寻找机会向他提出，两家结为秦晋。这本来就是不可能的，后来的变故随即打破了我的梦想。现在两家的仇恨更加不可调和，永远不要想化干戈为玉帛了！那么，我以后就不能再和碧萝小姐见面了吗？在未来漫长的人生旅途中，我将与谁为伴呢？一个十七岁的男孩子，正处在"多梦时节"，这些想法并不为怪。一个人独处异乡，离情愁绪难以排遣，此时心绪，恰如晏几道《蝶恋花》词：

> 梦入江南烟水路，
>
> 行尽江南，不与离人遇。
>
> 睡里销魂无说处，觉来惆怅销魂误。
>
>
> 欲尽此情书尺素，
>
> 浮雁沉鱼，终了无凭据。
>
> 却倚缓弦歌别绪，断肠移破秦筝柱！

在百无聊赖之中，我来到了西湖西南隅的大慈山白鹤峰下，沿一条青石板路，步入耸峙青山之间的茂林修竹。这里叠嶂连天，溪涧泻地，秀木荫荫，野卉清幽，使人暂时忘却了尘世的烦恼。石板路走到尽头，穿过路边凉亭，踏上碧池中的小桥，拾级而上，前面不远就是著名的虎跑寺了。

杭州虎跑寺，天下闻名，以寺中的虎跑泉而著称。但在唐代之前，这里既无泉，也无寺。相传在唐宪宗元和十年，有性空和尚云游而来，欲栖禅于此，但又苦于山中无水。夜有神人入梦，告曰：将遣二虎移南岳衡山之童子泉于此。翌日晨，果有二虎跑地作穴，穴涌泉水。于是性空建寺于此，命名泉为"虎跑"，世间遂称寺为"虎跑寺"。其实，性空建寺时名为"广福院"，唐太宗八年更名为"大慈禅寺"，咸通元年性空圆寂，葬于定慧塔，寺名遂改为"大慈定慧寺"。南宋时曾一度废为军营，元大德年间重建并恢复旧称，沿袭至今。

这些，都是我当年随父游虎跑时听他讲述的。而今再度重游，物是人非，又不免生出许多感慨。一个人坐在青石上，望着那晶莹清冽的泉水从石罅间汩汩涌出；泉后石壁上，刻着西蜀书法家谭道一手书的"虎跑泉"三字。当年大宋翰林学士苏东坡也曾在此流连忘返，并赋诗一首：

> 亭亭石塔东峰上，
> 此老初来百神仰。
> 虎移泉眼赶行脚，
> 龙作浪花供抚掌。
> 至今游人盥濯罢，
> 卧听空阶环珮响。
> 信知此来如此泉，
> 莫作人间去来想。

苏轼大约想永驻此泉旁，不走了。但哪里能够呢？如今泉水还在流淌，诗作还在传诵，而诗人却再也不可能"人间去来"了。无数来此咏叹的文人墨客和此寺的开山祖师性空和尚都已化为尘土，"风流总被雨打风吹去"，人生几何，竟不如一石一水！

谁说"少年不识愁滋味"？十七岁的我想到这些，便觉得自身轻飘飘如一片羽毛，不知要飘落何方。浮生如梦，说不定哪个时刻，就要"归去"了！那么，未晚楼里那些价值连城的收藏怎么办？我手中的这幅南唐仕女图又怎么办？

这么无来由地烦恼着，不知道在泉边坐了多久。身旁那些香客、游人仿佛都不存在，熙熙攘攘的人声竟充耳不闻。忽然，一声轻轻的感叹倒传入我的耳膜：

"唉，连李叔同这样的名士都遁入空门了，这个世道还能容得下什么人！"

我猛然一惊，醒了。抬眼看时，那是一位读书人模样的老先生在说话，他的旁边是一位老年女士，也许是他的太太。这两人不像前来进香的善男信女，恐怕也是到虎跑泉边排遣烦恼的文人。

"先生！"我来不及客套，站起来贸然问道，"你说的是哪个李叔同？"

这对老夫妻被我吓了一跳，那位先生看了看我，冷冷地说："中国有几个李叔同？哪里再去找第二个李叔同？"

说着，他们就径自走了。我呆呆地立在泉边，简直不敢相信自己的耳朵！既然在中国"没有第二个李叔同"，那么，就是他了，我一向十分景仰的人！

李叔同出身于天津富豪之家，出生时鸟衔松枝，降于产室。青年时代便以诗画崭露头角，并参加孙中山先生领导的同盟会，主张反帝共和。26 岁东渡日本，入东京"上野美术专门学校"攻西洋油画，后又攻钢琴和戏剧，组织"春柳剧社"。他是中国第一位赴日学艺术的留学生。光绪二十三年冬，为赈国内两淮水灾，在东京乐座演出《茶花女》《黑奴吁天录》，男扮女装饰玛格丽达、爱米丽夫人，轰动一时，开中国话剧先河。且独自创办音乐杂志，介绍贝多芬，为向中国传播西洋音乐的先驱。宣统二年回国之后，先后任教于天津、上海，后受聘于浙江两级师范和南京高等师范致力于美术、音乐教育。他精通诗、书、画、印，又学贯中西，是全能的美术家；精通音律，所创作的歌曲《送别》《悲秋》《忆儿时》唱遍了神州大地。他是中国现代美术史、音乐史、戏剧史上功勋卓著的、无人能够替代的一代宗师。

就是这样一位伟人，竟然抛却尘世的一切，落发为僧了？简直令人难以置信！

我突然升起一股强烈的愿望，要见一见叔同先生，无论如何要见他，可是，他在哪里呢？杭州的寺院可谓多矣，哪里是他的栖禅之处呢？

我急急地从泉水西边走过平台，奔进天王殿，望着那一尊尊庄严肃穆的佛像，不知该问谁。

一个小沙弥迎面走来。我忙招呼："这位师父……"

小沙弥一愣，合掌道："阿弥陀佛！施主有何事吩咐？"

"请问：李叔同先生在哪里出家？"

"李叔同？你说的是弘一吧？"

"弘一？哪个弘一？"

"这里只有一个弘一。"小沙弥认真地说，"就是那位'长亭外，古道边'的李叔同了！"

"怎么，他就在虎跑吗？"

"是的，就在我大慈定慧寺。七月十三，大势至菩萨生日，他在此皈依我佛，由了悟上人为他剃度，法名'弘一'……"

"噢！"我听到这里，感到莫名的惆怅，又觉得意外的欣喜，"我可以见一见他吗？"

"不可！他既已出家为僧，就不再见俗家人了。前些天，他在俗界的太太从上海来，要见他最后一面，他都不肯。施主是他什么人？"

"我……"我真不知道该怎么说。如果说我和他根本不认识，只是慕名而来，恐怕是毫无希望的。犹豫了一下，只好扯谎道，"我是他的学生。烦师父通报一声，无论如何要见他一面！"

小沙弥略一迟疑，"施主稍等。"便转身进去了。

我等着。究竟为什么要见李叔同先生，其实自己也不清楚。也许只是出于对他的仰慕。还有……还有自己的满腹愁苦，想请教他怎么摆脱。

过了片刻，小沙弥出来了。"施主请随我来！"

我奇怪自己竟然获得这样的特许，比李先生在上海的夫人（我记得她是日本人，名叫雪子）还要幸运，这是为什么呢？

在寺院尽头的一个小院落。是一排僧寮。小沙弥引我来到一个房间门前，便退去了。我举目望去，房里端坐着一位僧人。他骨骼高大，却又极其清瘦。身披僧衣，足穿芒鞋。手持一串念珠，正闭目念念有词。这就是我一向景仰的叔同先生吗？

"李先生！"我忍不住叫了一声。

他的念诵停了。缓缓地站起身来，睁开眼看着我。他当然不认得我。

"我以为是子恺和质平来了。"他的声音低沉而柔和，并且听得出有些失望。"施主也是浙江师范的学生吗？可惜我想不起你是哪个班的了，真是对不住……"

我很尴尬，解释说："我不是师范的学生，是李先生的私淑弟子……"

他脸上的热情退去了。"我值得别人'私淑'吗？况且，如今世界上已经没有李叔同这个人了。施主请便吧！"

这是要赶我走了。我哪里肯走？忙说："李先生……"

他又固执地提醒我："这里没有李先生，我是弘一。"

"啊，"我忙改口，"弘一法师！"

"我只是一个普通的和尚，不是法师，也不做法师。呼我弘一好了。

"弘……"我怎么可以直呼其名？话到舌尖换了个称呼，"弘公！"

他这次不再反驳了。

"弘公，"我唯恐被他赶走，连忙寻找借口，"我是来请弘公看画的！"

"唔？"他的眼中泛起光彩，"施主请坐！"

我本是"不受欢迎的人"，现在倒有幸被赐座了。他毕竟是一位大画家，对画有着特殊的情感！

他的房间很小，可坐的地方，除了他打坐的蒲团之外，就是一把藤椅。我想我只能坐在这里了，刚刚要坐下去，叔同先生——弘公却伸手拦住我，把藤椅拍打了几下，这才说："请坐！"

"弘公，您这是……"我不解其意，愣愣地问。

"噢，"他慈祥地笑笑。解释说，"出家人不伤蝼蚁性命，藤椅中说不定藏有小生灵，要提醒它们躲避。施主刚才说要我看什么画？"

"是一幅南唐时代的画，上面有李后主的收藏印！"

"噢？是'集贤院御画印'？那是极为难得的！画在哪里？"

"我从苏州来此，画在寓所。我现在就去取来！"说着，便要起身。其实我游虎跑时根本不知他在此寺，更没有想到请他看画。不料却实在有缘，为什么不请这位大师过目呢？说不定还可以请他题上一段跋语，就更加珍贵了。

弘公却摇了摇手，刚才的兴致全无，"不必了！"他抬手抚着剃得光光的头皮，说，"金刀剃尽娘生发，除却尘劳不净身。我已是凡界之外的人，与尘世无缘了！"

我很失望。看得出，面前这位弘一和尚的身上，李叔同的影子还没有完全褪去，他不可能对曾经倾注了全副心血的艺术彻底割舍，但却在极力控制自己。但为什么要这样控制自己、难为自己呢？

"我不明白，"我大胆地说，"以先生这样的成就，为什么竟然遁入空门？先生可以不爱功名，但世间并非只有功名，艺术是比功名、比一切都更宝贵的。何况先生已在艺术上创造出不朽业绩。先生是为艺术而生的，并且已登上他人难以企及的峰巅。纵使先生不再前进，也已经是屹立峰巅的一位巨人。而先生却断然抛弃了这一切，难道不觉得可惜吗？"

弘公没有立即回答我。沉默有顷，才说："请施主不要再称我为'先生，'否则，我们便难以交谈了。依贫僧之见，施主对文艺乃至人生的看法，弘一都不敢苟同。人生有两种：一为'生身'，即父母所生的自然生命，其本能与鸟兽无异。当然，人的精神创造又高于动物，于是世上有文化，然而生身和文化终是有限的，人若能无顾于浮生感受与世俗品评，凝念于真实生命，拨开尘雾而自由往来于天地之间，始可能完成人生，即获得高于'生身'的'法身'……"

我静静地听着，但对他说的这些却似懂非懂。

他看了看我，大概发觉我的迷惘，便停顿了一下，才继续说："人生，若以通俗的比喻，可以看作是一幢三层楼房……"

"楼房？"我更不明白了，脑际突然闪现出悟园中的未晚楼，那是我平生最爱的一幢楼房，也是我人生的依托。但弘公所说的"楼房"又是指什么呢？

"这幢楼房的底层，即是常见人生，饮食男女、功名利禄而已。世间大多数人在此居住，生老病死。只有少数人能够进入第二层，这便是文艺。文艺是对世俗的超脱，所以我赞成孔子之说'士先器识而后文艺'。文艺为普通的人生赋予了意义和价值。但终又有限。如若真正参悟了人生真谛，掌握了自身，才能进入第三层，这是真正自由的人生：宗教。我所说的宗教，并未具体指何种宗教，更不是人们寻常所见烧香拜佛、谈神说鬼，乃是指对人生的透彻理解，我们从哪里来，到哪里去。这是一种信仰，而非迷信。这一境界，并不是仅仅剃了头发、穿上僧衣就达到了的。出家是有形的，修炼是无形的。佛祖释迦牟尼'过去世'在雪山修行时，'割身奉鬼，闻半偈于《涅槃》。'使他舍身的半偈是：'生灭灭已，寂灭为乐。这半偈概括了佛教的全部旨趣。当年禅宗五祖弘忍法师命弟子以菩提为偈，'菩提'的本意便是'悟'。他的首座弟子禅秀偈云：'身似菩提树，心如明镜台。时时勤拂拭，勿使惹尘埃。'这是渐悟。而舂米僧慧能在一旁听了，却说：'菩提本无树，明镜亦非台。本来无一物。何处惹尘埃？'这便是顿悟。渐悟和顿悟都是悟，但慧能更胜神秀一筹，于是继五祖之后成为六祖。他真正进入了悟境。悟境在'第三层'，是人生的最高境界，而真正能达到这一境界的，只是极少极少的人！"

　　我被他这种"三层楼"的学说惊呆了，有生以来，还没有听到任何人如此透彻地谈过人生。我所认识的人，铁砚斋主只是拼命地追求金钱，金钱就是人生；家父一心一意地侍奉艺术，艺术就是人生。他们虽然有高下之分，但也仅仅是"第一层"和"第二层"之分，五十步笑百步。弘公则傲然站在"第三层"，俯视着芸芸众生，是何等的潇洒超脱！随着他的叙说，我仿佛经历了一场艰难的人生跋涉，当蓦然回首人间时，眼前豁然开朗，"不畏浮云遮望眼，自缘身在最高层！"

　　现在，他在我眼中，已不仅仅是一位大艺术家，也不仅仅是一位高僧。他是哲人，是学者，是人生真谛的化身，令我高山仰止。大概我心中的这种感觉就是"悟境"？悟园子孙也许具有特殊的"悟"性？我突然产生了一个强烈的愿望，以至于迫不及待地对弘公说："弘公肯为我剃度吗？我也要出家！"

　　"唔？"他似乎很吃惊，"施主刚才还在谈艺术，怎么突然要出家了？须知，这不是一件兴之所至、心血来潮就可以匆忙决定的事，它关系到你一生的前途！"

　　这是怕我的心不真吗？

"听了弘公的一番教诲，使我顿开茅塞，我决计要追随弘公，寻找真正的人生！"我恳切地望着他，唯恐他不答应，又补充说，"弟子虽然鲁钝，却是自幼与佛有缘。童年时候，生过一场大病，是家母带我去寺庙里发了愿才得以痊愈的。那时我便拜了师父，师父为我起的法名是'天庐'……"

"善哉！"弘公哦哦笑道，"那么，你已是在家居士了。"

我不知他为什么发笑。我说的有什么可笑吗？

"天庐居士，"他开始这样称呼我，"弘一只是一名刚刚剃度的沙弥，还未受比丘戒，是无权为你剃度的。就是将来也不做寺院住持，不披剃出家徒众……"

"那么就请弘公引荐我去见了悟上人。"

"我佛慈悲，普度众生！"他合掌祝颂，然后却说："居士果然如此坚决吗？那么，我倒要请问：你不做在家居士，一定要做和尚，是为了什么呢？"

"我刚才已经讲过了。"

"不，你还没有讲完。你的心里藏着很多痛苦，当然，这些我不必知道……"

他已看透了我。对于我所景仰的人，没有什么可以隐瞒，我便把离开苏州之前的苦恼和盘托出，这是我第一次向人剖白心迹，说完之后，眼睛已经湿润了。

"唔，这就是了。"他缓缓地说，"你是因厌世而来，所以我们刚见面时你说我是'遁入空门'。这个'遁'字是不准确的。人生在世，如果一帆风顺、平生得意，难免恋世；但若一路坎坷、痛苦不堪，则又易生厌世之感。恋世和厌世都是浅层的人生常情。而真正的人生，应该是既无痛苦又无欢乐的，只是一片至真至善至美之情。因为厌世、为逃遁尘世间的烦恼而出家的人，自古皆有，人们最熟悉的莫过于《水浒传》中的花和尚鲁智深和行者武松了，他们都是因为杀了人，闯了祸，才不得已做了和尚，以逃避麻烦。但他们那算是什么和尚！照旧酒肉穿肠、杀人如麻！我不做和尚则已，既做和尚，就要做比和尚更和尚的和尚……"

是的，我想。他在做和尚之前做艺术家，就是比艺术家更艺术家的艺术家。

"做了和尚，必须放下万缘，一心系佛。对我来说，出家之前是一生，出家之后是一生，尘间的一切已经斩断。我在出家之前，已将平生所作油画二十余幅全部寄赠北平国立美术专门学校；所刻印章封存于西泠印社石壁间，建了一个'印冢'，所藏书法、所书折扇赠给了好友夏丏尊；所有画谱、画作、画论都给了我的学生丰子恺；所有乐谱、乐理、世界音乐名著都给了刘质平；所有剧本、南社文集都给了王平陵。我向你说起这些，并非要炫耀什么，只是想说明，做一个和尚要舍弃什么。现在你既要出家为僧，那么请问：你的悟园、未晚楼和楼中的那些藏画，还有你随身携带、不离不弃的那幅南唐珍品，该怎么处置呢？你舍得抛弃这一切吗？"

我瞠目结舌！好一个弘一，他真真是把属于李叔同的一切都抛弃了！而他所向我发问的这些，正是我的生命，我的唯一爱好，怎么能一概弃之若敝屣？这样一个"比和尚更和尚的和尚"我怎么做得了？

他见我不语，淡然一笑，柔声说："居士，你俗缘未了，不必勉强吧？"

我呆呆地望着他，竟说不出一句话。"俗缘未了"这四个字，已经判定我没有资格做他的弟子了，我还有何话说？心中不免一阵疚愧和失落：从今以后，只好居于人生的"第二层"而无由攀到"第三层"了！

弘公毕竟是弘公，他完全看透了我的内心，这时又安慰道："刚才我所说的三个层次，只是一得之见、一家之言，居士未必赞同，也完全可以不赞同，这倒不妨。其实，这三种人生，每个人一生当中也许只能尝试一种，只要真正有所追求，也并非虚度。居士致力于书画收藏，已是百年大业，望百折不挠，完成夙愿，于国、于民、于世界、于人生都是有益的。又何必使人间少一位收藏家而佛门多一个啖饭僧呢？望居士三思！"

我还有什么资格"三思"？在这位艺术大师、佛学大师面前，我只有惭愧，一切还要从头学起。我不敢再耽误他的时间了，想就此告辞。但又觉得恋恋不舍，于是斗胆说："弘公教诲，没齿不忘。我一介俗夫，打扰多时，实在不好意思。辞别之前，还想求弘公惠赐一件墨宝，以为终生纪念，不知……"

他没有立即答复。沉默片刻，面有歉意地说："居士与我，本是因书画结缘，得会此一面。弘一不才，何吝举手之劳？只是我已将文房四宝留在凡间，而且七七四十九天的比丘戒在即，还应一心系佛，故而难以从命了。但我已记住居士大名，来日有缘，当偿还此愿！"

婉言谢绝得令我无话可说，只有告辞了。

出了定慧寺，我好像从另一个世界转了一遭回来，眼前的一切，熟悉而又陌生。刚才与弘公的会见，如一场梦。或者说，刚才是清醒的，现在倒在梦中。到底哪边是真，哪边是假？我是谁？从哪里来，到哪里去？前面等着我的是什么？反而都不知道了。人生，多么难以认识、难以掌握的人生啊！

我在杭州流连了半年之久，不忍离去，就是因为这里有一位弘一法师——尽管他不承认自己是法师，我还是要称他为法师，实际上他后来终于成为律宗一代宗师，果然是"比和尚更和尚的和尚"。但他所说的"悟境"，我却终未能进入。我徘徊在西泠，寻找他的"印冢"，但不知道确切位置。我不是要"盗"他的"印冢"，而只是出于崇拜。一位艺术大师把毕生的心血埋进坟墓，太可惜了！他是要毁灭这些艺术品，还是要传之久远、待千秋万代之后供考古学家发掘呢？如果决心要毁灭，那是不必留"印冢"的。他的字、画、书籍，不是也没有毁灭而是赠给了好友和弟子吗？可见超凡脱俗的弘一法师对于"前世"所醉心的艺术也还保留着一丝垂怜。他的得意弟子如丰子恺等等诸君，为什么没有追随老师去做和尚而继续从事艺术创造呢？可见文艺这个"第二层楼"也还是这么值得留恋，并非人人都可以超脱的。如此说来，我也未必就是人间最"鄙俗"的人了。

怀着这种似是而非的茫然思绪，我在人海中随波逐流，由杭州而达上海，第二年秋天来到了祖居地南京。

登临送目。

正故国晚秋，天气初肃。

千里澄江似练，翠峰如簇。

征帆去棹残阳里，背西风、酒旗斜矗。

彩舟云淡，星河鹭起，画图难足。

念往昔、豪华竞逐。

叹门外楼头，悲恨相续。

千古凭高对此谩嗟荣辱。

六朝旧事随流水，但寒烟衰草凝绿。

至今商女，时时犹唱，后庭遗曲。

这是王安石的绝唱《桂枝香·金陵怀古》，把金陵的雄壮和凄凉都说尽了。六朝金粉地，一弯秦淮月，留给我的是一片寂寞。

我家祖居地已没有什么亲人。只清凉山下留有一块祖茔，着佃户看守，家父在时，年年清明来此祭扫，也已说不清哪座坟是哪一代先人，在苏州故去的前辈已另有墓地，不再归祖坟。如今我来到故地，自然也要祭扫一番，守墓的佃户便负责照应饮食起居。但彼此不熟悉，没有什么话好说。我无事可做，在游览了清凉山、紫金山、燕子矶、石头城之后，就待得厌了。踟蹰街头，竟没有一个可以对谈的人。这心境，恰如李叔同先生当年的名曲《送别》：

> 长亭外，古道边，
> 芳草碧连天。
> 晚风拂柳笛声残，夕阳山外山。
>
> 天之涯，地之角，
> 知交半零落。
> 一壶浊酒尽余欢，今宵别梦寒。

但是，金陵之行却又使我至今难以忘怀，因为正是在那时，我意外地发现了一件稀世珍宝——苏轼的《明月帖》！

天庐居士的叙说，如果面前是一位对书画全无兴趣的听者，也许会显得过于冗长而乏味。因为他是个盲人，难以和对方作眼神的交流，又很少动作，而只是一味叙述。他并且常常引经据典，用语言做烦琐的考证，信手拈来一些引文，有"掉书袋"之嫌。这些都是演讲的大忌。如果他是在大庭广众中作这番演讲，听众恐怕要跑掉大半的。但我估计他是不会作那样的演讲的，他很傲气，决不可能廉价地卖弄学问，他的私人经历恐怕也很少对人言。今天实在是看得起我，才会讲这么多的。

我一直在静听，尽量不打断他。这不仅是出于对他的尊重。在我听来，他的叙说有一种独特的魅力，我希望不要有任何干扰使他的那股"气"中断。

但我还是不由自主地打断了他："对不起，居士，请等一等！您刚才说到《明月帖》？苏东坡传世书法墨迹，我只知有上海博物馆藏的《祭黄几道文》，吉林博物馆藏的《洞庭春色赋》《中山松醪赋》和鸦片战争后流入日本菊池氏之手的《寒食诗帖》，而从未听说还有《明月帖》……"

"是的，从未有人说过，前人著述中也从未提到过，"他点点头说，"因为这件墨迹是我命名的，前人也许另有所名。其实这些命名都是苏子瞻所不知道的，他生前只顾写下就完事了，想不到九百年后留下如此多的公案。但我们总应该相信：苏轼一生所作的书法作品，决不止如今传世的几种，湮没了的当占多数。而湮没不等于毁灭，后人仍有可能发掘出来。《明月帖》就是这样突然从'地下'冒出来的……"

在那个凄凄残秋，我耐不住寂寞，到秦淮河畔的夫子庙闲逛。先生一定熟悉夫子庙了，那儿相当于北京的大栅栏、上海的城隍庙、新加坡的牛车水、巴黎的蒙马特高地……繁华而又杂乱，残旧而又新奇，许多说不清名目的商品登不了大雅之堂，都汇集到这里，不定在什么时候，有心人会从破烂中找到珍宝。

夫子庙也有字画店。这种店我是不进的，它们在全国的画店中排不上名次，无法和北京荣宝斋、上海朵云轩、南京十竹斋相提并论，店堂里挂的只是一些不入流的恶书劣画，廉价卖给胸无点墨的俗客。偶尔也会见到"名人墨宝"，那不过是"苏州片子"一类的赝品，专门欺负附庸风雅的土财主，买回去当真迹挂。

我宁愿在地摊上搜寻。这里无奇不有：故衣鞋帽、瓶炉杯盏、烟壶烟枪、佛像念珠、西洋钟表，也有人卖六朝残砖、雨花卵石……

一个摊子上堆着一摞线装旧书，多已残破不堪。卖主穿一件长衫，沾满油污，像是许久没有洗了。面目精瘦如猴子，一脸烟黄色。可以判断，这是个破落子弟，家产已被他挥霍尽了，只剩下被他视为废物的这堆书，指望能换几个烟泡钱。但很遗憾，无人问津，西风掀着书页，稀里哗啦如唱挽歌。我似乎是为了安慰他，才俯下身来，伸手翻了翻。一部《四书集注》，一部《唐诗合解》，一部《子不语》，都是我家有的书，自然不必买它。

卖主却表现出特别的热情，因为难得有人光顾他的摊子。"先生哈要看书噢？"一口南京腔，"我留着也没得用，交个朋友，你拿去就是喽，价钱好商量！"

这简直是赖着要卖给我。我不得已，只好把已经放下的《子不语》再拿起来翻翻，心想如果逃不脱就送个人情，他也怪可怜的！

"先生要这本啊？这本最好看哩，先生是内行！五块钱卖把你！五块钱，在你手里算什么？"

看来不买是不行了，这个价钱确实也不好再"商量"了，就是送他也无所谓。我正准备掏钱，忽然从书页中飘落一张纸，我不经意地随手捡起，却不由一愣！

"这张纸，也归我吗？"我问。

"当然,当然!"他满脸堆笑地讨好,"这是书里头的,不晓得怎么掉的嘞?先生拿回家去粘上,一样看,没得关系的!"

我无心听他啰唆,展开来,细细地看那张纸。纸已极其破旧,呈灰褐色,且布满水迹、霉斑。边缘很不规则如地图,想已是残片。上书墨笔草书数行:"夜来幽梦忽还乡,小轩窗,正梳妆。相顾无言,唯有泪千行。"虽无头尾,但看得出,这是苏轼的词《江城子》片段。

苏轼此词,原题下有序:"乙卯正月二十日夜记梦。"乙卯,即北宋神宗熙宁八年,公元1075年,苏轼40岁,时任密州知府,与他在《琅琊台刻石》上题字属同一时期。也就在这一年的冬天,他还写下了气势磅礴的《密州出猎》,"老夫聊发少年狂,左牵黄,右擎苍,锦帽貂裘,千骑卷平冈。"读来使我们如见其人,如闻其声,末句"会挽雕弓如满月,西北望,射天狼"具有极大的感染力。诗人虽已届中年,依然豪情勃发,"鬓微霜,又何妨!"这是苏词的本色,和他的《念奴娇·大江东去》一样流传千古,的确不愧为豪放派首领和创始人。胡寅在《酒边词·序》中说:"苏氏一洗绮罗香泽之态,摆脱绸缪宛转之度,使人登高望远,举首高歌,而逸怀浩气,超然乎尘垢之外,于是《花间》为皂隶、柳氏为舆台矣。"这确是精当之论。但苏轼并非一味豪放,不是像某些词话家所说"短于情",他只是不屑于写"绮罗香泽"的艳情而已。偶尔触及男女恋情,也写得真切哀婉,动人心魄。熙宁八年正月二十日夜的记梦之作《江城子》,就是为他死去已十年的妻子王弗而作,写出了刻骨铭心的一往深情,绝非温庭筠、柳永之辈可比。这首词,我想先生一定是熟悉的:不妨一同再欣赏品味:

十年生死两茫茫。

不思量,自难忘。

千里孤坟,无处话凄凉。

纵使相逢应不识,

尘满面,鬓如霜。

夜来幽梦忽还乡。

小轩窗,正梳妆。

相顾无言,惟有泪千行。

料得年年肠断处,

明月夜,短松冈。

在夫子庙旧书摊偶然见到的那片旧纸上，写的就是这首词，虽然残破，但却是没有错的。问题是：这是何人手笔？如若就是哪个破落子弟的父辈或祖辈抄的，当然毫无价值。但如若不是呢？我细细审查，觉得不像凡人笔墨。笔圆韵胜，神完气足，熔柳公权之瘦硬、颜鲁公之雄健于一炉，分明是东坡中年风格。而挥洒劲道，飞白满纸，又颇合苏轼"一时兴来，不择精粗，有纸辄书，落笔如风雨，纸尽乃已"的性格。如果是后人仿造，谁能仿得如此逼真？子瞻有诗与其弟子由论书云："吾虽不善书，晓书莫如我。苟能通其意，常谓不学可。"他其实是极为晓书而又善书的。世间只有一个东坡！那么，这件东西会是他的真迹？天何怜我，令我在此幸遇东坡？我不敢相信，唯恐再蹈家父覆辙……

卖主已经等得不耐烦了。"哎呀先生，买回去慢慢看嘛，五块钱把我！一手交钱，一手交货！"

我顾不得和他讲话，两眼只紧盯着这张纸，它现在在我手中似有千钧重！如果说我在杭州拜会弘一法师时曾经迷惘，那么现在倒又清醒了：我不可能做和尚，而只能做收藏家！只有在书画面前，我才是我，它是掌握我生命的神！艺术之神让我不远千里绕道金陵，就是因为这里有一件"苏东坡"吧？

当然，还要寻找证据。

噢，证据有了。在这张字的右上方边缘处，我突然发现了颜色暗淡的半个图章。也许是因为残缺，图章只剩下半个，也许本来就是骑缝章，画面上只有半个。虽然两字都是仅存半边，但仍可辨认是"宣和"二字，这是宋徽宗的收藏印！

我这一惊，在瑟瑟残秋却出了一身冷汗！宋徽宗和苏轼几乎是同时代的人物，徽宗即位的第二年苏轼才去世的，那么，本身就是书画行家的赵佶绝不可能收藏一件同时代的书家的摹本！如果这颗收藏印是真，字当然也就立判为真了。可惜，现在是在街头，难以更精确地观察、判断……

卖主已经等得急了，伸手抢过这张纸，夹在书页里："五块钱值得这么啰里啰唆，你不买就算了！"

"哎，你等一等！"我忙说，"我一定买的！如果真是苏东坡，就不是给你五块钱了……"

"什么？苏东坡？"那人惊得大张着嘴。看来，这个破落子弟即使胸无点墨，也是知道苏公的大名的！

我在想：不能亏待他。请他跟我回去，等我判定为真迹时，一定重谢……

谁料想正在这时，我的肩膀被人从背后猛地一拍："嗨，是你呀！"

我陡然一惊，回头看时，啊，竟是"书画郎中"段阅古！

他好像是从天上掉下的！我懵懵懂懂地问："老伯！您怎么在这里？"

段阅古苦笑着说："贤侄，你好糊涂，忘了我在南京有个分店吗？"

"分店，是的，是的。那么老伯是从苏州来？"我好容易弄清了来龙去脉。

"你这是怎么回事？家里派人到杭州去找你，横竖找不见，你倒跑到南京来了，而且神经兮兮，讲话也颠三倒四……"

他这么一说，我才明白过来，急着问他："家里怎么样了？铁砚斋主……"

他伸出一个手指到唇边，低声说："这里不是说话的地方，还是到小店一叙吧！"

我于是就随他往前走，绕了几段路，进了他的分店，离夫子庙倒也不远。坐下之后，伙计送上了茶，他便挥手屏退左右，对我说："贤侄，你一走就是一年，虽然带足了盘缠，令堂总是放心不下，整日茶饭无心，只惦念着儿子……"

我怦然心动，想起离家之苦，哽咽说："是啊，'谁言寸草心，报得三春晖'，我也惦念姆妈！只是不知道那桩官司怎么样了？我一走了之，恐怕姆妈受了不少连累！"

"官司并没有打起来。你走之后，我有意放出风去：悟园主人毕竟是前清江宁织造的后代，京城里的故旧多得很，就是现在民国政府里的要员，也有几位是他家的书画朋友。他这是去北京了，不知要搬个什么大人物来，到时候苏州城又要风光风光！这是说给铁砚斋主听的。过了几日，毫无动静。据他家左邻右舍说，那几日天天听到他屋里争吵，稀里哗啦掼东西。后来又无声无息了，竟然平平安安到如今。看来这场事体算是过去了，贤侄好回去哉！"

"唔！"我总算放下了心，又问，"碧萝小姐还好吗？"

他摇摇头："不晓得。听说她家里争吵的那辰光，碧萝曾经要投河寻死，被及时制止，没有死脱，也不晓得为什么。"

"那一定是为我！"我喊道。

"为你？怎么会为你？"

"老伯不晓得，我同碧萝是……是有缘的！我要回去，对姆妈讲，对铁砚斋主讲，我要娶她！"

"咦！这哪里使得？"段阅古吃惊地望着我，好像是在听梦话，"铁砚斋主怎么会把爱女嫁给你？令堂又怎么肯让你娶仇人之女？再说，你已是有妇之夫……"

"什么？老伯开我什么玩笑？我还是个童子身，哪里有娘子？"

"唔，这事你还不晓得。你不在家的时候，令堂为你定下了一门亲事，就是我们苏州画马名家马洗凡的女公子。马公是令尊生前挚友，后代结缘，顺理成章。而且，此事是在府上出事的时候定下的，也足见马公见义勇为，帮你壮了声势。等到明年，你居丧期满，就好迎娶哉！"

我惊得呆了！

命运，在我完全不知晓的时候为我安排好了一切。那幅南唐珍品虽然保住了，但我却失去了同样宝贵的东西：自由。今后，我可以回到悟园中去做未晚楼主了，但又必须和一位我完全不熟悉甚至毫无印象的马小姐结为夫妻，共同生活，生儿育女，了此一生。这是悟园的子孙世世代代走过的路，也是千百年来的中国人走过的路，似乎已经天经地义，四万万五千万人口就是这样繁衍而来的，我本人也是这样来到了世间。说句罪过的话：家父家母当年的结合，难道有谁曾经事先征得他们自己的同意吗？我当然也应该如此，做一个孝子贤孙。但要是我不做呢？中国人并非都是孝子贤孙，不然，就不会发生像《孔雀东南飞》《钗头凤》《西厢记》《牡丹亭》那样的悲剧。何况，如今已经是"共和"时代了，辛亥革命推翻了帝制，"天地君亲师"还像过去一样不可侵犯吗？今年五月，听说北京的学生火烧赵家楼，连国事都敢干预，上海的工人也随着闹得沸沸扬扬，人们不再像过去那样甘当"顺民"了。我不懂政治，管不了国家大事，但连强加于自己的婚姻也不能反抗吗？为什么不可以做个"逆子"？

段阅古见我半天不言语，觉得奇怪："贤侄，你灾难已过，又大喜临门，怎么面无喜色？"

我说："老伯，这件事，我断难从命！"

"啊？以马公的门第、学问、人品、威望，在苏州也是少有的了，与府上堪称门当户对；他的女公子，我虽未见过，想必也是窈窕淑女。人生终身大事，也不过如此，你还有何求？"

"我……我心里丢不下碧萝！"

"碧萝？咦——"段阅古鄙夷地冷笑着，"一个小小的'苏州骗子'，值得贤侄如此留恋吗？"

我觉得受了侮辱，不客气地问道："她'骗'了老伯什么？"

段阅古不悦地白了我一眼："老夫洁身自好，与她家素不往来，岂能受骗？你不要忘记去年春天……"

"那件事完全是铁砚斋主所为，怪不得碧萝！而且，如果不是碧萝提醒'休因鱼目误珍珠'，那件真迹就会被我们当成赝品，又哪里会有后来老伯'放火'烧出'集贤院御画印'呢？"

"唔，这倒也是。"

段阅古毕竟是"书画郎中"，我一语切中要害，他便被说服了。

"不过，"他又沉吟道，"碧萝总还是铁砚斋主之女，那样的门风……唉，可惜了！贤侄啊，鱼与熊掌不可兼得，你不可能与两家结亲吧？总要舍弃一方。依老朽之见，你把她忘记也就是了！"

"忘记？"我痛苦地垂下头，"她不是鱼，也不是熊掌，她是人！当我第一次见她，就好像在'前世'认识她，一点也不觉得陌生。仿佛我来到世上就是为了等她、找她，现在她来了！第二次见到她，我就已经不愿再离开她，永远，永远！当一个人被印在心上，那是永远也忘不掉的！老伯，您能理解我这种心情吗？"

他困惑地望着我："你说的，只像是汤显祖、王实甫的戏文。老朽没有经历过这样的感情，大概就像《诗经·关雎》中所说的'求之不得，寤寐思服'吧？"

"是的，就是这样！我虽然只和她见过两面，但今生今世也不会忘了她！离得愈久，思念愈切，没有任何一个人能够代替她！比如老伯最心爱的一幅画，怎么可能用另一幅来'换'掉呢？"

"当然，当然……"段阅古沉默了。作为装裱家和收藏家，他最能理解爱画之情，以此类推，竟然懂了他本不懂的东西：爱情。但他毕竟不是我的父母，得到他的同情实际上也无济于事。这一点，他很清楚。喝了一阵茶，闷闷地说："依贤侄的意思，怎么办？"

"回苏州去，向马老伯讲清楚，退婚！"

"这恐不妥。其一，令堂既已为你定下婚事，绝不肯由你做主而退掉。其二，马公也是苏州一位名流，又怎能容忍这种耻辱？其三，即使你把事体闹翻，也不可能与铁砚斋联姻……"

我不能不承认，他说得一点不错。

"那么，我只有逃婚了！"

"逃到哪里去？"

"浪迹天涯，四海为家。既然家不容我，我又何必恋家？姆妈养我一场，只好愧对她老人家了！"说到这里，我不禁潸然泪下。但摆在我面前的也只有这一条路好走，决心已定，便擦干眼泪，说，"老伯，我是决计不回苏州了。麻烦老伯带个口信给家母：从此再也不要派人四处找我。悟园中一切，全由家母和舍弟做主，但未晚楼属我，虽片纸只字，任何人不得擅自挪动、损坏。马氏小姐，与我无关，她尽可以另适他人，祝她有个美满的归宿……"

段阅古垂泪道："贤侄，我晓得你性格倔强，说得出，也就做得到，劝解也是无用了。但你告诉我，你不会出家去做和尚吧？你是长子，要记住，'不孝有三，无后为大'……"

"'始作俑者，岂无后乎？'我得罪了这么多人，恐怕是要'无后'了。但我不会出家，因为我还没有看破红尘，不配做和尚。我还要长久地生活在人间，与书画为伴，这是我唯一生的希望了！"

该交代的都交代了，我心里反而觉得十分踏实、坦然。就要告辞"书画郎中"，突然想到一件事，我立即站起身来，说："老伯，还有一事相求，您可以借些钱给我吗？"

"贤侄说哪里话？以你我两家世交，何必说出这个'借'字？你出门在外，当然处处用钱，从这里拿去就是……"

"不，这个数目很大，我要立个字据，老伯回苏州向家母如数取回就是……"

"你要做什么？"

"买一张字，苏东坡的真迹……"

"苏东坡？你不要说梦话吧！在南京如果有'苏东坡'，不会逃过我的眼睛！在哪家店里？"

我来不及向他细说了，此时，系着我的心的是那张残破不堪而又珍贵异常的纸片，我必须立即赶去！刚才和卖主讲好了的五块钱售价，当不能再作数了。那人急等用钱，我不能因为他外行就轻易掠人之宝……

匆匆从"书画郎中"手里接过一张五千元的支票，我三步并作两步地往夫子庙跑去。

那个旧书摊，那个为五块钱向我折腰的破落子弟，那件价值连城的苏轼手迹，此时都不翼而飞了！都怪半路上杀出个"书画郎中"，把这件大事误了，一件珍宝失之交臂！

我来回走了几遍，仍然不见踪影。再回到原来那人摆摊的地方，问旁边的人，被一通嘲笑："天下哪有你这样买东西的？他不懂，你倒把底细都告诉他！哈哈，哈哈……"

是的，在别人看来，我的确太可笑了。但这是悟园的家规：保存古物、出让古物者有功，永不可巧取豪夺。我虽然离开了悟园，但这条家规却不敢破，永不能破！

连续好几天，我都在夫子庙徘徊，但再也看不到那个人，看不到那张字了。"苏东坡"藏到什么地方去了呢？也许已被别人买走，也许卖主知道了它的价值，倒舍不得卖了。如此说来，它总不至于被毁掉，还会长久地保留在人间。也许在将来的某一天，它会突然露面，大放光彩！

我没有再去见段阅古，也没有还他那张支票，因为我已经给了他借据，家里自然会替我还债的。我正好利用这笔钱，远远地摆脱家里的控制和追踪。我回到清凉山下祖坟，向祖先磕了个头，就走了，以后就再也没有回到这个地方。那是我拜别先人生活的故土。现在想起来，感慨万千，而当时却觉得很平淡，并没有什么悲壮之感。守坟的佃户问我去哪里，我说不知道。真的不知道，并没有骗他。我让他转告家里的也是这句话。

我从下关买了船票，沿长江逆流而上。经过李白衣冠冢、屈原故里、昭君故里，我都上岸拜祭。一路瞻仰了三国鏖战的古战场，出白帝城，上溯到重庆。然后去成都，参拜了诸葛武侯祠、杜甫草堂，又取路北上。在山西，参观了云冈石窟；再赴陕西拜谒茂陵霍去病墓；然后过黄河、跨长城，走甘肃，游敦煌。当时为什么要作这漫长而艰难的旅行，并没有十分明确的目的，只是觉得心中郁闷，要"走进历史"。当我徜徉在中国文化灿烂遗迹之间时，感到如婴儿偎依在母亲怀抱中那样温暖。在七十年后的今天，重新回味，这种感觉更增加了百倍、千倍。我真是要庆幸自己在年轻的时候，在眼睛还能看得见的时候，曾经那么真切地看过祖国！

1920年冬天，我到达北京。我祖籍六朝故都金陵，生于吴都姑苏，游历了越都会稽、蜀都成都、秦汉唐都咸阳（长安），最后才见到了元明清故都北京。北京是难忘的。它古朴雄浑而又亲切慈祥。北依长城，南濒运河，如二龙衔珠。金碧辉煌的皇宫大内与质朴无华的巷陌民居奇妙地结合，犹如兼容工笔重彩与单线白描的巨幅手卷。当我徜徉在街头，那淳朴的民风、字正腔圆的"京腔儿"给我以极大享受。我到达的时候正是冬天，塞外的朔风把鹅毛大雪送过长城，撒在古都的大街小巷，把整个世界都变白了。护城河里已结着坚冰，杨柳梢头挂满了雪粉，使人想起江南的早春梅园。北京人不怕冷，孩子们在打雪仗、溜冰、抽陀螺（我记得北京话把陀螺叫"嘎咯儿"），文人雅士则踏雪寻梅，或拥炉赏雪。古都自有古都气象，使我感到了家乡小桥流水的单薄。古老的华夏文明，发祥于黄河流域，成长于长江流域，成熟于长城脚下，可不可以这样说呢？我看大抵是不会错的。

我在北京重新规划人生。经过一年的准备，于第二年考入燕京大学历史系。我之所以作此选择，正是因为在北京越来越感到自己的浅薄，仅仅靠十几年的"家学"远远不足以支撑今后的任重而道远，我必须更深入地"走进历史"。这是当时占据我整个头脑的想法。至于远在苏州的那个家，我几乎把它忘了。不是我不愿意回到家母身边尽孝，是因为她把一个我不认识也毫无感情的马小姐强加于我，使我有家不能归了。苏州令我念念不忘的只有碧萝小姐，可惜也被家仇一刀斩断，我回苏州去干什么呢？开始，我还给家里写信，告诉家母：儿在外一切都好，不必挂念。并且一再重申：未晚楼中的藏画不许他人妄动；马小姐与我无关，请及早另适。信中是从不写我的地址的，有去无回。可以想象这曾给家母带来多么巨大的痛苦！但当时年少气盛，并不觉得。后来索性连这样的信也不写了，消息完全断绝。

"书画郎中"借给我的五千块钱已经花完了，我只好在课余时间卖字为生。让先生见笑，我的字是很不成气候的，但买字的人未必有什么鉴赏能力，附庸风雅罢了。而且在这时，我的家世竟然意想不到地帮了我的忙：我家那位做过江宁织造的曾祖和号称"丹青判官"的家父在京城也是有些影响的，人们爱屋及乌，便以为他们的后人一定是如何如何了，说起来也是好笑。我并且因此结识了末代皇帝溥仪的老师陈宝琛。辛亥革命后，溥仪虽已退位，但仍住在宫里。当时北洋政府内务部在故宫午门内三大殿以及武英殿、文华殿设立古物陈列所，这是在故宫博物院成立之前最早把故宫的一部分辟作博物馆，一直到 1924 年冯玉祥北京政变把溥仪逐出宫为止。当时在武英殿里陈列着皇宫所藏的大量历代名家墨宝。由于陈宝琛的关系，我得以经常前往观摩，眼界大开。无论在中国还是在全世界，民间收藏家都不可能和皇家相比。"普天之下，莫非王土", "朕即国家", 民脂民膏全部化为一人的私有财产, 那是何等的气魄? 无怪乎宋徽宗在他的书画签名时要独出心裁地写上"天下一人"!

古物陈列所成为我的一个"课堂", 过去我只在典籍里见到著录的珍品, 在那里才真正看到原作, 得自前人的理论也才有了依托, 这为以后的鉴别和收藏提供了一面镜子。

偌大京城, 皇宫里的古物陈列所也并没有囊括一切艺术珍品。由于种种原因, 仍有不少杰作流落民间, 琉璃厂的东西"晓市"便成为收藏家寻珍觅宝出没之所。我的卖字所得, 除了用以简单的衣食, 几乎都花在收藏上了。请先生过目: 宋·马远《野老孤舟图》、宋·无名氏《松鹰图》、元·赵子昂《牧马图》, 明·董其昌《秋山图》、文徵明《溪山夕阳图》、陈老莲《九老图》, 清·龚贤《苍野图》……都是那一时期的收藏品。当然不止这些, 我是精选数幅请先生看的。先生当可以感觉到, 我收藏的标准不只在于出自名家, 更注重择其杰作。这些藏品, 即使放在故宫博物院也可称为上品。遗憾的是, 我一直抱着希望能够收藏到一件苏轼的墨迹, 却久久未能如愿。收藏这一行, 从来就是可遇不可求! 我总也忘不了在南京夫子庙见过一面的那张《江城子》残片……

1923 年, 我在燕京大学还未毕业, 但在收藏上已敢称京城"小富", 为一些老前辈所器重。由于一个意外机缘, 我东渡日本。那一年 9 月 1 日, 日本发生了大地震, 并且引起了海啸, 死伤达 17 万多人。中国红十字会立即派人前往救护, 艺术界人士也以书画募集款项, 援助一衣带水的近邻。我即将自己所有藏品装箱托运, 前往日本举办"天庐藏画展", 全部门票收入捐赠赈灾。那时候, 我们向日本人民奉献出了多么巨大的热情啊!

我到达东京时, 举目所见, 皆断垣残壁, 血肉横飞。但也看到, 日本人民并未仰赖国际援助, 而是从苦难中崛起, 发愤自救, 显示了这个民族的凝聚力和坚韧性。

我的藏画展在震区以外的城市举行, 先后巡回了磐城、仙台、札幌、京都、仓敷、熊本和广岛。我原来还有所担心: 在这样的时节, 人们会不会对艺术品失去兴趣? 结果大大出乎预料, 展览每到一处都引起轰动, 尽管门票抬得很高, 仍然观者如堵。一方面是出于对赈灾的热情, 还有很重要的一方面, 那就是对中华文化的崇敬。日本人并不回避中华文化特别是唐文化对他们的巨大影响, 许多城市建筑都明显地呈现唐代风格, 他们的文学、美术、音乐也都打着中国的烙印。但是, 日本又是一个既善于吸收且善于创造的民族，他们的文化在继承的基础上又逐渐形成了自己的特点，如茶道和插花就源于中国而又有所创造。而且他们比中国较早地接触了西洋文化，又加以融会贯通，东西合璧，使中国人更易于接受。这大概就是为什么中国近代的大文学家艺术家如鲁迅、李叔同都在东渡日本时获得教益的原因。我的日本之行，也不仅仅是付出，而是一次大大的收获。

最为难忘的是，在展览的最后一站广岛，我结识了著名收藏家伊藤雪野先生。

伊藤当时已是六十多岁的老人，他曾经游历中国七大古都，对中文汉语运用自如，我们的交谈完全不需要翻译。伊藤说，他对于苏州悟园的几代收藏家早有所闻，这使我很感动。他本人的收藏也是相当富有的，但收藏的重点不在书画，而是古币，家里有一间"万泉室"，藏有世界许多国家的货币，最多最全的是中国货币。"我家藏万贯，却都是市面上不能流通的钱，是个名副其实的'守钱奴'！"他说，这话说得很幽默。

伊藤真诚地邀请我到他家里做客。

他的家是一座朴素的乡间别墅，全部木结构的房舍，白墙黑瓦，镶着深褐色的木制窗格，简洁素雅，使我觉得有几分像苏州老家。所不同的是，他的房子宽广而低矮，不似悟园那样玲珑奇巧而又亭台楼阁变化多端。这里背靠一片枫林，正霜叶如丹；面对濑户内海，又满眼碧波。我随他踏着落叶走进大门，直觉得是到了世外桃源。

他的女儿伊藤水月和儿子伊藤海石在客厅里迎候客人。水月穿着宽大的和服，挽高髻，黛眉朱唇，宛若唐人。海石是帝国大学的学生，一身制服，肤色黝黑，显得刚健精明。他微笑的时候，露出一口洁白的牙齿，两只"虎牙"显得有几分调皮。水月和海石的年龄和我仿佛，但因为我是伊藤先生请来的客人，他们都以晚辈的身份出现，致使我很不好意思。

没有见到伊藤先生的夫人，我当然也不便问。

水月跪坐着，为我们捧茶，插花。"花"是在名贵的古伊贺瓷瓶中插了一根带有露水的枫枝，几片殷红的枫叶，如鸡血石，如紫玛瑙，寻常草木顿时有了灵魂，令人惊叹这艺术构思的独具匠心，我不觉"啊"了一声。

"先生是赞美这红叶吗？"伊藤先生怡然问我。

我点点头。

他含笑说道："唔，红叶确是值得赞美的。'试问何物堪留尘世间？惟此春花秋叶山杜鹃。'这是仁孝天皇时代的高僧良宽和尚的诗，他是把秋叶同春花相媲美的！日本的茶道和花道，其基本精神就是：以自然之趣，与朋侣共赏。这其实也是整个东方文明的实质。先生不远万里，漂洋过海，把稀世珍藏公之于众，正体现了这种博大的精神。吾等之回报，实不抵万一！"

茶毕，他引我参观他的"万泉室"。

真正是家藏万贯，洋洋大观。这里不但有日本历代钱币和美、英、法、德、奥等等诸国洋钱，而且包容了一部完整的中国货币史。从商周时代的海贝、骨贝、珧贝、铜贝，到战国时代的刀贝、铲贝、圜贝，秦"半两"钱、汉"五铢"钱、王莽"金错刀"、三国蜀汉"直百五铢"、东吴"大泉当千"、晋沈郎小"五铢"、北魏"太和五铢"、隋"五铢"，唐玄宗时代带有一线弧纹据传是杨贵妃指甲痕、民间称为"月文钱"的"开元通宝"，宋徽宗瘦金书"崇宁通宝"、蔡京书"崇宁重宝"……一直到清朝历代皇帝所铸"通宝"，甚至包括咸丰和同治交替之时刚刚铸出就作废了的、如同集邮中的"错版票"因而更显珍贵的"祺祥通宝"。

这个"中国通"的收藏，令我叹为观止！

走遍"万泉室"，我仿佛漫游了整部中国历史。历史本是在无意中留下了雪泥鸿爪，而收藏历史的人则是煞费苦心的，他们从各自不同的角度捋出了一根根线索，而不同的收藏家的不同线索又交错编织成经纬，让人们从中领略历史。我和伊藤先生就是在这种交错中相遇了，彼此都发现对方在互不相扰的路途上息息相关地跋涉，最终走向同一个归宿。

看完了"万泉室"，伊藤先生正待引我去休息，我却被弥漫在室中的一股清香所吸引。刚才进来时由于观"泉"心切，没有在意，此时才发觉在此室的正中墙壁前，有一只铺着白布的台子，上面摆着一尊香炉和一只瓷瓶。炉内轻烟缭绕，瓶中插着一枝白色的菊花。

我不觉伫足望着那炉和花，似乎感受到一股淡淡的哀愁。

伊藤先生也止住了步，声音低低地说："这是为追念我的内人而设的。她生前为我搜集古钱呕心沥血，是我的生命的另一半。可惜，她已经离开我，长眠地下十多年了！"

我为之黯然。这位伊藤夫人，虽不能谋面，但从伊藤先生那深情地怀念中可以感受到她的贤惠和高雅，也不免令人肃然起敬。我于是走上前去，想仔细看一看悬在壁上的那只小小的镜框。我想那里面镶的一定是伊藤夫人的玉照或者遗物。

但等到我走到近前细察时，竟然愣在了那里！镜框里镶的是一张残缺不全的纸片，上面写着几行草书："料得年年肠断处，明月夜，短松冈！"

这……这……这不是南京夫子庙那张苏东坡《江城子》的另一半吗？

伊藤发觉我神色异常，忙问："先生，您不舒服吗？"

我答非所问："伊藤先生！这张字，您是从哪里得到的？"

"噢，已经是五年前了，在北京琉璃厂的一家字画店偶然买到的。因为是残卷，又无题款，店主人索价甚低……"

"伊藤先生知道它的价值吗？"我迫不及待地打断他。

"当然，"他答，"我虽对字画并不精深，但在搜集古钱的同时也必然接触了与之相关的书法绘画艺术，这本是相通的。据我看，这是苏东坡在密州时所写的真迹，其真正价值，虽万金也不可求！"

"先生的判断，有何依据？"

"没有任何依据，只是凭我的直觉。"伊藤的话说得极为坦率，但又极为自信，"首先看这张纸，是宋纸无疑。但世间用宋纸所作的书画多了，并不能因此断定为宋人作品。因为中国文人喜用旧纸作书画，作伪者也常用旧纸惑众。民国8年，张广建督敦煌时，敦煌石室发现一批唐人写经。于是北京城骤然冒出无数唐人写经真迹，其数量不知多过敦煌多少倍，而且每件之上均有张广建题跋或收藏章，至少也有他的题签。问其来源，都说是"张督军所赠"或"张督军部下所赠"。天晓得他舍得"赠"那么多？其实都是作伪者利用了旧纸造假。所以我认为对纸、绢的断代固然重要，但并非最关键的依据。其次再说题跋。一件无款作品，如果有前人题跋，证明是某某人真迹，固然再好不过，因此，题跋被鉴赏家称为"帮手"。但前人也有误判的时候，"帮手"便帮了倒忙。依我之见，鉴别真伪的关键在于熟悉历代书家画家的风格，从作品的用笔、用墨、气韵着眼，最为可靠。苏轼的真迹，虽传世不多，我还是见过几幅的，这件作品明显是他中年风格，他人绝难伪造。而且，这首《江城子》是他记梦怀内之作，当是在情绪极为激动之时，一挥而就，完全未考虑艺术效果，而艺术效果却极佳，这便是所谓'神来之笔'。先生请看，这里一点一画，无不浸透了深深的伤感怀恋之情，难道世上还会有人可以冒充此时的东坡吗？"

说得何等精彩！他的治学主张与我家完全一致，他对这件作品的判断也与我不谋而合。如果说我在夫子庙还有些把握未定，那么此时已确定无疑了。

"可惜啊，"伊藤先生说到这里深深地叹了口气，"可惜这件珍品不知在什么情况下被什么人割裂，又不知它的另一半流落到哪里？"

"另一半在南京，而且上面有宋徽宗的收藏印！"我说，"从残纸的边缘和文字来看，都与这一半完全吻合！"

伊藤激动地握着我的手："这么说，它在您的手里？"

"不，"我慨然叹道，"我只有缘见了一面，阴错阳差，又杳如黄鹤！"

"唔，得见东坡一面难。先生毕竟有幸分两次见过全貌，已是难得了！"伊藤先生说道，走上前去，小心翼翼地取下镜框，凝视了片刻，双手向我递过来，"那么，就将这一半赠予先生，以慰知己！"

"这……"我惊呆了，"这是先生的心爱之物，我怎么能接受？"

伊藤先生的神情庄重而真诚："我本不是书画藏家，仅以此寄托对亡妻的怀念之情。先生比我更需要它！何况，它本属于中国，理应送还中国，如果将来先生有机会找到另一半，合成完璧，岂不更有意义？"

我久久地说不出话来。感于这种极为真诚的友谊，我接受了他的慷慨馈赠。这完全是无条件的。伊藤对我说："我们日本人，对明月有一种特殊的情感，它象征着纯洁、文明、爱情和幸福、圆满。中国人也是如此。愿这帧写着'明月夜，短松冈'的墨宝回到中国之后，与它的另一半'团圆'，并且象征着日中两国人民世代友好，永为睦邻！"

这一番盛情，使我在异国感到了手足般的亲切。我当即将这件珍品命名为"苏轼明月帖"。

天庐居士打开那成排橱柜中的一个，取出了一只小小的镜框，那里面镶着飞渡重洋几番去来的《明月帖》。显然，镜框和字都依当年原样，没有更动。

我俯身细细欣赏，眼前仿佛升起了一轮明月。啊，"明月几时有？把酒问青天！"

"'人有悲欢离合，月有阴晴圆缺，此事古难全'！"天庐居士垂着眼睑，喃喃地说，"我始终没有能再找到它的另一半，这《明月帖》也就永远是一弯残月！它的另一半到哪里去了呢？是被乌云遮没了，还是被大海吞噬了？"

"我在伊藤先生的府上得到这件珍宝的当时，首先想到了一个人——先生也许可以猜到，那就是与我山阻水隔、音信杳然的碧萝。'但愿人长久，千里共婵娟！'我无法遏止自己的强烈愿望，要知道她的信息。于是，我从日本给她发了一封信，希望她能设法离开苏州，到日本来找我。我想，由于这封信的落款是借用了伊藤先生的地址，铁砚斋主也许想不到是我寄去的，碧萝有可能亲眼看到。"

"我暂时没有离开日本，焦急而又执着地等待着她的消息。"

国破山河在

我在日本又停留了半年之久，却一直没有等到碧萝的回信。这半年，我是天天吟诵着《明月帖》度过的。"十年生死两茫茫"，我和碧萝分别也已有六年了，这六年，谁知道苏州有什么变化、她有什么变化呢？也许，她一直在苦苦地等着我，收到我的信，由于种种原因而无法和我联系？也许，她早已把我忘记，嫁了人，走自己的路了？谁知道呢，一切都是可能的。说不定，我现在和她见了面，也已经"纵使相逢应不识"了？

现在已是1924年的秋天，我不能再等下去了，该回国去了。回到苏州去找碧萝吗？不得她的确切消息，我不敢贸然行动，况且，我回去怎么见家母，怎么见被我得罪了的"岳父"马洗凡老伯？这都是难题。那么，还是回北京去继续读书。但是，从祖国传来的消息说，北洋军阀内部发生了矛盾。九月，第二次直奉战争爆发，冯玉祥乘吴佩孚和张作霖激战之机把他的队伍拉出来，更名为"国民军"，十月打回北京，发动了北京政变。我是一个不懂政治的人，在这种天下大乱的时候，料想难以安心读书，便改变主意，从日本前往美国。在日本展出的藏品也全部带去，以寻找时机再作展出。

在美国，我凭着在燕京大学学的那点儿"洋泾浜"英语，巡回于华盛顿、纽约、费城、丹佛、芝加哥、西雅图……展出，靠门票维持生计。在当时的美国以至今日的美国和整个西方世界，现代中国书画并没有多大市场，但对于中国的"古董"，洋人却垂涎三尺有余。从云冈到敦煌，从龙门到圆明园，那些国际盗贼抢走了我们多少珍宝？直到现在，东晋顾恺之《女史箴图卷》还藏在英国伦敦博物馆，唐太宗李世民为纪念他的六匹战马刻于贞观十一年的浮雕《昭陵六骏》中《拳毛䯄》和《飒露紫》两块还藏在美国费城博物馆，唐韩幹《照夜白图》还藏在伦敦大英博物馆，宋徽宗摹唐张萱《捣练图》还藏在美国波士顿博物馆！我借此机会，得以见到这些原作，并且节衣缩食，搜集流落在国外民间的中国书画。总有一天，我会携带它们回到祖国！

没有想到，我在美国竟然一住就是十几年。因为中国的局势太不平静了。1931年9月10日，日本侵占了我们东三省，中日关系紧张，前途未卜。伊藤先生来信说，他的儿子海石已经应征入伍，去打中国。老人家在信中表达了深深的愧意，但他和他的儿子又有什么力量阻止这场战争呢？

我先是在美国和欧洲游历，后来卜居旧金山，开设一间"天庐书画院"，招收华人子弟和美国一些喜爱收藏的人授课。我前面对先生说过，我既不善书又不善画，教给他们的也仅仅是《芥子园画传》中的梅兰竹菊、树木山石基本画法，颜柳欧体的初步训练，以及书画鉴赏的心得体会。这些，也许在国内算不了什么，但在远离中国的地方，我的学生却如饥似渴，把我当成了专家。我想，那些日子所付出的心血也没有白费吧？至今，活跃在美国的一些收藏家还自称是我的学生，而他们都是已经拿了许多学位的人，可见我当初并没有误人子弟。

我在国外一直独身。不是我要当"和尚"，也不是没有女性垂怜于我，还是因为我心里始终放不下远在苏州的碧萝小姐。她已经深深印在我心里，隔得愈远，离得愈久，愈是清晰。我完全不知道她的情况，但我想，总有一天，我会回苏州的。不怕您见笑，说句大不孝的话，我是想等到家母百年之后，我不再受"垂帘听政"的摆布，真正做悟园的主人之时，再回去"收拾旧山河"。到那时，即使碧萝没有等我而另有所适，我也要见她一面，让她知道我这些年是怎么度过的，她在我心中占有什么样的位置，我也就没有什么遗憾了。

1937年7月7日，北京发生了卢沟桥事变，日本向中国发动了大规模的侵略战争，平津危急，华北危急，中华民族危急！8月13日，日军侵占上海；11月27日，苏州失陷；12月13日，日军侵占南京，进行了长达六周的惨绝人寰的大屠杀，中国军民被集体枪杀和活埋的有19万人，零散尸体15万具，总人数在30万以上；六朝故都金陵三分之一的房屋被焚毁，滚滚长江水被鲜血染红！

美国的广播和报纸每天都在传来触目惊心的消息，日本人疯了，中国人完了！

我一天也不能再待下去了，把国外的藏品和"天庐书画院"托付给我的学生，立即买船票返回中国！

轮船横渡太平洋，绕过日本，从台湾海峡到香港，再乘火车到上海。路上岗哨重重，都是鬼子兵，盘查极严。我从上海没有再坐火车，乘了一条渔船，归心似箭地赶往苏州！

到达苏州，已是 1938 年 3 月。

> 万丈扶桑旭海东，
>
> 起来绚枕拂枝红。
>
> 谁知筏到姑苏岸，
>
> 依旧禅林识祖风。

这首七言绝句，是中国元代"怪怪道人"冯子振所作。1310 年，元至大三年，日本延庆三年，日本僧人无隐元晦来华，留居 16 年，与冯子振相识。子振题绝句三首为赠，此为其一。诗笺原作被无隐元晦带回日本，历 600 年犹存，由原藏家松平直亮捐赠东京国立博物馆，为日本国宝。这是继鉴真东渡、阿倍仲麻吕访华之后中日两国人民友好的又一见证。诗句洋溢着一派祥和之气，一衣带水，往来无阻。由扶桑到姑苏，正是我十多年间走过的历程。但是，如今我"筏到姑苏岸"，看到的又是什么景象呢？寒山寺的钟声暗哑了，阊门外的流水沉默了，虎丘塔下的秦皇试剑池似磨剑霍霍！

我站在故园前。四代人苦心经营的悟园只剩下断壁残垣，院墙倒了，大门破了，粉壁颓了，朱栏折了，飞檐落了，花木残了，池水污了！未晚楼呢？我发疯地踏着断砖碎瓦跑过去，找我的未晚楼！晚了，我来得太晚了，未晚楼塌了，我的面前只有一堆瓦砾！百年珍藏，稀世之宝，难道都完了吗！？

我悲天呼地，却得不到任何回应。人呢？老老少少几十口人呢？我的老母亲呢？我的兄弟呢？我的那些忠心耿耿的仆役家丁呢？

没有一个人。只有那疯长的草丛中钻出一群野鸟，见了我，扑棱棱飞走了，"感时花溅泪，恨别鸟惊心！"

我坐在园中的残石上，仿佛走进了地狱。这里是我的家吗？我的家不是这个样子，怎么会是这个样子！离开家的时候，我只有 17 岁，如今 37 岁了，整整 20 年了。我怎么会狠心地离开它这么久？为什么不早些回来？这个家是什么时候毁的呢？也许，早已家破人亡？也许，这座悟园，这座未晚楼，我的高堂老母和全家人都一直在等着我，却没有等到这一天？

我不知道在这里待了多久。头脑空了，眼空了，心空了，一切都不存在了。自己还活着吗？这个世界还活着吗？天地还存在吗？时间还存在吗？它为谁而存在？

天暗下来了，没有星星，没有月亮，残破的悟园一片漆黑。我仍然一动不动地坐在残石上，不肯离去。这里是我的家，我万里迢迢，漂洋过海，日夜兼程奔它来了，它却没有了，我还到哪里去啊？

不知道过了多久，我突然听到一阵窸窸窣窣的声音，才感觉到了自己的存在。人在极度孤独的时候，哪怕身边有一只鸟、一只野兔、一条蛇，也会感到亲切，因为那总是活的生命。我不觉动了动，大概这一动也发出了声音，惊动了对方，这时黑暗中便传来一声低低的喝问："啥人？"

这是人的声音？多么亲切的吴语！而且，从那熟悉的音色，我立即断定了这个人是谁。

"段老伯！"我急切地叫着他。

"啊，真的见鬼哉！"黑暗中的对方大惊，转身就跑，踏得碎石乱草沙沙作响。

"倷不要跑，"我用苏州话喊道，"段老伯，是我呀！"

一阵响动，他又跑回来了，依稀黑影向我靠拢，我伸手抱住他，是段老伯，"书画郎中"段阅古！

"我不是做梦吧？"他大哭。

"不是梦，老伯，是我回来了！"

"我常在梦里见到你回来，醒来却是一场空！我放心不下你，放心不下你的家，夜里睡不着，就到这里来看看。虽然人都不在了，可是……"

我迫不及待地打断他的话："我家的人在哪里？这悟园……"

"唉，唉！"他泣不成声……

贤侄！说起来，我对不起你。民国7年，你离家出走，是我出的主意。我为什么要出那样的主意呢？在家千日好，出外一时难，我不该让你年纪轻轻就舍了这个家——可是我也没有想到你一走就再不回头！第二年，我在南京碰到你，就应该把你拉回来，可是我、我、我一错再错，不该放你一走了之，就再也找不到你的下落了！

你不晓得，你走之后，令堂是怎样度日如年。开始是怕铁砚斋主找麻烦，希望你走得越远越好；后来，家里平静了，就盼着你回来，来得越快越好。你的兄弟还年轻，家里没有顶门立户的男子汉，令堂带着一家几十口人，日脚是很难过的！因此，她才急着和马洗凡结亲家，为的是人多势众。她派人四处去找你，准备过了年就让你和马小姐完婚。找不到你，她还在报纸上登了寻人启事，相信你看到了就会回来。你大概根本没有见到。就是见到了，你也不会回来。因为我们在南京见面时，我已经晓得了你的心思，你根本不打算娶马小姐！这么说，又是我害了你，帮了倒忙，促使你远走高飞了！

可怜令堂盼儿心切，进而爱妇如子，一切迎娶的准备都照旧进行。洗凡先生是令尊多年至交，说一不二，与令堂换了帖，就把婚期定下来了。

三年的居丧期满，婚期已到，你却迟迟不归。令堂与马公商议，这如何是好？马公说："你我通家之好，是没有话说的。小女既已许配令郎，即已是悟园的人，但听亲家母吩咐。令郎在外未归，想必有要事耽搁。如果亲家母身边寂寞，即令小女过府上侍奉，也不违古礼。令郎何时归来，再行婚礼。如此以不变应万变，亲家母以为如何？"

这当然是令堂求之不得的。于是马公亲自把小女送到府上，虽未行婚礼，也已与令堂婆媳相称，马小姐对令堂昏定晨省，极尽妇道。仆役人等均称其为少夫人，与明媒正娶无异。这是民国9年的事。谁能料到，如今已是民国27年了，马小姐一直这样守着空房，等着你归来，她等得好苦啊！五年前，马公夫妇先后辞世，他们没有子嗣，一切遗物便都归了孤女。其实，马公一生恬淡，也没有置下什么家产，唯有遗作和藏画甚丰，马小姐悉数藏于未晚楼。记得她当时且悲且喜，说道："我夫爱画如命，我当夫唱妇随！"贤侄，你要记住，马小姐虽然连你的面都未曾见过，但她对得起你，她是一位真正称职的收藏家的妻子，是你名副其实的妻子！

你在外边，曾经给家里来过几封信。按我们这里的习惯，家信是无"私"的，是写给全家人的，包括我这个悟园之外的朋友，令堂也没有把我当外人，每有信来，便召集全家老小，宣读一遍至数遍。"家书抵万金"哪，亲人们舍不得漏掉你写的一个字，从中寻求安慰。这个读信的人，起初是马小姐，后来便换成我了。因为，你每封信的结尾处总忘不了那么一笔："马小姐与我无关，当另结良缘，祝她幸福。"还祝她"幸福"呢？你是在残忍地蹂躏一个深深地爱着你的无辜的弱女子！这样的信，你让她怎么读下去？每到这时，她便泣不成声！后来，我就自觉代替这个角色，而且读到最后，就把那几句话略去。但令堂和马小姐又不相信，还要把信拿过去再看看我有没有撒谎。于是谎言戳穿，马小姐再一次遭受这刺激，还要含泪宽慰令堂一番。令堂和马小姐曾经给你写过多次回信，当然，都是写完了无处寄，又和泪藏在箱底。"欲尽此情书尺素，浮雁沉鱼，终了无凭据"，那又是怎样的痛楚，你恐怕连想也不曾想到！过了几年，你连无地址的信也不给家里寄了，马小姐与令堂相依为命，苦度日月，等你归来，望眼欲穿！

去年11月27日，阴历十月廿四，我们苏州遭了大难，有史以来，也许只有春秋吴越之战中越兵破吴时惨象可以相比。但吴王夫差骄奢淫逸，天怒人怨，也是劫数难逃。虽殃及百姓，但在史书上越王勾践也还算是义战。而这次是异族入侵，我们与日本人何冤何仇，竟然这样如狼似虎侵我国土，杀我人民，毁我家园？

早在日本人打到苏州之前，上海那边的人就纷纷逃难到这边，我们明知苏州也不久于厄运了。苏州的富豪之家，相继携带金银细软出逃。我在苏州只有一爿裱画店，又没有什么藏品，那些纸张用具就随它去吧！再说，逃，又逃到哪里去呢？逃到南京？南京的命运还不是一样？只是时间早晚罢了。但我考虑到你家，老弱妇孺居多，是否要躲一躲呢？与令堂及令弟商议，令堂说："我们一不为官，二不为匪，清清白白，日本人总不会无端与我们作对。况且，这几十口人，逃到哪里去讨住处和每天的吃喝？丢下这园子，还有祖祖辈辈的收藏，也不放心。还是看一看再说吧！"令弟虽说也已是二十几岁的人，却自幼听从母命，自己全无主见。倒是马小姐颇有胆量，对我说："我家官人不在，这座园子，侄妇是决计不离寸步的，如若日军来犯，誓与未晚楼共存亡！"

马小姐此心可嘉，但一个弱女子又怎能抵挡得了大军压境？既然老少两位夫人都不肯撤离，我也无奈。转过几日，灾难也就临头了。日本人进苏州，几乎没有遇到抵抗，国军望风而逃，老百姓遭了殃。披着一身黄皮、穿着大皮靴的日本兵"咔咔咔"进了城，立即分散得满城都是，见到银行、店铺就抢，见到女人就抓，有人逃跑就开枪！有生以来，我们何曾见过这么野蛮的军队？

我的裱画店，因为门面修得古色古香，日本人弄不清楚卖的是什么东西，一拥而进。我因为事先已经把客户的裱件一一奉还，以防有失，所以日本人举着枪乱翻一通，并没有找到什么值钱的东西，唯有店堂里的紫铜香炉和几件明代瓷瓶被他们如获至宝地抢去。我看在眼里，立即舍了裱画店，往悟园跑去。既然日本人爱古董，未晚楼就必然危险了！

那时，整个苏州城枪声不断，哭声震天，街上到处是逃难的人群。四门都是日本人，又往哪里逃呢？我顾不得一切，直奔悟园。往日到府上叙谈，觉得近在咫尺，这时却似远在天边，那条石子路好像总也跑不到头。路上被迎面逃来的人绊倒多次，只觉得这把老骨头跑不到老友的府上了。

好容易跑到这条巷口，抬眼看去，已无路可通。悟园门口围了密密麻麻的日本人，为首的正在用枪托狠砸紧闭的大门。哗啦，门被打碎，日本人如狼似虎地拥进去！这时，我才看见，悟园里挡着一堵人墙，那都是府上的家丁、仆役，个个赤膊，手持大刀、标枪、鸟铳，拼死抵挡贼寇。那种同仇敌忾、视死如归、节义忠勇之状，为我平生所仅见！

可惜，壮士虽勇，毕竟也只有几十个人，且大刀、长矛终敌不过洋枪洋炮。日本人发怒了，厉声嗥叫着，一起开枪，那几十名壮士顿时倒在血泊之中！日本人狂呼着拥进悟园，霎时园中哭喊声一片，不久又冲天火起！我晓得，完了，一切都完了，老夫爱莫能助了。不要说我这老迈之身，即便是一条壮汉，在此时又能奈何？

等到日本人杀光烧光抢光，又跑到别处去作恶了，我悄悄摸进劫后的悟园。悟园已成废墟，残烟弥天，尸横遍地。我在尸堆中寻找令堂和马小姐，她们的遗体，令堂在上房的瓦砾中，马小姐在未晚楼的残柱旁。可以想见，马小姐真正实践了她的诺言："誓与未晚楼共存亡！"直到生命的最后一息，她还在以血肉之躯守卫着自己的家园，守卫着丈夫的心爱收藏！

在那种战乱日脚，家家都在死人，全中国都在死人，已经无法按正常礼法安葬了。我就在这座园子里就地挖坑取土，把他们草草掩埋了。

然后，我跪在未晚楼的废墟旁，为他们默默祈祷。这时，另一大悲哀又袭上心头：唉，为这座园子，为这座楼，几十口人把性命都丢了，却也没有保住那些收藏，那是悟园四代人的心血，是数千年间前人的智慧，是我们中华民族的无价之宝啊！

我在瓦砾间徘徊，痛惜这无法挽回的损失。突然，脚下的一片残纸引起了我的注意。俯身拾起，认出是一件字画裱件的天头或地头的绫子"隔水"。唉，唉！这说不定是哪一幅珍品的残骸！我惋惜地在手中抚摩着，抚摩着，心里突然闪过一个念头：日本人对这里人地生疏，而且匆匆忙忙，能够把未晚楼洗劫一空吗？说不定……

我于是在瓦砾中仔细寻找，抱着万不余一的渺茫希望。但脚下只见一些破碎家具衣物和书画的轴头、别子之类，想是在日本人抢劫时失落的，而没有见到整件的东西。日本人精细得很，他们晓得中国的片纸只字都是宝，搜刮得很干净。但我仍不忍心离去，痴痴地在地上搜来寻去，明知无望，却手里不肯停止，就像有什么在等着我。

那根残柱默默地立在砖石和灰烬中，似在提醒我，这是马小姐殒身的地方。是的，马小姐，我记得的，你的遗体就是从这里移走掩埋的。我不会忘记你，等你的丈夫回来，我还要告诉他，他有一位怎样坚贞、刚烈而又贤惠的妻子。马小姐，贤侄媳，你安息吧！想到这里，我不禁潜然泪下，抚着残柱痛哭了一场。这时，我感到脚下的地有些不稳。也许是我悲痛过度，体力不支吧？不，我镇定了一下，仍然觉得地下在摇晃。这时，我才无意识地往脚下看去，那是一式方砖铺成的地，过去我和令尊品画的时候常坐在楼下，虽然现在面目全非，也还是认得出来的。但是，现在这几块砖不像过去那样严丝合缝，好像被挪动过了。日本人会挪动这些普普通通的砖吗？地上的宝贝已经令他们眼花缭乱，他们哪里还会有心思管地下？那么……

我心里一动，好像受到了某种启示。于是尝试着搬动其中的一块。砖搬开了，下边是软软的新土。我一块一块地再搬开来，轻轻挖开浮土，手便触到了一件硬硬的东西。仔细辨认，那是一只小皮箱。我急切地把皮箱取出来，箱子是旧的，但那种旧与出土文物的旧不同，显然是刚刚埋进去的。箱子没有上锁，可见埋的时候相当紧急。我打开箱盖，里面是一层油纸包着的东西。油纸再揭开，里面竟是一些画轴！

这意外的发现使我大惊大恸！毫无疑问，这些画轴是在悟园被日军包围的危急关头匆匆藏进去的。由于时间太紧急了，藏的数量有限，可能也来不及挑选，能够藏起几幅算几幅了。这个藏画的人是谁？除了发誓与未晚楼共存亡并且最终死在未晚楼的马小姐，还能是谁呢？一定是她了，直到她最后的时刻，眼看未晚楼就要失守，她还竭尽微薄之力为你保住了一部分收藏。她相信你总会回来，会在自己的家园找到你的宝贝。即使你没有发现她藏画的地方，只要这块土地还在，画就与它同在。当然，这些比起被日军抢走的已是挂一漏万，但她这颗心是无限的！

我来不及查看这些画的内容，就匆匆地仍按原样包好，埋进土里，上面盖上方砖。因为除了这片废墟，很难再找到更保险的藏画之所了。

这就是发生在两个月前的一切。这些日子，我天天盼着你回来，又怕你贸然回来遇到不测。我不放心地下的东西，有时候趁夜深人静到这里来看一看。刚才，还以为是盗画贼，哪里想到是贤侄回来了！贤侄啊，这些年，你……

眼泪像决堤的洪水从我的五脏六腑涌出，我的咽喉被哽塞，一句话也说不出。回答段老伯向我的提问已无关紧要，二十年浪迹天涯的我，此时面对家乡父老，面对这片浸着鲜血的热土，只有无限的愧意。我哪里能够想到，二十年前家父为藏画而死只是一个小小的序曲。二十年后悟园的老老少少为了藏画却付出了全部的生命。那些平时吃粗饭、出牛力、遭呵斥的仆役、家丁，一旦家中有难，都挺身而出，置生死于度外，何等壮烈！我那不幸的母亲，倚闾盼儿儿不归，已经够苦的了，却又遭此无妄之灾，死于非命。尤其出乎我意料的是马小姐。虽然我们两家是多年世交，但我和她却连面都没有见过。我们的姻缘完全是"父母之命，媒妁之言"，我对她谈不上恨，但也绝没有爱。而她竟然做了将近二十年我的挂名妻子，并且尽职尽责。如果仅此而已，那也还可以封建礼教来解释，在漫长的封建时代，绝大多数中国妇女走的都是这一条路。但是，马小姐以我的事业为事业，在生死关头仍然把我的藏画置于一切之上，却不是每一个贤妻、贞妇、烈女所能做到的。马小姐壮烈的死，令我肃然起敬。她在我心中，已经成为悟园收藏世家当之无愧的一员，她的血肉和灵魂已经和历代祖先，和我的父母，和那些坚守到最后一刻与悟园同归于尽的忠勇之士，合为一体，在这片土地上树起了一座无形的丰碑！在他们面前，我只有敬佩和惭愧，还有什么资格诉说自己二十年来的流离之苦呢？

　　我和"书画郎中"段阅古两人在黑暗中相对流泪，感叹歔欷。

　　良久，他抽噎着说："贤侄，你以后准备怎么办？既然悟园已毁，就权且到舍下暂住吧，我那里目前还可栖身……"

　　"不，"我说，"老伯，此地不可久留，我得走！"

　　"走？到什么地方去？"

　　"我自己也不知道。总之，我要长久地离开苏州了，今夜就走，免得天亮之后再看到这片废墟，我就无力走了，会死在这里的！"

　　"哦，哦，"他在黑暗中抓着我的手，依依不舍，"刚刚见面又要分别吗？不过，在这种时候，你如果有出路，远走高飞也好。不然，留在这里，说不定还会天有不测风云。那么，这地下的藏画，我就算物归原主了，你把它带走吧！"

　　"噢，藏画！"我喃喃地说，"这些藏画，劫后余生，更加珍贵。多谢老伯冒死为我收藏了！可是，现在到处都是日本人，我怎么带得出去呢？"

"是啊，是啊，"段老伯也一时没有主意，"让我们想想办法……"

这时，我突然想起另一个人，问道："老伯，铁砚斋主现在怎么样了？"

"怎么，家破人亡，你还想着那个仇人？"段阅古的声音愤愤然，"那个家伙，自从东三省九一八事变，就见风使舵做东洋生意，听说发了大财，后来连家都搬走了，不知去向。唉，你倒还记着他！"

听到他的斥责和顺便提及的这些情况，我便住了口。其实我关心的并不是铁砚斋主，而是碧萝。也许，在我的马氏"妻子"的亡灵之前想到碧萝是很不应该的，但二十年来碧萝在我心目中的位置远远在马小姐之上，这却是事实。我不能忘记碧萝，这次回乡的动机之一便是要见她一面，而不管我们之间的关系将是什么结果。但现在，段老伯告诉了我这个没有结果的结果：她已经不在苏州了。那么，我也就不必再问下去了。谁知道碧萝在哪里？任凭命运的安排吧，如果我们真的有缘，也许在将来的某一天还会相见。

段老伯正在黑暗中摸索，他是在为我找那个藏画的地方。那是他亲手找到、亲手掩埋并且经常巡视的地方，虽然伸手不见五指，也还是了如指掌的。

"贤侄，就在这里，我已经摸到了！"他低声说。

于是我们两人一起摸索着搬开那些方砖，一块一块地移开，然后起出了那只沾着泥土和血迹的珍贵的小皮箱。我觉得，它简直有千钧重量，为了它，我的全家付出了惨重的代价！当然，我在当时不可能察看里面装的是哪些藏品。直到脱险之后，才有机会过目。我不知道马小姐在仓促之际是否看过这些画轴的题签，里面所收的20幅藏画竟然都是未晚楼中最重要的收藏，其中就包括我今天请先生过目的第一件：《琅琊台刻石》拓片！

"老伯，怎么运出去？"我问"书画郎中"段阅古。

"我们先搬到河边去，"他说，"然后，我去找一条渔船，请渔夫送你出城。日本人虽然防守很严，但他们也要吃鱼，渔船还是允许往来的。"

我别无良策，便由他做主。苏州城河渠纵横，到处是船，找一条渔船是不难的。于是我们顺利地把东西装上了船。渔夫胆小怕事，索价甚高。我说："只要能送我出城，价钱随便傝好了！"重赏之下，必有勇夫，他也就一切由我。

藏画的皮箱装在舱板下，上面堆放着一些渔网、鱼篓之类，谁也不会想到下面藏着价值连城的东西。舱里本来还有些鱼，段老伯动手统统都扔到舱外船板上去，并且说："遇到日本人盘查，就把鱼送给他们！"

渔夫叫苦道："哎哟哇！这些鱼，我是明早要卖的，全部送脱，我要蚀煞老本哉！"

段老伯说："鱼就是买路钱，不然，怎么出得了城？"

我说："你只管送，我来付钱好了！"

渔夫唯唯。一切准备停当，小船离了岸，沿着我家门前的小河向前驶去。我默默地向段老伯挥手告别。在那一刻，我心中想着的只是能否脱险，并没有感到离家的痛苦，因为我的家事实上已经不存在了。直到我们顺利地通过了一道道岗哨，苏州城已经远得看不见了，我才隐隐地感到，此一去，也许是和故乡的永诀，今生今世能不能再回来，也就难说了。遗憾吗？当然遗憾。每个人一生只有一个故乡，离开了它，浪迹萍踪，海角天涯，哪里也不能代替生你养你的故乡。人们所说的"第二故乡"等等只不过是无可奈何的说法，因为人的生命和灵魂需要一个依托，没有依托的时候也就只好硬拉来一个。故乡就是母亲，"后娘"怎么能代替亲娘？永远也不可能的！

我们的渔船出城时，已天色微明，正是乡下的渔船进城卖鱼时候，舟楫如梭，因而一条渔船出城也并不为日军特别注意。跟在我们后边的还有一条船，却不像渔船，也没有渔具，船上只有一个十几岁的童子摇橹，载着一位老和尚。僧人是超脱于世俗之外的，见了日军，一声"阿弥陀佛"就是"通行证"，对他们连查都不查。我心想：与和尚为伍，倒是方便。待出了城，我们在前，僧船在后，仍然是相隔十几步远，我们快些，他们也快些，我们慢些，他们也慢些。反正彼此无涉，也不去管他。

船已经到了苏州东北方向的陆墓。渔夫送我出城的交易可以完结了，按事先议定，我重谢了他，就要分手，各奔前程。这时，我又有些犹豫，担心离了他的船，我一个人拎着皮箱，可能受人注意，一旦遇到盘查，不好对付。于是问他，船去哪里。渔夫答："这种辰光，正好去阳澄湖打鱼嘛哉！"

我想，既然如此，不妨再搭一段。就问："打了鱼之后去哪里？"

"咦，当然还要回苏州卖鱼呀！"他觉得我的问话很奇怪。

想想也是。他本是顺路带我一段，并不是客船。我当然不可能跟着他去打鱼，再跟着他去卖鱼。苏州不敢再回去了，只好拎了皮箱，下船再想办法。这时后边的僧船跟了上来，我出于无奈，便向船上的老和尚拱拱手，打个问讯："请问长老，您这船开往哪里？"

老和尚合掌还礼，却反问我："施主要去哪里？"

这一问，倒把我问住了。实在说，我自己也不晓得要去哪里，只是想保住手里的这一箱藏画，逃出日本人的魔掌。可是，现在日军已经打过了长江，并且还在继续往南打，我逃到哪里才能有立足之地呢？

老和尚看我在犹豫，好似明白了我的心思，叹了口气，说："苦海无边，但求我佛普度！"

这本是一句佛家的口头语。但在此时听来，却别有一番滋味。就在他说这句话的时候，我才就近看清了他的脸。这是一位年约七旬的老僧，身材不高，但显得很结实。方正的脸盘，头发和胡须剃得精光，神采奕奕。两条雪白的寿眉下，一双眼睛极有光彩。我突然觉得这位老僧似曾相识，想来想去却又实在想不起在哪里见过。不过，我由此倒想起了另一个人，那个人正在江南，并且是佛门高僧。于是问道："长老可认得杭州大慈定慧寺的弘一法师吗？现在我举目无亲，也只好去投奔他了！"

"弘一法师啊？"老和尚以崇敬的神情说，"天下何人不识弘一法师？他是佛门的骄傲，也是艺术界的骄傲！不过，弘一法师早就不在杭州了。他出家二十年来，云游名寺，广结法缘，并著作律学。目前正在福建弘扬佛法。"

"噢！"我听到这里，心里那一点刚刚升起的念头又变得渺茫了。从这里到福建，山重水复啊！

这时，渔夫早已等得不耐烦，拎着我的箱子，催促道："闲话讲得啰里啰唆，倷要同和尚讲闲话，就到和尚船上去嘛好哉喂！"

我好尴尬。老和尚倒一脸和气，说道："如果施主不弃，就请过来一叙。贫僧也可送施主一程。"

我正愁无舟楫，求之不得，便说："那么，就打扰长老了！"

老和尚便命童子接过皮箱，扶我上了他的船。渔船摆脱了我这个负担，箭一般地朝阳澄湖方向驶去了。老和尚又问我："施主现在要去哪里？"

我还是没有主意，再反问他："我只是乘长老之便，借一步水路，不知长老这船往哪里去？"

这么问来问去，又绕回了刚才互相问讯的话题，原是很可笑的，不过，在当时那种风声鹤唳的环境中，发生在走投无路的人身上，也就不觉得可笑了。

老和尚说："贫僧这是回寺去，敝寺就在前面阳澄湖。"

"也是去阳澄湖？"我不禁反问了一句。因为刚才的渔船就是往阳澄湖开的，不料我下彼船，又上此船，走的仍是一条路！

老和尚见我犹豫，和颜悦色道："如今世道不宁，阳澄湖上安全啊！我看施主孤身一人，想是逃难在外。如若一时还不便远行，就到敝寺小住几日。如何？"

想不到萍水相逢，老和尚却这么热情。我想了想，也只好如此。便说："那……就打扰长老了！"

于是童子摇橹，小船朝阳澄湖方向欸乃驶去。

烟波浩淼的阳澄湖，是我们苏州东面的一片水域，在吴县、昆山、常熟之间，虽不及西面太湖之广，也有方圆几百里，大湖小湖连环相接，犹如万里沃野中的一片明珠。湖中盛产鱼虾，邻近数县的渔民都到此撒网捕捞。到秋季蟹肥，苏州、上海市面上都是阳澄湖大闸蟹。我虽生在苏州，阳澄湖近在咫尺，却还从未下湖，想不到离家多年，万里归来，在家没有停一天，倒奔阳澄湖而来。可惜，国破家亡之际，完全没有观赏湖光水色的兴致了。

小船在茂密的芦苇丛中驶进烟水深处，惊起一滩鸥鹭。船到这里，完全与世隔绝，举目不见四岸，浑然汪洋泽国。这老和尚倒真是找了个飘然出世的好去处，我想。

船一路走，老和尚一路和我闲谈，说的无非是姑苏千年历史与这湖上的妙处，就好像我是外乡人，全然不知似的。想想也不奇怪，我少小离家，老大方归，身上已见不到多少家乡气息了。虽然乡音未忘，但我在生人面前却是讲"官话"的，老和尚初次相识，把我当作外乡人也不为怪。

谈了一阵，老和尚突然问我："施主是从何方而来？府上是……"

"我……"话到舌尖，我却又未说出口，心里多了一层疑虑：如果说起家世，悟园在苏州颇有声望，如今一败涂地，我不能为祖上增光，徒有悲哀，不提也罢。想到这里，便答非所问，含糊其词，"我从海外回来探亲，不料赶上战乱，找不到故人，就只好设法回去了。"

老和尚见我"逢人只说三分话"，也就不再细问，只说些无关紧要的话题。脚下这船，已穿过芦荡，朝一片沙渚开去。那沙渚被湖水和芦丛环抱。渚上却是一片密密的杏林，这个季节，粉红的杏花正开得灿烂夺目。

小船靠了岸，童子停了橹，拎了我的皮箱和舱里其他物件，一个箭步跳上岸去，系好缆绳，伸手来扶老和尚上岸。老和尚对我说："施主，敝寺就在此地，请上岸！"

我随他们踏上沙渚，举目看去，只见杏林，却不见庙宇。

老和尚挥手说："施主请，敝寺就在前面！"

我如入五里雾中，就随他去。三人步入杏林，几经转折，前面出现了一带竹篱，里面有几间茅舍。老和尚说："这就是敝寺了。"

在我心目中，凡寺庙无不占据名山，山门庄严，古刹巍峨，香烟缭绕，钟声回荡。何曾见过这等茅舍竹篱，不像寺庙，倒像五柳先生、和靖居士的隐居之所。

进了竹篱，便又有一童子出来相迎。老和尚以手指着正中的茅舍："请施主到大殿用茶。"

这"大殿"其实只不过像江南农家的"客堂"，仅几张竹几、藤椅而已。也无佛像，只在正中案上设一香炉。况且这里名为寺庙，除老和尚之外也不见其他僧人，两名童子都是蓄发的俗家打扮，非僧非道。我实在是平生头一次领教这样的"出家人"。

老和尚吩咐童子上茶。这时，猛听得头顶一个怪里怪气的声音："我要去了，我要去了！"

我吃了一惊，回首看时，却是一只五彩斑斓的琉璃金刚鹦鹉，高居于金丝架上，探着脖子向老和尚打招呼，它的"招呼"竟是这么奇怪的一句话！

老和尚深情地望着鹦鹉，双手合十："阿弥陀佛！"又是这么庄严！

童子捧上茶来，宾主喝了几杯，老和尚便吩咐童子为我安排客房歇息。客房就在"大殿"隔壁，也只竹几藤椅、床铺蚊帐而已，但颇清爽。我本是天涯沦落人，也就随遇而安。

少顷，童子又来请用饭。老和尚亲自作陪，案上竟然有酒有鱼，老和尚与我对酌，百无禁忌。这和尚原来如济公活佛，是个酒肉和尚？客随主便，我当然也不好说什么。饭后休息。至天将暮时，又用晚膳，一如午餐。餐毕，老和尚吩咐童子为我备热水沐浴，道了晚安，他便自去了。

沐浴毕，我一身疲乏，想早些歇息。但躺在这万顷碧波中的杏林野寺中，却难以入睡。想到这回乡一日，横波逆折，有家难归，客居湖上，好似将苦难人生经历了几番轮回。天生我天庐，原是要我到人间来受苦的！

户外月色颇好，从窗棂间泻进一片银光，令人想起李太白的名句。

极寻常的景色，极寻常的诗句，却正是离情别绪的抒写极致，此时体会得尤为深刻。

我信步走出房门，在檐下伫步凝神，领略那如水月色。阳澄湖上，万籁俱寂，皓月当空，在水面上撒下闪闪银鳞。面对此景，我心中浮现的是当年西子湖畔的惆怅，日本海边的苦思，太平洋上的乡愁。二十年间，我四海为家，却至今无家，唯有这天上的明月多情照我离人！

这时，听得老和尚还在"大殿"念经。心想，他虽不吃斋茹素，于功课还是很认真的。但仔细听那经声，却又不是什么《金刚般若波罗蜜经》《地藏菩萨本愿经》之类，那老和尚反复念的竟是一个字："杀，杀，杀……"

我毛骨悚然。天下还有这样稀奇古怪的和尚，念这样杀气腾腾的经！他要杀谁？是杀我吗？我与他无冤无仇，恐怕也不至于吧？难道这是一个恶僧，要掠我财物？我身边别无长物，唯有一箱书画，他要此何用？但又一寻思，白天在船上说起弘一法师时，他曾说弘一法师"不但是佛家的骄傲，也是艺术界的骄傲"，说不定这和尚也爱书画，并且已经注意到我的箱子？

想到这里，一时不知如何是好。忽然一阵风起，周围的芦荡瑟瑟作响，如千军万马驰过。身边的杏林飒飒飘落繁花，霎时渚上若漫天飞雪。

"大殿"里的"杀杀"声停了。老和尚步出殿门，望了望，便向我走来。不知他要干什么？是现在就要对我下手吗？也许我冒险从故园血土中寻回的一箱书画，命中注定要在此失落，归于这恶僧之手？

我装作并未看见他，背着手，举目望天。心想，既已至此，一切都听天由命了！

"施主，"老和尚站在我的身后，轻轻地说，那语气倒全然不像要对我下毒手的意思，"深夜不眠，在做什么？"

我转过身来，答道："看月。"

"唉！"老和尚长长地叹了口气，随口出一上联："明月长留，恨此月已非我月！"

我脱口对出下联："离人未死，惜伊人不见吾人！"

吟罢，我自己不觉一惊。老和尚所说的"恨此月已非我月"，我虽不知其所指，但隐隐可感到家国之恨。被他勾起满腹愁肠，我"惜伊人不见吾人"则是心中块垒，内容是非常具体的。在此明月之夜，我怀念何人，只有自己知道。两个人虽然各有各的心事，却不谋而合地结成一联了。

老和尚异常激动,两眼直直地望着我:"施主!看来我没有猜错,你……就是20年前离开姑苏的悟园公子吧?"

啊!?我惊得大张着嘴,说不出话。这个老和尚认得我?他是谁?是谁?

仔细地审视那张脸,那张苍老却坚实的脸,两道长长的寿眉下一双炯炯有神的眼睛,那目光之锐利能够穿透一切;细细回味他那声音,和气、斯文,又蕴含着一种坚韧强悍之气。只是,他比20年前老了,装束改变了,使我一时想不到是他,也就当然认不出了!

"您是铁砚斋主老伯!"我兴奋地喊着这个久违了的称呼。

"贤侄,果然是你!我找你找得好苦哇!"铁砚斋主伸出哆哆嗦嗦的双手,紧紧地抱住我,"20年了,你的样子变了许多!自从你昨天到苏州,我就在注意你,但又恐弄错。这种年月,也不得不处处小心。又怕你仍记着前嫌,不肯认我……"

"说哪里话?老伯!我一直在找您!"我说,说的其实是真心话。20年前的仇恨,随着时间的推移,已经越来越淡了。悟园家破人亡,并不是毁在他的手里,家仇比起国仇,又算得了什么呢?何况,我们两家,虽然有仇,但也有缘,他的那位美丽而多才的女儿一直在我心目中占有极其重要的位置。

"老伯,您怎么出家当了和尚?碧萝小姐呢?"我迫不及待地问他。

"碧萝,碧萝!"铁砚斋主号啕大哭……

"贤侄!这话,从哪里说起呢?

"20年前,你我两家为了一幅画发生了不愉快。事到如今,我本不愿旧事重提,但这已是我一块心病,总也忘不掉。现在,我作为一个出家人,回头再看自己的所作所为,感到羞愧!自己有眼无珠,已经卖出去的东西怎么能再夺回呢?但我当时确实是执意要这么做的。你晓得,一个收藏家——如果我也算得上收藏家的话——是把收藏摆在什么样的地位。人们都晓得我是"作伪世家",专造假画,欺人牟利。其实,这是不公平的。我一生的确造了不少假画,但人世间作伪者岂止书画行?天下有大伪,有小伪,书画赝品,伪之末也。岂不知沽名钓誉者有之,窃国弄权者有之。峨冠博带者,高谈博论,出口有几句真话?人们见怪不怪,反而在兴不足以安邦、衰不足以亡国的笔墨间吹毛求疵,遇一幅假画，便大加挞伐，必欲置之死地而后快。小伪惶惶，大伪扬扬，岂伪之幸与不幸乎？国之不幸也。而所谓达官贵人、文人雅士，常以藏画自炫，又有几人真正识得真伪？附庸风雅而已。伯牙子期，高山流水，旗鼓相当，方为知己。而一班恶俗之辈，于丹青一窍不通，偏要张口荆关董巨，闭口刘李马夏，重金购得伪作，还要悬于明堂，百般夸耀，谬充行家，贻笑大方。我之所以作伪，不独在牟利，亦在于取笑这班可笑之人。既然俗人爱伪，我何不作伪？以西人现代说法，便是"市场需求"所致，也怪不得我。而且以我之见，对书画之真伪也无须过于认真。世上本无假画，凡画皆为真品，一笔一画，三矾九染，呕心沥血。所不同者，无非作者名气高低。名人手迹必为佳作，无名者所作必为劣画？也不见得。观画者要有主见，觉得好，便是好画，管他何人所作！由是观之，我铁砚斋主也无可指责。

"不过，我对流传于世的前贤名作，也还是极为重视的。平时收购民间书画，偶遇珍品，必自藏之，虽千金而不易。那幅《南唐高髻纤裳首翘鬓朵仕女图》，全怪我一时疏忽，误以为一般摹本了，才以此与令尊作对，有意看他笑话，以致酿成悲剧，令人悔恨不已！但我当时却全无自责自省之意，先是幸灾乐祸，后又趁火打劫，想方设法夺回此宝。那天在府上，我说要诉诸官府，并不仅仅是恫吓，而是真打算去告的。但遭到小女碧萝的极力反对。她说：'只要爹爹与悟园为仇，我就去死！'我一怒之下，把她痛打了一顿。不料碧萝说到做到，当天夜里，趁家人不备，她开窗投河，欲以死明志。幸而被家人觉察，及时拦住了。

"那时，你已离开了苏州。你不晓得，你的出走给碧萝的打击是何等惨重！"

"是爹爹把他逼走的！"她哭着对我说，"爹爹不把他找回来，我还要去死！"

我大怒："为他而死？他是你什么人？"

"爹爹！"她泪眼望着我，"女儿之身是爹爹给的，我对爹爹不敢说半句假话。他并不是我的'什么人'，我只见过他两面，说过几句话。但是，自从我见到他的那一刻起，就再也不能忘记他了。当初爹爹派我到悟园送礼、看画，我是完全遵从父命的。我爱爹爹，以爹爹的好恶为好恶。既然'丹青判官'专与爹爹作对，我就恨他，愿意看他当众出丑！但是，当我在未晚楼见到了他的公子，就不忍心了，中途改变了主意。

我决心暗暗地帮助他识破那幅画的真相，进而战胜爹爹。这一步，'丹青判官'没有做到，他的儿子做到了。那幅南唐珍品，不再属于爹爹，而属于新一代未晚楼主了，爹爹已经败在他手里了，这是女儿帮助他把爹爹打败的。爹爹如果不能原谅我，那就随便怎么惩罚我吧！但是我求爹爹不要再和他作对，让他平平安安地回来！"

她的这些话，我当时是不可能听得进去的。但你已远走高飞，我也鞭长莫及，奈何不得。

你迟迟不归，碧萝病倒了。起初茶饭不思，夜不能寐，后来渐渐消瘦，人整个垮下来了，卧床不起。我为她请郎中，她拒绝一切药石，一天天地等着你回来，说你一回来她病就好了。其实，这是不可能的。你回来又能怎样呢？在当时，不要说我，就说令堂吧，也不可能允许你们之间有任何往来。

后来，果然就听到令堂为你聘了马氏女为妻。我放下心来，碧萝的病却越来越重了。

我对她说："他已是有妇之夫，你死了这条心吧！为了赌这一口气，我也要择一个佳婿，让悟园的人看看，我的虎女决非他们的犬子可匹配的！"

碧萝有气无力地哀求我："爹爹不要让我嫁人！我的心里只有一个人，除此之外，无人可以替代，这种情感，难道爹爹真的不能理解吗？"

不能。我这一生，年轻的时候忙于学生意，为衣食奔忙，娶妻成家都是后来的事，并且也是父母做主，自己完全没有想过"爱"谁"不爱"谁。如果一定要让我明白这种情感，那也许就像我爱一幅画吧？不可多得的珍品，过目而不能忘，为了把它据于己手，虽倾家荡产也在所不辞！

就在那个时候，我收到了你从日本寄来的信。贤侄！我要请你原谅，那封信我根本没有让碧萝看到，就把它撕毁了。你晓得，我虽然不赞成你们之间的情感瓜葛，但我还是十分疼爱碧萝的。我不能让她看到这封信，使得情感再起波澜。我更不能让她晓得你的下落，不然，她会不顾一切地离家出走，去找你的。那怎么可以？不要说我不允许，她的身体也根本不能出门了。

为了让她把你忘掉，我在民国21年举家迁往上海。外边有人说我跑到东北三省，当了汉奸，大发国难财。随便别人去说吧，我没有卖国，只不过和日本人做做生意罢了。人为财死，鸟为食亡。我的那些假画，既然日本人肯买，为什么不可以赚他们的钱？不过，平心而论，我当时还根本没有想到，日本人是那么狠毒，那么残忍！

在上海，碧萝仍然是卧病在床。已经三十多岁的大姑娘了，还是孤身一人。她是发誓不嫁，事实上也不可能嫁人了，气息奄奄，等待阎罗王召唤，了此一生。她一病将近二十年，我们之间的父女之情已被磨得淡薄，家人对她也渐渐失去耐心。最近几年，整日在房中陪伴她的只有她的一只心爱的鹦鹉。碧萝在病床上哀叹："我要去了，我要去了！"鹦鹉便在一旁学舌："我要去了，我要去了！"

这声音，现在听来令人心碎，可是我当时为什么就不觉得呢？那是女儿垂死的啼血呼号！

去年的"八一三"之前，我离开家去香港跑生意。香港已经有我的分号，常来常往。离家的时候，觉得反正不久就要回来，也没有想到到楼上与碧萝告别。我走出门的时候，只隐隐听得楼上她和鹦鹉一唱一和："我要去了，我要去了！"那是在和我告别吗？

8月13日，黄浦江畔枪炮声起，上海沦陷了！我在香港心急如焚，不晓得家里怎么样了。而且，我在心里还在安慰自己：铁砚斋与日本人的几家株式会社都有生意往来，日本人即使打进上海，也总会对我家手下留情吧？

等到风声稍稍见松，我即急急赶回上海，那时候，上海滩已是满目疮痍。我心惊肉跳地赶到家里，啊！花园别墅已成废墟，家里的财物被抢劫一空，我只在坍塌的墙壁下找到了年迈老妻和碧萝的尸体！

我昏倒在破碎的家园。是一声亲切而又熟悉的呼叫把我惊醒："我要去了，我要去了！"

我以为是女儿碧萝还活着，抬眼一看，才晓得是她的那只鹦鹉。它的羽毛已经被烧焦多处，扑打着翅膀朝我飞来，喊着那句撕裂人心的话。长着翅膀的鸟儿，它本来是自由的，在灾难降临的时候，完全可以逃命而去，但它没有丢弃主人，在生死危难中与主人患难与共。在主人殉难之后，仍然不肯离去，在这废墟上等待着我归来。看见这只鹦鹉，我就像见到了女儿碧萝。不，碧萝已经永远地"去"了，不会回来了。日本强盗啊，我与你们不共戴天！

"大殿"里复归于寂静，只有炉中的香烟在轻轻缭绕。偶尔，架上的鹦鹉又凄凄地叫一声："我要去了！"

我的心再一次被痛苦和仇恨撕裂。我已经失去了马小姐，现在又失去了碧萝。爱我的人，我爱的人，都去了，都死于日本人之手。啊，日本！十多年前我曾流连忘返的那个雪山、大海和樱花之国，是那么美好；伊藤先生和他的一双儿女是那么友善，这与血腥的杀人场面怎么能够联系起来啊！我记得，伊藤的信中说过，他的儿子伊藤海石也加入了侵略中国的军队，那么，在屠杀我的家乡和亲人的日军行列里，难道也有那个英俊、腼腆的帝国大学的学生吗？他在微笑的时候，嘴角总是露出两颗雪白的"虎牙"，那是准备要吃人吗？人类、民族、友谊、艺术、战争、死亡，世界就是由这些组成的吗？

老和尚——铁砚斋主又在念经了："杀，杀，杀！"

我擦着泪说："老伯，我现在听得懂您念的经了……"

"杀鬼子！"他狠狠地说。

"您，一位出家人……"

"出家？"他凄然说，"我本不是信佛的人，是鬼子毁了我的家，逼我'出家'了。内人和女儿死后，我万念俱灰，生意，金钱，再也不能吸引我。以我这把年纪，死也可以了，但我不肯就此死去，我还要活着，报仇！上海的铁砚斋，香港的分号，我都舍弃了，剃去头发做了和尚。这是因为和尚有和尚的方便之处。我不占名山古刹，偏偏来到这湖浜深处，贤侄晓得我要做什么？就是要杀鬼子！在这阳澄湖芦荡里，有一些不怕死的抗日志士，出没于风波之中，伏击过往的日本船只。这些同胞的平日吃用，贫僧责无旁贷，时常进城买些米粮蔬菜，倒可为他们提供些方便。而且，我这里也有一支枪！偶有零星日寇，就地结果了他！他们杀了我全家，我杀一个就赚回一个！只要我一天不死，就要杀，杀，杀！"

老人的眼睛血红，闪射着仇恨的火焰。铁砚斋主！你磨穿铁砚，落得半世声名狼藉，在垂暮之年却真正迸发了中国人的血性！

"老伯！"我喊道，"为了碧萝，我不走了，和您一起留在这里，杀鬼子，报仇雪恨！"

"不，"他却说，"贤侄，你和我不同。我已是行将就木的人，就是死，也不足惜了。你还年轻，来日方长。中日这一场恶战，看来还要打很久，你一介书生，在战场无用，不如去做些力所能及而又于国有益的事。国破山河在，将来总有收复失地、日月重辉的时候！你如果在海外可以安身立命，还是走吧！目前香港还未落入日本人之手，我在那里有分号，有朋友，你在此暂避几日之后，就到香港去吧。如果香港也难保，就及早动身，从那里到海外还是方便的。"

老人语重心长，使我感到好似家父复生了。不，家父生前性情暴躁，对我一口一个"竖子"，还从未有这般亲切慈祥！

我想了一阵，说："那么，愚侄就谨依老伯指教。我在美国旧金山有一座'天庐书画院'，且有不少藏画。将来河山光复，我再携画归来见您！"

铁砚斋主垂泪道："愿佛祖保佑我活着看到那一天吧！说到藏画，我还有一事要拜托你了……"

"不敢当，老伯只管吩咐！"

"我一生爱画，却藏画不多，如今国破家亡，手中只剩下几幅珍品，是从香港带回来的。现在于我无用，就送与你吧，只求你着意保管，万勿失落于日寇之手！"

"啊！是这样？"我想起刚才赏月时还曾担心他觊觎我的藏画，现在倒是他向我赠画，心中不免一阵惭愧。"老伯的心爱之物，已所余无几，愚侄不敢再掠美，还是留在老伯自己手里吧！"

"唉！"他摇着手，叹息着，"在这种今日不知明日的危难之际，还谦让什么？我是担心这几幅画难免毁于战火，才请你抢救出去的，还在乎它属你属我吗？况且……"

说到这里，他停住了，寿眉紧蹙，垂下眼睑，一脸的皱纹都在抖动。可以想见，一个爱画如命的人在决定向他人赠画的时候，内心是极其痛苦的。

然而，我猜错了。他的痛苦不是留恋这些画，而是出于别的原因。

他接着说："当我把自己看作一个收藏家的时候，总是想起令尊，好像他在冥冥之中在看着我，看着我的画。他才是一位真正的收藏家，而我不是。我缺乏作为一个收藏家最重要的素质，那就是把画看得重于一切，包括自己的生命。我没有做到这一点。我的一生都没有摆脱一个恶魔，它就是金钱。我把拥有画看作拥有金钱，而这两者是永远不可能相提并论。金钱算什么？'千金散尽还复来'，而画一旦失去就不可再得。我和令尊都有对书画的强烈的占有欲，这很容易被误认为收藏家的共性。而实际上，我的占有欲只是为了个人，他却不是。他可以慷慨地把自己的收藏赠予真正的识家，只要宝物能够长久地留存人间，他就满足了。而我，什么时候舍得这样做啊？尤其不可原谅的，是我竟然利用令尊的某些弱点置他于死地。人总是有弱点的，令尊也不例外。但他的弱点是爱画之心过切，对那些有杰出贡献于民族艺术的先贤崇拜过甚，以致偶然失误。这种失误是可以原谅的，也是能够避免的，如果同行之间亲密无间、坦诚合作的话。我恰恰寻找了这样的缝隙，给他以致命的一击。一位杰出的收藏家的生命就这样轻易失去，而我得到了什么呢？什么也没有。我因此失去了本来就微乎其微的威望，失去了人心，甚至连自己的女儿都背叛了我。这就是我'作伪'的下场。我在这里指的不是书画作伪，而是在人格上作了'伪'。我已经失去了做一个收藏家的资格。古人说：'玩人丧德，玩物丧志。'这两点，都在我身上应验了。所以，书画在我手里已经不是富有的标志，而是对我心灵的折磨。我决定，把自己仅有的藏画都赠予你。虽然数量不多，它们的价值却不能以数量或金钱来衡量。我是在失去一切之后才大彻大悟的，虽然太晚了，但一个人在活着的时候能够彻悟也还是幸运的。贤侄，请接受我这真诚的反省和嘱托，把这些画带走吧！"

老人说到这里已经泣不成声。对此，我还能再说什么呢？

他站起身，走到香炉的后面，拉开低垂的布幔，从隐秘的暗处取出了一只樟木箱。找出身上的钥匙，他打开了锁，从木箱里取出一件黄绫包裹。又小心地打开包裹，这才露出了装裱精致的画轴。的确数量不多，只有四幅。但我可以想见，那决不会是寻常的四幅画！

贤侄，你晓得我平生最佩服哪些名家吗？唔，令尊最爱的是"吴门四家"，而我与他不同，我最为推崇的是"四大高僧"。

这四大高僧，我想令尊在世的时候会对你讲过的，就是：石涛、八大、弘仁、石谿。他们都生活在明末清初。在当时的画坛上，处于"正统"地位的是以"四王"为代表的势力，极力摹古，主张"笔笔有出处"，实际上陈陈相因，毫无生气。我的铁砚斋不知造了他们多少假画，就是因为他们的作品已经形成固定模式，也就比较容易摹仿。就我个人好恶来讲，是鄙视"四王"的。他们活着的时候就是欺世盗名之辈，死后还阴魂不散。用他们的名义作假，也算不上亵渎神明。但我从来不肯造四大高僧的假画。他们在我心目中是神圣的，在中国绘画史上也是神圣的。他们是对于盘踞画坛的复古派的勇敢的挑战者，并且是胜利者。

石涛在俗时姓朱，是明靖江王朱亨嘉之长子，崇祯三年生于桂林靖江王府。16岁那年，明亡。他怀着家国之痛，由桂林赴全州，在湘山寺出家为僧，法名石涛，号大涤子、苦瓜和尚，晚号清湘老人。后辗转于梧州、庐山、黄山、扬州、杭州、宣城、贵池、泾县、南京、长安、北京等地，晚居扬州，直至95岁圆寂。他的一生，饱览名山大川，其中，在庐山住了6年，在黄山住了23年，生活在大自然之中，将山川灵气尽摄笔端，画风豪气横溢，雄奇峻拔，并且山水、神像、花卉、虫鱼，无所不能，无一不精，成为罕见的一代大家。

他从14岁开始学画，青年时代已崭露头角。他最恨的是复古派，28岁时就曾有惊世之论："画有'南北宗'，书有'二王法'，张融有言：不恨臣无'二王法'，恨'二王'无臣法。今问'南北宗'，我宗耶？宗我耶？一时捧腹曰：我自用我法。"这是他一贯的主张。"我之为我，自有我在。古之须眉，不能生在我之面目，古之肺腑，不能安入我之腹肠。""古人未立法之先，不知古人法何法；古人既立法之后，便不容今人出古法。千百年来，遂使今之人不能一出头地也。师古人之迹，而不师古人之心，宜其不能一出头地也，冤哉！"

石涛目无古人之法，并非无法，而是以活泼泼的自然反对死板板的绳墨，以独特的创造反对僵死的摹仿，以鲜明的血性反对平庸的奴性。且听他的一段精彩自白：

> 且山川之大，广土千里，结云万里，罗峰列嶂，以一管窥之，即飞仙恐不能周旋也；以一画测之，即可参天地之化育也。测山川之形势，度天地之广远，审峰嶂之疏密，识云烟之蒙昧，正踞千里，邪睨万里，统归于天之仪、地之衡也。天有仪能变山川之精灵，地有衡能运山川之气脉，我有是一画能贯山川之形神。予五十年前未脱胎于山川也，亦非糟粕山川而使山川自私也。山川使予代山川而言也，山川脱胎于予也。予脱胎于山川也，搜尽奇峰打草稿也。山川与予神遇而迹化也，所以终归于大涤也。

但是，这样一位杰出的大艺术家，在当时却不为清廷赏识。《石渠宝笈》尽录宫内藏画，"四王"之作充斥，而仅有一幅是石涛和麓台合作的，只能算半幅。八大山人也仅有一幅，石谿却连影子也不见。这当然也不奇怪。所以我历来对宫廷典籍不甚看重，他们没有提到的，未必就是赝品或劣作。反之，被他们捧到天上的，也未必就是什么好东西。

再说八大。他也是明朝皇族后裔，祖上封藩于南昌，本名朱统，又名朱耷。19岁时国破家亡，他不肯俯首称臣，削发为僧，号八大山人、雪个。"八大山人"这个奇怪的签名，左看右看都像是"哭之笑之"，其中隐含了因故国沦亡而痛彻肺腑的心境。他破衣烂鞋，疯疯癫癫，装聋作哑，哭之笑之，其实都是"佯狂"，借此发泄对异族统治者的不满。

八大早期曾受董其昌、黄子久画风影响，但他师法前人而不泥古，肯于吸收又敢于创造。他那铮铮铁骨和浪漫无羁的性情，也不可能屈居于古人窠臼。"双眼自将清水洗，一生不受古人欺。"

他笔下的山水，"零碎山河颠倒树，不成图画更伤心"，寄托了深切的亡国之痛。他所作花鸟，阔笔泼墨，简劲奇崛。无论是鸟，是鱼，是兽，都强项不屈，"白眼看青天"，显示了昂扬的爱国情操和高尚的人格。他的一生，从未为清廷画过一幅画。八大做和尚不太认真，嗜酒成癖。而且后来还了俗，又做过道士。所以他其实非僧非道，称之为"四大高僧"之一并不太准确。但他为人所称道的，也本不在对佛教有什么贡献。石涛倒是一辈子做和尚，但在气节上却又较八大略逊一筹。康熙皇帝两次南巡，石涛都去接过驾的，并且还为此作画题诗，感叹知遇之恩，受宠若惊，引以为荣。石涛这样做也许是不得已而为之？但他的好友八大却没有去接驾，不但不捧场，还于康熙二十九年画了一幅秃尾巴孔雀来讽刺康熙的南巡。八大是真正不朽的！

另一位高僧弘仁，徽州歙县人。本姓江，名舫，字盟鸥。他生于明万历三十八年，卒于清康熙二年，也是身跨两个朝代。他虽不是明朝宗室，却不肯做清朝的顺民，顺治二年，明唐王朱聿键称帝于福建，他便"自负卷轴，偕其师入闽"，在武夷山削发为僧，法名弘仁，又号渐江、无智、梅花古衲。"偶将笔墨落人间，绮丽亭台乱后删，花草吴宫皆不问，独余残沜写钟山。"这首诗正是他感时伤世心情的真实流露。

弘仁工山水，善画梅，精诗、书。他曾久居黄山、白山，吞吐山光水色，挥洒峰峦云烟，画风浑厚朴实而壮美。他与石涛、八大一样，敢于超越前人，锐意创新。弘仁有诗曰：

　　　敢言天地是吾师，

　　　万壑千岩独杖藜；

　　　梦想富春居士好，

　　　并无一段入藩篱。

"富春居士"即一代大师黄公望。其画虽好，也绝不入其藩篱，弘仁自有弘仁法！

最后说到石谿。他是和弘仁同时代的人，俗姓刘，居湖广武陵。明亡，避乱于常德桃花源。后出家为僧，法名髡残，字介邱，号石谿、白秃。他于顺治十一年到了南京，栖禅于大报恩寺、栖霞寺、天隆寺，晚年在牛首堂幽栖寺十余年，并圆寂于此。

石谿生性孤僻倔强，沉默寡言，不问人间毁誉，唯与书画家交往甚多。他的画，远宗巨然、二米、元四家，近得董其昌神髓。博采众长，学而不倦。他曾自责有三：其一，"我曾惭愧这双脚不曾阅历天下名山"；其二，"惭此两眼钝置，不能读万卷书、阅遍世间广大境界"；其三，"惭两耳未曾亲智人教诲"。但他决非泥古复古之徒，明确宣称："登山穷源，方能尽意。"金陵大家龚半千认为江南画坛"首推二谿"，指石谿与青谿道人即程正揆。清秦祖永《桐阴论画》则称誉"二石"，即石涛与石谿。"清湘老人道济，笔意纵恣，脱尽画家窠臼，与石谿师相伯仲。盖石谿沉着痛快，以谨严胜；石涛排奡纵横，以奔放胜；师之用意不同，师之用笔则一也。后无来者，二石有焉。"

石涛、八大、弘仁、石谿，这四大高僧，为由明至清数百年间中国绘画的峰巅。我七十余年"玩"画，过眼无数，唯此四公永不能忘。他们的作品，我所藏仅有四幅，每人一幅。不是偶然凑足此数，而是我多年精心搜求所得，皆为精品。原藏香港，恐有失，携归上海，却险些沦丧。现在，都交付与你了，愿贤侄永宝之。这四幅画上，都有"铁砚斋主鉴定真迹"的收藏印，千秋万代之后，我仍得与四僧共存于人间，也就没有遗憾了！

贤侄请看，这四幅是：

石涛《黄山看云图》；

八大山人《鸦石图》；

弘仁《梅屋听泉图》；

石谿《独坐秋山图》。

天庐居士把这四大高僧的四幅遗作一一展示给我看。我看到的岂止是这四幅画？画品，人品，千秋万代的观者总是固执地把这二者连在一起的。

我仔细看了看钤在画上的那方"铁砚斋主鉴定真迹"的收藏印。印为长方形，朱文，玉箸篆，工整严谨。钤盖的时候相当认真，字字清晰。显然，铁砚斋主的确是想流芳百世的。人过留名，雁过留声。四僧之外又一僧，阳澄湖上的那位老和尚，也不应被人们遗忘。

华枝春满　天心月圆

"我要去了，我要去了！"鹦鹉凄凄地叫着，似在为我送行。

我含泪拜辞了铁砚斋主，带着24幅画，在阳澄湖畔登上了远行的船。

船是铁砚斋主准备的，画藏得极为严密。因为他与抗日武装有着某些在当时不便公开的联系，一路上对可能遇到的麻烦都预先做了安排。我避开城市走乡村，往西南方向穿过太湖，进入浙江，经福建、广东，于当年九月到达香港。一路虽然艰辛，还算平安。我唯一遗憾的是在途经福建时未能拜晤久违了的弘一法师。因为当时福建已经沦陷，而且我又不知道他的确切行踪，无法冒险去寻找他，也只好如此。

我在香港停留数月，1939 年 2 月乘船前来新加坡。当时并没有打算在新加坡久留，只是想从这里去美国。但是，后来命运改变了我的计划……

在香港上船时，没有一个熟悉的人送我，而我却痛哭了一场。这里已经是祖国的边缘了，再跨一步，就离开了神州大地。何时再回来？谁也不知道。一个人不能没有故土，没有祖国，她犹如母亲。所谓"第二故乡"不过是人们无可奈何的说法，思念故乡就拉来一个"第二"聊以自慰。我在码头上面朝北方跪下来，磕了三个头，才站起身来，掉头而去！此刻，我的心中响起了一支歌，那是弘一法师——李叔同在光绪三十二年东渡日本时所写的《金缕曲》：

> 披发佯狂走。
> 莽中原，
> 暮鸦啼彻，几枝衰柳。
> 破碎河山谁收拾？
> 零落西风依旧，便惹得离人消瘦。
> 行矣临流重太息，
> 谈相思，刻骨双红豆。
> 愁黯黯，浓于酒。
>
> 深情不断淞波溜。
> 恨年来絮飘萍泊，遮难回首。
> 二十文章惊海内，毕竟空谈何有？
> 听匣底苍龙狂吼。
> 长夜凄风眠不得，度众生哪惜心肝剖？
> 是祖国，忍孤负！

船在南海走了一个星期。这段旅途并不算长，却苦不堪言。赤道附近的气候酷热难当，而且旅客中蔓延着一种怪病，我也被感染了；高烧不退，全身疼痛，眼睛红肿。真正是苦海无边，旅客们都苦捱着，盼望早日到达彼岸。我还比别人多一层难处，虽然眼难睁，还要时时照看身边的藏画，唯恐有失。那是家乡的亲人以生命换来的，无论在任何艰难困苦之中，也绝不能丢失。即使我葬身异域，也要在死前留下遗嘱：属于中国的，让它回中国去！

　　船到新加坡，我不能再走了，必须上岸治病。我带着画在医院里躺了三个星期，身上的病治好了，一双眼睛却从此失明，我成了瞎子！对于一个收藏家来说，还有比眼睛更重要的吗？但我却永远没有了眼睛，在我的面前将是永久的黑夜，什么大好河山，什么丹青妙笔，都变成一团漆黑，我将怎么忍受？

　　我失去了生活的勇气，想一死了之，好几次摸索到海边，要跳进万丈波涛。但每当这时，总有一个声音对我断喝："你不能死，你不能死！"这是谁呢？我仿佛"看"见了一张张熟悉的面孔：我的父亲"丹青判官"、"书画郎中"段阅古、铁砚斋主、碧萝，还有我的"妻子"马小姐。他们都把画看得比命还重，如今我重托在身，又有什么理由轻生？

　　1941年12月，香港沦陷。12月7日，日本的海、空军不宣而战，偷袭珍珠港美军基地，太平洋战争爆发了，半年之内，东南亚各国和太平洋诸岛都陷于日寇铁蹄之下。日本和德国这两条恶魔同时由世界的东西方燃起了屠杀人类、屠杀正义、屠杀真善美的罪恶战火，整个地球都在燃烧，都在流血，我远渡重洋，仍然没有逃出魔掌。我把身边仅有的24幅藏画埋在一口枯井里，蜗居寓庐，一言不发，在漫漫长夜中等待着，等待着。

　　对我来说，夜也是夜，日也是夜，面前是无边无际、无尽无休的黑暗。在那些日子里，我做了无数的梦。在梦中，我的眼睛是明亮的，世界是多彩的。我清清楚楚地看见故乡苏州的白墙黑瓦、小桥流水，飘摇于碧波之上的采菱木盆和捕鱼小船；看见我那严厉而睿智的父亲、美目盼兮的碧萝；看见阳澄湖上芦荡如烟、杏花如雪，一轮明月浸在湖底，如珍珠就要出水。奇怪的是，我一次也没有梦见悟园浸透鲜血的废墟和铁砚斋断壁残垣间烧焦羽毛的鹦鹉。醒来尽是苦难，梦应该是美好的。如果连美梦都没有，人就没有活着的希望了。

　　1942年10月13日，阴历九月初四，我竟然梦见了久违的弘一法师！

　　弘公老多了。面容更加消瘦，上唇和下颏的胡须已经花白，额头、眼角、两颊布满了人生年轮。但他依然精神矍铄，平静安详，脸上泛着淡淡的微笑。

　　"弘公，弘公！"我欣喜地叫着他，"弟子想您啊！"

弘公慈祥地看着我，轻轻启齿。他对我说话了，那是一首四言偈诗：

　　君子之交，

　　其淡如水；

　　执象而求，

　　咫尺千里。

他轻轻地吟诵着，身边升起一片祥云。祥云弥漫着，弥漫着，异香满室。我透过祥云看弘公，如水中窥月，雾中观花，渐渐地看不清了。

"弘公！您不要走，弟子有话要说！弘公，您到哪里去啊？"

祥云中，弘公只有一片淡淡的影子了。他的声音也越来越轻：

　　问余何适？

　　廓而忘言；

　　华枝春满，

　　天心月圆。

祥云弥漫，祥云缭绕，祥云飘散，弘公不见了。

我惊坐而起，才知是梦！这梦好真切、好奇怪啊！

第二天，电台播出了一条令人震惊的消息：中国著名书画家、音乐家、戏剧家，佛门一代高僧、律宗师表——弘一法师已于昨晚八时在泉州温陵养老院"晚晴室"圆寂，终年 63 岁……

啊？！中国近代史上的一颗巨星就此陨落了！昨晚八时，不就是我梦见弘公的时辰吗？那不是梦，那是弘公在向我告别。这样一位伟人，竟然还记得我；在他行将离开这世界的时候，也没遗漏我这个只有一面之交的弟子！

直到许久之后，我才辗转听到一些有关弘公临终前的详细情形。

1941 年 5 月，弘一法师赴晋江檀林乡福林寺"结夏"，寄书各地师友，已在暗示自己行将告别人世。

1942 年，是他生命的最后一年。阴历二月，应惠安县长石有纪之请到灵瑞山讲经，相约不迎、不送、不请斋。三月，回泉州，挂锡百原寺，不久移居温陵养老院，停止一切活动。八月十五、十六两天，在温陵养老院讲《八大人觉经》，同时向养老院老人讲《净土法要》，这是弘公最后的讲经。八月二十三日，抱病写字与晋江中学学生结缘。八月二十七日，他已不再进食。八月二十八日清晨，他把他的侍侣妙莲和尚叫进"晚晴室"他的床边。

他的声音很低："妙莲法师，你把笔墨准备着，有些话，记下来。"

妙莲一一记下了他下边的话，并且郑重地盖上弘一法师的印信，那便是弘公的遗嘱："当我还没有终命以前，以及生命终了、死后，我的事全由妙莲法师一人负责，其他人毋庸干预。"就是这么简单而又简单。妙莲写毕，他又嘱咐："我圆寂之后，照我的话做。我这个臭皮囊，处理的权力，全由你哩。莲师！请你照着世间最简单、最平凡、最不动人的场面安排。我没有享受那份'死后哀荣'的心。一切祭吊，都让他们免了！"

八月二十九日，他又向妙莲法师交代了在他圆寂之后众僧"助念"时需要特别注意的事：

在助念时如果看到他的遗体眼中流泪，那并不是留恋世间、挂念亲人，而是悲欣交集所感；当他呼吸停止、热度散尽时，送去火葬，身上只穿一条旧的短裤。遗骸装龛时，要带四只小碗，盛水，垫在龛脚下，防止昆虫蚂蚁爬上来。

要交代的都交代了，弘公便似睡非睡地闭着眼睛，平淡、虔诚、恬静、安详地等待最后的归期。

就这样又过了两天。

九月初四，是他的归期。上午，他还接待了黄福海居士，并且在纪念册上题了字。下午四时，他伏案留下了最后遗墨，交与妙莲法师，那是四个野鹤闲云般恬淡的字："悲欣交集"。

他已经放下一切外缘，了无遗憾，平静如水，侧卧在床上，不吃饭，不吃药，只是不绝如缕地默念"南无阿弥陀佛……"

晚七时，他的呼吸有些急促，面容忽而泛红，忽而泛白。这是他将要归去的征兆。他的肉体在人间经历了63年的磨炼，就要最终脱去躯壳，升腾起无羁无绊的灵魂。

妙莲法师和众僧以及一些在家居士为弘公"助念"，助念的内容是弘公事先规定的：首先是《普贤行愿品》，然后念正文，接着念佛号，最后是"回向文"。

弘公依然平静而安详，没有痛苦，没有悲哀，仿佛沉浸在优美的乐曲之中。当念到"普利一切诸含识"时，他那微闭的眼睛中渗出涔涔泪花，沿着清癯的面颊缓缓流下来。弘公早已说过，这不是留恋人间、挂念亲人，而是"悲欣交集"。

晚八时，弘公的呼吸已经停止，右肋卧床，安然圆寂。一颗伟大的灵魂终成正果，升天而去。

弘公圆寂七日后，依遗嘱在承天寺火化，身上仅穿一条短裤，赤条条来去无牵挂。火化时异彩如虹，烈焰腾空。百日内由妙莲法师在骨灰中拣出赤橙黄绿青蓝紫七彩舍利子 1800 粒。一位奇人，一代高僧，生时如仙童下凡，死后又成佛而去，留下了神话般辉煌的业绩，不朽于人间。

早在弘公圆寂前五日，他已分别给生前好友夏丏尊、门生刘质平等人一一写信告别。信的内容是相同的："朽人已于九月初四迁化，现在附上偈言一首，附录于后。"下面便是与我在梦中所闻一字不差的四言偈诗。不，我最后见到弘公，决不是梦，而是千真万确的事实。梦都是自己心中所想，幻化为梦。若以我的浅薄，怎么可能预测弘公的圆寂之期，又怎么可能预知他的临终偈语？

弘一法师是预知自己死期的奇人、高僧。死亡，是生命的终结，"死后原知万事空"，在常人是极其可怕、可悲而又无可奈何的。而在佛家，则是浮生的结束，往生的起点。它不但不可悲，而简直是可喜。"生灭灭己，寂灭为乐"，这是佛学真谛。因而，弘一法师对于自己的死，极其平静、坦然。我至今也不能完全参透他临终时的那种宏阔心境："悲欣交集"，"华枝春满，天心月圆"。

"悲欣交集"之"悲"，是悲天悯人的人之常情，还是大慈大悲的佛心？"欣"，是功德圆满的慰藉，还是念佛见佛的彻悟？

弘一法师的一生，是奇异而卓越的一生。自从鸟衔松枝迎接他降生的那一刻，就已注定了他的非凡。以他过人的天资和悟性，很快便跨越了常人往往一生也不可能跨越的人生第一层次即自然生命，进入第二层次即文化生命。"二十文章惊海内"，非太白、东坡之才，是难以企及的。他书画金石无所不精，又长于音律，开创中国话剧，这样全能的艺术家，为史所罕见。而当他达到令常人高山仰止的艺术峰巅之际，又纵身一跃，向人生的更高层次——第三层次即自觉生命攀登，这就是不仅需要天才和胆识，更重的是悟性了。

弘一法师最令人费解的便是他的出家，而且在出家之后专攻戒律森严的律宗，这与当年那个风流倜傥、浪漫无羁的艺术家李叔同简直判若两人。人们自然不免从人文角度去评价弘一法师在出家前后的价值，为他断然抛弃家庭和已有的成就、名誉而扼腕太息，认为"可惜"了。或者猜测他是因为报国无门才"遁迹空门"。如果站在人生第一层次看弘一法师，看到的只是他抛弃家庭，抛弃爱情，甚至雪子夫人登门诀别都不肯一见的"无情""绝情"，这是看不到真正的弘公的。站在第二层次看弘公，也只能看到他亲手扼杀艺术家李叔同、抛弃他曾醉心的事业、无视人间毁誉的"残酷""乖戾"，也仍然看不到真正的弘公。弘公在出家之后，对此从不做任何解释，"非佛语不语，非佛书不书"，这就使我们更加难以透彻了解这位哲人。他是站在第三层次即人生最高层次来看待自己的过去，击碎了一般观念的自我，舍弃了过去的自我，如春蚕蜕去了最后一层皮，换来新的生命，一个生机焕发、清逸超脱、无私自在的真实生命。人们往往看到的是弘公出家后生活的"苦行"，过午不食，捡吃被人丢弃的半截萝卜等等，自律之严到了"自虐"的程度。而他是自觉如此的，并且坦然而平静。他是在熊熊烈火中锻造自己全新的生命。

弘一法师是少数达到生命的第三层次即自觉生命的人。从李叔同到弘一法师，这是必然归宿。弘公生性坚强，但无凡俗之见；弘公一贯淡泊名利，但不愤世嫉俗；弘公无论在出家前还是出家后，无论是献身于教育还是献身于佛道，都大公无私，舍己为人。他的出家，不是对自我的否定和割裂，而是升华和超越。他的出家，并没有卸掉肩上的责任，而是打破私情的狭小藩篱，以彻底无私的心去亲近人类，普度众生。在他的晚年，中国正陷于血与火的灾难之中，这位高僧曾赋秋菊为偈：

　　亭亭菊一枝，
　　高标蕴晚节。
　　云何色殷红？
　　殉道应流血！

巍然高风，凛凛晚节，与他青年时代慷慨高歌的《满江红》一以贯之：

　　皎皎昆仑，
　　山顶月，有人长啸。
　　香囊底，
　　宝刀如雪，恩仇多少？
　　双手裂开鼷鼠胆，寸金铸出民权脑。
　　算此生，
　　不负是男儿，头颅好！

　　荆轲墓，咸阳道；
　　聂政死，尸骸暴。
　　尽大江东去，余情还绕。
　　魂魄化成精卫鸟，血花溅作红心草。

看从今，

　　一担好河山，英雄造！

他的一生，做人，是一个杰出的人；做艺术家，是一位杰出的艺术家；做和尚，又是一位杰出的和尚。用他的生前挚友叶圣陶先生的话说，弘一法师一生"好好地活了，好好地死去"。他圆寂之时，神州九月，已秋风渐起；初四，应新月如钩。但在弘公心目中，已见华枝春满，天心月圆，那是至真至善至美的无极之境。

在漫漫长夜中，弘公为我送来了满枝春花，一轮圆月，使我这个孤寂的残人重新燃起了希望。也许我至死都不可能达到那生命的第三层次，但攀登本身就是一个冶炼自身的过程，其中有悲，也有喜，它使人感到作为人的骄傲。

1945 年 8 月 15 日，日本投降了。那一场战争，中国人苦熬了八年，新加坡苦熬了三年半，终于盼到了山河光复，日月重辉。可惜，我只能听见大街小巷传来的欢呼声和鞭炮声，却无法看到人们含泪的笑脸！

战后，我请在美国的学生把旧金山的藏画送来，加上从中国带来的 24 幅，在新加坡中华总商会举办了"天庐藏画展"。展览在东南亚引起轰动，马来亚和香港、印尼、泰国、缅甸的华文报纸和电台都发了消息。这不仅是因为人们对中国书画艺术的热爱，也是借此欢庆反法西斯战争的胜利。这场胜利，何尝不是中华文化的胜利、真善美的胜利？唉！如果未晚楼藏画都在，那又将是怎样的轰动啊！

由于报纸和电台的宣传，我收到了来自四面八方的热情来信。人们在信中表达了美好的感情，使我激动不已，感慨不已。其中有三封信，特别使我动情。

当然，信都是别人读给我听的，我早已"目不识丁"了。

一封是"书画郎中"段阅古从苏州老家寄来的。这位老人家得知我还活着，画还在，无比欣慰。但他信中告诉我，送我脱险远行的另一位前辈铁砚斋主没有能够活到今天，他在阳澄湖上壮烈牺牲了！为了保护我们祖先创造的辉煌灿烂的文化遗产，为了保卫我们如诗如画的家乡，我们付出了太多的鲜血！

另一封信来自那个被我们诅咒了八年的国家，写信的人是伊藤先生的女儿伊藤水月。我和他们家断绝书信来往已经有十年了，没想到他们还没有忘记我。八年的战争已经分出了胜负，我们之间还有什么话可说？发泄仇恨还是重叙友谊？恩与仇扭结在一起，我简直不敢听里面写些什么。

水月没有一字提到他们一家当年对我的好处，也没有一句流露战败国的伤感，只是平静地告诉我，她的哥哥伊藤海石 5 年前在中国阵亡；而在去年——我说的是她写信的前一年即 1945 年 8 月 6 日，美国在她的家乡广岛投下了第一颗原子弹，他的父亲伊藤雪野和藏有万枚古币的"万泉室"都化为灰烬！她虽然幸免于死，也已终身致残……

该死的，不该死的，都死了；该毁的，不该毁的，都毁了。这就是战争留给人们的纪念。美好的东西，摧毁是那么简单，创造却谈何容易？愿我们活着的人，心中多一些美！

还有一封信，寄自福建泉州。写信的人与我从未谋面，他是弘一法师生前的侍侣妙莲法师，这封信是他受弘公的委托写给我的。信中写道：

> ……
>
> 弘师生前以字结缘，有求必应。唯民国七年天庐居士在杭州索画，尚未遂愿，弘师于心不安。三十一年九月，弘师圆寂前数日，作画《华枝春满　天心月圆》一幅，题赠天庐居士，嘱我日后代为寄出。惜时逢战乱，且不知居士地址，迟至今日方得奉寄，敬希鉴谅！

这封信大大出乎我的意料。一代大师弘公已与世长辞，我做梦也不会想到能够得到他的手迹。妙莲信中所说"有求必应"当是不错的，但弘公以字结缘，若非有缘，他不轻易挥毫。当年曾有一政界要人以数百金求字，弘公不受金，也不写字。但他每见有道德操守的人，虽至穷至困，也不吝墨宝。若以权势相逼，虽半字也不可得。28 年前我向弘公冒昧求画，弘公当时答应"来日有缘，当偿还此愿"，我还以为是婉辞，哪里想到他一直记在心里，并且在临终前仍念念不忘，说到做到！更想不到的是，他自出家后仅"以字结缘"，很少作画，却为我破例，而且画题正是他的最后偈诗！

画没有装裱，就附在信封里。那是一张普普通通的宣纸，是四尺纸的三开，折成信封大小。我小心翼翼地打开来，唯恐稍有不慎而撕破或是污损。画就在我面前，但我失明已久的双眼却看不见它。不，我看得见，那画不是用笔墨画出来的，而是以他毕生的才华、心血和生命铸成的。满树繁花，一轮明月，把我的眼睛，把我的心，把我的灵魂照亮了！

我的一生，苦也罢，乐也罢，都是为了藏画，但哪一幅收藏也比不上这一幅所给我的震撼和欣慰。接到画，我本想大哭一场，但想到弘公的慈祥面容，又止住了泪。我应该平静地接受它，不悲不喜，悲欣交集！

天庐居士把一幅卷轴郑重地放在案上，缓缓地打开。我屏住了呼吸。等待看到弘一法师的墨宝。对于弘一法师，我仰慕已久，他的书法，一点一画，都孩童般地率真，云水般地自然，宇宙般地空灵，佛理般地深奥。但是，我从没有见过他的画。我只知道他是美术界的老前辈，我的老师，我老师的老师，是他的学生。他早年捐赠给北平国立美术专科学校的二十余幅作品，已全部失佚，所余一幅由储小石教授从雪地中捡出而珍藏，为弘一法师油画作品之绝响。那幅画，我也只是看到过印刷品，而无缘见到原作。现在，我将看到他在宣纸上所作的中西合璧的最后绝笔，这兴奋可以想见！

画轴慢慢地打开。古铜色绫子的天头，浅米色上隔水，下面没有诗堂，就是画心了。

画心完全展示在我面前，我大吃一惊，瞠目结舌……

那原来是一张一尘不染的白纸！

我左看右看，贴近了看，退远了看，仍然找不到任何着笔落墨的痕迹！

这该怎么解释呢？是当初弘一法师作画时本来就未着丹青，还是天庐居士请人装裱时被偷梁换柱？是在我之前的观赏者乘机掠走了弘公真迹，还是我肉眼凡胎看不到纸上的图画？

我疑惑地望望天庐居士，他正襟危坐，神情庄严肃穆。他默默不语，在空灵恬淡的寂静中体味那画中的意境，并且不去打扰我的欣赏。

我终于抑制着自己，没有说出蠢话。我想，在我之前，一定还有别人看过这幅画，他们也是这样做的。画，本无所谓真，也无所谓假；无所谓实，也无所谓虚；无所谓存，也无所谓亡。画是人类智慧的一部分，它与人类同在。画是自然的一部分，它与天地同在。画是历史的一部分，它与日月同在。敬神如神在，对于挚爱艺术如同敬奉神明的人，画只在他心里，那是至真至善纯情纯美的境界，走进去是幸福的，任何人无权打破它。

这是一位双目失明的人使我"听"懂的。

天已经快亮了。我与天庐居士的对谈，忘却了时间，忘却了空间，只记住了艺术。

月光从落地长窗洒进来，清凉如水。我举目望去，"天庐"之外的万里晴空，高悬着一轮冰冷清亮晶莹圆润的明月。

原载《中国作家》1991年2期

傲　　骨

一

盘老，自然是姓盘。

"您这个姓很少见，《百家姓》上好像没有吧？"我问盘老。

"《百家姓》上都是些俗姓，我姓的是盘古氏那个'盘'，"盘老笑笑，从沙发扶手上抬起右臂，像斧头似的那么劈了一下，"开天辟地的盘古氏啊！"

他就这么狂，仿佛盘古就是他，他就是盘古。我没话说了。屋里的几个男人都随着盘老笑起来，笑容各不相同，有的笑得极有分寸，无声、露齿而已；有的像演戏似的"哈哈"两声；有的则笑得相当放肆，非常开心似的。他们都是来看望盘老的，向他求画、请教，或是既不求画也不请教，只是慕名来认识认识盘老。当然，他们都是笑我这个"毛丫头"不该贸然向盘老这样的大画家提出这样可笑的问题，活该受到了应有的奚落，却没有一个是笑盘老狂傲的。

盘老以狂傲著称。他是本省乃至全国美术界的老前辈，许多名家在他面前只能算"后生小子"，他瞧不起的。对于历史上的荆、关、董、巨、刘、李、马、夏，他谈论起来也时有不恭之词，所佩服的似乎仅石涛，八大山人而已。他有一方图章："三百年来第一人"，可见口气之大。据说他19岁那年在省城开个人画展，万人空巷。开幕时，他当众挥毫，作了一幅丈二的《雄视千古》，画的是一只苍鹰，雄踞于磐石之上，眼望着天，不睬凡尘的样子。观者无不叫好。偏偏有一位胸无点墨的什么旅长也想借此出出风头，兴之所至，举起匣子枪，"啪"的一个点射，惊得众人掉了魂，跑了多半。旅长哈哈大笑。众人定睛看时，方才那一枪，不偏不倚，将那苍鹰的眼睛穿得玲珑剔透！未被吓跑的人回过味儿来，赶紧恭维旅长的好枪法。盘老却不依不饶，当胸揪住旅长索赔。旅长大骂："赔你个毬！"盘老当时并不老，血气方刚，定要赌这一口气，官司打到军长那里。碰巧军长是位儒将，最爱的是字画，见部下这般亵渎斯文，雷霆震怒，喝令他赔偿，一画千金。盘老却说："我画皆神品，非人间金钱可买。艺术即我生命，我要他以命相抵！"那军长遂一枪结果了草包旅长的性命。

这是民国初年的事，传得有点儿邪乎，是否属实，已难查考，即便是真，也说不定被枪毙的那位是随便从兵营里拉来的替身。但盘老自此名声大振却是真的。

民国改了共和，盘老已年过花甲，但傲骨未改。那时候，他是省艺术学院美术系主任。其实这个官职形同虚设，他任何公事也不办，平时在家读书作画，偶有兴致到系里转转，看看学生的作业，指点一两句，艺徒们便视为极大荣幸。党委书记、院长也不管他，只借他这位名家的招牌撑撑门面就满足了。有时盘老高兴了，便在学生的画案前画两笔，这时全系的师生员工都进来观赏，连窗户玻璃上都是挤瘪了鼻子的人脸。大家都等着收藏这件珍品。便有一位有地位的或是书记，或是院长，或是教务长的高声说："这幅画院里收藏了！你们能看一看就大饱眼福了，还想要？"大家就不作声，静静地看盘老画画。这种时候，盘老的画就画得格外出色。画要人捧，画家最需要的就是这种心境。

某一天，正赶上这种时候，省文化厅厅长的小卧车开进了艺术学院，听说头儿们都在某教室，便信步走来。围观盘老作画的人"呼拉"让开一条路，书记、院长……极恭敬地接驾，口称"厅长"，满屋子人都听得真切，齐齐地将目光投向这位首长。厅长一一和大家握手，好似隆重接见，把盘老忘在了一边。

盘老仍作画不止。

厅长说："噢，盘老在画画啊？"

书记、院长忙提醒盘老说："盘老，厅长来我院视察了！"

盘老竟像没听见似的，仍昂然立于画案前，眉头微蹙，全神贯注，手不停笔。此刻，他的身心，他的灵魂，整个儿都被胸中丘壑、笔底波澜牵住，仿佛有一股气，自丹田，经肺腑，走肘腕，直达五指紧握的竹管羊毫，缓缓流出，如春蚕吐丝，不可中断，哪里还理会身边站着的本省文艺界第一号领导人物！

书记、院长、教务长都相当尴尬，望望盘老，再望望厅长，不知所措。围观的大小人等也都惴惴不安。

倒是那位厅长善于审时度势，不但没有发怒，反而极温和地向大家摇摇手，示意"安静"，不要惊扰盘老作画，自己也站在一旁，极专注地看盘老手中的那支羊毫大斗笔在宣纸上皴擦点染。

盘老旁若无人，直到把这幅水墨淋漓的《一览众山小》完成，题了款，用了印，掷笔于案，审视半天，这才轻轻地舒了一口气，抬起眼来，好像刚刚看到身旁的厅长似的，微笑着伸出手去，握了一下，并没说话。

厅长宽容地笑笑："刚才盘老作画的神情，真是泰山崩于前而不惊啊！"

事后，学院里的人对盘老议论纷纷。有的赞扬盘老不媚上！大凡文人都爱标榜傲骨。汉王刘邦接见郦食其时还在洗脚、梳头，郦当面大骂："足下果欲伐秦，为何倨见长者！"嵇康不事司马氏，以灌园锻铁为生。司马昭宠臣钟会来访，嵇康置若罔闻，手不辍锻。郑板桥诗书画三绝，但"豪贵家虽踵门请乞，寸笺尺幅，未易得也"。最著名的莫过于李太白，"天子呼来不上船，自云臣是酒中仙。"那算傲到家了。但这种傲，多半没有什么好下场。不媚上，上恐难容你。因此，自古以来真正能傲到底的也为数不多。于是也有人替盘老担心。

当年夏季，一阵大风刮出许多"右派分子"，盘老便是其中之一。他既没贴大字报，也没发表什么反党言论，帽子照扣不误。不必解释，自然是傲骨所累。傲骨很容易让人联想到反骨。"一览众山小"，你眼里还有党的领导吗？盘老榜上有名自然是学院报上去的，但据说文化厅厅长事先曾有过指示，不点名地批判过盘老，为下边提供了依据。说起来，当初盘老只要稍稍早一点儿扔下画笔，和厅长握握手，也就不至于如此了。

那位省文化厅厅长，便是我的父亲。

当时我还没出生，这些事是好多年之后才零零碎碎听别人透露的。现在"右派"绝大部分改正了，秘密已不成其为秘密。但这事折磨得我好难受。父亲在"文革"后复出，升任副省长，"右派"改正由他主持，他说："当时有当时的政策，现在有现在的政策，该改正的就改正嘛！"结果，全省又连一个"右派"也没有了。

盘老"改正"后已是八旬老翁，再当个系主任已不合适——他太老了，只能挂个教授头衔，在家养老。于是，盘老家里冷落二十多年之后，又门庭若市，求画的、求字的、请讲学的……蜂拥而至，好似发掘了一件出土文物，他早年的逸闻又风传起来，被视为英雄。人是耐不得寂寞的，盘老失意多年，突然又有了抛头露面的机会，便来者不拒，赠画、题字，有求必应；宴会、茶话会、座谈会、联欢会，也携了夫人去参加。所到之处，迎迓有加，成为众人瞩目的中心人物。据说盘老在那倒霉的二十多年中吃了不少苦头呢！打发到农村去改造，他凛然一副"士可杀而不可辱"的样子，把粪担丢在一旁，不肯弯下高贵的腰去挑。亏得那位贤内助好言相劝，一个粪担二人抬，分担了他一半忧愁。某日，一帮子中学生下乡支援"三夏"，看见这两位"老农"歪歪斜斜地在田埂上抬粪，便一窝蜂过来抢挑重担，盘夫人死活不肯。越是谦让，对方越是热情，没法儿，盘夫人只好难为情地说："不要……不要给我们找麻烦了！我们是来改造的……""右派"二字还未出口，学生们便像被蚂蟥咬了似的，"哎呀"一声，作鸟兽散。盘老痛彻肺腑，仰天长叹，粪担"哐"地滚翻，溅了他一身污秽……

如果没有盘夫人陪伴，盘老恐怕早就羞辱而死。这些终于都熬过来了，如今的盘老，又衣冠楚楚，谈笑自若，恢复了往日的傲态。他身材本是很伟岸的，面目端庄清雅，肤色白皙而泛红润，天生如此，经多年的烈日风霜竟未能变黑变粗，只增添了一些纹路。如今须发皆白，更增添了一股令人肃然起敬之气。出入某些公众场合，他眼睛望着天，手杖戳着地，几名追随者搀扶着他，簇拥着他，不知底细的人一定不会想到这是一个曾经在社会底层窝了多年的人，极容易把他当成一直走红的什么首长。

渐渐地这种活动越来越多，盘老便有选择地赴会，且不再当场作画，平时也不轻易以画赠人了，只偶尔在展览会上展出一两幅，或挂在画店里，标价高得惊人。于是就有一些宾馆、饭店去请他"住几天"，开最好的房间，供最佳的膳食，乘最豪华的车子，无非是以此来换取盘老的墨宝。他们知道，这比到画店去买便宜得多，划得来的。

我登门拜访盘老，便是出于这样的动机。说来惭愧，我工作所在的宾馆在本省充其量够个二流水平，请盘老是有点儿委屈他，怕他不赏脸。可是我们经理一定要赶时髦，觉得大厅没有一幅盘老的画简直是耻辱，非逼我去不可。我是宾馆宣传科分管"美化环境"的，当然也无可推卸，但更主要的是经理想借我父亲的招牌，副省长的女儿嘛，虽说只是个二十出头的小科员，可在某种意义上有"代表副省长"的意思。

我去盘老家的时候，简直有一种替父亲"负荆请罪"的感觉，话不知从何说起，才没话找话地说了《百家姓》上没有姓"盘"的这种昏话。

那几个人笑我，我低下了头。

笑得最放肆的那位，圆圆的脑袋，小眼睛，唇边几根称不上胡须的茸毛，头上扣一顶鸭舌帽。他笑了一阵，突然打住，问我："哎，听说副省长的千金在你们宾馆工作？"

"哦……"我含含糊糊地应了一声，心想他干吗问这个。

"听说她抓宣传？和你在一起吧？你贵姓？"他不给我喘息机会，一连串地问。

"我姓……"我不知怎么地就坦白了。本来也没法儿撒谎，坐不改姓，行不更名嘛。

这一下他的眼神来了光彩："姓……噢，省长千金就是你吧？"

"哦……"我只好老老实实地招认。心想，亮明了身份可能就成了不受盘老欢迎的人了。

盘老却没有发作，只是有所醒悟地"唔"了一声。

我想这下子无可回避了，便红了脸，抬头望着盘老说："我父亲，1957年那会儿……"

盘老脸上泛起了一阵青色，没言语，正在给客人倒茶的盘夫人听得真切，便笑吟吟地有意缓和："过去的事体不要讲哉，最近省里厢对文艺界人士还是蛮关心格！"她大概是苏州人，话说得又甜又软。

圆脸、戴鸭舌帽的那位立即绽开笑脸接过话茬说："那当然！省长的千金亲自来请盘老，这是莫大的荣誉哟！"看得出，他现在的笑容和刚才放肆的笑完全不是一个意思了，"盘老是一定要去的喽，哪能驳您的面子啊？"他对我的称呼从"你"改成"您"了。

我真厌恶这个家伙。不过，他倒帮我把事儿办成了。盘老开始推说忙，后来，经盘夫人和这位鸭舌帽劝说，竟答应了："好吧！"

鸭舌帽突然站起来，点头哈腰地向我递过来一张名片。我接过来扫了一眼，他的名字叫翟什么，还没看清，只听他又在作自我介绍："我是盘老的学生，爱画葡萄，人称'翟葡萄'，你们宾馆的画要是不够用，我也可以帮忙！"

这意思我懂了。我好扫兴，请一个盘老，还得搭上一个"摘葡萄"吗？

二

经理为盘老接风，在一号宴会厅宴请他。客房科长、餐厅科长、宣传科长和我作陪，连同盘夫人、"翟葡萄"一共七个人。"翟葡萄"到底跟来了，我没好意思甩掉他。据我所知，有些画家对吃宴会、住宾馆很不感兴趣，谁赏饭给谁画画，他们把这叫作"唱堂会"，认为是很下作的事情，而"翟葡萄"却趋之若鹜,不请自来。这也可以理解,大凡名家总怕人要画,而名气不足的则怕没人要,"翟葡萄"无非是想得到显示自己的机会吧?宴会上这家伙的话最多,吹捧自己,当然更多的还是吹捧盘老。他说他之所以拜盘老为师,就是崇拜盘老的狂劲儿、傲劲儿。

"有一回盘老游白龙寺,玩累了,就在大殿前边的石案上喝酒、吃肉,让小沙弥看见了,连称'罪过',到里边把静远法师请了出来,要赶盘老走。盘老说:'你是禅学大师,我是艺术大师,缘何要我让你?'静远法师素闻盘老大名,不敢造次,唯唯合掌道:'求大师念我佛门清静……'话没说完,盘老就笑了:'算了吧!白龙寺的后门正对着尼姑庵,夜来暗度陈仓,何清静之有?'把静远法师差点儿气死!"

这种笑话未必能给盘老增添什么光彩,却博得我们经理和几位科长开怀大笑,他们最爱谈这类男男女女的话题。经理举杯说:"来,盘老,干了!我们这儿可没有'清静'的穷讲究!"

说着,撕下一条鸡腿递到盘老面前的盘子里。我们这个宾馆的前身是个部队的招待所,交给地方后,常被会议包用,不大会经营,从经理到厨师就这水平,伙食的料好、量足,但做得粗,有点儿梁山好汉大碗喝酒、大块吃肉的味道。

盘老望望这条油花花的鸡腿,嘴轻轻"啧"了一声,并没动手。盘夫人忙笑着说:"这位经理实在热情,像自家人,我们只好客随主便嘛哉!"盘老不好再说什么,便拈起棒槌般的鸡腿慢慢地啃。他是食不厌精、脍不厌细的名流,对我们经理这种如狼似虎的吃法一定很不适应。但我看得出,他在忍耐。我倒是希望看他狂傲一番才觉得有意思,不知他为什么要忍耐?为什么克制着自己的性子屈就我们宾馆,吃粗野的"宴会",并且还带着这位趣味不高、胡说八道的"翟葡萄"?直到好多天之后,我才悟出了其中的缘由——这是后话。

根据经理的吩咐,我给盘老定了"任务":主楼大厅迎门屏风上一张大画,两张丈二宣纸接起来画,内容是迎客松,已被画滥了的东西。至于"翟葡萄",则多多益善,反正客房里都得挂画,这小子"价儿"低,不能让他跟盘老一样,吃了喝了,只画一张完事儿。

三

客房科长给盘老夫妇安排的是带会客室的大套间,"翟葡萄"则住小单间。这不奇怪，人，处处都是分等级的。"翟葡萄"毫无怨言，铺上纸就画，这小子画得快，噌噌噌，没几天就满屋子都是葡萄。盘老则极沉稳，纸接好之后，光甩炭条起稿就花了整整一星期。经理看了几次，见进展不大，不好催他，还说："慢工出细活儿！"他把画画和做木匠活儿大概是归在同一类。盘老也不解释，只眯缝着眼睛打量他的画稿，看半天才动一笔。盘夫人在案子上用乳钵替他研磨颜色，那些石青、石绿、藤黄、赭石之类都得很费工夫研得细细的才好用。经理坐不住，看一眼便走。我没事儿，就帮盘夫人研颜色、磨墨。盘夫人说："你这位千金倒是蛮和气，一点架子也呒没。"我说："盘师母，我有什么资格摆架子？胸中空空如也，倒是想跟盘老学点儿真才实学呀！"盘夫人挺高兴："那就让他教你嘛好哉喂！"盘老便说："你画两笔我看看。"这话一出，我倒怯阵了："我……哪会画？只不过是业余爱好，看点儿画论，知道一点儿皮毛，谢赫六法呀什么的……"盘老好像很惊讶："看不出，你小小年纪，又是个女孩子，书倒读得不少，还懂得六法？不错，不错，从今天起你就算是我的学生了！"

盘老情绪挺好，接着滔滔不绝地讲起来："谢赫六法，是绘画根本之法，'气韵生动、骨法用笔、应物象形、随类赋彩、经营位置、传移模写'，任何人不能突破这六法。但我认为，最重要的是'气韵生动、骨法用笔'二法，要而言之，'骨''气'二字为画法之精髓。画无骨气不成其为画，人无骨气不成其为人。画又分三品，得'骨'者可为能品，得'气'者可为妙品。二者兼得方可为神品。当今画界，能品者众，妙品者寡，而神品，则唯我盘某一人矣！"

盘夫人微嗔地瞟了他一眼："喔哟，又要'老子天下第一'哉！当着客人的面……"

我说："我哪是客人，是盘老的学生嘛！艺术家贵在自信、自强、自尊，这正是盘老风骨！"

盘老爽朗地笑了："今天，俞伯牙遇到了钟子期！"

这次半真半假的"拜师"之后，我和盘老更融洽了，常为他抻纸磨墨，听他边画边讲，他一讲起来就海阔天空，忘了作画。因此，这幅《迎客松》就好像总也画不完似的。我巴不得这样。对我来说，并非真要学画，而是想多听点儿艺术理论，工作中常和画家打交道，免得自己太外行。

那天我开会回来，去看盘老作画，人熟了，没敲门就进了画室。盘老夫妇正商量什么事，我只听见一个尾巴："这又不是上门相骂，是我们友好的表示嘛!"这是盘夫人的声音。"我不好意思开口,要讲你对她讲好了……"这是盘老的声音。大概听见了我的脚步声,盘夫人低声说:"她来哉!"盘老好像受了惊动,急急地说:"快收起来,快收起来!"接着是一阵窸窸窣窣的声音。我已经进门,不便退回,只好硬着头皮若无其事地走进去,见盘老也若无其事地在画画,手里端着一碟子石绿往纸上泼。我多少知道,这叫"泼彩",张大千晚年在台湾画的山水,多用此法。想到这里,我不觉往盘夫人那边瞥了一眼,恰恰看见她的手不大自然地扶着一卷宣纸,下边塞着一本画册,从书脊上一望而知是《张大千画集》。我顿时明白了刚才盘老让她"快收起来"的就是这本画册。盘老原来是在参考张大千的"泼彩法",又怕人看见,竟这样躲躲藏藏,因为他向来是贬低张大千的。我好难受!心里并不是看不起盘老,而是升起了一股怜悯之情:盘老是不是在内心深处对自己的"天下第一"也不大自信?他也想创新,想借鉴别人的长处,但又放不下架子、拉不开面子。文人哪,好重要的面子!我又想起刚才听了半截儿的话题,他们到底有什么事要对我说,又不好开口呢?我当然也不便问。对,去问问"翟葡萄"!

"翟葡萄"正在画葡萄,停下笔,胸有成竹地对我说:"可能是想去看望省长。不知道令尊最近有时间吗?"

啊?!这是盘老的意思,还是"翟葡萄"以己度人?我望着宣纸上那左缠右绕、攀附着竹竿往上爬的葡萄藤,一时难以判断。

四

我装作无意地向父亲说起盘老正在我们宾馆画画,想看看他的反应。父亲"噢"了一声,说:"好好照顾盘老,他的作品都是宝贵财富啊!"

我想:难得您也说句富于人情的话!就向父亲提议:"您能不能抽空去宾馆看看盘老?"下边还有一句话:"冤家宜解不宜结",我没敢说出口。

"倒是该见见他,"父亲说,把我说的"看看"改成了"见见",显出了身份。沉吟片刻,又说,"我去宾馆恐怕不大合适吧?还是改日请他到家里来,吃顿便饭,好不好?"

我明白父亲也是放不下架子。请盘老上门,就是"接见"了。这当然也顺理成章,我极愿促成这两位老人体面地"和解"。

我回宾馆转达了父亲的邀请，首先反应强烈的是"翟葡萄"，他几乎跳了起来，眉飞色舞："首长在家里接见我们？喔哟！"我父亲的邀请当然不包括这个"翟葡萄"，谁知这家伙当仁不让，口口声声"首长接见我们"，硬要挤进去，我怎么好意思说"没你的事儿"？

　　盘夫人当然不会像他那样浅薄，笑吟吟地拉拉我的手："首长那么忙，真不好意思打扰呀！"这是替盘老答应赴宴的意思了，话却说得这么客气，绕了个弯儿，既给了我面子，又保全了自己的面子。然后，看看盘老："啊？"

　　盘老刚听到我转达父亲的邀请时，嘴唇动了动，没说话，情绪有些激动的样子，这时安静了下来，见夫人催他表态，便平和地对我说："听从你的安排好了。"既没有受宠若惊，也没有婉言谢绝，猜不透他到底怎么想。

　　到了约定的日子，经理早早地安排好了车子，等着送盘老赴宴。副省长宴请盘老，连他都感到光荣，因为是从他这里请去的。盘夫人已把盘老打扮停当，让他理了发，修了胡子，穿上重要场合才穿的、最精致的一套淡咖啡色西服，替他系上了眼下很时髦的"金利来"领带，盘老好似年轻了十岁。她自己则提前做了头发，脸上化了淡妆，穿一身乳白色西服裙、衫，风度好像撒切尔夫人。"翟葡萄"也一身笔挺，头发上了发蜡，油光锃亮，这小子总把自己往滑稽方向修饰才过瘾，这也是本性难移。一切准备就绪，经理匆匆跑来对我说："你的电话，省长秘书打来的！"

　　这电话真叫人难为情：父亲临时有事，接见只好改期了。盘老已经上了车子，听了我这吞吞吐吐的话，脸一下红了。"哦，哦，"他撑着手杖下车，悻悻然。盘夫人先是一愣，但脸上立即浮起了微笑，对我说："喔哟，首长忙噢！不碍格，不碍格！""翟葡萄"却谦卑之态始终不改，他好像对任何事都做好了几经反复、百折不挠的思想准备似的，一边搀盘老下车，一边追问我："您问清楚了吗？改在哪天？"

　　"改在……下星期六晚上。"我说。其实，父亲的秘书在电话里并没有定这个日子，我不得不自作主张、先斩后奏了，否则真觉得对不起盘老。好在还有一个星期的时间，我还来得及和父亲敲定这件事。

　　父亲却没答应。"哎呀，下星期六我说好了去看戏的嘛！"
　　"看戏哪天不能看呢？"我觉得父亲的理由不充足。

"不行，不行！答应了筱文倩，星期六看她的首场演出，当领导的不能言而无信嘛！"

"我也不能言而无信，和盘老都说定了！"我很为盘老不平，那个筱文倩顶多只能算个二流旦角，在父亲眼里却压倒了大名鼎鼎的盘老！

"啧，啧，"父亲不耐烦地咂咂嘴，"这个盘老也真是的，一定要来吃这顿饭吗？"

"是您请人家来的嘛！"我简直要发火了，"如果要取消，您亲自对盘老说去，我不管了！"

"那就……再推迟一次吧，"父亲无可奈何地翻着台历，说："25 号，雷打不动，风雨无阻，怎么样？"

我又一次红着脸向盘老修正约定的日期。盘老正在涮笔，羊毫大斗笔在笔洗里哗啦哗啦抖了一阵，才垂着眼睛说："算了，大家都忙！"

我的心一沉：父亲的无礼把盘老惹恼了，到了 25 号那天，恐怕他都不肯去了呢！

盘夫人抢过他手中的那支空涮的笔："喏，喏，清水让你搅浑了！讲的啥闲话？首长总比我们事体多，抽出一天不容易，25 号就 25 号嘛好哉喂！"

盘老只好等到 25 号被接见。

《迎客松》在等待中画完了。画上的松树伸着手臂，像是对什么人都恭迎的样子。不客气地背后说，这幅画相当平庸，并未体现盘老的水平和旨趣。也难怪，题材本身已不新鲜，何况，盘老此时是什么心情？决出不了"神品"。

画拿去装裱了。经理对我说："任务完成了，盘老哪天走？"

我有些为难："怎么好意思刚画完就逐客？再说，25 号，我父亲还要……"

"嘘！"经理对我父亲改期好几次的"接见"已抱怀疑态度，且不大耐烦，"这顿饭，盘老倒非吃不可吗？"这句话和我父亲说的竟如出一辙！一个副省长，一个宾馆经理，官阶差得天上地下，思维方式倒很相似。

"不，是我父亲执意邀请的！"我故意郑重地向经理说，不愿意丝毫有损于盘老。

"是啊，我知道首长是很联系群众的，"经理连忙补充说，怕我误认为他对父亲有什么不恭敬。停了一下，抠抠耳朵，又说，"那……就让盘老住在这儿等？他闲着也没事儿，是不是再给我们画点儿画？"

"也只好这样了。"我说。

当下，经理拟了两张长长的名单，一张全是我们宾馆上级单位头头脑脑的名字，另一张是关系户和宾馆内部大大小小干部的名字，让我分别交给盘老和"翟葡萄"。这是眼下颇为流行的一种求画方式，公家花钱请画家，画归私人，怪不得外国人说："在中国当收藏家容易得很，不用花钱。"

"翟葡萄"在宾馆这些天已尽了不少这种义务，接过名单，仍乐此不疲，干脆流水作业，先画葡萄，一口气十几张，玻璃球似的，再添叶子，一碗颜色能抹好多。他的葡萄生长规律和真葡萄恰恰相反。盘老似乎嫌名单太长了些，面有不悦之色："真是债台高筑啊！"盘夫人却说："闲话不好这样讲，人家尊重你才求画，那些下九流的画家，白送还吭没人要呢！"盘老不再作声，耐着性子去完成我交给的"任务"，盘夫人一旁伺候，尽心尽职。社会上那些把盘老墨宝看得高不可攀的人，哪儿想得到他在这儿大批量生产啊？我想。

一天夜里，都十点多了，经理突然来到我的宿舍，递给我一张临时增加的名单："这几位香港客人明天就走，能不能请盘老给他们每人画张画儿？这可都是最重要的老主顾，咱们引进港资，就靠他们帮忙了！"

"不管是谁，"我为难地说，"现在这么晚了，我总不能把盘老从床上揪起来画画吧？"

"加个夜班不行吗？"经理挠着头，誓不罢休的样子，"就这一次，下不为例，怎么样？"

"让'翟葡萄'代劳行不行？"

"当然也能凑合，不过最好能有盘老的一两张，搭配起来好一些。"

唉，经理把茄子黄瓜搭配的方法引进了艺术领域，亏他想得出来！

我到底厚着脸皮把盘老的门敲开了。盘老穿着睡衣，半躺在床上，睡眼惺忪，半天才反应过来："现在画？吃不消，吃不消了！"

盘夫人已经穿好衣服，帮我劝他说："半夜请郎中，定有急惊风，你好歹画一张吧，拣顺手的，'老三篇'嘛好哉喂！"

盘老无奈，支撑着下了床，吩咐盘夫人裁纸、磨墨。

我再去敲"翟葡萄"的门。这家伙刚躺下就被叫起来了，惶惶然望着我，一听有临时任务，二话没说："行！要几张？"

一共五张，盘老一张，"翟葡萄"四张。完成之后，已是后半夜，盘老十分疲惫，力不可支的样子。我好不忍，让餐厅准备了夜餐。两位画家都饿了，端来的东西全部吃光，还喝了不少酒。盘夫人劝道："少喝一点吧，不要弄得醉兮兮的！"盘老不听："醉了好睡觉，但愿长醉不愿醒！"

我歉然："今天实在太委屈您了……"

"翟葡萄"显然已经大醉，眼珠红红的，盯着我说："委屈什么？画儿嘛，就是玩意儿，给有权、有钱的人玩的！我们画画儿的，说得难听点儿，就跟他妈的妓女似的，愿意也罢，不愿意也罢，累得臭死也得接客，还得赔着笑脸儿！"

我的脸一热，低下头来。他把自己挖苦得太"损"了，让人不堪入耳。不过，这酒后吐真言也使我吃了一惊：这家伙也并不完全是个没皮没脸的人，他平时那么见缝插针地钻营、巴结人、拉关系，原来也是忍着痛苦的，打掉牙往肚里咽！那么，他为什么明知如此还要一如既往呢？

盘夫人很为"翟葡萄"的出言粗野而难堪，以师母的身份训斥道："小翟，不要瞎三话四！"

盘老也已有七八分醉意，仍手不停杯。这时拦住盘夫人说："不是瞎三话四噢，不是！"他醉眼看着我，"你知道阎立本吗？"

"哦，唐代大画家嘛，《历代帝王像》的作者，好像还做过很高的官职吧？"我知道的也就是这些。

"不错，"盘老说，"但他首先是一位画家，宫廷的御用画家。有一天，太宗皇帝与侍臣泛舟春苑池，见有美丽的水鸟游来游去，龙颜大悦，召阎立本当场写生。阎立本奉命跪伏池边，染丹施墨，忙得汗流浃背。他那时已是主爵郎中，看见别的官员都悠然地坐在一旁观赏，心中不胜羞愧。归来感叹道：我自幼苦读，文辞一点儿也不比他们差，但在那些人眼里我只会画画儿，和仆役、歌妓、伶人等同！他嘱咐儿子：长大之后，干什么都好，就是别当画师！"

"是吗？"我还是头一次听说这故事，不知道史称"丹青神化、冠绝古今"的阎立本竟是这样的心境！"那他后来……"

"唉！"盘老呼出了一口浓烈的酒气，"他后来也并没有丢下画笔，生性酷爱这一行，虽受屈辱，也不能作罢。贱骨头，贱骨头啊！"

盘老的嗓子哑哑的，听起来简直像哭。我的心情让他弄得像阴冷的深秋天气冒着雨爬山路那么难受。盘夫人见我默然，不好意思地说："这两个醉汉，酒后失言，你不要介意噢！"

我……我"介意"什么？

我和盘夫人把这两位烂醉如泥的画家扶回客房去休息，对盘夫人说：

"都怪我照顾得不好，把盘老累坏了。反正《迎客松》已经完成了，再不给盘老找麻烦了，让他回家好好休息休息吧！"

想不到盘夫人却说："不碍格，慢慢来，25 号不是省长还要接见吗？"

唔！她一直记着这个日子，我父亲的一句话竟有这么重的分量！她哄着盘老，耐着性子画个没完，都是因为这个吗？怕得罪我，并进而得罪我的父亲？"一朝被蛇咬，十年怕井绳"，她是不是太怕"官"了？盘老也怕吗？

五

25 号终于到了。

我怕再有变故，和父亲再三落实，才请重新装束停当的盘老一行上了宾馆派的小汽车。

车子停在我家的院子里。我陪着盘老他们走进客厅，妈妈先出来和客人打了个招呼，她解释说，爸爸在书房谈工作，请客人稍等一等，说完便又进去了。我心想：只要爸爸在家，这顿饭就一定能吃上了，等一等就等一等吧！于是请客人落座，沏茶。爸爸妈妈都不出来，我怕冷场，就穿梭似地倒茶、削水果，说些无关紧要的话，极力想占住时间。

等了半个钟头，父亲还没露面。

等了一个钟头，书房里仍然传出没完没了的"哈哈"声，不像要结束的样子。我听见里边除了父亲的声音和一个洪亮的男声之外，还有一个娇滴滴的女人声音，嘻嘻地笑，也不像有什么要紧的公事。盘老有些坐不住了，几次不耐烦地瞟瞟盘夫人，盘夫人一边和我聊天，一边向盘老使眼色，示意让他耐心等待。我不知怎么想起了电影《甲午风云》里邓世昌"二堂等候"李鸿章召见时那如坐针毡的镜头，心里不禁无名火起，父亲怠慢客人了！如果没有诚意，何必请盘老来呢？盘老是受得了这般冷遇的人吗？

盘老终于忍无可忍，脸色青青地对我说："首长没工夫，就不打扰了！"说着，欠起身来要走。

盘夫人惊恐得了不得，连忙按住他说："咦，啥闲话？首长不比我们，日理万机，下班回到屋里厢还要办公……"

正在这时候，父亲从书房里出来了，盘夫人、"翟葡萄"呼啦站起来，盘老还是刚才准备告辞的架势，将起未起，就好像三个人一起接驾的样子。我连忙朝父亲堵上去，刚要开口，父亲却微笑着向他们招招手："对不起，久等了！请坐，请坐，我先把客人送走！"

父亲一直把那一男一女送到院子里，看他们的车子开走了，才回到客厅，向盘老伸出手："盘老，您好哇？我们都二十多年没见面了吧？"

盘老好像很尴尬，嘴动了动，竟没出声。盘夫人在后边碰了碰他的胳膊肘，他才机械地握住父亲的手："是啊，是啊……"

盘夫人接着和父亲握手："我们在电视里厢经常看见首长，首长气色蛮好格！"

父亲用模式化的姿态笑道："老喽，老喽！"

"翟葡萄"挤上来和父亲握手，盘夫人介绍说："小翟，青年画家！"

"翟葡萄"容光焕发地赶紧说："我……我是盘老的学生，请首长多指教！"

"我是外行，能指教什么？"父亲摇摇手说，"你们都是专家，名师出高徒嘛！"

"翟葡萄"这时得意极了，不失时机地把胳肢窝下夹着的一个长长的牛皮纸包打开了，原来是两轴装裱好了的画。他由于紧张，哆里哆嗦地打开一轴，说："我们敬献首长两张画，这是盘老的……"

打开一看，错了，是葡萄。他连忙把画递给我，再打开另一轴，才是盘老画的《峨眉金顶》。父亲看了说："好，都画得好！挂起来，都挂起来，这两幅名家墨宝，使寒舍蓬荜生辉啊！"

这时盘夫人和"翟葡萄"一起谦逊地说："首长过奖了！"两人的词儿竟也是一样的。

父亲赞扬了盘老的画，盘老脸上显出了些笑意，刚才"二堂等候"的不快似乎褪去了。我把画挂在客厅，大家一起坐在沙发上观赏。两张画的落款都是前不久的日子，上款都写着请我父亲"教正"，而且装裱得极精致。看来他们事先已做好了"献画"的准备。这在"翟葡萄"也许已是惯伎，常这么主动地将画裱好了送人，专送有地位的人；而在盘老则有些令人费解，他何曾这样"自贱"过？看到他工工整整地写上的"教正"，看到他也像一般老百姓见了首长时挺拘谨的神态，我心里暗暗感慨：唉，二十多年前的抵牾终究是以盘老的低头而结束的，上门"负荆请罪"的到底不是我父亲而是他，人和人的关系真是玄妙啊！

家宴正式开始。菜肴并不丰盛，我家保姆的手艺远比宾馆的厨师高超，今天并没显露出来。我妈妈推说身体不好，没有奉陪。其实我知道她对今天的请客不大以为然，以前来我家吃饭的客人通常都是地位比父亲高，今天请的只是平头百姓，她当然没有什么兴致陪坐。父亲倒是礼贤下士地为客人布菜、劝酒，还说："不要客气哟！尝尝，这个凉拌海蜇是我的手艺！"

客人于是就抢着吃这个菜，还说"好！"为首长亲自下厨而感动不已。我突然想起勃列日涅夫，他有烧菜的嗜好，在家里宴请外国元首，喜欢露一手。可是我父亲，天晓得，他连挂面都不会煮，怎么竟然说这样的大话？我猜想，一定是为了感动对方。唉，政治家！父亲真是个政治家！

酒酣耳热，大家说些互相歌颂的话，甚是融洽。父亲问两位画家的近况，"翟葡萄"抢着说他最近搞了个人画展，很轰动。盘老则着重谈了他这几年游历泰山、黄山、峨眉、华山，旅行写生，收获甚丰。父亲说："好啊，等我办了离休手续，无官一身轻，陪盘老走遍名山大川！"

盘老却一愣："省长也要离休？"

父亲说："年龄过了杠杠了，都得离！我已经打了报告了，等批下来就办手续！"

"噢……"盘老神色有些黯然。

父亲以为盘老由此想到他本人的老迈，便开导说："您和我不同，艺术大师，名流，恐怕可以不受年龄限制！"

父亲误会了。

"不是格，不是格……"盘夫人连忙替她丈夫解释。

这解释的权力又被"翟葡萄"抢了去："首长，盘老是舍不得您离开领导岗位啊！您是文艺界的老领导，内行，和大家有感情，有您统领全局，是文艺界的荣幸啊！"

"是格，是格！"盘夫人表示完全赞同，抑或"翟葡萄"是她授权的"发言人"也说不定。

"是啊，是啊。"盘老也附和。我不大相信这是他的真心话，父亲当政多年，曾给他带来过什么"荣幸"？

"唉！"父亲很受感动的样子，"我也不愿意离开大家，身不由己呀！"这倒是实话，他心里比谁都清楚，一旦离开了副省长的位置，就会"门前冷落车马稀"，那滋味是很难受的。

饭桌上的气氛有些沉闷了。"翟葡萄"蹦出了个新话题："首长，听说省政协要开会了？"

"唔，他们在准备，最近要开会。"父亲漫不经心地说。

"我们宾馆也在准备，开会时部分政协委员要住我们那儿。"我也没话找话地说。

"噢！""翟葡萄"好像对此极有兴趣，"是不是还要增补一些新委员？"

"恐怕是吧？"父亲含含糊糊地说，"每届的届中总要新添一些人，老、中、青呀什么的。"

"我们文艺界有什么变动？""翟葡萄"问得越来越具体了。

"具体情况我就不清楚了，省委统战部管这件事。"父亲说，好像要结束这个与今天的请客无关的话题。

"翟葡萄"却咬住不放："哎，我们美术界……美术界的风气不大好，政协里搞了几个无名小卒进去，像盘老这样的代表人物倒被排除在外！"他愤愤然。

"是吗？盘老还不是政协委员？"父亲挺吃惊地问盘老。

盘老的脸一下子红了，低下头，有些手足无措。

"他这个人呀，"盘夫人连忙笑容可掬地说，"就是不会走门路，一辈子耿介，总也搞不好上层关系，哪里做得了什么官哟！"

我在一旁为她担心：这话会不会刺伤我父亲？他和盘老的关系过去就是……

父亲似乎并未介意，却说："哦，我改日问问统战部部长。"

盘老低着的头仍没抬起来。"翟葡萄"则立即感恩戴德的样子："那太好了！您知道，我们美术界最有资格进政协的就是盘老……"他站起来向父亲敬酒，又向盘老敬酒，好像盘老已经荣任政协委员了似的。

我心里很不是味儿。这个"翟葡萄"，怎么这么莽撞，公然替盘老伸手要"官"做，他向来狂傲，如果面子上受不了，离座而去，那该怎么收场？

盘老却并没有恼羞成怒，又找了别的话题和父亲攀谈起来。"翟葡萄"喝多了，偷偷地问我厕所在哪儿，我耐着性子引他去厕所，在门口等他出来，挺不高兴地低声问他："你干吗扯政协的事儿？要是盘老……"

"这是盘师母的意思嘛！我不说，她怎么好意思说？盘老更不便开这个口！""翟葡萄"一副见义勇为的架势。

"盘老？他有意做这个'官'？"我很意外。

"唉！""翟葡萄"小声说，"不跌跤的不明白，政治上不行，画儿画

124

得天好也是白搭！盘老这几年虽然这儿请，那儿请，只不过是瞎热闹，人家图的是他的画，画儿一到手就完了，谁也没想到帮他一把！八十多岁的人了，在社会上有什么政治地位？名片上连个官衔都没有，永远是个下九流的艺人！'三分画，七分跑'啊，这个道理可惜他明白得太晚了，不知道还能不能赶上末班车？"

我默然。人们常说"三分画，七分裱"，他却发展成了"七分跑"！难道盘老也……我怕那边吃饭的听见他的话，就拦住说："……先吃饭吧！""翟葡萄"一边往客厅走，一边又叮嘱我："拜托您了，促一把，在老爷子耳朵边吹吹风！"

……

客人走后，父亲的心情似乎挺好，在书房里和我谈了很晚，谈盘老和"翟葡萄"。

"您是不是觉得这个姓翟的很讨厌？"

"他算什么？只不过是盘老的传声筒！"

父亲一句话就点到要害处，他到底比我见得多。

"想不到，像盘老这样清高的人也想玩玩政治了！"我说。

"这有什么奇怪的？"父亲笑笑，"文人的清高，十有八九是做做样子，骨子里。中国的知识分子都想当官！屈原为什么投河？官当不下去了。孔夫子为什么到处游说？要官做。就连李太白也未能免俗，'天生我材必有用'，也是想当官。杜甫就更不用说了。陆游的官瘾也相当大，反复说'觅封侯'，'觅封侯'。陶渊明'不肯为五斗米折腰'，是嫌五斗太少。郑板桥自嘲'七品官耳'，是觉着当县令委屈他了！哈，盘老啊，盘老，早知今日，何必当初？"

没想到父亲对知识分子做过这么专门的研究，真不愧是文艺界的老领导！他的话让我心寒，这样对知识分子一言以蔽之，我无论如何不敢苟同。可是说到盘老，我又无法为他辩解，他让人费解了。

"人都是这样噢，真正淡泊明志、与世无争的有几个？总想在社会上出人头地，显示自己！为此，就要谋求政治地位，没有政治资本，什么也干不成！"父亲笑着说。盘老终于自动归附于他，不但没使他反感，反而得到了某种满足。

"您……真想帮帮他吗？他也怪可怜的！"我不知怎么用了"可怜"这个词儿。

"明天我给统战部部长打个电话，"父亲倒很爽快地说，"给他弄个政协委员当当，鸡毛蒜皮的事儿，费不了什么力气！"

大概父亲也是出于恻隐之心，愿意在自己还拥有权力的时候，帮一帮这个曾被他轻易地整倒的人。这只不过是一种宽容和施舍，但他能这样做，毕竟也能抵消一点儿他心中对盘老的歉疚，如果他确有歉疚之意的话。

六

经理见万事大吉，想送盘老走了。

盘老并没有要走的意思，也不画画，每天在画室里看电视，和"翟葡萄"聊天儿。过了一个星期，经理耐不住了，找我商量逐客。我说："这话我说不出口，要说，您去说！"经理也觉碍口。我就建议："那就……给他开个欢送宴会吧！吃完了，盘老自然也就知道该走了，这样比较委婉。"

经理说这个办法好。于是就请客，客房科长、餐厅科长照例作陪，这几位都是既得了画又陪吃的角色。席间，经理拣好听的说了一大堆：感谢盘老的支持，留下了非常宝贵的墨宝，欢迎有机会再来玩……等等。宴会完毕，送客的车子在院子里等着，盘老回到客房却并不收拾东西，倒头便睡，根本没有打算走。

经理傻眼了："哎呀，请神容易送神难，他怎么赖在这儿不走了？现在客房这么紧张，两套房子一天就影响几百块的收入！"

我说："人家也没白住你的房子，他的画可比你的房钱贵！"

经理说："那也不能因为两张画就养他一辈子！还有那个姓翟的也跟着混饭吃，他们赖在这儿想干吗？"

"我也不知道。恐怕是咱们招待得好吧？盘老家里的条件当然不如宾馆，老年人嘛？喜欢住得舒适一些。"

"哼，他卖画的钱攒着干吗？还来吃蹭饭，脸皮真厚！"经理竟然骂人了，"给你三天时间，动员他走！不然，我就不客气了！"

盘老被当成乞丐了！我为他难过，为经理的势利而恼火。"随你便吧！"我愤愤地走出经理办公室，还把门摔得"哐"的一声。

一出门竟碰见"翟葡萄"这家伙在门口听壁脚？让我撞见，本来是该他脸红的，我却觉得尴尬，因为经理刚才的话……

"翟葡萄"倒主动和我挑明了。他拉我到楼梯拐角处，说："不让您从中为难了，过几天，等那件事儿有了消息，我就陪盘老走。"

"哪件事儿？"我不得要领。

"翟葡萄"犹疑地看了我一眼，似乎在纳闷儿我这个人怎么把大事给忘了？"政协什么时候开会？"

我顿时明白了：他们一直惦记着"那件事"，所以才迟迟不愿离开这里，因为住在这里就意味着是"副省长千金"请来的客人，就可以通知我和副省长保持着一条"热线"，怕一搬走，线就断了！

我没法儿具体回答，只好说："快了吧？"

"翟葡萄"眼中充满期望地看着我："您再提醒首长一下……"

我不知怎么忽然很心疼这个"翟葡萄"，就安慰他说："你放心。"

他望着我这"包在我身上"的神气，似乎是放心了，轻松地舒了口气："您知道，盘老不容易啊！"

我说："你也不容易，给他跑里跑外的，还要受委屈！刚才经理的话，你可别……"

"翟葡萄"苦笑笑："我还不是为了盘老嘛！我心里比谁不清楚，孙子似的见人矮三分，看脸色说话，像个小丑！可是，我要是丢下盘老不管，老头儿就玩不转了！"

我相信"翟葡萄"的话至少有一半是真诚的，他自然也有依附于盘老沾点儿光的个人打算，但对于盘老，也称得上"义仆"了！

我想我无论如何也得把他托付的那件"大事"办成。

父亲正在修指甲。我问起那件事，他"噢"了一声，才好像记起一件陈年往事似的说："说了，早就跟统战部说了！"

"结果怎么样？盘老还没接到任何通知，您是不是再催催，把盘老的情况详细介绍介绍……"

"用不着了，谁不了解他？当年的大右派，馁风臭十里！"父亲点上烟，慢悠悠地说："统战部不会对他有兴趣，我也不能强加于人，政协又不归我管，手伸得太长了，不好！"

我很失望。不是因为盘老没当上省政协委员这种什么职权也没有的"官"而懊丧，而是怀疑父亲根本没和统战部部长提盘老的事儿。他轻易不肯舍自己的面子，什么事该办，什么事不该办，都极精明地权衡利弊，不受家属干扰，连我妈妈的话也不听，何况我？而盘老，却白白地丢了面子，在我父亲眼里，他再也不是一个清高的狂士了！

我当然不好意思明确告诉盘老这事儿吹了，也不愿意撒谎，只好心神不安地看着他"赖"在宾馆傻等，一看见我，盘老夫妇、"翟葡萄"总是极热情地多说几句话，想"套"出点儿什么消息似的。我简直不敢正视盘老的那双眼睛，一位八旬老人如果渴望一件什么事，简直像孩子一样执着，让人觉得心酸！

这么度日如年地又熬了一个月。经理又为盘老搞了两次"欢送宴会"，都没能送走。

终于有一天，大批小汽车鱼贯开到我们宾馆，下车的人胸前都别着一个开政协会议的小牌牌。吃饭的时候，盘老碰见了他们，有认识的，寒暄了几句，一听人家是来开政协会的，盘老的脸色顿时变了，惨白得没有血色，愣愣地把眼睛凑到眼前看那小牌牌，话都说不出来了。他一定认为我捉弄了他，他丢在这里的东西，再也找不回来了！

"翟葡萄"沉不住气，直眉瞪眼地问我："怎么，这会议……"盘夫人立即打断了他的话："敲锣买糖，一人一行，别人的事体不要乱打听！"

"哼，政协又不是党代会，他们神气个什么劲儿！""翟葡萄"极其轻蔑地瞟着旁边说，一副没摘着葡萄反骂葡萄酸的神气。不过，他是为盘老，倒不是为自己。

盘老连饭也不吃了，向我要车，说要回家。那神情，于凄凉中又勉强掺进了一些狂傲："在外边住不惯，我早就要走的！"

盘老上车的时候，院子里风很大，把他那稀疏的白发吹得乱蓬蓬的，令人想起盐碱地上的茅草。

盘老走了。经理匆匆赶来送行，却没有来得及打个招呼，只看见急速离去的车子扬起一路烟尘。

跋

画家写画家，易使人以为真人真事。而本篇人物纯属子虚，情节纯系乌有，画界同仁切勿对号入座，读者诸君无须按图索骥。然小说虽为杜撰，余也自信情理之不谬。"

是为跋。

原载《花城》1988年第3期

《小说月报》1988年第9期转载

书　道

一

　　白雪覆盖的原野上，将军策动白龙马悠闲地慢跑。马蹄每当着地时便发出"嘎嘎"声，刨出一勺勺的雪抛向后方。被刨开的地方露出湿土，深褐色，冬小麦还没有返青，是不怕马踏的。这一带没有山，原野好像无穷无尽，白龙马驰骋得自由而尽兴，抖着鬃毛，发出阵阵嘶鸣。将军当年在这一带打过日本，现在又打到这里来了，也许这是这片土地上的最后一仗。四野无人，将军高声吟唱着两千年前汉高祖于征战之后返回故里时创作的《大风歌》：

　　　　大风起兮云飞扬

　　　　威加海内兮归故乡

　　　　安得猛士兮守四方！

　　白龙马扬着脖子，张大方方的鼻孔，呼吸着雪地上清新冷冽的空气。突然，它好像嗅到了一股亲切的气息，调转方向朝着远处跑去。

　　将军不知道白龙马要把他带到哪里去。但他放开缰绳，任凭白龙马奔跑。将军熟悉这片土地犹如熟悉自己的五指，是不会迷路的。

　　白龙马在一座破庙前停下了，"咴咴"地嘶叫着，交替踏动着四蹄。

　　将军好诧异。他下了马，走进庙去。

　　这庙极小，极破败，只有一个老和尚。

　　将军看着剥落了彩绘的泥胎，灰暗而褴褛的帐幔，和那位面目枯槁，除了秃头和旧袈裟之外与农民没有多大的区别的老僧，并未引起任何兴趣。老僧端坐案前，案上有文房四宝，一张白纸写满了字，墨迹未干。当将军的目光触及了这张字，怦然心动。

字为行草，恬淡舒卷，恣肆汪洋，一首七言绝句。诗曰：

> 书法何人见墨精？
> 右军池上竹风清。
> 兴来得意无真草，
> 满纸烟云笔下生。

将军写得一手好字，所到之处，结交了不少书家。而破庙中偶遇的这张字，在他平生所见之中，竟无出其右！不由脱口问道："和尚！谁写的？"

老和尚不惊不惧，微闭双目，答道："贫僧空空。"

"啊？！"将军惊叹一声，转身出了庙门，对马说了声，"你通灵性哩，引我到这地方来！"匆匆策马而去。

当他再次出现在破庙里的时候，带来了两个儿子和一袋小米、两块银圆。

"空空法师！"他对和尚说，"我虽然一介武夫，却爱的是字。只可惜半生都在马上度过了，没有日日临池的工夫！我妻已经战死，留下这两个犬子，大的叫青泥，八岁；小的叫野萍，六岁。从今天起，他们两个就都交给法师了！"

空空和尚睁开昏花老眼，问道："出家？"

"不，学字！等打完仗我再来看你们！"将军说完，飞马而去。

不久，一场恶战在这一带厮杀开来。破庙里，日夜都听到车辚辚，马萧萧，炮声隆隆，机关枪的流弹撞在庙的山墙上，留下一个又一个的弹洞。

破庙里，师徒三人坐而论道。

空空和尚说："日本称书法为'书道'，其实'书道'一词本源于中国。道者，途也，理也，法也，则也。天性之发，道之所蕴，是为书法根本。陶情怡性，炼德养操，穷究人生本义，是为书道。唐太宗李世民曰：'书学小道，初非急务，时或留心，犹胜弃日。'说学书不可急躁，应如滴水穿石，铁杵成针，言之有理，但'书学小道'一语则大谬！书法并非雕虫小技，贫僧以为，学书一如做人，智与愚，贤与佞，高与下，清与浊，皆在一点一画之中。书道决非小道，乃大道如天！"

二徒端坐静听不语。

空空问："你们平时写什么字？"

二徒相顾，青泥答："《玄秘塔》。"

空空又问野萍："你呢？"

野萍说："《麻姑仙坛记》。"

空空"唔"了一声，说："各写几个字看看！"

二徒遂取毛边纸各写了十来个字。空空取近细看，说："青泥生得文静清秀，字也写得端庄俊丽，神气清健，学柳公权学得不错。"又对野萍说："你虽小哥哥两岁，却比他长得壮硕，正好学颜真卿气势磅礴，端正雄秀，这几个字也写得好！这两种帖是你们自己选的？"

二徒低着头说："是爸爸指定的。"

空空说："知子莫若父，令尊深知你们的秉性，量材施教，颇有见地！那么，就一如既往，再写上十年！"

二徒面露惊讶之色，似不愿从命，却又迟迟不敢言。

空空厉声说："学书犹如参禅，毕一世之功，也未见得能够大彻大悟；你们刚刚得了一点皮毛，就不肯用功了吗？柳公权清劲潇洒，气势遒迈，引筋入骨，寓刚于柔，寓奇于平，无一点尘俗气；颜真卿高古苍劲，庄严端悫，一笔有千钧之力，而体合天成，如商周彝鼎，不可逼视。此二公，够你们今生学到老了！"

二徒俯首唯唯，遂伏案临池，日夜不辍。

窗外，枪弹呼啸之声不绝于耳。

次年春，那场战争胜利结束，这一片土地解放了。

将军在战斗中身中九弹，在抬往野战医院的途中，因失血过多，无治而死。临终前，他已经不能说话，嘴唇歙而无声，艰难地抬起右手，聚拢五指作执笔状。也许，他是遗憾自己今生在书法艺术中未能尽兴；也许，他是放心不下托付于空空和尚的那两个儿子。

当地政府根据部队提供的线索，找到了烈士的遗孤，当然不会让他们继续留在老和尚的身边，而要供他们上学，培养成国家的有用之材。

空空和尚将一生所藏碑帖《石鼓文》《碣石颂》《礼器碑》《史晨碑》《曹全碑》《张迁碑》《爨宝子碑》《兰亭序》《龙门十二品》《云麾将军碑》《颜家庙碑》《麻姑仙坛记》《玄秘塔》《多宝塔》《不空和尚碑》《圣教序》……凡125种，悉数赠予二徒，吉普车装了两辆。

青泥与野萍洒泪而去。

当夜，空空和尚于破庙中圆寂。

二

失去了生父，又离开了恩师，青泥和野萍自然不免悲伤。但是，这对他们也是一种解脱。"知子莫若父"这一千古名言，其实是值得商榷的。将军和空空和尚都并没有真正了解青泥和野萍。野萍虽然生得硕壮，却不喜欢颜真卿那般钢筋铁骨；青泥看似性情文静，偏偏也不爱柳公权之瘦劲潇洒。两人自幼学书，将军制定一个写柳字，一个写颜字，都并不情愿。而将军并未体察，反而督之甚严，每日不写满百字，必痛责甚至挞伐。兄弟二人敢怒不敢言，只有违心为之，勉为其难。不料落到空空和尚手里，仍是重复过去的磨难！

一切都失去之后，二人反而得到了自由。小学而后中学，中学而后大学，书法课是没有的，兄弟二人却在课余自由驰骋。青泥抛弃《玄秘塔》，临《不空和尚碑》，追其结法老劲，如怒貌抉石，渴骥奔泉。复摹《颜勤礼碑》《爨宝子碑》，求其大气磅礴，粗粝雄浑，奇崛古拙。进而写秦汉刻石，写钟鼎，最终溯仓颉，史籀，熔篆、隶、楷、草于一炉，以渴笔书之，斑驳盘屈，如椎画沙，如屋漏痕，如折钗股，如披甲执戟破釜沉舟，如雄关险道铁马冰河，使观者骇然如入战场！野萍则异其趣，舍颜真卿楷书之端严雄迈而取天下第二行书《祭侄贴》之随心所欲，继而写《张旭千字文》《智永千字文》，而最终苦恋于王羲之，写天下第一行书《兰亭序》及《上虞帖》《远宦帖》《寒切帖》《快雪时晴帖》……尽得其灵活飞动，遒媚劲健、千变万化之趣，人观野萍所书，直疑羲之再生！

此结果，恐为将军和空空和尚始料不及。

三

将军殉国四十余年后，两位遗孤均已年过半百，于书法各有成就。所不同者，二弟野萍久居省城，现任省书法家协会秘书长，长兄青泥至今仍蛰居县镇，在县文化馆供职。人或谓：以青泥之才，埋没乡里，可惜了。其实事出有因。一则青泥性情散淡，不习惯大都市人群如蜂房般拥挤，还是这片故土住得舒畅，而且文化馆并无多少事可做，每日里除了吃饭睡觉，便是读书写字，落得自由自在；二则这个县城小镇非比寻常，素有"书画之乡"盛誉，善书者藏龙卧虎，大有人在，不然，当年何以凭空出个空空和尚？因此，青泥在大学毕业之后遂生落叶归根之意，再无远走高飞之心．一住几十年，不觉已鸡皮鹤发，且不修边幅，布衣布履，一口浓重的乡音，俨然当地一老农。闭门挥毫之余，于邻舍间走走，邀名不见经传的民间书家二三子，闲坐品茗论书，不亦乐乎！

忽一日，县长、县文联主席驾临青泥寒舍，拿了张报纸，说："你看看，你兄弟的个人书法展轰动东京！"

青泥连看也没看那张报纸，只说了句："日本有几个人懂书法？螺蛛厕屎——假丝！"

他说的是方言，"螺蛛"即蜘蛛，"假丝"即假斯文之谐音也。话说得极土，却又极高傲。

二位领导听了笑笑。县长说："行家看门道，外行看热闹，历来如此嘛！不过，秘书长的字，还是有真功夫！"

青泥摇摇头："他小时候字还写得可以，这几年一意媚俗，了无丈夫气，徒博美人夸，贻笑方家！什么真功夫？"

县长见话不投机，改口说："当然，你眼界比他高，字比他强，你是他哥嘛！可是，人家名声在外、你窝在家里，外边儿谁见过你的字？知道你是谁？"

青泥淡淡一笑："书道其实是寂寞之道，不及急功近利。甭慌，等一百年之后再看，谁的字还留在人间？"

县长说："一百年？拉倒吧，我在任只有四年！临下台之前，想在省城给你办个书法展，你兄弟是省书协的秘书长，这还不是一句话的事儿？我说，你看咋样？"

青泥说："不咋样！马走'日'字象走'田'，我不沾他的光！"

县长说："这是啥话？你有你的字在那儿摆着，怕啥？哎，我说，这次展览的全部费用，县里全包了，不用你掏一个子儿！这是县里定下来的，就这吧，你准备作品，旁的事都不用你管了！"

话说到这个地步，青泥便不再推托。

于是青泥闭门谢客，将自己平生作品严加挑选，几经推敲，最后选定80件，全部精裱成轴。那边，县长与省书协秘书长野萍早已联络商定展览的场地、日期等等巨细事务。

县长缘何对此事这般热心？当然是对家乡人才的爱护，当然是对文化事业的关怀。但除此之外，尚有二者：其一，野萍在省里任书协秘书长之职，虽非党政要员，但从县里看他，已是"通天"人物，不可不借一切机会联络感情；其二，青泥、野萍兄弟是本县的"名优产品"，宜大造声势，光耀乡里，连带县里的土特产绿豆烧酒、吊炉烧饼、丫丫葫芦、狗皮褥子也都作了广告，一举数得，何乐而不为？

四

"青泥书展"将在省美术馆举行。这是本省最大、最好的展览场所，每天场租 500 元，展期 10 天，也不过 15000 元，小意思，县里全包了。开幕那天，将有一个体面的剪彩仪式，并且设茶点招待来宾。青泥和县文联主席提前一星期到了省城。青泥和文联主席一起住宾馆。野萍也不强求，但把宾馆安排在最豪华的"伊丽莎白"，书协秘书长的哥哥嘛，住得太寒酸了岂不跌份？反正费用都是县里掏。县文联主席忙不迭准备一应事务，在县里吆喝一声能震得半条街嗡嗡响的角色，来到省城却像三孙子一个，跑腿的干活。青泥则在展厅亲自布置展览。哪一张挂在哪里，都斟酌再三，直到满意为止。

某夜，野萍西服革履，意态轩昂，来到哥哥下榻的"伊丽莎白"，问："展览准备得怎么样了？

青泥说："字都挂好了。"

野萍"嗯"了一声，把脸朝着文联主席："开幕式上吃的东西……"

文联主席强睁着熬得血红的两眼说："报告秘书长，吃的问题，伊丽莎白餐厅包下来了，每人三百块的标准……"

话未说完，青泥拦住说："我不赞成弄这一套！书展展的是字，咋能在展厅请客吃饭？真是有辱斯文！"

野萍笑道："哥！你是桃源中人，不知世间事，就由我安排吧！如今最不值钱的就是'斯文'二字，没有实惠，谁肯来捧场？不但要吃，要喝，还要带走礼品呢！"

文联主席忙说："礼品我早预备好，每人送个皮包，咱县的特产都在里面了！"

野萍又"嗯"了一声，问："请柬呢？"

"印好了，二百份儿！"文联主席说着捧出一大包散发着油墨清香的大红烫金请柬，"就是不知道都该往哪儿送。秘书长，你开个单子，我填人名儿！"

"名单我早排好了，"野萍说"重要的不是把请柬发出去，而是要保证所请的人都能出席，明白这个意思吗"？

文联主席说："我明白，明白！"

野萍斜睨了他一眼："你明白什么？告诉你，光新闻单位这一块，我就开了 30 个人的名单。省报、市报、省电视台、市电视台、省广播电台、市广播电台……"

文联主席扳着指头说："这才七家嘛！"

野萍冷笑遭："7 家，就来 7 个人？他们的头头呢？县官不如现管，记者不听你的，也不听我的，听他们顶头上司的，要发新闻，就要请得周全！"

文联主席连声说："好，好，该请的都请，30 位就 30 位！"

野萍又说："怎么请？光送一份请柬，谁来？告诉你，每人还要送一个红包儿，'劳务费'不得少于一百……"

文联主席听得咂舌，默默地盘算了一阵说："总共不才 3000 吗？咱给就是了，县长交代的，该花的钱就花他个小舅子的！"

青泥一把拉住兄弟："花钱买新闻？"

野萍拍拍他的肩膀："哥！没有兄弟我，你花钱买新闻还怕找不着门儿哩！"

青泥梗着脖子说："鸟爱羽毛．人爱名声。文人都爱名，但不能为了出名先使名誉受损！这个展览我不办了，明儿就走！"

野萍冷笑道："舆论都造出去了，出尔反尔？这个人你丢得起，我丢不起！我就是把你锁起米，也不能叫你走，这个展览非办不可，而且只能办好，不能砸锅！"

文联主席眼看主角儿要跑，也慌了："可这不行！场租都交了，不办？我回去咋交代？"

那声音像哭。

青泥长叹一声，此事由不得他了。

野萍说："哥，你跟我走一趟！"

"上哪去？"

"拜访省书协主席。你都来了好几天了，不见见他，不好。"

青泥说："同道嘛，理应去拜访。"

野萍纠正他："什么'同道'？人家是领导！见了主席，你可不要摆乡绅架子噢，人家可不吃你这一套！"

青泥笑笑："他的字写得咋样？"

野萍说："我家客厅里的那一轴中堂就是他的墨宝，你不是见过吗？"

青泥霎时变了脸："啥？就那两笔字，还有资格当书协主席？莫非有什么'背景'吧？听说，现如今连武大郎都当上'打虎研究会'会长了？哈哈，哈哈！"

野萍咂咂嘴："哥，君子口不臧否人物，对书协主席，尤其不可妄加评论。现在，只要长着两只手的就能当'书家'，自己既不能诗，也不能文，还到处题字，举起笔来先问：'写什么？'抄书匠而已！哎，就是这样，敬求墨宝者还趋之若鹜，络绎不绝，说到底，不就是看在他的地位吗？名人墨宝，重在一个'名'字，难道都可以用书法标准衡量？"

"不用书法标准衡量，他当什么书协主席？还要我去拜见他？哼，给我磨墨脱靴，我都不要这种蠢材！"

野萍耐着性子说："哥，不是看在同胞兄弟的分上，我真懒得管你的闲事！你以为这个世界以你为中心？告诉你，该拜见的还多着呢：省委、省政府、省人大、省政协，四套班子，市委、市政府、市人大、市政协，各一正二副、三副、四副、五副不等，你都得一一跟着我去烧香磕头，好歹得拉一个来为你剪彩……"

青泥又纳闷："一个书法展览，又不是政治活动，请这些政界要人来干啥？"

野萍嗫嚅一阵，只好说："哥！你以为展览会上给人看的真是书法吗？嘁！是规格！不够规格，电视台的这条新闻就播不出来，前功尽弃！"

文联主席说："对，对，对！电视新闻最重要，得千方百计保证！首长那儿也得花钱吧？你说个数儿，咱一分不少就是了！"

野萍愤愤然："你他妈真是土老冒儿！首长要廉政，怎么能花钱去请呢？还不是靠我的面子？"

青泥大吼一声："你的面子珍贵，自己留着用吧！我的事儿，不要你管！"

"你不识抬举！"野萍大怒，拂袖而去。五十余年兄弟，一朝反目成仇。

五

文联主席惶惶然，问青泥："你看把咱俩晾在这儿了，这个展览会还咋开？"

青泥说："照开！"

"照开？"文联主席垂头丧气，"这二百张请柬还不知道该往哪送呢！"

"听我的！"青泥说，"开幕那天，你在门口把请柬散发给真正想看的观众，给我留下十张，我要请亲朋故旧。"

文联主席如入五里雾中："咱在省城两眼一抹黑，哪有亲朋故旧？"

青泥说："我愿意请谁，你就甭管了！"

夜深人静，青泥沐手熏香，闭目沉思良久，然后展开那十张请柬，一一填上姓名。第一张给他的父亲，那位出师未捷身先死的将军；第二张给他的老师，早已圆寂升天的空空和尚。设想如果他们还都健在，促膝长谈，现在定有许多话可说！可惜啊，面前已无人与他共论寂寞之道了！

其余八张，依次写下自古以来他所认为最有影响最有成就的八位书家，他们是：上古之仓颉、周之史籀、秦之李斯、三国之曹操、晋之王羲之、唐之颜真卿、宋之苏轼、清之郑燮。于是，这些罕见的邀请亡灵出席今人展览会的奇特请柬便出现在 20 世纪 90 年代，现择其一录之于后：

王羲之先生：

订于 1992 年×月×日假省美术馆举行《青泥书展》开幕式，敬请光临指导！

青泥一一写毕，已泪流满面。焚香再拜，仰天长啸，于灯烛之上将请柬点燃，化为灰烬。

原载《人民文学》1993 年第 1 期

魔　道

老　犍

　　"老犍"是我家乡的方言，指阉过的公牛。没阉过的公牛叫"牤牛"。每年的阴历六月初六，是阉牛的日子。阉的方法，不动刀，不流血，却是十分残忍，令人毛骨悚然，目不忍睹：由这方面的行家把"牤牛"捆绑之后，撂倒，用一把特制的木槌捶打它的睾丸，一直捶得稀烂。为什么要用木槌而不用铁锤？有讲究，木槌只破坏它的内部结构，而不伤皮肉。当然在捶打的过程中"牤牛"痛不欲生，会拼上命叫喊，但行刑的人丝毫不为所动，只顾捶下去，一直达到手术标准为止。这便是"六月六，捶牤牛"。然后就是由牛主牵着牛去遛，每天遛，要遛很久，直到它那被捶烂了的睾丸消肿、萎缩，这时候"牤牛"就变为"老犍"了。"老犍"仍然保持着"牤牛"的许多优点：力大无穷，拉犁、拉车就是主要劳动力；所不同的是，它从此就没有了"性"，对于异性失去了兴趣，只会埋头劳作，目不斜视，心无杂念，连与同性角斗争雄这种事也没有了，极其温驯，容易驾驭，这对于人来说真是再好不过了，就像封建帝王放心地使用太监。不过太监毕竟也是人，难免留下一些人性的残余。比如赵高、魏忠贤之流就很会玩弄权术，比没阉过的人还鬼；再比如小德张竟然还假模假式地娶个老婆，虽是摆样子也要摆一摆。这已是题外话，可以不表，书归正传。

　　我现在所说的"老犍"既不是太监，也不是阉过的"牤牛"，而是我小学时候的一位同学。"老犍"当然是他的外号。其实他的生理机构正常，并非阴阳人、变性人之类，为什么得了这么个外号呢？因为这个人非常蔫，没有性子，从不调皮捣蛋、打架斗殴，做事又非常认真，非常专一，很像"老犍"，虽然他没有公牛那么硕壮的体魄和气力，人们仍然"遗貌取神"，给了他"老犍"这个雅号。还有一个不容忽视的原因，他的生日正好赶在阴历六月初六，那么"六月六，捶牤牛"，捶过之后自然是"老犍"，这个美称便顺理成章、名正言顺、非他莫属了。

老犍长得精瘦，胳膊、腿都细长，胸脯像搓板。也就是说，表面上看一点儿都不像"老犍"。脸也精瘦，好像只是一层黄皮肤包着骨头，中间没有肉，五官便显得大，浓眉大眼，鼻直口方，那模样并不丑。他很随和，脸上经常挂着笑容，笑的时候也不哈哈大笑，而是以一种古怪的声音接连往里吸气，就是文言中所说的"忍俊不禁"的那个意思。即使在别人认为并不可笑的时候他也是这样，好像他总能从平淡中发现幽默，总有什么"忍俊不禁"的事儿似的。他在对一种事物表示赞赏的时候，也不用语言表达，而是不断地"咦唏！咦唏"！这就是"真棒"的意思，也就等于文言的"无以复加""叹为观止"了。

老犍的手极巧。比如编鸟笼、蝈蝈（我们家乡叫"蛐子"）笼，这本来是谁都会的，但老犍技高一筹，他编的笼子玲珑剔透，穷工极巧，可以做出四梁八柱.前廊后厦，气派得如富家宅第一般。有门有窗，开阖自如。各个房间有隔断，蝈蝈在里边高坐明堂，还俨然有"西厢藏画，东壁图书"的架势。梁、柱、椽、檩，交错扭结，接榫严丝合缝，简直令人难以置信那是用秫秸秆儿做的。秫秸秆儿有两种，一种是淡黄色的，一种是天然枣红色的。他将这两种秫秸皮的篾片分色巧用，编织成窗格，有六角的，八角的，胡椒眼儿的，菊花瓣儿的，巧夺天工，令人眼花缭乱，叹为观止——该对他"咦唏咦唏"了。

老犍的人缘又极好，虽有这般手艺，却不恃才傲物，谁要请他编个笼子，有求必应，而且做得又快又好，决不以次充好、敷衍了事，并且不取任何报酬。这样他手里的活儿就永远也完不了。他那种种任劳任怨埋头苦干的精神，真是像一头"老犍"。

按说，他的手是由大脑支配的，应该脑瓜儿特别聪明。可是有一得必有一失，他的学习成绩偏偏特别差劲，语文、算术考试能得六十分就算好的了，不及格是家常便饭。推敲起来，恐怕原因有二：其一，他的时间有限，顾了编笼子，自然就得荒疏功课；其二，人的兴趣是培养起来的，他对编笼子越钻越有兴趣，而对总也及不了格的读书也就越来越觉得无味了。因此。他便成了老师经常的训斥对象："站起来，站起来，你算个干什么的？饭白吃了？学白上了？一问三不知，就是会编、编、编，吃秫秸也能瘌出个笼子来！"每到这时候，老犍就低着头，一言不发，他决不和老师顶嘴，同学就提溜着心，怕以后再求他编笼子就难了。其实不然，老犍认准了一条道儿，决不回头，还是照编不误，有求必应。老师也就懒得再管他，"师傅领进门，修行在各人。"既然朽木不可雕也，就随他去吧，反正学校也不养老，将来他毕业走人，考不考得上中学是他自己的事儿了。

使老犍改掉编笼子这一"恶习"的是我。其实我从未批评过他什么，甚至还由衷地赞扬过他编的笼子。但我对编笼子并无多大兴趣，只是偶一为之，浅尝辄止。我有我的爱好，从入学前就迷恋画画。那时没有名师指点，当然是乱画一气，和许多画家的童年一样，纯粹自发地画老虎，画公鸡，画戏曲人物。在读到小学四年级时，我的语文老师对我说："我带你去拜个老师怎么样？"我不置可否，就跟着他去了。语文老师是我的班主任，他的话当然是没有错的，我们习惯于听从老师说的一切。

于是我就拜识了住在县城里的高老师。他是某艺术学院的毕业生，不知因为有点儿什么"言论"问题，影响了分配工作，在家赋闲。以我当时的年龄，不可能理解他在政治上的麻烦，也没有人对我说起，对他充满了景仰。高老师很有风度，留着长发，穿一身咖啡色制服，棕色皮鞋，每走一步都"咯吱咯吱"响。他的家里挂满了画，有中国画，也有油画、版画、水彩画、洋溢着一种我从未体验过的却又一见如故的艺术气息。高老师叫我当着他的面用我从来不曾用过的工具对着一只茶壶写生。我当然不会画，他只是看看我的基础。然后就答应收下我了。每个星期天到他家里学素描、接受严格的基本训练。这便是我步入艺术大门的开始，结束了童年的盲目摸索时期。

我从此就坚持画素描，每个星期去老师家一次，风雨无阻。平时的课余时间全部用在画画上。家里的瓶瓶罐罐、白菜鸡蛋，以至周围的人物都是我的模特儿。但我的学画并没有影响任何人，同学们虽然都知道，却谁也没有表示羡慕，更没有人追随。在我们家乡有一种很普遍很固执的观念：艺术是"歪才"，不是正路。学好数理化，走遍天下也不怕。家长这么认为。也就影响了孩子，所以他们谁也不打算步我的后尘。

但是有一天，老犍在放学之后到我家串门，看到我正在对着桌上的一篮蔬菜写生。他看得呆了。他不明白画上的竹篮那一根根的篾子为什么能在平面的纸上立体凸现，黄瓜的刺为什么能"鼓出来"，瓷盘为什么晶莹闪亮，似乎敲起来还铮然有声。他看得入迷了，一双大眼熠熠发光，嘴张开来，发出"咦唏咦唏"的赞叹。

从此。他成了我家的常客，不是天天来，也隔三岔五。来了也不多说少道，只是看画。我画我的，他看他的。到了吃饭时间，我收拾画具准备吃饭，他也就告辞。明天放学之后还来。看画于是成了他课余时间的第一而且唯一的爱好，再也不编笼子了。

星期天，我去高老师家学画，他也自动随同前往。高老师问："这是谁啊？"我说："我的同学'老犍'。"高老师笑笑，问他："你也喜欢画画吗？"他便用那古怪的声音往喉咙里吸着气，表示喜欢至极。高老师就说"既然喜欢，你就一块儿学吧！下次带块画板来，纸和铅笔就用我的好了"！

老犍这么容易就拜了师，完全是沾了我的光！可是，下次来，他却并没有带什么画板，虽然那只是一块木板，极容易准备的。来了也不画，只是看。看我画画，看高老师家里挂的画。看得过瘾，就不断地"咦唏咦唏"。高老师觉得这个人真是怪，我说："他就是这样。"高老师也就不再管他。高老师其实是个很高傲的人，并不是随便什么人都可以登堂入室做他的弟子的。他对老犍主动提出可以来学画，是看在我的面子。因为我那时年龄还小，每次来来回回有这么一个伴儿，老师也放心。既然老犍不是这块料，也就不勉强他。由他每次白跑白看，只当是我的"伴读"就是了。

放寒暑假的时候，我就不必这么跑腿了，干脆住到城里的舅舅家，每天去高老师家学画，那是我生活中最愉快的时候。但是这对于老键就不方便了，虽然我也曾表示他也可以住在我舅家，但他却不好意思这么白白地"扰"人，依然是天天跑回家睡觉，第二天再跑到高老师家，吃饭问题也是自己解决，或是带点儿干粮，或是临时在街上买点儿什么垫垫饥，有时甚至饿着。他的这种刻苦精神使高老师和我舅都很感动。

我在高老师家画的画，照例都拿回来给我舅看。他虽然不懂画，但看到我的成绩还是很欣慰的，因为这里面也有他的一份支持。看过了我的画，他也顺便问老犍："你画的呢？拿出来咱欣赏欣赏！"

老犍便惭愧地笑笑，什么也拿不出，因为他不曾画过一幅画。

我舅就很奇怪："你一张不画，跟着人家跑个啥劲儿？"

老犍只回答了一个字："看。"

"看？"我舅哑然失笑，"光为了看人家画画，天天这么跑，也怪辛苦的了！"

话语中明显地包含着嘲笑。不过老犍并不在意，抿着嘴，轻轻地摆了摆头，那意思是：你不懂，这里头的道道儿可有看头呢！

久而久之，我舅也就习以为常，承认了我的这位并不画画的"画友"。有一次我舅感叹道："天底下热啥的都有，有热戏的，有热画的！"

"热"在我们家乡就是"热爱"的意思，省了一个"爱"字，却表达得更执着。我舅似乎理解了老犍，他对画的迷恋就像戏迷对戏的狂热。我们家乡有很多戏迷，不论哪儿的戏班子来唱，都要听，听得摇头晃脑，如醉如痴。他们当然不是去听故事情节，那些听了千百遍的戏出已是倒背如流，听的是演员们念唱做打的技巧，散了戏还要评头品足。这些戏迷们都是听戏的行家，县城里有了他们这帮"评论家"在，水平不高的戏班子很难在此打开局面，弄不好就会被齐声地"啊"——也就是喝倒彩。但是这些戏迷又不同于大地方的"票友"，忍不住创造欲的冲动，想方设法上台"票"个角色。我们这儿的戏迷不上台。只在台下欣赏，对艺术的全部热爱和痴迷都蕴含在无数次的、永无休止的欣赏之中。欣赏就是一切。老犍对于美术，也许就是这样吧！

后来我又发现，我舅和我对老犍的理解仍然是表面的。有一次他到我家来看画，无意丢下了一个小本子。我拾起来随便翻了翻，不料上面写得密密麻麻的竟然都是高老师给我讲课的内容，虽然不连贯，但我可以看懂："三大面，五调子。亮部、暗部、明暗交界线、投影、反光。从整体到局部，从局部到整体。体积、质感、量感……"他甚至还记下了一些并不算什么"理论"的技术问题："画亮部用 2H-4H 铅笔，暗部用 2B-6B 铅笔，中间调子用 B-2B 铅笔……

我很惊讶，想不到他在背后还用着这份儿功，由此对他产生了几分敬意。我知道他明天准还会来我家。这个小本子到时候还他就是了，但我当时却不想等到明天，拿着小本子就去找他了。

半路上碰到老犍，他急急地对我说："毁了，我不见了一个本子！"

我们家乡的方言，"毁了"就是"坏了"，"不见了"就是"丢了"。

我把小本子递给他。"这不是？"

他接过去，放心地笑了："我还恐怕找不着了呢！"

我没有折身回去，而是随着他往他家走。这在我是很少有的，我不大到旁人家串门。这次的例外大概是由于这个小本子使我觉得和他更亲近了一层。

一边走着，我一边问他："高老师讲课的时候，我咋没看见你带这个本子啊？"

"没带，"他颇有点儿神秘地笑笑，"都是回来记的。"

我心里很感慨：我跟高老师学了那么长时间，从来也没记过笔记，老犍比我有心啊！

到了他家，他用很尊敬、很自豪的语气向他爹介绍我如何如何。看起来他爹是知道我、早就听老犍说起过似的，但也只是"噢"了一声就去忙他的了，并未对我表现出多大的兴趣。我想他爹恐怕和大多数家长一样，把我所热爱的绘画看作"歪才"，并不重视，甚至可能对他的儿子天天和我这么一个"画友"泡在一起很不以为然。

老犍的家和我家完全不同。在他这里看不到满墙的画，桌子上也没有摆着供写生用的静物，因而"艺术气氛"几乎谈不上。但我在桌上看到了几本书：《素描述要》《素描技法》《契斯嘉科夫素描教学法》。

"这些书，你是从哪儿买的？"我问。

"买？"他说，"买不起，也买不着，我是从城里图书馆借的！"

唔，这倒真是个办法，我怎么就从没想到呢？

有一本书正摊开在桌上，旁边摆了一摞纸。我看了一眼，那竟然都是书上的内容。

"你在抄书？"

"借的书得还。没法子，就把它抄下来！"

"整本整本地抄？"我吃惊地翻看着那一页一页的手抄书，被深深地感动了。我们这些生长在穷乡僻壤的贫家子弟要学点儿东西多么不容易啊，抄写这些书所花的工夫将比我们几年所做的作业还多！而老犍却丝毫不觉得苦，就这么一页一页地抄下去，从中自得其乐！

不过，我对他的这种苦行却不愿意效仿。高老师对我多次讲过：艺术虽然需要理论指导，但是最重要的是感觉。像学习数理化那样死记硬背公式，像手艺人学徒那样照葫芦画瓢，是绝对培养不出艺术家的。而老犍却连"照葫芦画瓢"也不曾做，他只是听、看、抄，想干什么呢？那时候我在远离北京的地方，还没听说过"天桥的把式，光说不练"这句话。现在想想，老犍不仅是不"练"，他连"说"也不"说"！

我当时就认为他的这些做法都是无效劳动，忍不住说："你又不画画，抄这些书，有啥用呢？"

老犍不以为然地看看我，两腮现出笑纹，喉咙里发出那种我所熟悉的古怪声音，显然表示对他所从事的一切深信不疑、乐在其中："研究呗！"

多么玄妙莫测，看不见、摸不着、抓不住的"研究"二字！那一年我 11 岁，还根本无法想象世界上竟然会有不用画笔作画而只用钢笔抄书、以"研究"为职业的艺术理论家，而老犍就是要这么干，所以我认为他简直是拿艺术开玩笑！

大约过了一两年，高老师原来的那点儿什么"问题"已经解决，分配工作到外地教书去了，我则进了县立中学。老犍因为忙于"研究"艺术，没考上，到一所民办中学去了，我和他的接触也就很少了。我中学毕业又考进了艺术学院，离开了家乡。

老犍在民办中学毕业之后，就不再上学了，也无学可上，就回家务农。他是不可能"铁心务农"的，因为兴趣不在种地上。不久，听说谋了个差事，到民办小学教书去了。这时候他已经结了婚，比我早得多。这大约是他爹的主张，乡下人在找不到更大发展的时候，就把主要的努力方向放在传宗接代上了。但据说老犍对此一点儿也不热心，他那个媳妇很受冷落这倒是很符合"老犍"的脾气。他们也没有子女，这在乡下很少见。据说他的媳妇常常在人前垂泪辩白："不是我不能生养，是不该嫁个'老犍'！"据说他也没有好好地教书，而把主要精力放在"美术研究"上。他仍然像过去一样热衷于抄书，不过凡是能买到的书就不再抄了，掏钱买下来，因为他已经自食其力，有了工资收入了，尽管相当微薄。民办小学是很容易糊弄的，他既是校长又是各年级、各课的教师。一个人说了算，想干啥干啥。不高兴上课就让学生自习，或者干脆放假一天。学生对他很满意，爬树上房顶也没人管。家长都是农民，也弄不清楚学校的事儿。即使有的家长望子成龙心切，对学校有意见，也不敢作声，怕得罪了老师，反而让学生吃亏。老犍就赢得了充裕的时间攻读美术理论。

艺术学院放假的时候，我回家度假，总是要向人们问问老犍的情况，想知道他"研究"得怎么样了。

"老犍魔道了！"人们说。

这里要解释一下在我们家乡的方言中的"魔道"这个词儿。最直截了当的译法是译成我们习惯说的"神经病"，但不够准确。"魔道"的精确含义既不是呆、傻，也不是疯、癫，而是指人的思维定式极其顽固，对某种事物的执着到了异乎寻常的地步，他人无法逆转。比如崂山道士对左道旁门的梦寐以求，范进对功名利禄的如饥似渴，贾宝玉对林妹妹的苦苦爱恋，都可以称之为"魔道"。如果一定要从普通话里找一个意思相当的词儿，我看最准确的莫过于"走火入魔"。

　　老犍从童年时代就表现出走火入魔的趋势。他那么专一地、数年如一日地钻研编蝈蝈笼子的技巧，是常人所不能做到的，也不屑为之。后来又转向美术，只是内容变了，表现形式并没有变。试想除了他之外，还有谁会那样无数次跑来跑去甚至还饿肚子，却只是为了陪别人学画、看别人的画呢？还有后来的抄书、买书，耗费了大量的时间、金钱，又是图个什么呢？要知道，他由于根本不动笔作画，也就命中注定不可能成为画家；以他所处的环境、条件，要从事美术"研究"，当一名"理论家"，也只是镜花水月，根本不可能成为现实。那么，他到底要做什么呢？促使他废寝忘食、寤寐思服、走火入魔的动机是什么呢？这确是常人所无法理解的。唯一的解释就是：他"热"画，"热"就是一切。他的一切举动都是由此而牵动，他为此而奉献出一切，并且从中获取了享受。比如酷爱下棋的人，视棋如生命。其实说穿了，下棋无非就是楚河汉界，车来马往，你输我赢，也不像打牌、搓麻将那样有利可争，到头来都是儿戏，值得日复一日地去"儿戏"吗？棋迷说值得，太值得了，此中乐趣，非局外人可解！再比如酷爱钓鱼的人，坐禅似的柳荫垂钓，说不定一整天也不会有鱼儿上钩，值得那么旷日持久、寂寞无聊吗？要吃鱼还不如到市场上买去、想买哪条买哪条。你要这么说，钓迷准得骂你："懂个茄子！钓鱼难道是为了吃鱼吗？"这一句话算是说到家了，钓鱼不是为了吃鱼，而是为了满足自我感情的需要。老犍的"热"画，大概也是如此吧？他对于美术事业的痴迷，恐怕超过了许多专业人员。尽管他的方式失之偏颇，也还是在我心里赢得了尊重。对于这样一位艺术的信徒如果稍有亵渎，我会觉得良心不安。

　　回到家，我发现过去许多习作都不见了，就问母亲。母亲无可奈何地说："都叫老犍拿去了！他魔魔道道，天天来缠，不给他也不算完！"

　　我不免觉得可惜。我自幼对习作"敝帚自珍"，不会轻易送人，更不会丢弃。因为那不但是我心血的结晶，而且是我所走过的道路上留下的足迹，"鸿爪雪泥"。看到那些童年时代的习作，我就会回忆起跟随高老师学画的历程。现在都被老犍席卷而去，心中怅然若失。但转念一想，他这么做也并非夺人之爱，只不过说明他的"热"！他没有机会到大都市去参观博物馆，看中外名家的作品，最方便的就是我这儿了，我能忍心不"行个方便"吗？那些画放在他那里会保存得很好的，物得其所，我也可以放心了。

老犍听说我回来了，马上来看我，还提了一盒点心，好像贵客来访似的。他还是那么瘦，但装束却大不同于从前。头发留得挺长，身上是一套咖啡色的制服，看得出来是刻意模仿高老师的风度，只是没有那每走一步就"咯吱咯吱"响的皮鞋。和我谈起话来，也不像过去那样只会倒吸着气地笑，或者"咦唏咦唏"地赞叹，他现在由于教书练得口若悬河、滔滔不绝。说起美术，也已经不同于过去的初级阶段，只知道高老师和我，而是满口都是名家了，国内的是齐白石、傅抱石、徐悲鸿如何如何，国外的是米开朗琪罗、伦勃朗和列宾、苏里科夫如何如何，限于当时的国际气候还没有涉及梵·高、塞尚、高更如何如何。他的作派言谈使那些凑在我们旁边的乡亲们插不上嘴，并且显然也是在提醒他们：我们已经不是小孩子了，现在是两位艺术家在讨论学术问题，你们听得懂吗？乡亲们就咂舌："嗯？甭看老犍没进大学，学问还真不简单哩！"转过脸去则说："咳，这个魔道又缠上人家了！"

老犍热情地邀请我到他家去坐坐，我当然也不好拒绝。

他的家已经不是过去的样子。房子还是老房子，他这种人是没有兴家立业盖新房的兴趣的，但里边的陈设却与从前大不相同。桌上摆着许多书，都是美术史、论方面的。墙上挂满了画，我的那些素描习作果然在这里，他也并没向我解释怎么拿来的。同时还有高老师的两张油面。这就让我吃惊了。我随高老师学了好几年的画，都没好意思向他开口要画，没想到老犍却先下手为强，想必也是用那样的手段得到的。我心里稍稍有些不快，但没有说出口来。我们都已是二十来岁的人了，当面批评指责是轻易使不得的。

更使我吃惊的是，墙上的那些中国画当中，竟然也有一两幅出自本省名家之手。他总不至于也能够像对待高老师和我的画那样乘其不备到家里去"缠"得来吧？因为千里迢迢！

"这两位的作品，你是从哪儿弄来的？"我问。

"写信求来的，"他回答。停顿了一下，又做了重要补充，"当然，开头的几封信都石沉大海。可是不能灰心，要持之以恒，反复说明他的作品在我的研究中的重要性，我对他的艺术成就的尊崇和渴望，如果得不到他惠赐大作，我就去他府上'程门立雪'！"

士别三日，当刮目相看，老犍的确大有长进。言谈话语虽然仍带着土气，可是他显然自以为极其不俗的。他对我说这些的时候，态度非常认真，好像在向我传授求画的"技巧"。我虽然对此颇不以为然，但想了想，也不便说什么，给他留了面子。何况他从童年时候起就极其固执，听不得别人劝告，现在想必更是如此，我何必让他不愉快呢？

假期里他几乎天天来找我"论道"，炫耀他的那些纯书本知识，并且向我询问艺术学院里的详细情况，包括院长是谁、副院长是谁、系主任是谁、上几门课、怎么上课、图书馆里的藏书多不多、最精彩的是哪些书、从学校到美术馆远不远、坐公共汽车要花多少钱、美术馆的门票多少钱、经常展出的是哪些名家、他们都长得什么样、说话什么调儿、有什么生活习惯……等等，其琐碎的程度令人生厌，而且有些问题我也答不上来，因为我只是一名学生，和许多名家并无交往，也不知道他们的生活习惯。时间久了，我的父母都觉得腻烦，又不好意思逐客。以后我再放假回家，父母就尽量瞒着老犍，不让他知道，以免天天来缠。但老犍还是很快就知道了，而且马上就来看望，照例携带礼物，见了面亲切得不得了，谈笑风生，口若悬河，好像根本没有意识到自己是不受欢迎的人，弄得你好也不是歹也不是。

我返校的时候，老犍又总是委托我替他买书，往往开一个长长的书单，令我望而生畏。我开始驳不开面子，还认真地帮他办，后来实在不耐烦了，就想出了个简便省事的办法：回封信去，推说这些书买不到，也就拉倒。以后又寄了新的单子，还是照此办理。下次放假回家见到老犍，不免要"解释"一下，他却毫无怨言，好像完全没有参透我的"阴谋"，他对我太信任了。而且他总要兴奋地告诉我，某某某本书，就是我对他说"买不到"的，他竟然转弯抹角托了几道关系买到了，因之视若珍宝。这时我的内心就隐隐地不安，因为我欺骗了这么一个对艺术顶礼膜拜的人。不过他后来就不大再托我买书，而走他摸索出来的另外途径了，大概他确信我没有这个本事，而他的本事却越来越大了。

后来又有一件事，让我总觉得愧对他。我母亲去世的时候，老犍送了个大花圈，上面写着："王太夫人千古，本县美术界敬挽。"这很为我长了面子。母亲去世，前来吊唁的都是亲戚邻居，没有"惊官动府"。我只是一名普通的美术工作者，没有什么"势力"，不可能也不打算那样做。但是老犍却壮着胆子代表了整个美术界为我助威。看到这里，读者可能哑然失笑：一个县那么个小地方，还有什么"美术界"？这话却说错了。麻雀虽小，五脏俱全，一个县也是社会的缩影，党政军民、士农工商、三百六十行，样样皆有。而且我们那个县，在美术方面还敢说比较"发达"，出了高老师那样的画家，还有我们中学的美术老师，也是艺术院校科班出身的，自从调到这儿工作，也就"入籍"算本县人了。在他们的培养下，前前后后向全国各艺术院校输送了不少人才。县里有文联、文化局、文化馆，都有专职的美术工作者。这些人如果集合起来，也是一支浩浩荡荡的队伍呢！我并没有因为母亲的丧事惊动他们，而老犍却自作主张以他们大家的名义送了花圈，这让我很感动。我想，本县"美术界"的师友们如果知道此事，也会默认的吧。

光阴荏苒，二十多年过去了，我已经在北京定居多年，与老犍天各一方。因为父母都已去世，我又工作繁忙，拉家带口，也很少有机会回故乡看看。偶然有亲友来京，我向他们问起老犍的情况，他们总是不屑一提地说："嘁！那个魔道，你搭理他做啥？"

不期而至，老犍又有信来。信封、信纸上的字迹还写得很工整，一如他当年的抄书，而且还郑重地盖着他的名章。但里面的内容有些不可理喻。

信中说：

一别多年，特别想念。今去信有二事相托：

一、请将中国美术家协会的详细地址写信告知，以便联系工作。

二、近日从报纸上得知，著名画家××先生不幸逝世，我深表哀悼。×老先生与我同宗，早年曾留学法国，归国后在美术事业上取得伟大成就，并培养了大量艺术人才，桃李满天下。而我孤陋寡闻，竟然一无所知，深以为耻。而你却长期瞒着我，也很不应该。望接信后速将×老先生家族世系情况以及他的夫人姓名住址告诉我，并且把××老先生的著作、画册全部买齐寄来，用多少钱，我如数寄给你。

急盼回音，请从速办理，切切！

这封信是以特快专递的方式寄来的，投递员直送到家里，气喘吁吁地高叫着让我"快拿戳儿"！我不知道是什么急事儿，拆开一看直发愣。第一项，关于中国美协的地址，我倒是知道的，但不知老犍要找人家"联系"什么"工作"？第二项，涉及××老先生，就让我更费踌躇。×老先生我确是认识的，但私交不多。老犍之所以对他所知甚少，那时因为老先生在1957年被划为"右派"，随之在画坛销声匿迹，直至1979年才"改正"，时已届耄耋之年。他虽然艺术造诣颇高，却因上述原因被长期埋没，在社会上鲜为人知，倒不是我有意"瞒着"老犍。我"瞒"他干什么？现在老犍急切地要×老先生的材料，一是我手头没有，无法寄给他；二是他要的家谱、私人地址之类涉及私人秘密，我怎么好向××老先生的夫人去要？那样，人家将怀疑我的动机，我又如何交代？

犹豫再三，这封信"急盼回音"，我还是迟迟未回。

某日，我去邮局寄邮件，无意中听到旁边一位老太太在对营业员唠叨："同志！您看这事儿该怎么办？这个人和我们非亲非故，根本不认识，就因为跟我们老头儿同姓，非认本家不可。老头儿都死了好几年了，不知道他从哪儿打听到我们家的地址，老是来信，又寄钱，又寄粮票，还寄国库券。不给他回信，他还是寄，纠缠个没完……"

我在旁边听着，心里一动：她说的这个人怎么跟老犍一样？

这时，营业员对老太太说："你给他寄回去就是了。"

老太太就忍住气，趴在柜台上照着一个信封抄地址。这当然不关我的事，但就是因为她说的这个人跟老犍太像，我才忍不住瞅了一眼，天哪！世间只有想不到的事，没有发生不了的事，那信封上正是老犍的笔迹，还郑重地盖着他的名章，那都是我所熟悉的，决不会认错！

我匆匆忙忙地把要寄的邮件交给营业员，像避瘟疫似的逃离了邮局。如果我此时忍不住多说一句话，说不定老太太也把我当成疯子了！

数年后，我南行写生，绕道到家乡看看，第一站当然是县城，住在我舅家里。正好高老师也回乡探亲，师生久别重逢，很是难得。县文联主席、县文化馆馆长听说我回来了，都过来见面，我舅备了酒饭，把县中学的美术老师也请了来，全县"美术界"大聚会。席间自然有说不完的话题，我忽然想起了一个不在场的人，问道："哎，老犍咋样了？"

我舅也这才想起他来，说："哟，好几年没看见他了，谁知道咋样？"

"你不知道，"文联主席说，"老犍现在可不得了啦！"

我不明白这"不得了"是什么意思，忙问："疯得更厉害了？"

"不是，"文联主席说，"人家做生意去了，发财了！"

"怎么？"我一愣，"他那疯病好了？是哪位神医治好的？"

他们都笑了。

"啥神医？"这回是文化馆馆长说，"那是有高人指点，一句话的事儿。三年前，有个文物字画贩子找到老犍家，看这个疯子吃了上顿儿没下顿儿，想唬唬他，从他手里廉价收购几幅画，要是能包圆儿就更好。哪知道，老犍死活不卖，一张都不撒手。那个家伙只好作罢，临走，咬着牙说：'端着金碗要饭吧，你这满屋子都是钱哪！'"

"就是这一句话，把老犍惊醒了！"文联主席接茬儿说，"洗澡、理发、换衣裳，上徐州，从银行贷款，赁了个铺面，开画店，多年的藏品都变成了商品，生意很火啊！高老师的油画，还有你早年的素描，都挂在店堂里壮门面，号称跟你师出同门，都是高老师的学生，有当年的授课记录本为证。"

我本能地转过脸看看高老师，正好和他的目光相遇，他似乎也有话跟我说，却又没说。不单是我，高教师也万万不会想到，当初跟着我在他那里一言不发、只看不画、默默地"蹭课"的孩子，为今天留下了如此惊人的伏笔。多年以来，我和周围的人恐怕都误解了老犍，他其实未必是"疯"，也未必是"魔"，而是身上具有某种特殊的潜能，无论"热"蝈蝈笼子，还是"热"画，都能一点就着，"热"到极致。如今，这种潜能又被钱激活了，当然"热"钱也能"热"到极致，这有什么可奇怪的？

"哎，"文联主席不知道我在想什么，还怕我不信，"赶明儿你回北京的时候，经过徐州，正好看看去，老犍的画店就在美术馆旁边儿！"

我无言地笑笑。看什么？如果真去了，该轮到我朝他"咦唏咦唏"了吧？

原载《中国作家》1993 年第 1 期
《小说月报》1993 年第 4 期转载

饕　餮

"饕餮"是我在大学时的一位同班同学，他本姓郑，"饕餮"当然是他的外号。

我们认识这两个字以及他的这个外号起源都得追溯到一年级开头的美术史课。当讲到青铜器时，我们便不可能回避那铸在铜鼎上的凶恶狰狞而又神秘威严、极富有美感的浮雕兽面纹，老师说，它叫"饕餮"。

"饕餮"是什么东西呢？按现在通用的汉语词典上的说法，是"传说中的一种凶恶贪食的野兽"。什么野兽呢？辞典上没有说，因为说也说不清楚，对于我们远古时代的祖先的艺术创造，今天的人只有猜测，而没有什么"第一手材料"。"饕餮"就是专家学者们颇有争议的一个疑窦。记得我当时对此极感兴趣，曾经把博物馆藏的许多青铜器上的兽面纹一一描摹下来，加以比较、研究，认为"饕餮"眉毛部位的纹样是从牛角的形象一步步演变而来的，换言之，"饕餮"的原型可能就是牛。我并且还饶有兴致地写了一篇论文《从牛纹到饕餮纹》，很为老师所赞赏，打了高分。但老师却并没有因此而肯定我的推断，只作为一家之言。至于饕餮究竟是什么仍然存疑。老师的治学严谨很让我钦佩。二十年后我读到一本专家的专著，令我兴奋的是他也"基本同意它是牛头纹"，与我不谋而合。我之所以要提到这件事决非为了证明自己有"先见之明"，其实今天看来我对饕餮的了解是很肤浅的。但是当时由于写过那么一篇论文，所以至今印象还很深，不能忘怀，一提到"饕餮"二字，往事就历历在目。

我们那位极有学问的老师为了加深同学们对"饕餮"的印象，还说了些已经离开美术史本题的话："饕餮的特点就是食量极大，贪得无厌。比如某人特别贪吃，人们便呼之为'饕餮'……"

话音未落，大家就发了一阵哄堂笑声，齐齐地转过脸去，看着同学郑某。郑某的脸腾地红了。

郑某的贪吃在同学之中极负盛名。他身材高大，虎背熊腰，想必胃肠也相当发达，每顿饭没有七八两大米白面是填不饱的，因此已有"郑八两"之美誉不胫而走。他更爱吃的是肉，一张阔嘴中两颗虎牙十分醒目，就是专门为吃肉而准备的。他要是形容某人精神焕发，决不用"人逢喜事精神爽"这样的老套，而是说："嗬，好精神，就像吃了米粉肉似的！"三句话不离本行，把吃看作是人间第一大快事。偏偏生不逢时，正是长身体的时候，赶上了"困难时期"，低标准，瓜菜代，人人饿得发慌，他当然更是如此。每顿饭都吃不饱，吃了好像没吃，吃了还想吃。而吃又不是一次性的消费，周而复始，那肠胃好似个永远也填不满的无底洞，所以他永远处于饥饿状态，常常在画素描的中途就要乱骂一阵："他娘的！肚子咕咕叫，怎么画得好画？"

记得有一次我和他一起去动物园写生，在老虎笼外面碰到一位不认识的老头儿，在那儿自言自语："乖乖，这家伙宰了能出两百斤肉哇！"郑某在一旁答话说："不止，净肉少说能出三百斤！还有杂碎呢，口条、肚子、肠子、心肝脾肺肾，都是好东西！虎骨、虎鞭，那是大补！"于是这两个人热烈地讨论起来，好像已经由谁批准了他们两人宰这只老虎似的。

郑某的贪吃既然已经出了名，他本人就不怎么忌讳。逢人叫他"郑八两"他便笑笑："怎么，你给我八两粮票啊？"叫他的人反而不好意思，捉襟见肘。在那时候，粮票价比黄金，谁舍得给他？我们每天早上喝稀饭，每个班一桶。稀饭分完之后，郑某便一手持碗，一手拿勺，把桶边桶底的残粥刮个干净，以填补他那嗷嗷待哺之胃肠。虽然饥饿之感人皆有之，但羞耻之心亦人皆有之，敢于在大庭广众之中如此做的，全校仅郑某一人耳！不仅如此，郑某在吃饭时更有绝招儿：专爱和女同学同桌用餐。我郑重声明，他决非轻薄浪子，拈花惹草，其用意仅仅是因为女同学饭量小，正好可以互通有无，让他捡一点儿剩余物资。哪位史姑娘或是林妹妹双眉微蹙，以手抚胸，说道："喔哟，我今天不适宜，饭也吃不下！"那么我们这位老兄就可以乘机帮一把，风卷残云，快哉快哉！

现在把话题重新拉回课堂上。当时同学们齐齐地看定了郑某，且哄堂大笑，颇令那位学富五车的老师不解。他巡视了课堂一周，只好把郑某叫起来，问："大家都在笑你，你怎么了？"

郑某尴尬地嗫嚅道："我想，他们……笑我是'饕餮'！"

轰然哗然，笑声更烈。从此，他的绰号由"郑八两"正式更换为"饕餮"，似更贴切些，也更雅些。

饕餮既然贪吃，也就必然擅吃，也就是今天所说的"美食家"，能把八大菜系的源流典故、风味特点以至烹饪要领一一说得周全，令听者目瞪口呆；并且口中常常说些"行话"，比如称豆苗为"龙须"，名鸡脚为"凤爪"，呼豆腐为"白玉"等等，为我们闻所未闻。据说他家祖上是开馆子的，他爸爸至今仍做掌勺大师傅；所以这也就不怪了。在食不果腹的困难时期流行一种"精神会餐"，属于曹操"望梅止渴"之类的把戏，只闻其声，不见其色、不嗅其香、不尝其味，唯靠语言的刺激诱发联想来满足食欲，我们班上"精神会餐"的主讲人自是非饕餮莫属，他能口头摆上几桌淮扬菜、川菜、鲁菜、粤菜……把人们的馋虫勾引得满肚子乱爬，半夜也难以入睡。末了，饕餮总要长叹一声，用京剧道白说："唉，饿煞我也！"

饕餮空有一身绝技却无用武之地，因为艺术学院毕竟不是烹饪学校。唯有几次下乡劳动，因为当时老乡吃食困难，无法吃派饭，只好由我们自己开伙，这才想起还有一位藏龙卧虎的饕餮，请他担任炊事员。这当然是个美差，不用下地干活儿，只需操劳一日三餐。但别人没有这项本事，所以饕餮不必竞选了，稳操胜券。无奈"巧妇难为无米之炊"，饕餮上任之后主连连发牢骚："鸡也没有，鱼也没有，做他娘的什么菜！"每日里都是稀饭、干饭、萝卜青菜，也只能吃个半饱。

等到劳动结束回城，大家一个个又黑又瘦，而饕餮却略显胖些，且油然有光彩。此时人们才悟出一个道理：莫不是他在众人身上揩了油水吗？但这话却只能在私下里说说，拿不到台面上，因为谁也没有证据。伙食账是饕餮自己做的，自然严丝合缝、滴水不漏。时间久了，大家对这事也就不再提起。等到下次下乡，推举炊事员时仍然公推饕餮。明摆着再难找到比他更合适的人选，他揩点油就揩点油吧，伙夫哪有不揩油的？别忘了他还是个"饕餮"！

等到我们毕业的时候，困难时期已经过去，吃饭问题不那么高于一切了。

毕业之前有一个大问题：毕业鉴定。每个人都要当众说说自己这五年之中各方面如何如何，请大家评定，然后由领导签署意见。这里很关键的一步是群众评议。别看平时相安无事，临到分别说不定矛盾爆发，刺刀见红，说出点儿什么不好听的来，记在档案里要陪伴你一辈子，够你受用。

开会之前饕餮很紧张，埋头写他的自我鉴定稿，改了又改。课间见了同学，无论对谁都笑脸相迎，主动搭讪："唉，五载同窗，一朝分别，从此天各一方，不胜留恋！回想起来，只有不尽的友谊，一点也记不得谁有什么不好了！""古往今来，我最佩服的是谁呢？是三国关羽，此人最讲义气！当年身在曹营心在汉，思念着长兄刘备；后来曹操兵败华容道，他要杀曹操只需一刀，可是又想起当初曹操对他的款待，也就网开一面，放他一条生路去了！唉，难得啊难得！"

他在说这些话的时候，看得出是皮笑肉不笑，心里暗藏着机关。从艺术学院扯到《三国演义》，什么意思呢？很显然，他是在担心群众评议他的毕业鉴定时可能跟他过不去，所以才话里有话暗示对方：我是不会说你坏话的，也请你对我"网开一面"！他到底有什么疮疤怕人揭呢？贪吃？这只是个人秉性，既提不到政治高度，也算不上品质问题，在那么严肃的会议上是不会有人谈这些的。那么，他所担心的……唔，是恐怕有人重提当年下乡的伙食账，纠缠起来，落下个"多吃多占"的罪名，这在那个时代可不是闹着玩儿的！

不几日，就开会了。班主任主持会议，班长做记录。同学们每人拿着一份稿子，等待"过堂"。班主任交代过几句之后，"过堂"开始。教室里寂静无声，气氛严肃得很。别看大家早就各自准备好了稿子，却又你看我、我看你，对开第一炮很是发怵。

"既然别人还没准备好，那么，我就先说！"

大家一愣，说这话的竟然是饕餮！只见他满面笑容，巡视了一周，就打开稿子，侃侃而谈。我的天！他从政治上的反修防修谈到艺术上的精益求精，从生活作风的艰苦朴素谈到群众关系的团结、紧张、严肃、活泼，把自己夸成了一朵花，缺点一字不提，简直是天下第一完人！

念完稿子之后，仍然笑容可掬地看着大家，说："我个人总结的水平不高，请大家多提意见！不要讲情面，要知无不言，言无不尽，治病救人，击中要害！现在对我多提一条意见，就是对我最大的爱护，对将来的一生都有好处；我呢，也一定对别的同学负责，等会儿你哪一点没有讲到，我也给你提出来嘛！"

班主任点点头说："唔，这就是最好的批评和自我批评，这个头开得很好！好吧，大家就对他评议吧！"

会场上，听得见大家都在倒吸凉气。谁还敢说他半个"不"字？他是第一个，拥有对所有的人的报复权利，你提他一条，待会儿他能提你十条！但是又不能一言不发，你现在对他冷场，他待会儿可不一定对你"弃权"！罢罢罢，还是按他划定的圈子走吧，只说好，不说坏。结果，饕餮这个活宝竟被大家夸得千好万好，活雷锋一个，赢得了最佳评语。事后，有好几个同学私下对我说："饕餮不得了，这个人将来不得了！"

实在说，我也并未因此就认为他有什么"不得了"，无非就是长于心计，在关键时刻施展一点儿小聪明罢了。而要想在艺术上"不得了"，靠这些是不灵的。

毕业分配方案公布了，果然不出我之所料，饕餮空得一纸最佳评语，却没有被分配到理想的工作单位，他去的是南方挺偏远的一个小城市，在个剧团里搞美工。

一晃二十多年过去了，我和饕餮一直未通信息，也没再见面。我们的老同学，无论到哪里工作，凡有成绩的，总会在报纸杂志或展览会上有作品露面，优劣自有公论。可是饕餮没有一点儿消息。你即使不再画画，专心致志搞舞台美术也可以搞出成绩来嘛，而我这些年所看到的舞台剧或电视剧，字幕上从来没有发现过饕餮的名字，他好像从艺术界消失了。久而久之，老同学见面也就不大提起饕餮，把他淡忘了。

1990年秋天，我去南方写生。有感于如今物价昂贵，旅行费用今非昔比，仅靠单位提供的那点儿旅差费是根本不行的，所以行前开了一大摞介绍信，抬头是沿途各地的文化部门，请他们看在同行的面上，好歹行个方便，真有点儿游方化缘的味道。

这一日到了一座小城，不待住下，先到文化局联系。到了传达室，递上介绍信，说："我要见你们的局长。"

看门人起初冷冰冰，及至看见介绍信，知道是北京来的，才显出一些客气，抬起头来问："你是要找副局长还是正局长？"

我想这人问得好怪，只要有个局长见我就行了，我还管他正副？转念又一想，正局长想必比副局长说话更顶用，买东西还要挑个正品呢！于是说："当然是找正局长。"

"那我先问问他在不在噢，"他说，随即就打电话，"正局长吗？这里有个人要找你，有介绍信……"

我听他说话又觉得奇怪：称呼"局长"就可以了，怎么还要特别当面强调这个"正"字？这个地方怎么对正副这么注意？

这时看门人不大自然地瞟瞟我，显然那边不大痛快，说不定那位正局长正在忙，没有工夫或者没有兴趣见我，那么我就只降格以求，见见副局长也可以。谁知就在这时情况发生了变化，看门人在关键时刻补充了一句"是北京来的"，马上得到了恩准，笑着对我说："正局长要我带你进去！"

我随着看门人进了院子，走进办公大楼，往左拐第二个门就到了。看门人并不进去，只在门口叫了声："正局长，客人到了！"

我看见办公室里一位年龄和我仿佛的人在伏案日理万机，听得这一声，向门口转过脸来。那人显然就是正局长了。只见他身体硕壮，穿一身挺考究的西服，打着领带；脸色黑红，神采奕奕。这只不过一两秒钟的端详，倒使我一愣……

他却先认出了我，兴奋地喊着我的名字，紧走两步伸出手来："哎呀，老同学！二十多年没有见面了，是哪阵风把你吹来的？"

这个人竟是我当年的同学郑某！我握住他的手，说："饕餮！你就是正局长？"也就在这句话说出的同时，我才突然明白，刚才看门人口口声声说的"正局长"其实是"郑局长"！

郑局长听我仍然喊他二十多年前的外号，似乎有些不好意思，往门口看了一眼，幸好看门人此时已经回去了，没有听见，其实听见了也未必能听得懂是哪两个字。反正我已经叫惯了，要改口也难。

老同学久别重逢，话不知从何说起。饕餮问我："几时到的？住在哪家宾馆？"

我说:"刚到,还没有住处。"

"哎呀呀!"饕餮大声感叹着,也不知是感叹什么,抬起腕子看了看表,说:"别后之情慢慢谈,先住下,吃饭!"和我说话的同时,他已经拨通了电话,命令式地说:"马上送我到临江饭店!"

放下电话,他拉着我就走,公也不办了,把接待我放在第一位,倒是令人感动。我们走到楼门口,车子已经等在那里。上了车,驶过这座城市最主要的那条比较繁华的大街,停在一家饭店的主楼前。

门卫上前开了车门,请我们进楼。我一眼看见迎门的屏风上标着四个星星,忙问:"饕餮,这里的标准是多少?我们单位报销可是有限制的……"

饕餮嘻嘻一笑,挥了挥手说:"算了吧你!报什么销?统统包在我身上!"

毕竟是当地的地头蛇一条,说出话来就是硬气!

到了服务台前,连介绍信都不必看了,饕餮只消说一声:"文化局的!"就是通行证了。

服务员先带我们看了我住的套间,因为午饭时间已到,就马上又去餐厅。

饕餮要了七荤八素满桌子的菜。我说:"你还是饕餮作风!这么多菜,哪里吃得下?全靠你了!"

他摇了摇手,笑道:"好汉不提当年勇,我如今是一点也不'饕餮'了,三天两头,送走迎来,宴会成灾,谁还吃得下?来来来,老同学大驾光临,不成敬意,我们借此叙叙旧吧!"

边吃边谈。临江饭店依山临江,确是个好去处。窗外一溪清流,白帆点点,清风徐徐。我们把酒临风,想起同窗时饿肚子的光景,不禁沧桑之慨!

饕餮问我:"你现在已经是院长了吧?"

我说:"不,不,二十多年来埋头搞业务,不曾做过芝麻大的官——我也不是当官的材料!"

饕餮笑笑:"哪里,哪里!我知道你不屑为,还是那么清高!其实,"他停了停,似乎有些犹豫,但还是说下去,"其实,'清高'这两个字,只是写起来好看,读起来好听,一点儿也不实用。人生在世,不是为了死后让别人怀念你如何'清高',那时候人家说好说歹你都不知道了,重要的是活着的时候不要虚度光阴,要讲究点儿实惠!像你这样的名画家,应该算是国家的宝贝了吧？可是据我所知，你们除了领取那一点儿基本工资，还有什么呢？出门连个车也没有！当然，稿费是有的，可是还要缴税，和自由市场上的小商小贩一样缴税！而我呢？在艺术家人名辞典上虽然找不到我的名字，但是我活得比你自在。我们这座小小的城市，在文化系统，你问问谁敢不买我的账？我的基本工资虽然不比你多，可是不要忘记：当官儿的钱，经花呀！"

饕餮还是饕餮，说话直截了当，就像他当年馋涎欲滴的时候那样，丝毫不掩饰其馋，把想吃的、爱吃的都说出来！现在，他什么都吃到了，已经吃腻了，所余的雅兴就是向人炫耀，一副穷汉骤富的土财主气！

可是我现在吃人家的嘴短，而且下一步还有诸多方面要借助于他的力量，况且老同学多年不见，总不能当面和他争论，扫人家的兴。所以心里想说的话就又咽下了，吹牛由他吹去，我作为深入生活，听听也无妨。

饕餮说，他本来是在一个京剧团工作。本来，京剧在这里相当冷落，无法和地方剧种竞争。但是随着样板戏走红，形势发生逆转，他们剧团大演样板戏，独霸当地剧坛。那时候他还只是一名美工。在演《智取威虎山》时，剧团的美工组长提出谬论，说："京剧的特点是写意，而样板戏的布景太写实，杨子荣打虎上山本是虚拟动作，可是背后却是实实在在的树林，效果不好。再说地方剧团不比北京的样板团，花那么多钱搞布景太浪费，不如因陋就简……"明摆着这是反动言论，当即受到严厉批判。饕餮审时度势，反戈一击，轻易取代了美工组长。他坚持到北京的样板团去取经，一切照抄，演出甚得领导赏识，进而被提升为团长。后来拨乱反正，天翻地覆，饕餮也确实慌过一阵子，担心被当作"三种人"清洗出去。但是审查来审查去，也找不到他的什么把柄。"这就要感谢母校的老师同学们了，毕业鉴定的时候你们为我说的那些好话，在关键时刻起了巨大作用！"饕餮在说到这里时特别强调，"领导说，这么好的同志，政治上靠得住，业务上有实力，科班出身，无非就是搞样板戏卖了点力气，那时候有特定的政治气候嘛！再说，即使是样板团的人，除了个别的阴谋家、投机分子外，大多数同志也还是为京剧革命做出了贡献的，这个功劳不能抹杀！这么一来，我就仍然留任团长。老兄，你应该知道，带个'长'字和不带是大不一样的，只要不犯错误，就难打倒我，这个'长'就得让我当下去，即使以后退居二线，也还享受同级干部待遇，和群众是不一样的！"

这时候饕餮才三十出头，当然不会"退"，只有升。不久又赶上上头有精神，领导干部要年轻化、知识化，文凭的身价陡涨。饕餮凭着他的年轻和那张大学文凭，又有了新的进身之阶，轻而易举地击败了那些土包子，一跃而成为文化局副局长，一直当到现在。

"怎么？你这个'郑局长'还不是'正局长'？"我听到这里不禁提出了这么一个颇似绕口令的问题。

"哈哈，哈哈……"饕餮大笑，不过那笑声并不痛快，像是有些自嘲，"我是给人家当副手！我们文化局滑稽得很，局长姓傅，我姓郑，所以大家开玩笑地说：正局长是傅局长，副局长是郑局长！"

我听得新鲜，这绕口令绕得更精彩了。"幸亏我刚才进门的时候说要找'正局长'，要不然……"

饕餮接过我的半句话说："要不然，你就住不上临江饭店了，那个姓傅的死板得很，轻易不给人面子，管你是哪里来的！"

听得出，他对那位傅局长颇不感兴趣。"你们工作上配合得怎么样？"

"咳，谈得上什么'配合'？什么事还不都得听他的！名义上是我分工管理剧团，可是他不懂戏还要乱插手。他是'正房'，我是'姨太太'，名不正则言不顺啊！"饕餮在老同学面前说话毫无顾忌，借着酒意，索性说个痛快，"我早就想搬开这块绊脚石，可是难哪！"

"怎么，他有后台？"

"这倒不是，这家伙原则性强，虽然魄力不大，但不犯错误，这就很难搞倒他，他年纪又不老，等到他该退的时候，我也该退了！唉，'姨太太'要'扶正'，难哪，我总不能到退休还是个副的！"

我平时不接触当"官"的，饕餮酒后吐真言，这一番话使我开了眼界，看起来他走的这条路也颇不轻松。如果他毫无"进取"之心，"官"必然当不长远，会被别人挤下台；而想要把自己"扶正"，就得想法把别人"搞倒"，"仕途"竟是如此刀光剑影！饕餮吃着碗里的，还看着锅里的，为了早日去掉那个"副"字，不知要怎样绞尽脑汁！

听到他的难处，我突然想到自己给他找的麻烦，颇感不安，就说："哎，你这么用公款招待老同学，会不会让傅局长抓住什么把柄？"

饕餮笑道："你也太小心眼儿了，这点儿鸡毛蒜皮算什么？小小的特权兄弟我还是有的！你放心在这儿住，住上十天半个月，一两个月也没问题，想吃什么，看什么，玩什么，只要对我说一句话！兄弟官儿不大，也让你尝尝'作威作福'的滋味儿！"

我忙说:"不敢当,我哪有工夫住那么久?明后天就出发到你们附近的山区去写生……"

"这好说,到时候我派车送你去,给下边打好招呼,保证你所到之处都待若上宾!不过不要这么急,先在城里玩儿它个把礼拜。明天晚上请你看戏!"

"看什么戏?"

"京戏。北京不是正在纪念徽班进京二百周年嘛,我们这里也呼应呼应。这台戏是我亲自抓的,你一定要赏脸!"说到这里,他又颇为神秘地压低了声音,对我耳语道,"明天我们市长要来看戏的,我给你安排个好座位,到时候和市长认识一下!"

看来是赏了我天大的面子。我心里好笑,你们的市长和我风马牛不相及,我认识他干吗呢?只求你别让我送他画就是了。但我明天是肯定走不了的了,这出戏也当然就无法拒绝。

饕餮喝得差不多了,说下午还有个会,吃完饭就走了。我回到房间休息、洗澡,下午在街上走了走,晚上早些睡觉,当夜无话。

次日饕餮陪我参观了当地的几处名胜,晚上按规定日程:看戏。

果然把我安排在"首长席",由饕餮作陪,旁边空着的位子是留给市长的。

我问饕餮:"傅局长没来?"

他不屑地挥了一下手:"那个家伙成事不足,败事有余,我对他说:'陪首长看戏是个苦差事,我给你顶着,你休息吧!'他就真的不来了,哈哈,哈哈!"

饕餮这回笑得这么开心。

戏开演晚了半个小时,因为市长未到,大家都得等着。

突然一阵骚动,是市长到了。市长并不老,也不过五十来岁,风度翩翩,携带着一位年轻的女士,想必是他的夫人。饕餮迎上去殷勤地握手,问好,并且没有遗忘我,向市长及市长夫人作了"引荐"。他刚说"这是……"我就拦住自我介绍:"我是郑局长的朋友。"市长也就不再注意我,因为"朋友"这个词儿范围太大,他也许认为我是来"蹭票"的,这就省了许多麻烦,比如索画之类。

剧场里的灯光暗下来了,演出开始。今天的戏是折子戏专场,据说明书上说是:《起解》《断桥》《空城计》《铡美》。这四出戏都是人们熟透了的老剧目,但要演好也不容易。想不到小地方也卧虎藏龙,颇有几个人才，尤其扮苏三的旦角儿和扮诸葛亮的老生，表现不俗，短短的演出竟博得了好几次叫好，已属难得。市长和夫人看得满意，饕餮也脸上有光，不断地凑过去介绍"抓"戏的经验。

演出到最后一折，眼看要大功告成，不料包公一出场，市长夫人就嗲声嗲气地说："哎呀，早知道有他，我就不来了，这个黑脸的老头子最最讨厌！"

新鲜事儿出来了。为官清正、刚直不阿的包公历来是人们虔诚崇拜的"包青天"，想不到会有人说他"讨厌"。而说这话的人若是个普通观众倒也罢了，不巧她又是本市的"第一夫人"，此事非同小可！敢情夫人事先并没看说明书，以致发生了这等麻烦，想换节目也来不及了，只好演下去。

饕餮头上急出了一层冷汗，他当然和我一样不明白这位"第一夫人"和包大人何冤何仇，急忙凑过去说："夫人没有认错吧？这位黑脸不是张飞，也不是李逵，这是包公啊，《秦香莲》最后一折也是最精彩的一折，群众最爱看的……"

他的话还没有说完，市长已经皱着眉头发话了："群众的爱好，也要分析、引导。包公戏影响很大，但其中封建糟粕也不少。陈世美和秦香莲之间的纠葛是个感情问题，感情破裂，婚姻就没有了爱情基础，不离婚还干什么？包拯简单粗暴，以行政手段横加干涉，这是解决问题的办法吗？我们今天讲究民主和法治，文艺作品也要适应这个形势，对群众的模糊认识要加以正确引导！"

市长的高论令我目瞪口呆！前几年有人批清官，说是"清官越多，封建统治越巩固"，言外之意像是要呼唤中国多出几个秦桧！今天这位市长比那个时期的谬论高明多了，他竟然发明了以"民主和法治"这面大旗来抵制包青天，不可谓不独出心裁！

台上的包青天不知道自己的命运，还在卖力地谴责陈世美。台下的饕餮却已经开窍了，他急转直下，来了个一百八十度的大转弯："是啊，是啊，市长的指示很深刻！这个问题我也向傅局长提出过：包公戏已经是老一套了，是不是这次就算了？但是很遗憾，这个意见他并没有采纳，这次会演的剧目是他定的，我们只有服从！您知道，我这个人别的长处没有，组织纪律性还比较强……"

"唔！"市长似乎体谅了他的苦衷，伸出手拍了拍他的肩膀，"下级服从上级，在一般情况下是对的；但在特殊情况下，如果上级错了呢，也不要奴隶主义，要敢于坚持正确意见，真正的唯物主义者是无所畏惧的！"

"是，是！"饕餮连声说，"有市长的指示，我心里就有底儿了！"

演出结束，饕餮请市长上台接见演员。市长无精打采地说："算了算了，不搞这一套了！"我想，这都是让包公闹的，市长不愿意跟那位演员握手！

送走市长和夫人之后，我本以为饕餮会垂头丧气，没想到他倒喜形于色，陪我到饭店，还要再喝几杯。

我不客气地问他："你不是说这台戏是你亲自抓的吗？怎么又突然说是傅局长定的呢？"我虽没见过傅局长的面儿，但仅凭饕餮的介绍，就有些为这位"原则性强"而且无辜背后挨批的同志不平了。

"你呀，你呀！"饕餮嘻嘻地笑着说："你这个人，这辈子就只能画画儿了，下辈子呢，也不一定能搞政治！你难道看不出来，我的机会来了吗？"

我听得出来，他是要借这个机会去掉那个"副"字。"可是，"我说，"你就为这个而出卖傅局长，出卖包公吗？"

"出卖？"饕餮斜着眼看着我，他好像又喝多了，"什么叫出卖？他们不过是一些零件——用你的话说，是一堆素材，现在我要利用这些素材画得意的图画，写得意的文章了！老兄，你等着瞧，今天晚上的戏，只是个序幕，真正的好戏，下一步才开始！"

我没有等着看他的"好戏"，第二天就奔赴山区了，一方面是怕耽搁我的写生计划，另一方面，也是为了早些离开这个是非之地。

一个星期之后，我在山区看到当地的报纸上赫然登出了饕餮写的文章，题目是"包公戏中的封建糟粕之我见"。文章写得很长，这里无法照引，主要论点是：长期以来群众津津乐道的包公戏中包含着相当一部分封建糟粕。比如脍炙人口的《秦香莲》，它宣扬了什么呢？无非是把父母之命、媒妁之言、从一而终的封建婚姻观念合法化，这与社会主义精神文明，社会主义法制完全背道而驰。革命导师恩格斯早就说过：只有以爱情为基础的婚姻才是道德的。那么在陈世美、秦香莲之间的婚姻已经丧失感情基础的情况下，封建主义的卫道士包拯又做了些什么不道德的事呢？

饕餮的运作相当快，仅一个礼拜就已经打出了投市长所好的文章，还能胡诌八扯地和革命导师拉上关系，这家伙也有点儿本事！我与他同

161

窗五年，只知道他贪吃，却不知道他竟是这么无耻，为了升"官"，什么手段都可以使出来！

一个月之后，我结束写生回城，见到饕餮就忍不住质问他："你怎么能写那样的文章？"

"你是指骂包公的那篇吧？"他说，"那不是我写的，我对记者交代了要点，由他替我炮制的。要知道，当官就是有这么个好处，什么事都有人伺候！"

"你还挺得意？现在全国上下天天喊着要廉政，你却骂包公，等着挨老百姓骂吧，你！要知道，陈世美的所作所为，即使在今天也是违法的，他犯的可是重婚罪啊！"

饕餮却不恼不怒，嘻嘻哈哈地递给我一支烟，说："你呀，你呀，只有你这样的书呆子才这样掉书袋！一方水土一方人，这儿是市长说了算，他要我骂包公，还有错吗？理论问题我们好像不必争论了，我只要告诉你一个秘密：这位市长新调来不久，我不大摸底，现在打听清楚了，你上次见到的那位市长夫人，并非原配，是第三者插足然后'扶正'的，这中间，一定吃过'包公'之类的苦头，但是最终，人家获胜了！所以我要告诉你的其实只是非常简单的一句话：历史，从来是胜利者的历史！"

看他那得意扬扬的样子，我真想揍他！但是，他的话还没有完。

"老兄啊，我今天为你送行，也是辞行！"

我一愣，"你……要去哪儿？"

"要去党校，学习一年。"他颇为兴奋地说，"你应该知道，这意味着什么？"

我没有回答他，就我之所知而默默地寻思着，这意味着什么呢？看他那副样子，显然不像是要倒霉，那么就是要升官了？进党校学习一年作为"镀金"，回来就委以重任了？"扶正"了？要不然，还能有什么解释呢？

我感到莫名的悲哀，为傅局长，为秦香莲，为包公，为一时说不清的许多内容。这座城市我一天也不愿意待下去了，当天下午，就乘火车返回北京了。再见吧，饕餮！

一年过去了。

又是秋天，饕餮突然来到了北京，光临寒舍。我事先并不知道他要来，当然也没有"派车"到机场接他，也没有为他"安排"宾馆，这都是我的能力所不具备的。外地的朋友来，我无法做到对等接待，常常为此而感到不安。好在饕餮也不指望我，他自己有办法。

我想起了他的一年"学习"为期已满，就问："怎么样？'镀金'结束，你已经'扶正'了吧？"

他无言地挥了挥手。

"不在文化局了？提到市里了？什么高就？"

"唉！"想不到他长长地叹了口气，才慢慢地说："老兄，对真人不说假话，我完了！"

我一惊，他正在春风得意的时候，怎么说"完"就"完"了呢？

"是这样，"他说，"我们那位兼市长，这次搞廉政弄出他许多问题，挺狼狈，已经调离了，还不知道怎么处置。他一走，谁还替我做主啊？从党校回来，文化局副局长的位子已经被别人占了，我没个安排处，现在当个不伦不类的'调研员'！"

这时我看他，刚才进门的时候强装的笑容已经收敛，脸上一副落魄模样。这倒使我不忍再指责他，只说："那也好，就踏踏实实做点儿学问吧。你从事文化工作多年，有不少题目可以研究嘛！"

"你只会出这样的主意，我哪能像你一样？"他面露鄙夷神情，虽然如今丢了"官"，但毕竟是当过"官"的人，觉得仍然有资格瞧不起我这老百姓。但话一出口就发觉失言，又立即往回找，"哦，我是说，我和你不能比。业务丢了多年，捡也捡不起来了，回头再走你这条路，晚了！可是当这么个'调研员'，是个无职无权的养老角色，我实在不甘心。我们那个市才是局级，我这个副局级实际上只是个副处级，难道我到老都只能如此吗？"

说得很动情，两眼直勾勾地，好像在盯着前方什么地方的一块肥肉，馋涎欲滴，却可望而不可即。这是很吊胃口的，饕餮多年来就是被这么吊着胃口走过来并且将继续走下去，我不可能改变他。

抱歉得很，我对他的这种永远感到饥饿的痛苦并不同情，甚至连听这些诉说都很反感。但我却又不能不听下去，毕竟当年有过同窗之谊，而且去年还得过人家的许多照应，现在他是我的客人，我不能慢客。

"那么？你打算怎么办呢？"我给他沏上茶，不大经心地问。

"我这次来，"他热切地看着我，说，"就是想请老兄帮我一把！"

我一愣："我？我能帮你什么？"

"老兄虽然不问政，不入仕，但在北京，交往一定是很广泛的。我希望你能为我引荐引荐，比如中宣部啦，文化部啦，这些领导人你不可能不认识。如果他们能对我有所注意，对下边美言几句，那我就好混了！我还年轻，目标不仅仅是把副处级'扶正'，下一步还得向局级进军！如果顺利的话，焉知市里、省里没有我的位子呢？

他的那两道浓眉下，一双贪婪的眼睛紧紧地盯着我，一张阔嘴中那两颗尖利的虎牙闪着白光，好像要随时准备撕碎他将要捕捉的猎物。这一刹那，我突然觉得"饕餮"这个外号对他来说实在是非常合适！我又想起学生时代写的那篇论文《从牛纹到饕餮纹》，现在看来，当时的立论大有问题，即使有专家和我持同样观点也是靠不住的。饕餮恐怕不是牛。牛是食草类动物，而饕餮那副样子，不像是吃素的！

面对这只饕餮，我该如何是好呢？

原载《中国作家》1993 年第 1 期

帅　克

当年，帅克是美术系比我低两届的同学，也就是说，我上三年级的时候，他才入学。所以我们不算真正的同学，只能算"校友"。"帅克"当然是他的外号，因为既不同届又不同班，彼此接触很少，他的真实姓名我并不知道，或者曾知道，但年深日久，已经忘记了，只记住了"帅克"这个外号。

现在当我写到"帅克"这两个字的时候，他的形象就又浮现在我面前。个子矮而胖，脸圆圆的，下巴下面又有一个下巴，即人们所说的"双下巴"。嘴唇旁边长着淡淡的茸毛，而且脸上布满了青春痘之类的东西，不大平整，那是十八九岁的男孩子的特征。他好像性格腼腆，总是笑眯眯地看着人，轻易不说话。他那副样子，酷似捷克斯洛伐克电影《好兵帅克》的主人公，所以就得了一个充满善意的外号："帅克"。

帅克和我既不是同届又不同班，当然不会一起上课，也不会同吃同住，所以不大可能有什么来往。使他和我多多少少产生一点儿联系，出于一个不可理喻的原因。

记得在一天的早晨，学院食堂门口贴出一张布告样的纸，表扬一位同学。说是昨天晚上，狂风暴雨大作，他想起教室里的窗户没关，就起床冒着风向教学楼跑去，不但关上了他们班教室里的窗户，而且把别的班忘记关的窗户也都给关上了，保住了国家财产。这是雷锋精神在我校的生动体现，全院同学都应该向他学习，云云。

当时，学雷锋的活动才刚刚开始，有些人还不知道"雷锋"是谁，这位同学的积极性、主动性、自觉性很是难能可贵。昨晚的暴风骤雨大家都知道，但是想到去关教学楼窗户的只有一个人。人比人，就没法儿比了。

看了布告，我当然对那位同学很觉钦佩，但并不知道那上面提到的名字是谁。人家指给我看，就是他，"帅克"。确是一名"好兵"。那时候帅克在众目睽睽之下走进食堂，又在众目睽睽之下吃了饭，再在众目睽睽之下走出食堂，一直是笑眯眯的，十分不好意思似的。人一出了名就是这样，处处成了人们的展览品，当名人一定不太自在，我想。

后来，教学楼的窗户就一直能经得起风雨之夜，没有碎过玻璃。可能每到这时就有帅克跑去关，或者也是大家受了他的启发，每晚离开教学楼之前不再麻痹大意，已经未雨绸缪，早早地关好了所有的窗户。因为帅克受表扬就等于别人挨批评，谁愿意挨批评呢？说不定帅克关窗户就关了那么一次，大家都学雷锋，他就没有那么多机会了。

我记得那时候的夏天很热。按照科学家们所说的地球变暖的"温室效应"，应该说现在的夏天比二十多年前更热。但那时候制冷设备远远没有普及，不要说空调，连电风扇也不常见，学生宿舍里当然什么也没有。所以晚上热得像蒸笼，人躺在床上一动不动就一身汗，半夜也难以睡着。所幸的是我的床铺挨着窗户，至少热气还有个挥发的地方。宿舍的门当然也是开着的，彻夜不关。

那天晚上我正在闭目养神，突然觉得身边有动静。睁眼一看，月光下有一个黑影站在我的床上。我吃了一惊，问："谁？"

那人没有答应，却迈开一条腿，"骑"着我，伸手去够窗台。

刚才我那一声"谁"，已经惊动了同宿舍的同学，听见我叫得奇怪，就有人拉开了灯。

灯光下，看清楚了，那人原来是帅克！

我愣了。深更半夜的，他摸着黑到我们宿舍，爬到我的床上有何贵干？要偷东西？不大可能，他可是因为学雷锋受过表扬的名人啊，名人会偷东西吗？

不但我愣了，当时全宿舍的人都愣了。因为事情来得太突然，谁也一时无法理解帅克的古怪的举动。

帅克真不像是要做什么坏事的样子，他在众目睽睽之下依然那样腼腆地笑眯眯地，伸出手去，不慌不忙地把我身边的窗户关上了，然后从容走下来，像完成了一件心头大事。

我怀疑自己在做梦，喃喃地问："这么热的天，你……"

帅克竟不予回答，笑眯眯地又要去关另一扇窗户。

现在，全宿舍的人都清醒了，帅克的举动理所当然地遇到了麻烦。我的同学任冲从床上跳下来，大吼一声："你要干什么？疯了？天并没下雨，国家财产没受到损失！"

帅克却不急不恼，只是那样子有点儿委屈，好心不得好报似的，声音低低地说："夜深了，怕你们着凉……"

"胡说八道！"任冲一把把他搡到门边去，"我们都快热死了！"

同学们都支持任冲，就一起驱逐帅克，也不管他名人不名人了。

帅克很尴尬。

这时候我们班长说话了："哎，哎，要注意影响！人家关心同学，动机是好的嘛！"然后又对帅克说了一些感谢而其实是安抚的话，才把这位不速之客请走了。

那时候，学生很把班长当回事儿，既然他说了话，大家也就给了帅克面子，不再说什么，帅克走后，我把窗户再开开，叹了口气说："唉，这叫什么事儿啊？"

班长说："学雷锋运动刚刚开始，我们得保护人家的积极性，不能泼冷水。他负责关窗户，"他说到这里对我眨了眨眼，"你负责开窗户不就完了嘛！"

这个班长！？

万万没有想到，班长的话成了以后的实践。帅克关窗户关上了瘾，一发而不可收，从此每天晚上义务地为我们关窗户。当然每一次都要摸黑爬上我的床，"骑"着我，把窗户关了，再小心翼翼地爬下来，唯恐惊了我的好梦似的。因为事先班长发了话，把这事儿提到了"学雷锋"的高度，就带有浓厚的政治色彩，也就没人敢于反对，免得被扣上"反对"什么什么的帽子。包括任冲。他因为"攻击赫鲁晓夫同志"，被政治教员扣过一次帽子，多少接受了一些教训，有所收敛了。那时候的学生真听话，以致我如实地写出来，今天的大学生都不会相信。但我们那时候就是这么过来的。我每天晚上就像等约会似的等帅克来过了才敢睡，因为那一次骚扰必不可免。而且我必须装作已经睡着了，一动不动地忍着，让他"骑"着例行公事，耐心地等他走了再把窗户打开。

然而事情并没有就此罢休。帅克的创造性的义举后来又有了新的发展，竟然从我们住的二楼发展到三楼。三楼住的是女同学。帅克依此类推，举一反三，得寸进尺，更上一层楼，既然二楼的窗户关得，三楼也关得；男生宿舍的窗户关得，女生宿舍也关得。于是长驱直入。那一夜楼上一声尖叫，乱作一团，帅克被女同学轰了出来。

第二天，全院都在议论这件事。女同学们说帅克是"流氓"。任冲的女朋友，音乐系的"西波涅"还在食堂里绘声绘色地讲她昨晚的历险记。说来也巧，她在三楼住的位置也是靠窗的位置，因此她的遭遇也就和我颇为相像。但区别是性别不同。如果说我出于顾全大局尚可忍受帅克的侵犯，"西波涅"就无法忍受也不能忍受而必须反抗了，按现在流行的语汇，似乎属于"性骚扰"。"西波涅"坚持说帅克是"流氓"，关心同学是假，"耍流氓"是真。如果真的赶上刮风下雨天气，我们自己不懂得关窗户吗？还用得着你狗拿耗子多管闲事，大热的天儿，女同学在宿舍里睡觉穿得极少，怎么能容得一个男人进去？退一万步说，即使是三九寒天，这种事儿也不允许！尽管我对于"西波涅"其人有某些意见，但她对此事的说法还是义正词严的。于是帅克的举动引起了全院的非议，认为这种"流氓"该查办。

但是院方并没有查办，传下话来说，帅克的精神可嘉，只是方式方法不大妥当。模范人物也难免有缺点，但不要因此就全盘否定。这理论也说得通，两方面都说到了，很辩证。据说还找帅克个别谈了话，建议他以后做好事不仅要有良好的动机，还要取得良好的效果，我们是动机和效果的统一论者。据说帅克在领导面前唯唯称是。这事儿也就大事化小，小事化了，低调处理，压下不提，免得干扰了学雷锋的大方向。

帅克果然以后就没再涉足女生宿舍。但奇怪的是从此连男生宿舍也不再光顾，我也就沾了"西波涅"的光，不必再受折腾了，但突然少了已经习惯的滋扰，人们又觉得费解，议论却也由此生发，帅克当初的举动到底是出于何种动机？是不是以二楼为基础，为的是向三楼过渡？在三楼吃了败仗，无利可图，也就不愿在二楼再演戏了。原形毕露，可见真不是好东西！

我不相信关于帅克是"流氓"的说法。如果他是流氓并且真要耍流氓，自有许多耍法，何必要绕那么大的弯子。他一个从乡下来的土里土气的穷学生，能有这么多的坏心眼儿吗？但是说他不是流氓，又怎么解释那些古怪举动呢？所以这以后帅克依然引人注目，一举一动都要被人琢磨。我碰到他的时候多数是在食堂或者操场。他的沉默寡言依旧，笑眯眯的表情依旧，好像不曾受到什么打击。见了我，照例不打招呼，好像根本不认识我似的，全然忘了曾经那么多次因为关窗户而建立的"合作"关系。好在他从来如此，我也就见怪不怪。和以前不同的是，他的眼神有点发直，若有所思。所思者何？不得而知。他还常常轻轻地哼着歌，唱的是什么，因为我离他太远，也听不清楚。后来听别人说，他反复唱的都是一支歌，而且也唱不全，只有几句："西波涅，你像树林像海洋你像朝霞一样！西波涅，没有你的爱情我会死去……"

我觉得好笑，想不到他还这么爱唱这支歌。这支歌和他太不协调了。

但对于此事，任冲有自己独到的看法。他对我说："帅克那家伙，他在打'西波涅'的主意！"

我听了哈哈大笑："算了吧，你也太神经过敏了！帅克怎么能具备这个资格呢？论年级，他比'西波涅'低；论年龄，他比'西波涅'小，论相貌、才能、气质……算了，什么也别论了，他根本进不了追求'西波涅'的竞选圈子，你操这份儿心干什么？"

"不是我操心，"任冲很认真地说，"是他操心！他夜闯女生宿舍已经造成很坏的影响，人们都说他图谋不轨。现在他自己把证据拿出来了，整天唱《西波涅》，这还不说明问题？"

"但这又能怎么样呢？"我并没有把问题看得那么严重，"充其量只能说明他喜欢、欣赏、崇拜'西波涅'，但也没有行动，我谅他不敢公开向'西波涅'表示什么，这不就算完了嘛！你还能管住他的思想？《西波涅》这首歌谁都可以唱，你能对他说不许唱？算了算了，我看你呀，让'西波涅'搞得整天疑神疑鬼，越来越没有男气子了！"

"我没有男子气？"任冲却被我这句随便说说的话激怒了，两只大拳头攥得"咯咯"直响，握在胸前，好像要向我示威。他那粗壮的胳膊隆起一块一块的肌肉，黝黑的脸上闪着油光，眉毛拧成一团，双眼逼视着我。"你不懂得男人！"

"笑话！难道我是个女人？"

"你还没有恋爱过，还不了解真正意义上的男人！你知道吗？当一个男人爱上了一个女人，他就把整个的心都交给了她，或者说把她整个地装进自己的心里。所谓'博爱'是指的人类之爱，友谊之爱，而不是性爱。两性之爱本能地是自私的，它要完全占有和主宰对方，这个'领地'是神圣不可侵犯的。女人就像小鸟，她只能栖息在爱人的树枝中间，男人会用他全部的力和爱来保护她，使她不受任何侵犯。'西波涅'在我心里就是占有这样的位置，除了她，我再也不会去爱别的女人，也决不允许任何别的男人对她有任何的亵渎任何的非分之想！我不允许，不允许！"

整个一个奥赛罗！幸好任冲对我说的这一大套没有针对性。

我本来想说：你不允许怎么着？即使帅克真的喜欢"西波涅"，也只是偷偷地想想罢了，你还能因为这就杀人？但我没说。何苦呢？任冲在气头儿上，我能劝劝就劝劝，他听不进去，也就罢了，不要再用激将法了，我又没有什么可图的。帅克和我也无冤无仇，自从他不再登我的床关窗户，也就和我没有关系了。

"好吧，亲爱的奥赛罗，你的演说可以告一段落了。"我找个借口拦住他的话，"我想到美术馆看看画展，如果你有兴趣，就一起去？"

"唉！"任冲的拳头松了下来，"你去吧，看什么画展！"

他现在没这个心思，那么就再见了。

后来任冲的猜测却不幸言中了，帅克唱歌的确不是瞎唱的，他是对"西波涅"有那么点意思。

那天早晨，"西波涅"又在树荫下练"咪～～吗～～"像每天一样，这早已为人们司空见惯。所不同的是，现在突然又增加了一个练声的人，一个想也想不到的人——帅克！帅克不是音乐系的，嗓子又低又哑，根本不是唱歌的材料，他练什么声呢？简直是胡闹！但他练得极其认真，反复唱的就是那两句："西波涅，你像树林像海洋你像朝霞一样！西波涅，没有你的爱情我会死去……"

他并没有挤在"西波涅"的旁边，而是远远地站在灌木丛后面，眼望着"西波涅"，深情地唱着《西波涅》，把他那令人窒息的歌声送过来。"西波涅"开始听到旁边的人唱歌吓了一跳，待看到是帅克在唱，就"吃吃"地笑起来，她自己的"咪～～吗～～"也不练了，专注地欣赏帅克，她一定觉得这很好玩儿。

我们所有的同学每天早晨从宿舍到食堂去，这片树林是必经之地，因此也就必然要看到这一幕。我和任冲走到的时候，好戏大概已经进行了一阵子，好多同学都在那儿看热闹。人们欣赏的不但是帅克的洋相，而且包括"西波涅"对他的反应。自从帅克上三楼被轰下来，大家就已经忘记了他曾经是学雷锋的标兵，而把他看作一个滑稽角色了，这并不奇怪。奇怪的是"西波涅"竟然对他的这种举动不予回避，还抱欣赏态度。这说明什么呢？最明显的标志是帅克越唱越来劲儿，因为不回避就等于默认，默认就是鼓励！

任冲火了，拳头又攥起来，眼睛又瞪起来："妈的，欺人太甚！"

我知道"奥赛罗"要发作了。他可舍不得去掐死"西波涅"，而是要收拾帅克。在同学们当中，任冲和"西波涅"的关系尽人皆知，所以他的出现立即引起别人的兴趣。有人就说："任冲来了！"那语气颇似高衙内在东岳庙找林娘子的麻烦时围观者所说的"林冲来了"。

任冲紧攥着拳头就要冲上去，我一把拉住了他，低声说："不行！你这样一来，就把事情闹大了！学校领导追究起来，理亏的是你，他唱歌又不犯法！"

任冲的眼睛朝我一闪，我看见那里面是一腔怒火。可是那火也只是闪了一下，立即就熄灭了。他不能不承认我说的是对的，作为朋友我不能眼看着他犯错误。我想，这恐怕就是一个"男人"最大的痛苦。他听从了我的劝告，没有理帅克，却朝"西波涅"走过去，拉住她就走！

"西波涅"并没有和他执拗，就跟着走了，人们也就一哄而散。

走了好远，"西波涅"才说："你这是干什么？"

任冲气鼓鼓地反问她："你刚才在干什么？"

"咦？""西波涅"嘻嘻地笑着，"在看一个傻子唱歌呀！怎么，我伤害了你吗？"

"是他伤害了你，也伤害了我！你不懂吗？"

"不懂！""西波涅"还是那么嘻嘻哈哈，"你呀你，也太没有气量了！"

任冲看了我一眼，嘴唇张了张，想说什么，却又没说。大概他想起了我曾经批评他没有"男子"气了，糟糕，我竟然和"西波涅"不谋而合！显然任冲下面有话要对"西波涅"说，我在这里不大方便，该回避了。于是我就巴不得地快走几步，任他们两人怎么谈判去了。

看起来谈判无效。"西波涅"以后并没有什么收敛，看见帅克那傻样儿，总是忍不住嘻嘻地笑。任冲显然管不住她。任冲和"西波涅"的结合在我看来纯粹是一个错误，他俩的性情差别太大。"西波涅"并不认为帅克的表现构成了对她的什么威胁，她觉得别人欣赏她、崇拜她，哪怕是追求她，都是她的光荣。好比一朵花，开得红，开得艳，开得香，才被人们羡慕，这不是好事，难道还是坏事吗？换句话说，花就是让人们欣赏的，没人欣赏的花，一定没有价值，白给你你也不要！她的这些理论，是任冲转述给我听的。我并不想听人家的私房话，可是任冲偏偏要讲给我听，因为他心里憋得难受，需要有个宣泄对象。

我当然也不赞成"西波涅"的理论，就直话直说："要改变一个人是非常困难的。依我看，你们俩实在不行，就——吹了算了！"

"什么什么？"任冲抓住我的手猛地甩了一下，"你怎么给我出这样的主意？我还把你当朋友呢！"

他就这么一甩手，扬长而去。

我只好无言地笑笑，下定决心，他的事儿从今不管了，无聊！

好像以后又发生过帅克在树荫下朝着"西波涅"唱歌的事儿，因为不新鲜了，围观的人也就渐渐失去了兴致。学校也没干涉帅克，因为实在也没有理由干涉。在课余时间规规矩矩地唱歌，虽然算不上"学雷锋"的好事，也不能说是什么坏事。不过我倒是听说，帅克的学习成绩越来越差劲，素描、色彩都一塌糊涂。或者说他根本谈不上"退步"，因为一个刚入学的学生，必须从头学专业课，他还没入门，就表现出不可造就的架势。也不知道他是怎么考进来的。也许是本来还有点儿基础，现在心不在焉，把那点儿可怜的家底儿也丢掉了。那么，他的心思都用在什么地方呢？先是用在关窗户后又用在唱歌上了吗？荒唐！帅克现在是一年级下学期期末，也就是说，暑假之后就该升二年级了，他这一关过得去吗？按照艺术院校的规矩，专业课不及格是要被淘汰的，没有留级这一说。所以帅克的处境很不妙，系里已经在考虑是不是要"劝其退学"了。

但他自己却丝毫没有感到这一威胁。而且后来也果然没有被"劝退"，因为用不着了。

临近放暑假的一天晚上，我记得那天天气热到了极点，我端着脸盆走进盥洗室要洗个冷水浴，一进门却吓了一跳："西波涅"在那里！我怀疑自己走错了，进了女盥洗室，这可不是闹着玩儿的！刚想转身撤退，却又觉得不对，里面明明有不少男同学，穿着裤衩背心的，打着赤膊的，各自在忙着洗脸刷牙。那么说我并没有走错，是"西波涅"走错了。可是她为什么竟然进了这男盥洗室？不对，她不像是走错了。她没长眼睛吗？有这么麻木吗？喏，她正在水龙头前安详地刷牙呢，旁边挤着好些男同学，难道她会熟视无睹？

我一时不知如何是好，轻声问旁边的人："哎，那位是怎么回事儿？"

被问的人也正在刷牙，伸手指指天花板，嘴里嗡哩嗡咙地说："楼上没水！"

"噢。"我这才明白了。我们宿舍里的水泵大概压力不够，到了干旱缺水的季节，就会出现高层没水的情况，这也不是头一回。不过三楼就供不了水，以前还没有过。这时又有几个女同学端着脸盆来了，不过她们没有进来，而是请男同学代为打水，然后端上去用。不像"西波涅"那么大胆，竟然毫不回避。要知道这盥洗室外间是洗漱用的，里面就是淋浴室和厕所，进这里来的人，尤其是在大热天，多数是衣冠不整的，你一个女同学，好意思进来吗？不要说会"吓"着别人，对你自己又有什么好处？君子自重！

可是人家"西波涅"对此全不在意，也不知道她是怎么想的。天哪，她下身只穿一条裤衩，上身也只是一件"挎栏儿"背心，袒露颇多；她正在举着胳膊刷牙，那松松垮垮的"挎拦儿"根本遮挡不住什么。且不说在那个时代，人们的衣着都相当保守，即便是放到现在，一个女同学穿成这样出现在男盥洗室，也"有伤风化"吧？但当时谁也不敢把她驱逐出去。帅克闯了女生宿舍可以被骂为"流氓"，而她闯了男盥洗室却不能以"流氓"视之，这似乎可以作为男女并不平等的一例。我想我是不是应该提醒任冲一下，由他出面劝"西波涅"回避，这关系到任冲的尊严，而且她也确应自爱。但当时任冲并不在我旁边。里边传出"哗哗"的水声，他恐怕正在洗澡。那么，此时此地也就没有任何人可以对"西波涅"说什么了，我何必多此一举？赶紧刷自己的牙，等任冲出来我就可以去洗淋浴了。

谁知这时我却发现了身旁站着的是帅克，他既不洗脸，也不刷牙，只是站在那里痴痴地看着"西波涅"。两只眼睛直勾勾地，显然已经忘记了周围的一切。

我想这可不太妙。这么毫无顾忌近距离地"欣赏"一个袒露胸背的女性，举动欠雅。如果"西波涅"发现了，说不定会再次骂他"流氓"！

我想，提醒一下帅克总是可以的，免得弄出不愉快来。

可是，还没等我来得及想好该用什么方式、什么言语来提醒他，帅克却已经采取行动了！他脸涨得通红，嘴唇哆嗦着，突然伸出手去，拦腰抱住了"西波涅"，大叫一声，用的是阿Q对吴妈说过的词儿："我和你困觉！"

"啊！"满嘴牙膏沫的"西波涅"一声惊叫，完全像外国电影里的女性在表达惊讶和恐惧的时候那一声"啊"一个样，这倒不是故意模仿，也不是矫揉造作，我完全相信她当时在突然事变前内心的惊慌和恐惧。平时在人前卖弄风骚是一回事，现在面临被人施暴的危险又是一回事，大概在这种时候女孩子不喊"啊"的几乎可以说没有。

我们从来也没有经历过这种场面。那个时候的学生是非常奉公守法的，特别是我们学校，小偷流氓之类的货色绝无仅有。而且那时候的电视节目中也没有暴力凶杀、诲淫诲盗，我们这一代是读《钢铁是怎样炼成的》《古丽雅的道路》《把一切献给党》《红岩》这些书长大的，头脑里纯而又纯。所以在这惊世骇俗的场面之中，都被吓傻了，不知该如何是好，甚至连"见义勇为""挺身而出"这些词儿也给忘了！

千钧一发！十万火急！

就在我们发愣的时候，从盥洗室的里间冲出了一个人！这个人身上湿漉漉，赤条条，只穿一条裤衩。黝黑水亮的肌肉一块块地隆起，犹如拳击运动员；而动作之迅速又好似短跑的最后冲刺，一步就蹿到了出事地点，大喝一声："流氓！混蛋！"

不用说，这个人是任冲，也只能是任冲。

此时"西波涅"已经吓得半死，软瘫在地，而帅克却死死地不放，双手抱住她，放肆地纠缠。任冲冲上去，铁钳似的大手只一抓，便把根本不是对手的帅克揪了起来，只听"嗞"的一声，"西波涅"的背心由于帅克不肯放手被不规则地、极其不雅地撕开了，"西波涅"又是一声惨叫，这才挣扎着爬起来，护着胸口狼狈逃窜。任冲顾不得管她，把帅克按倒在地，举起拳头，好一通打！我平生没有见过打斗场面，只觉得大概《水浒传》里鲁提辖拳打镇关西也不过如此！

现在需要说明的是，当时在场的人竟然没有一个出面劝阻，只作壁上观，而且愤愤然。既然帅克做出了这等令人不齿的丑事，当然是该打，打死都活该。至于该不该由任冲打或由别人打，则根本未予考虑。我们甚至把任冲的举动看作是"正当防卫"。不是吗？帅克胆大包天，欺负任冲已经欺负到家了，不打他不足以平民愤！

如果当时不是有一个人出来喝住任冲，帅克完全有可能被当场打死。这个人就是保卫科长。

"干什么、干什么、干什么？国有国法，不许胡来！你是想把他打死是怎么着？他耍流氓还够不上死罪，你打死他倒要抵命，你懂不懂？"他这么喝住了任冲。

任冲颇不情愿住手却又不得不住手，气喘吁吁地骂道："妈的，今天便宜了你！"

行伍出身的保卫科长像老鹰抓小鸡把已经吃饱了拳头的帅克提起来："走！"

当晚帅克就被关在保卫科了。科长并不急于把他送往公安部门，而是亲自连夜审理。保卫科长平时难得有活儿干，闲得发慌，好容易出了一件"案子"，精神为之一振，也就睡意全无了，今天晚上他要好好受用一番。

夜审的详情我们不得而知，因为无权旁听，只有回到宿舍喊喊喳喳胡乱议论的份儿。次日听说，帅克在保卫科长面前表现得倒是极有种，铁嘴钢牙，宁死不屈。逼得保卫科长急了，也用了任冲的办法，拳打脚踢，所以天明时帅克已经皮开肉绽。

当然这时候党委、院办、教导处啦什么的就得过问此事了。领导们对本院发生这种丑闻出现这种恶劣的学生极为气愤。院长说害群之马不可留，应该立即开除其学籍，其他人大多附和。但党委书记不赞成，说该生既然触犯了法律，应该交给公安部门去处理。这个意见更高一筹，于是一致通过。保卫科长服从领导英明决定，马上就要把帅克扭送派出所。党委书记心细，又提出来：这样遍体鳞伤的送去不行，应该让校医处理处理。这当然也很必要，不然人家有可能说我们"私设公堂"啦什么的，影响不好。于是女校医奉召前来实行革命的人道主义。

谁知女校医看了过后，却提出了一条意见，以至于推翻了党委决议。她说：如果送派出所，这位同学必定被定为"流氓"罪无疑，一个年轻人的前途就算完了。领导反问她：这样的人完了就完了吧，你还觉得可惜？你说他不是流氓是什么？校医说：根据我的观察，这位同学的思维反常，逻辑混乱，好像是神经有问题。我在医学院上学的时候读过一些资料，某些人不可理喻地侵犯他人，行凶作乱，却缺乏作案动机，实际上是精神出了毛病。对这些案件处理不慎，很容易误判，把病人的病也耽误了。如果处以死刑，更是无法弥补。为了慎重起见，我建议先把这位同学送医院检查检查，再做决定。

这位女校医和帅克非亲非故，素无来往，当然不会袒护"流氓"，之所以敢于力排众议，完全出于医生的科学态度和慈悲心肠，难得！党委认真考虑了她的意见，认为也言之成理，不妨一试。如果帅克真是精神病，那何必再送派出所呢？毕竟从本院抓出一个"流氓"，名声上也不大好。

174

帅克被送到医院就没回来，被立即收下住院。人家大夫说，他患的是典型的精神分裂症，为什么早不送来？这一问，让护送帅克去的保卫科长没法儿回答。你不说，我们哪知道他是疯子？我们是艺术学院，不是医学院！艺术院校对于精神分裂症这个问题好像向来不那么敏感，作曲家、画家有本事的还都有点儿疯疯癫癫，你信不信？历史上书法家张旭就有"张癫"之美称，米芾则被呼作"米癫"，还有八大山人那个"疯道人"……所以就不要怪我们啦！要不是校医提醒，一句话救了一个人，我们还想不起来往你们这儿送呢，病人就派出所的干活啦！

帅克住院之后，当然还是人们的议论中心，有关他的消息不断传来。

这小子在大夫面前也是依然故我，毫无悔改之意。"乱弹琴！我没有病，谁说我有病？他对女大夫说，"我就是爱她、爱她、爱他！我有我的恋爱自由，要你来管？"

女大夫说："恋爱是双方自愿的，不能勉强。你一厢情愿，当然孤掌难鸣，独木不成林，应该放弃不切实的想法。可是你却总是纠缠人家，并做出极其粗暴的举动，这根本不好！"

"谁说我粗暴？你们才粗暴哩！"帅克愤愤不平，"你们把我抓起来，干涉了我的恋爱自由，我连见都见不到她了，这叫我怎么活下去？你们不知道，她是真爱我的。我对她唱：'没有你的爱情我会死去！'她听得可高兴了，还朝我笑呢！没有你们这些家伙捣乱，我现在就和她度蜜月去了！放我走，不要误了我的好事！将来吃喜酒喜糖，没有你们的分儿！"

女大夫哭笑不得："我们不想吃你的喜糖，你这样的'恋爱'也不会成功。还是把那些不切实际的妄想打消，好好和我们配合，把你的病治好……"

帅克"啪"地打了她一个耳光："你这个人真讨厌！我和你'配合'个鸟？我爱的是她又不是你！"

消息传来，同学们感叹歔欷，对帅克的厌恶、愤恨转为同情，他以前的奇怪举动也都得到了解释：精神不正常，当然一切都不正常，还能说什么！唉，得什么病不好，偏偏得了这种病！不过这也难怪，人生在世，什么病都有可能得，自己没有选择的自由。有谁愿意得癌症、白血病、红斑狼疮？当然也没人愿意得精神分裂症。帅克得了这种病，可怜！但愿医生能够妙手回春，把他治好吧，他一个贫家子弟，能考上艺术学院也不容易，为此断送了前途岂不可惜！

唯有两个人例外。

一个是任冲。他变得非常消沉而又非常暴躁。我知道他心中有难言之隐。他不能原谅帅克，因为他无法洗刷帅克带给他的奇耻大辱：一个堂堂正正的男子汉，竟然不能保护他所爱的人，使她在大庭广众之中、众目睽睽之下受辱！他恨不得堵住所有人的嘴，不要再说帅克，不要再提这件事！可是，这怎么做得到呢？

　　另一个是"西波涅"。她从这场惊吓中过来，又恢复了常态，出入公共场所依然那么神气，那么趾高气扬，那么傲气十足。她有她的观点：帅克虽然微不足道，但爱她爱得竟然发疯了却是真的，这毕竟是她的光荣！

　　不久，学校放暑假了，不管帅克如何，大家都各自回家了。

　　新学期开始，就又听到帅克的消息，医院说他的精神分裂症已经十分严重，没有希望治好了，只能终生住院。学院领导研究之后认为，既然该生已经不可能病愈重新学习艺术，学院也就没有义务为他承担一辈子的住院费、医疗费，只好送他回家，由家长再想办法。至于学籍嘛，也就没有保留的必要，按"因病退学"处理好了。

　　此后，帅克就从我们中间消失了。渐渐地，人们对他的记忆也就越来越淡了。直到好多年之后，我早已毕业离校，有一次偶然碰到了一位和帅克同乡的同学，又旧话重提。他告诉我，帅克回家之后，就没有再进行治疗。他的乡下的父母哪有条件送他去住一辈子医院？而且他们对这种病的认识也十分有限，按当地的说法这叫作"花痴"，是迷恋女色所致。于是他的父母便没法请媒人隐瞒了他的病情提妥了一门亲事，为他娶妻"冲喜"。谁知帅克对爱情十分专一，新婚之夜高唱着"西波涅，没有你的爱情我会死去……"逃了出去，从此四处流浪，不肯回家。夜深人静，人们常常听到他从树林里传出的悲鸣："'西波涅''西波涅'……"时间久了，人们习以为常，只是一直弄不明白这既像树林又像海洋并且还像朝霞一样的"西波涅"到底为何物？是鸟是兽是花是草？是天上飞的，还是地上跑的？是狐妖蛇怪，还是天仙玉女月里嫦娥？以至于让他迷恋到这种地步？

　　终于有一夜，他的悲鸣消失了。次日他的父母在树林里只找到血迹斑斑的遗体，肚肠已经被狼掏空了，到此，帅克的悲剧彻底结束。呜呼！

　　现在，帅克那腼腆的、笑眯眯的面容还时时浮现在我的眼前。为了写这篇文章，我还特地查了一些关于精神病的书。书上说到一种"妄想症"，病人在病理基础上产生歪曲的信念、错误的判断和推理，对某种虚构的不真实的思想内容坚信不疑。这些思想和信念是完全缺乏事实根据、完全违背逻辑规律甚至是极端荒诞无稽的。但是病人对此不仅不能正确地加以认识和批判，而且坚信它的"真实性"。即使摆出确凿无误的事实，进行多方面的充分的说理和论证，也丝毫不能动摇其错误信念。"妄想症"中有一种"钟情妄想"，病人坚信自己为某异性所眷恋，并常做出相应的反应向对方表示爱情。即使对方并无此意，甚至遭到斥责和殴打，亦认为情有所钟，毫不置疑，继续追求，纠缠不已。对这种病人除了药物治疗外，特别需要关怀体贴和心理治疗，而讽刺嘲弄打骂或"冲喜"的办法都是极其错误的，只能使病情更加严重。

帅克无疑就是这种病。但医院既然已经认定帅克已是不可救药，即使不被狼吃了也只能终生住院，实际上和监禁差不多，人生还有什么意义？所以书上的理论虽说得头头是道，却终归是空话。看来西医对这种病并没有什么高招儿。我又去请教一位德高望重的老中医，向他讲了已故的帅克的病情，问他："如果当时请您来治，怎么治法儿？是不是靠祖国的医学可以避免这个悲剧？"

老中医回答得十分干脆："不给他治！这种浑人，治他干吗？死了就死了吧！"

这又是我没有想到的。

原载《小说林》1993 年第 2 期

老 冷

我上大学的时候，老冷曾一度是我们的政治教员。我之所以称他为"教员"而不称"老师"，因为"老师"这个称呼太神圣，我也实在没有从他那儿学到任何有价值的东西；而"教员"是官方派给他的饭碗，我无权罢免。

那时候正是"三年困难时期"，全国人都饿得发慌，我们学院里人人关心的其实只是一个"吃"字，经常谈论的话题是一个人一天需要多少卡路里，如何保存热量。无奈配给的粮食有限，吃完了跟没吃一样，热量本来就不够，怎么"保持"也是饥肠辘辘。说来真不好意思，党委第一书记在全院大会上讲："平均每人每天九两八钱六，保证都吃到老师同学们的嘴里！"第二书记亲自挂帅抓食堂，把炊事员当贼防，购置了和师生员工数量相等的铁罐，每人的米称好分量，再上屉蒸，以表示人人平等、童叟无欺。其结果还是炊事员脑满肠肥，学生们瘦骨伶仃。自古以来就是"饿不死的厨子，冻不死的裁缝"，公开的秘密，不说也罢。

老冷就是在这个非常需要政治的时刻临危受命，担任政治教员的。因为时间隔得久了，我已经不记得他的尊姓大名，只记得"老冷"这个外号。因为此人永远是冷冰冰一副面孔，如此称呼他倒也名副其实。

老冷的个子不高，很瘦，面色蜡黄，胡子却很旺，下半张脸都刮得瓦青。眉毛很浓，但倒挂着；嘴却很小，嘴唇又极薄。这副模样，决不像个厚道人，我们这些学美术的人是绝不相信"人不可貌相"这句鬼话的，如果一个人的形象不能表达他的品格，那么人物画就不必画了。我的同学任冲就曾经私下对我说过："喂，我看这个家伙面相不善，要是让他当了官，说不定会是乱臣贼子！"我当时听得骇然，忙掩住任冲的嘴说："小心被他听见，要了你的命！"任冲笑笑："老子不怕他！"任冲生得五大三粗，膂力过人，是个天不怕地不怕的汉子。但更重要的是他的老子系高级干部，虽然说"高"也有限，只是新华社在省分社的一位高级记者而已，并没有什么官衔，但在同学们眼里，任冲已是无人敢惹的"衙内"。因为记者是"通天"人物，上面的消息来得快，下面的情况也"捅"得高，说不定什么时候参一本，能撂倒一个大人物。所以任冲有恃无恐，老冷这个政治教员自然不在他眼里。

任冲和我私交最好，我于是提醒他"防人之心不可无""现官不如现管"，如果老冷不惹到你的头上，还是小心为好，何必去捋虎须呢！

"没得事！"任冲若无其事地笑笑，抬起腕子看了看明晃晃的"欧米加"，说："时间到，我该走了！"

那时候学生戴手表的极少，更不要说"欧米加"这样的名表。任冲的确与众不同，那是他爸爸到日内瓦开会带回来的。任冲的另一出众之处是已经有了女朋友，比我们这些同代人早得多。虽然那时学校里不许学生谈恋爱，党委书记多次在大会上讲："小朋友不要谈了好不好？"但只是说说，下面听了笑笑，也并无正式文件，实际上禁而不止，有些谈"小朋友"的同学照谈不误。何况任冲身为"衙内"，校领导对他就更是睁一只眼闭一只眼了。现在任冲颇为卖弄地对我说："时间到"，就是要和女朋友约会去了。他的女朋友也是我们同学，只是不同系，是音乐系的，学声乐。人不算很漂亮，但很活络，在校园里很显眼，有点"校花"

的意思。每天早上我们从宿舍里出来,总是碰见她在树荫下的草坪上练声,"咪～～吗～～"声音直打颤。学校组织的晚会上,她也经常登台献艺,那双眼睛秋波闪闪,很勾人,一曲《西波涅》赢得噼里啪啦的掌声。于是人们送她一个雅号:"西波涅。"任冲最近正是被"西波涅"弄得心猿意马的时候,根本没料到螳螂捕蝉黄雀在后。

老冷刚刚上任,就表现出独出心裁,与众不同。他第一次给我们上课先点名。大学里上课点名,很少见。当然,初次见面,彼此不认识,采取点名这种方式也无不可。可是老冷点名却更特别,点到谁必须立正喊"有"!不许喊"到"!于是,"张三!""有!""李四!""有!""王五!""有!""赵六!""有!"都很听话。轮到任冲了,这小子存心和老冷过不去,连喊数声,一言不发。

老冷急了:"我的话嘞,是你们的老师,你们的话嘞,是我的学生,学生的话嘞,以服从命令为天职!"

这话好荒唐,一听就是从电影里学来的,可人家说的是军人,而我们并不是军人,他本人既没当过兵,家庭出身也和军队毫无关系,装模作样而已——当然,有关他的底细,我们是很久以后才知道的。

老冷有一个口头语,他几乎说每一句话,都要在末尾加上"……的话嘞!"这家伙嗓子嗡哩嗡咙,天生舌头又好像短了一截,胎里带来咽喉炎,不知道他府上是在什么鬼地方,好像一辈子也学不会普通话。口齿本来就不清,再加上这么多零碎,越发令人生厌。

一串"话嘞"之后,老冷突然问道:"哪个是任冲?"

同学们都吓了一跳。任冲却从容作答:"在下不才,就是任冲。"

老冷蜡黄的脸变得铁青:"你的话嘞,为什么不喊'有'?"

任冲笑笑:"我也没说'没有'啊,'有'是客观存在!"

老冷火了:"出列!"

"出列"的意思当然就是离开课堂了。任冲出师不利,愣给赶出去了。"杀鸡吓猴",同学们战战兢兢,谁也不敢造次了。

那天的政治课,老冷大讲"总路线、大跃进、人民公社"的无比优越性,公共食堂是共产主义阵地,共产主义近在眼前,等等,当然就充满着"总路线的话嘞""大跃进的话嘞……"同学们一边听着,一边肚子饿得咕咕响,能有多少趣味?

下了课,我看见任冲若无其事地走回教室。

"喂,好汉不吃眼前亏,下次可不要再这样了!"我说。

"为什么不呢？"任冲却狡黠地笑笑，"受罚的不是我，你们听他在那儿胡扯，我逛了一趟自由市场，哈哈！"说着，从裤兜儿里掏出一根胡萝卜，递给我。

　　那时候，凡是能吃的东西都价值连城，这根胡萝卜就像一根金条，表达了任冲对我的情谊。我接过来咬了一口，很甜，但心里很苦。唉！

　　老冷自此和任冲结下了不解之仇，他似乎很不把任冲这个"衙内"放在眼里，不放过任何机会找他麻烦。"我的话嘞，是铁面无私的，是政治第一的！王子犯法嘞，是与庶民同罪的！"他常在课堂上这么无来由地嗡咙嗡咙口齿不清又带着零碎地发作一通，好像都是冲着任冲。

　　那时候正在批"三自一包"，自由市场虽然屡禁不止，却是非法的，共产党员、共青团员都自觉地宁可挨饿，也不买自由市场上的东西，以表示和资本主义势力势不两立，颇有些"不食周粟"的气节，也不知道是否党中央、团中央曾经正式下达过这样的文件。

　　老冷是很能理论联系实际的。在政治课上，他大讲自由市场是资本主义自发势力，助长这种势力就是为复辟资本主义摇旗呐喊，等等。同学们肚子咕咕叫，正听得不耐烦，突然老冷点着一个同学的名字："胡阿宝！"

　　"有！"名叫胡阿宝的那个江南小个子打个激灵，应声站了起来，完全是条件反射，因为我们近来已经被老冷折腾得"训练有素"了。

　　"你的话嘞，"老冷两眼盯着他，"前天中午的话嘞，到哪里去了？"

　　"我、我、我……"胡阿宝有个说话口吃的毛病，这一来就更加口吃，"我嘛，每每每天中午到街道啷厢画速写，素素素描老师讲嘛，这是画画的基本功，顶要紧的……"

　　"唔！你的话嘞，还是蛮用功的。"老冷饶有深意地点点头，接着问："画啊画啊，画得肚子饿了，然后干什么去了？"

　　胡阿宝大惊失色："我、我、我……我肚子饿了，就、就就赶快回学校吃吃吃饭，啊，不对，刚刚吃过饭……我、我、我还是觉得肚皮饿煞，就买、买、买了一根胡胡胡萝卜……"

　　说着，低下了头。

　　"唔！"老冷这回重重地点了点头，"一根胡萝卜，你用了五角钱！你的话嘞，是贫下中农子弟；你读书的话嘞，是靠国家的助学金。那么，一个贫下中农子弟，用国家助学金去买自由市场的东西，这是什么性质的问题嘞？"

胡阿宝不说话，只是惭愧地低着头。这时我的心怦怦跳，因为我也吃过自由市场上的胡萝卜，尽管不是我买的，我侧眼瞟瞟任冲，却见他满不在乎。他不在乎我还在乎什么！

老冷果然没有再追问谁还吃过胡萝卜，接着又讲起大道理：革命的青年学生、共产党员、共青团员的话嘞，在国家面临暂时的经济困难的时候，应该勒紧裤腰带，和党同心同德，等等，这和他在前面讲的一片大好形势很不协调。既然形势大好为什么还要勒紧裤腰带呢？当然，这在当时是没有人敢反问的。

本以为训话到此结束，不料想却仅仅是开始。老冷在大发一通议论之后，突然提高嗓门说："刚才胡阿宝同学的一根胡萝卜的话嘞，还是小意思。比起我们有的同学，只是小巫见大巫。有的同学的话嘞，追求资产阶级的生活方式走到极为危险的地步，带着女朋友去大馆子，喝啤酒，吃板鸭……"

同学们听得咂舌，似乎都在同一时刻忍不住吞咽了一口口水，并且偷偷地瞟了瞟任冲。因为这么体面的事，只有任冲才有资格去做。

不料任冲却在此时不待点名就站了起来，昂然说："老师说得不错，这个人是我。可是我不明白：啤酒、板鸭是国营商店卖的，钱是我的，女朋友是自愿随我前往的，既非偷，又非抢，我犯了哪一条法律呢？"

真不愧是高级记者的儿子，他善于从不利中寻找有利条件，以中华人民共和国公民最基本的保护盾牌——法律作为武器，向我们谁都不敢惹的老冷发起了反攻。

老冷一愣，他没料到任冲这一手。但老冷毕竟是政治教员，肚子里有的是货色。"法律？"他冷冷地一笑，似乎颇不把中华人民共和国的宪法放在眼里，"法律的话嘞，那是约束每个公民的最低标准。你的话嘞，是共青团员，要高标准要求自己。吃吃喝喝，追求享受，这是哪个阶级的思想作风嘞？"

"你说是哪个阶级的？"任冲真是有种，他采取不予回答却向对方反问的战术，这大概是他那位记者老子教给他的可以使自己在辩论中以攻为守立于不败之地的高招儿。"难道无产阶级开的馆子是专门为资产阶级服务的？难道下馆子的每一个人都是资产阶级？如果我没有理解错的话，老师你一定是把自己划为无产阶级的一边。那么，请问：你又是在什么地方看见我大吃板鸭的呢？莫非你也怀着资产阶级思想作风到那里去了？你干什么去了？"

说完，平静地望着对方，等待他的回答。

老冷被问住了。那张脸本来下半截铁青，是胡茬子，现在连上半截也铁青了。我们都等着老冷的回答，因为任冲的提问确实很有水平，也很难回答。我们很希望任冲把他驳倒，那样我们就都可以放心地去买自由市场的胡萝卜了。

这当然不可能。在老师和学生之间，学生永远不可能是正确的，即使你有理，也讲不过老师，老冷怎么可能向学生认错呢？

老冷什么也没有回答，只是扬起手，重重地拍了一记讲台，大吼一声："出列！"

这当然就意味着再次把任冲赶出课堂了。我们都很失望。失望的是老冷不讲理，而且斗争得没水平。看来他也只会这一手，黔驴技穷，没什么更新鲜的了。

但不久我就知道这个判断错了。老冷没这么简单，他使出了撒手锏：任冲受到团内处分，严重警告。罪名当然不是他下馆子吃板鸭，也不是在课堂上和老师顶嘴。这还不够严重警告的份儿，而且如果这么处理，任冲也不服。他能言善辩，没理还能搅三分，决不会吃这样的亏。他的罪名比这要大得多，也可怕得多，而且让他无可辩驳：攻击苏联领导人赫鲁晓夫同志！

任冲的确在同学当中说过这样的话："赫鲁晓夫这个家伙……"让人家抓住把柄了！

那时候，赫鲁晓夫在苏联、在中国、在整个社会主义阵营的威望都高得不得了，是继列宁、斯大林之后的世界共产主义事业的领导人，伟大的革命领袖，谁敢说半个"不"字？提到他，直呼其名都显得大不敬，必须要加上"同志"二字，而任冲竟敢称他"家伙"！虽然当时"修正主义"这个词也已经在用了，不过点名仅到陶里亚蒂为止，而且也还称"同志"不称"家伙"，《论陶里亚蒂同志和我们的分歧》《再论陶里亚蒂同志和我们的分歧》，论来论去，怎么论也不会论到赫鲁晓夫的头上，至少在我们平民百姓的头脑中连做梦也不会想到对赫鲁晓夫可以嗤之以鼻地称之为"家伙"，任冲简直是疯了。

那么，是谁告的密呢？毫无疑问是老冷，这很容易猜到。因为第一他和任冲有矛盾，第二他是赫鲁晓夫的崇拜者。那时候，在中国，崇拜赫鲁晓夫的不乏其人，老冷并非绝无仅有。这是当时的历史氛围造成的，和20年后赫鲁晓夫被一些人看作"苏联改革的先行者"并不是一回事。

但是老冷对他的崇拜又与众不同，还相当有特色，甚至连赫鲁晓夫的一些短处也恭维毕至。比如赫鲁晓夫的秃头，并不雅观嘛，回避不谈也就是了。可是他不，曾经在课堂上对我们说："大思想家脑筋动得多，所以才秃顶嘞！列宁同志、赫鲁晓夫同志都是大思想家嘛！"同学们听得暗笑，蒋介石也是秃顶的，你怎么忘记了？他也是大思想家吗？当然，这话谁也不敢问。再比如，赫鲁晓夫其人举止粗野，这本来是我们这些青年学生并不知道的，也是老冷传授的："赫鲁晓夫同志的话嘞，很幽默的啦！他在美国访问，脱下鞋子敲讲台的嘞！"总而言之，那时候他是赫鲁晓夫的誓死捍卫者。任冲这家伙偏偏要骂赫鲁晓夫为"家伙"，可不正撞在枪口上了吗？

不过任冲对这个处分似乎并不在意，还是那么昂首阔步，若无其事。我真是纳闷儿：他这个人是怎么回事儿？

但是这种情况也没过几天，任冲就突然蔫了。走路耷拉着脑袋，上课没精打采，平时也不说话，连好朋友也不理了。这倒是正常现象，他恐怕是痛定思痛，回过味儿来了，明白这个处分将会给他以后的政治生活带来多么严重的影响了，用现在的话来讲，就是"反思"啊，他在"反思"呢！

我当然不能当众对他表示同情，这有个"立场"问题。但是朋友一场，也不好冷眼旁观，显得不够仗义。那天晚上一块儿回宿舍，我看四下无人，就小声对他说："哎，吃一堑，长一智，以后不要再嘴上没岗哨了。是不是你爸爸也知道了这事儿，在信里批评你了？"

"哦，没有。他是不会批评我的，不会！"任冲这小子嘴硬，并不向我低声下气地诉苦。"哎，你知道这回是谁对我放的暗箭吗？"

"当然是老冷，这还用问？已经是公开的秘密！"

"嗯。那他为什么要对我下毒手呢？"

任冲这小子看上去很聪明，却提出这么愚蠢的问题！

"那还不是明摆着？"我说，"你太让他下不了台了，人总是有报复心理！"

"不对！"任冲却轻易地否定了我，"我不惹他，他也是要惹我的，不以我的意志为转移！"

"阶级斗争？"我不得要领，觉得任冲是危言耸听，把本来很简单的问题复杂化了，"不至于吧？你又不是资产阶级出身，他过去又不认识你，为什么……"

"为了'西波涅'！"任冲痛苦地从肺腑中发出一声沉闷的呻吟，我看见，他的双眼在路灯下闪着仇恨的光。

"啊？"我大吃一惊。这一点实在太出乎我的意料，原来老冷整任冲是另有所图，用的是高衙内对付林冲的办法，任冲这位"衙内"倒让人家给耍了！不过，想想又觉得不可信。在我们学校里，老师和学生谈恋爱的虽然不能说没有，但毕竟是极少数，那都是什么情况？年轻有为的专业老师看上了他的得意门生，女学生呢？一则崇拜她的老师，二则不免想到久后还有许多地方要借用恩师的力量，比如比赛拿奖、毕业留校啦之类，所以才两情相愿。而老冷凭什么？他有什么魅力？艺术院校的女学生对政治教员往往敬而远之，哪会真的感兴趣？老冷又老，又丑，又不学无术，何况，"何况他家里有老婆！我听说……"

"他的老婆在乡下！"任冲说，"听说他闹离婚已经闹了好多年了，总也离不断，所以才从那个遥远的鬼地方调到这里来了。前些天他老婆找他'探亲'来了，他事先接到了信，就从车站给拦住了，没让她进校门，怕学校的人看见了丢他的脸，借口集体宿舍不好安排，塞到一家小旅舍里住了几天就打发回去了。那几天，他两人天天吵得厉害……"

任冲滔滔不绝地揭发着老冷的隐私，我听得却很无聊。我觉得任冲变了，一个堂堂男子汉管人家的这些家务事干什么？转念一想，是了，老冷要甩老婆，正是为了抢他的"西波涅"，也就是他的"情敌"了，"情敌"之间当然是十分注意搜集对方的情报的！

"你呀，"我打断任冲的话，说，"太看得起他了，他在这方面根本不是你的对手！我不相信'西波涅'会看上他，就是把全校的男人都排上队挑选一遍也轮不到老冷！充其量是他自作多情，痴心妄想而已，你犯不上为这伤心！"

"咦，不那么简单！"任冲叹息着说，"我的眼睛里是揉不得沙子的，'西波涅'最近对我不像以前那么热情了，好像总在设法躲着我。可是听音乐系的同学说，老冷在政治课上老是让她回答问题，而且她还曾经到老冷的宿舍里去复习功课！"

噢？我迷惑不解了。天底下竟然真有如此荒唐的事，千娇百媚而又趾高气扬的"校花"果真让老冷给勾住了？真是匪夷所思！可是，如果不这样认为，她的做法又怎么解释呢？天晓得那些"总路线的话嘞""大跃进的话嘞"的政治课有什么可"复习"的，还至于跑到老冷宿舍里去加班加点？

从此以后，我碰到"西波涅"就不再打招呼，以示义愤。可是"西波涅"还是一切依旧，在树荫下练"咪～～吗～～"，在晚会上唱《西波涅》还唱《鸽子》啦什么的，还是那样花枝招展，秋波顾盼，显然任冲的倒霉丝毫也没给她带来什么精神上的压力。我甚至还有一次在街上看到她和老冷两个人肩并肩地走过去，手里还托着一包什么吃的东西。据说老冷这个人是很吝啬的，同教研室的老师偶然请他垫了一毛钱，人家忘了，他却忘不了，竟然当众讨债："你还欠我钱呢！"这次肯为"西波涅"如此破费，真是难得。不过她和老冷都没有看到我。我这个人重脸面，不愿意让人家因为我撞见了秘密而难为情，所以就很快一闪而过，倒好像是我做了什么见不得人的事似的。事后也没把这事儿告诉任冲，怕他伤心。

一切都证实了任冲的猜测是有根据的。不过我现在倒觉得任冲大可不必为此而伤心了。他现在有难处，"西波涅"不仅不为他分忧，反而投向他的仇人怀抱，这种水性杨花的女人有什么可留恋的？不要说谈恋爱，交朋友都不能交这样的！任冲啊，想不到你竟然毁在一个女人手里，毁在一个老冷手里！

直到后来出了那件大事，人和人的关系发生了戏剧性的变化，我才又一次感到自己的判断能力、预测能力是何等的差劲！

记得那天是星期六，晚上，我和任冲一起出去看电影，苏联影片《白夜》，陀思妥耶夫斯基的作品，拍得很精彩，男主角"梦幻者"和女主角娜斯金卡都演得很动人。曲终人散，我和任冲默默地走出电影院，走回学校宿舍。一路上他都在念叨着失恋的"梦幻者"在影片结尾的台词："娜斯金卡，娜斯金卡！难道我会怪你吗？不，不……"显然很动情。

回到宿舍，我已经很困了，倒头便睡。而任冲却还要洗澡。这个家伙有个习惯，每天晚上必洗一次冷水淋浴，连冬天也不间断，要不他的身体不会那么结实。夜深了，宿舍楼里很静，我躺在床上都可以听到盥洗室里传来"哗哗"的水声。我想任冲现在心里一定很乱，也该泼泼冷水，清醒清醒了！

我后来就睡着了，他什么时候洗完了回来的也不知道。

第二天一早，还没到起床的时候，突然听到任冲在叫："咦，怪了，真是怪了！"

大家都被他吵醒了。

我揉着惺忪睡眼问："你大惊小怪地是干什么？"

任冲说："我的手表不见了！"

啊？这一下没有人再嫌他吵，骨碌都爬起来了。那个时候的穷学生，没有什么财产，手表就算是很贵重的物品了，何况他的那块表还是"欧米加"名牌货。

大家七嘴八舌地问：

"什么时候发现不见了的？"

"你昨天晚上出去戴表了没有？"

"你好好想一想，怕是自己弄糊涂了，在我们宿舍里是不会丢东西的！"

任冲说："没有错，我记得清清楚楚，昨天晚上洗澡的时候还有，我把它摘下来放在盥洗室的窗台上了，忘记拿回来。今天早上突然想起来，再去找，就不见了！"

他说得是不错的。我记得看电影回来的时候还问过他几点了，他看过表，这证明不是丢在外边，而是丢在宿舍里了——具体地说，是丢在盥洗室里了。

"你再去仔细找找看，说不定从窗台上掉下来，在暗处看不清楚。"我提醒他。人丢了东西总是有人这样提醒。

"我找过好几遍了！"任冲不耐烦地说，"唉，想不到自己的身边还会有贼！"

这一句话把大家惹火了："你不要乱怀疑，谁是贼？现在我们都不动，你来翻好了！"

"对不起大家，为了找出那个贼，只好如此了！"任冲并不客气，"不过，我不翻你们，我去请保卫科的人来！"

这小子倒是临阵不慌，不给别人留下把柄，公事公办。

保卫科长家属在外地，也住在这座楼里的教工单身宿舍，所以很快就找来了。我们学校里平时很少有什么"案子"，保卫科长很清闲。碰到了这事儿，有了活儿干，倒显得很兴奋，人都愿意表现自己，让别人意识到自己存在的价值。他捏着个手电筒，跟着任冲跑到盥洗室，仔细查找，很有些刑警"勘查现场"的严肃感。找了一阵没有线索，于是毅然决定封锁这座楼，谁也不许出去，挨门挨户地搜查。开始是他一个人搜，后来就扩大了队伍，已经被搜过的排除了嫌疑的人也有权去搜别人，声势就大得多，效率也高得多了。

学生们是很听话的，说搜谁就搜谁，没有人反抗。一则是学生怕老师，怕官，接受官方的搜查，认为是应该的；二则只要自己不是贼，也就不怕搜，搜完了证明你不是贼，不就解脱了嘛！所以大家欢迎搜，希望搜出真正的贼来，免得大家担嫌疑。可是搜到教师宿舍，就有些麻烦。教师和学生身份不同，也可以搜吗？保卫科长有些犹豫。但一些住单身宿舍的青年教师也和学生一样，欢迎他搜，不搜还不行，其心理也是和学生一样的。都在这座宿舍楼里住着，谁愿意落个不明不白？搜过了倒踏实。于是保卫科长就搜，不客气了。他搜得兴起，把那些个人的物品，画夹子啦，胡琴、笛子、单簧管啦，衣服、裤子、鞋子、袜子啦翻得满地都是。

老冷住的房间只和我们隔两个门，所以很快就搜到了他那里。他却不让搜，挡在门外，脸色铁青地说："干什么？要搜查我？"

保卫科长往后退了一步。他有点儿怕老冷。虽然老冷并没担任任何领导职务，但他是政治教员，身上有一股政治气味儿，让人本能地感到不大好惹。但既然来到这里，也必须有个交代。于是保卫科长就赔个笑脸，说："宿舍出了事，这是我的责任，没有办法。别人那里都检查过了，也请你帮个忙。对不起，只是例行公事，简单看看就行了。检查之后，证明你这里没有，不也是好事吗？"

按说，这话说得入情入理，也给了他面子。可是老冷不干。"国有国法，宪法规定的话嘞，公民的住宅不受侵犯。你有搜查证吗？"

曾经在课堂上说宪法是"最低标准"的他，现在站出来维护法律了。毕竟是政治教员，无论什么时候都忘不了政治。保卫科长语塞。他这是土政策，哪有什么搜查证？

"没有的话嘞，对不起！"老冷理直气壮，随手带上了门，站在门外冷冷地说："我的话嘞，一个共产党员、人民教师，决不受这种非法的侮辱！"

没想到，他这几句话倒把保卫科长的火气挑起来了："什么什么？你把我当成上门抢劫的强盗？我也是共产党员、国家干部，怕你？"回头一挥手，"搜！"

跟在他后边的人都是我们的同学。平时对老冷都憋了一肚子气，正想公报私仇，又见他这么无礼，更不想对他客气了。听了保卫科长的命令，一拥而进："搜！"

老冷的宿舍里其实很简单，书也没有几本，行李也不多，只两只旧皮箱，装的都是零七八碎的日用品。大家七手八脚，翻了一遍，和在这以前的每间宿舍一样，没有找到任冲的那块手表。

很失望，很扫兴，很尴尬。我们当学生的得面对现实，要考虑以后老冷该怎么报复我们了；保卫科长也得想想以后怎么和这位政治教员相处。最迫近的难处是，现在怎么从他这里出去。

老冷得理不让人："先不要走。你们的话嘞，怎么样翻乱的，还要怎么样给我整理好！我还要向党委告你们践踏宪法！"

如果他不说这几句话，就什么事都没有了，说不定保卫科长还要向他道歉。但他既然一点面子都不肯给，保卫科长倒不好下台了，已经走到了门口，又折身返回来，望着满屋子乱七八糟的东西舍不得离去，好像很遗憾这里边没有他要找的东西。

他索性伸手再接着翻，显然不翻出来誓不罢休。他一把抓起床上的枕头……

说时迟，那时快，老冷"噌"地跳过来抢："怎么，连一只破枕头都要搜查？"

可是，他没有抢到手，保卫科长一个急转身，抱着枕头说："看看嘛，看看再说！"

"不行，不行，那是我的私人物品！"老冷急得大叫，好像那不是一只枕头，而是装着万贯家产的钱袋。

这一来，倒愈加引起了人们的兴趣。怪了，什么不是他的私人物品？他怎么对这只枕头特别加强保护啊？于是乱哄哄地挤上去，把老冷拦住，对保卫科长说："打开来，打开来！"

保卫科长拉开枕套上的子母扣，一只手伸进去，突然，兴奋地抖了一下，大叫："嗨！"

大家精神为之一振："什么东西？"

老冷面如死灰！

保卫科长的手飞速抽出来，掌心里托着一块表，正是任冲的"欧米加"！

尽管这是我最希望出现的结局，但我当时还是惊诧不已：太不可思议了，老冷他……他是个贼，不折不扣的贼！他怎么会做出这样的事儿？是因为什么事儿急着要用钱，人穷志短，还是本来就满脑子"资产阶级思想作风"？而且我至今还不明白：他既然要偷东西，为什么又那么大胆，连"转移"都不屑做，而只是简简单单地藏在枕套里呢？也许他认为谁都不会、也不敢怀疑他？他竟然那么自信！而且为什么命运这么凑巧，让他偷了冤家路窄的"欧米加"呢？像是命中注定要毁在任冲手里！

"乌啦！"同学们情不自禁地一阵狂呼。在赫鲁晓夫还很具权威性的时代，我们的外语课学的是俄语，所以连欢呼也是带苏联味儿的。

从此，老冷就不再是我们的政治教员了，听说他在党内被记了过。我有时候在校园里的路上看到他，总是见他低着头，晃晃悠悠走得很慢，好像两条腿支撑不住脑袋的重量。他一下子瘦了很多，胡子也不刮得那么青青的了，下巴上一团乱草。脸色苍白得怕人，好像全身的血都流完了。

自然，"西波涅"再也不会和他有任何瓜葛，又和任冲重归于好了。

后来，广播里播出了气壮山河的《评苏共中央公开信》，并且接下去"二评""三评"……直至"九评"。于是学校团委就撤销了任冲的严重警告处分。

这时，任冲才告诉我，他早就知道会有这步棋，他那位高级记者爸爸早就给他交了底，苏联变修了，中苏两党即将公开论战。谜底一经揭穿，任冲的"先见之明"也就不再神秘。不过，对于这个结局我们都是庆幸的，因为不管怎么说，毕竟可以放肆地称赫鲁晓夫连同老冷为"家伙"了。

老冷这个人，怎么说他呢？他虽然过去也不曾辉煌，但那条路却也是可以走得平坦的。他本来尽可以歌颂赫鲁晓夫在前，批判修正主义在后，没有人追究的。如果他不因为那块小小的"欧米加"而走火入魔把自己撕破的话。

原载《中国作家》1993 年第 1 期

头　颅

一

　　路灯亮了，天还没黑透；街两旁的摊子撤了，有门脸儿的店铺还在营业；下班儿的人骑着车、带着刚从幼儿园接回的孩子或者提溜着一兜子菜往家奔，有事儿上街的人却又往这儿奔。

　　一个写了一天小说的人这时候来到了这条街上。他觉得已经好些日子没到这儿来了。他其实好些日子哪儿也没去，在家埋头写小说。长篇很累人，得连续工作好几个月、一年甚至好几年，需要好身体，需要耐性。从早到晚趴在桌子上，把一个个方格子填上字。他干得很有兴致。有时候开心地乐一阵，有时候眼泪叭嚓，有时候慷慨激昂。仿佛这个世界上的人都等着看他这些文字，仿佛这些文字能安邦济世。他已经好久没看见日出和日落，书桌前交替的只是窗外的天光和灯罩下的灯光，照着他往前赶。他现在看到树叶黄了，才知道秋天到了。落叶打在他头上、肩上，又轻盈地飘下地，许多落叶挤成一堆，窸窸窣窣地往前滚，像潮水。潮水从行人的脚下、从自行车的辘轳下往前涌。落叶赋予了秋风形象，他这样想。也许今儿晚上就会在稿纸上加上这句话。

　　路灯昏黄，像一盏盏台灯，照不了多大的亮儿，几步远的地方就黑乎乎。两旁的房子上半截儿都是黑的，只把下半截儿融入昏黄的灯光。这个时候很美，仿佛小巷一整天都是蔫的，这会儿才活了。他走在这儿，觉得像走进了拍电影的或是演戏的布景。他觉得人间是美好的，自己整天关在屋子里真是可惜，应该每天傍晚到这儿转一转。

　　现在正是小巷里安静而又热闹的时候。前边儿那家电影院的晚场正在往里放人。其实不是演电影而是放录像，如今没人看电影，于是人家就改放录像了。门口儿人挤人。电影院隔壁原来是干什么的？忘了，现在门脸儿修饰一新，茶色玻璃铝合金框儿，门口挂个大牌子，上书："卡拉 OK"，下缀一行小字："自带女伴免费"。这句话很费解，他想。有"自带"的，还有……的？不懂。是"带"女伴的男人免费，还是被"带"的"女伴"免费？不懂。他继续往前走。饭铺、小吃铺正在又煎又炒，又煮又涮，门口都有女招待，各夸各的，百家争鸣，并且几乎是拉着行人往里请。好些年没见过这么热情的店家，他想。

他继续往前走。煮水饺、煎锅贴、爆肚儿、涮羊肉的味儿轮番刺激他的鼻子。现在倒是守着紫铜火锅涮羊肉的好时候……

他没进去，还是往前走。他是路过这儿，到前边儿的理发店去。他得理发。明天某出版社召开他的作品讨论会，得修修自个儿的"门面"，不为自己美观，是为了对与会者尊重。"不修边幅"未必是个好词儿。

他找到了那家理发店，门开着，就径直往里走。

门口儿也有女招待，穿着白大褂儿，搽着红嘴唇儿，抬起右手做了个手势，亲切地说道："白水羊头，里边儿请！"

他一愣。我要理人头，不吃白水羊头！猛抬头，看见门楣上换了招牌：老牌正宗北京风味×记白水羊头。

他怀疑自己投错了门子。愣愣地左看右看，旁边儿的电线杆子、垃圾筒，还有一摞旧砖头……没错儿，就是这儿，可是这儿不理发，只卖白水羊头！

"我记得这儿是理发店……"他喃喃地望着女招待。

女招待已对他全无兴趣："哪辈子的事儿？早搬了！"

"搬哪儿去了？"

"谁知道？"女招待反问他，并且立即又招呼旁的顾客了，"白水羊头，里边儿请！"

他没趣地闪开，在路灯下踟蹰。理发店，原来的理发店上哪儿去了呢？

二

时光倒流一个世纪。

就在一百年后那个写小说的瞎转悠的地方，曾经是一家理发店。不过那时候不叫"理发店"，而叫"剃头铺"。所谓"剃头"就是用剃刀刮掉头发。这是满族人发明的，汉族没有这一说。虽然唐朝的和尚也把头皮刮得溜光，但那是出家人的事儿，与尘世无涉。汉人男的女的都留长发，都梳纂儿。丫鬟给小姐梳，太监给皇帝、皇后、皇妃梳，凡人自个儿梳，没有花钱上街"理发"的。"当窗理云鬓"，就是理发，"理"字古已有之，后人发明"理发"这个专用词汇是合乎传统的。但是"理"和"理"不同。古人只是梳理、整理，使之条理化、合理化、理想化，而不修不剪，有道是"身体发肤，受之父母，不敢损伤"。汉人爱头发如命。清兵入关，改朝换代，下令剃发梳辫，把满族的装束推行全国。推行了一年，不大顺利，爱发如命的人不肯剃头。于是顺治皇帝又下了一道圣旨，限全国在十天之内把头剃光，违旨者杀无赦！当时北京城的正阳门、东四牌楼、西四牌楼、地安门等等主要路口儿都搭起席棚，里边儿供着圣旨牌，摄政王多尔衮派出的包衣三旗的剃头匠在这些地方严阵以待。过往行人，只要没剃头的，拉来就剃。不让剃，当场正法，血淋淋的人头挂在棚杆上示众！"留头不留发，留发不留头！"了得吗？了不得！

偏偏有"留发不留头"的百姓。就在顺治二年七月二十三日，长江岸边的小城江阴二十万人声称："头可断，发不可剃！"于是朝廷调集 20 万大军（正好一比一）、几百门大炮，日夜围攻江阴，其实就是为了剃头。可是这帮刁民说："愿受炮打，宁死不降！"死守孤城 70 天，终被攻破，全城男女老幼，全部玩儿完。自然头发也不必剃了，割脑袋就是了。其实何苦呢？不就是为了那点儿头发嘛！

看来新生事物的成长不易。不过后来人们渐渐地想开了，留头比留发当紧，也就顺顺当当地剃了。剃头行业于是大发展，从免费强行剃头改为收费营业，从官兵开剃头棚改为让"左翼匠役伙夫"（清兵入关时虏来的民夫）领牌照，以此为业。阔的开剃头铺，穷的扛剃头挑子走街串户。

于是剃头成了人们生活中必不可少的一项内容，平添出许多讲究。

于是在雍正年间连白云观里本不须剃头的一位罗道士也向凡尘凑热闹，很花了一些心血，研制新一代剃头工具，领导新潮流。不但有优质的剃头刀、刮脸刀、刷子、拢子、篦子，还派生出清眼、挖耳的劳什子，并且琢磨出一套在剃头时的捏、拿、捶、按的手法，用后世的话说就是"按摩"。当时也叫"按摩"，只是不大流行罢了。他把新器械、新技术毫无保留地"转让"给宫里专管为皇帝剃头梳辫的太监，很受雍正皇帝的青睐，罗道士被封为"恬淡守一真人"，成为剃头行业的祖师爷，号称"罗祖"。真是个有心人，功夫在道外。

于是罗祖的这一套真传传到了民间，剃头成了人们的一种享受，把早年间玩儿命"留发不留头"的劲头儿给忘得一干二净。到后来辛亥革命，孙中山命令剪辫子，人们又很不舍得，反像遭了耻辱。这情形恰似当年剃发梳辫时遇到的阻力。

前话、后话不提，如今单说光绪年间的这家剃头铺。

铺面不大，只一间门脸儿。门旁挂一副楹联：

> 磨砺以须，问天下头颅有几？
>
> 及锋而试，看老夫手段如何？

一派磨刀霍霍、杀气腾腾之势。细细想来，说的也仅是剃头，不过炫耀手艺高强罢了，等于是一则广告。

进得门来，回头望又是一副楹联，原是写给主顾剃完头出门时看的：

> 前来尽是弹冠客；
>
> 此去应无搔首人。

语气温和多了，用尽了奉承话，却又十分贴切。

店堂里，便是剃头匠耍手艺的地方。

此刻，剃头匠正在耍手艺。

顾客只有一个人。别看招牌上吹得邪乎，并没有门庭若市。不是手艺"潮"，是当时剃头铺太多，尚未发生久后的"理发难"因而排大队。

剃头匠是个胖老头儿。头皮刮得瓦青，腮帮子、脑门子闪着油光。一双腕子像棒槌，手指头肉滚滚的，每个指节儿都凹进去一个坑儿。左手抚着主顾的脑袋，右手捏着一把寒光闪闪的剃刀。这副形象，令人想起镇关西郑屠或者范进的老丈人胡屠。却不是。当然不是。别看相貌恶，这却是个极温和、极体贴、极灵活的艺人，要不怎么吃得了剃头这碗饭？他是剃头世家，祖上在清兵入关时被从宝坻房来，在剃头棚服役，以后世代以此为业。因此，祖辈传下来的《剃发须知》倒背如流，十六种技能样样精通。哪十六样？梳、编、剃、刮、捏、拿、捶、按、掏、剪、剔、染、接、活、舒、补，此即谓"整容行的文武不挡"。"梳"是梳发，"编"是编辫，"剃"是剃头，"刮"是刮脸，"掏"是掏耳，"剪"是剪鼻毛，"剔"是清眼，"染"是染发，"接"是接骨，"捏"、"拿"、"捶"、"按"是按摩，"活"、"舒"、"补"是舒筋活血补碎骨，剃头匠身兼半拉大夫。

主顾是个瘦猴儿。脑袋瘦且长，又七进八出，骨骨楞楞，像个长得不规整的西葫芦。年纪不大，却满脸褶子。这个脑袋很不好剃。

剃头匠的本事就在剃难剃的头。瘦猴儿仰面朝天，半闭着眼睛，任他摆弄。那头皮使热水烫过了，毛孔都张开了，剃刀下去，了然无声。七进八出，游刃有余，薄薄的刀片儿左旋右转、上下翻飞，全无伤皮割肉之虞。老主顾，他知道该剃什么样儿的发式，辫顶留得小，头皮刮得光，透着地俏。脸上的热手巾焐着。剃好了头，脸上也焐透了，掀开一角，刮这边儿，再掀开一角，刮那边儿。瘦猴儿半张着嘴，往他的刀刃上凑，那模样像哭、像笑、像愣着神儿瞅什么。刮得连褶子里都干干净净。刮得脑门子锃亮。眉毛修得像蚕蛾的须子——这小子喜欢这样儿。鼻子左、中、右、下四面都刮到、鼻毛给他剪齐了。眼角给他掏干净了。耳朵给他打扫利索。这小子歪着嘴，仿佛在体味人间最妙的乐趣。耳挖勺儿一掉头儿，鸭毛绒的小球儿在耳朵眼儿里打转悠，嘿，他乐了。

又揉又捏。揉得这小子浑身麻酥酥的，捏得这小子不想起来了。他嫌头发长得太慢，要不然天天上这儿来。

最后梳辫子。剃头匠知道这小子爱的是土派武辫子，别看瘦得像虾米，手无缚鸡之力，偏偏爱"武"。不续辫帘子，不留辫穗，辫子编得又紧又硬，末了儿往上一撅，"蝎子尾巴紧小辫儿"。辫梢儿不扎头绳儿，是布条儿捻的。

"二爷，您该活动活动了！"剃头匠耐心地完成了这件艺术品，解下了瘦猴儿胸前围的"大竹蓝"布围裙，抖了抖，温和地说。

旁边儿一面镜子，该"看老夫手段如何"了。

瘦猴儿如好梦初醒，懒洋洋地站起来，往镜子里一瞥，好一条俏铮铮的辫子！配上那件肥得大发的褂子，扎腿的灯笼裤，螳螂肚靴子，嗬，把咱爷们儿的帅劲儿全衬出来了——一股子匪气！

他从腰里掏出鼻烟壶，往鼻子上抹了抹，鼻翼两旁立即出现了一只褐黄色的大蝴蝶。"啊——嚏！"透着的舒坦。

"二爷，您走好！"剃头匠点头哈腰，送客。果然是：前来尽是弹冠客，此去应无搔首人。

瘦猴儿志得意满，就要扬长而去，找地方去赌、去吃、去闲聊、去占便宜、去寻衅打架。

他可没付钱——他不必付钱，熟客，剃头匠不开口要，心里记着就是了。如果主顾忘了就拉倒；如果没忘，赶明儿高兴了兴许给点儿"赏头"，也就够了。

瘦猴儿这就要走。

这时，正在这时，一阵熟悉的声音从门外传来，"嘣……"像弹棉花的弓弦声，像马蜂的嗡嗡声，像破钟的撞响声，或者说什么都不像，只是这么特定的一种响声。

剃头匠当然一听就明白，瘦猴儿也一听就明白，这是街上剃头挑子在鸣响"唤头"。剃头的从不吆喝，只凭"唤头"发声，意思就相当于"剃头啊……"

剃头匠脸上显出有些不自然。

瘦猴儿侧着耳朵一听，眉毛就拧起来："这是哪个没长眼的？班门弄斧啊！"

剃头匠微微一笑，没言语。

"不成，得盘盘他！"瘦猴儿一扬胳膊，像是给剃头匠下了一道命令。

剃头匠却说："算了，托钵的不打化缘的，放他过去就是了，咱的买卖不怕旁人饿行！"

"不成！咱爷们儿没受过这个！人善有人欺，马善有人骑！"瘦猴儿一副打抱不平的架势，仿佛这剃头铺是他的买卖，一撸袖子，就冲了出去！

"二爷，二爷！"剃头匠一把没拉住，倒给他拽了出去。

当街，一副剃头挑子正朝这儿走来，剃头匠左顾右盼地正在踅摸主顾，手里的唤头"嗡嗡"地鸣响，不料迎面被一条汉子——那也算汉子——拦住了去路，一个激灵，猛然抬头，瘦猴儿的身后正是那副楹联：

　　磨砺以须，问天下头颅有几？

　　及锋而试，看老夫手段如何？

糟了！冤家路窄，碰上同行了！

三

看来，写小说的是找不着那家理发店了，正待怏怏回头，猛然，一个大大的繁体"髮"字映入眼帘。想理发的人对这个字是敏感的。仔细看去，那"髮"字是写在一面白粉山墙上，斗大，占满了墙面，正挨着路灯，十分醒目。顺着山墙转过角儿，才是正面门脸儿，落地两扇玻璃门，各贴着两个用荧光红不干胶纸剪的字，连起来读是："珍妮发廊"。

像个译文名字！莫非是"中外合资"的？不像，合资企业都极豪华、壮观，不会开在这条小巷；而这儿只有一间门脸儿，而且很矮，而且是用临街的平房改造的，山墙、瓦顶都没拆，只在前脸儿接出一个方框儿，抹平了，刷上漆，喷上假大理石花纹，"现代"得很凑合。倒起了这么个洋里洋气的名儿："珍妮"。还不叫"理发店"而叫"发廊"，其实还不是一回事儿？

不是。"理发店"是理发店，"发廊"是发廊。理发店的主要作用（不排除还有次要作用）是修剪头发，发廊的主要作用（也不排除还有次要作用）是为头发造型。其实对头发不管是剪、是剃、是烫、是吹，说到底都是"造型"，但分析起来却又不同。十年前急急忙忙往理发店奔的和今天慢慢悠悠逛发廊的其心理需求很是不同，这个写小说的没研究过，外行了。

他只是想着把长发剪短、把胡子刮干净，就抱着这么极简单、极容易满足的心理需求，怀着"众里寻他千百度"的热切与兴奋，走进了这家发廊。

这家发廊很小。进门儿得上三层台阶儿，脚底下留神绊倒。跨进去一眼望到底。墙上一排镜子，镜子再往上贴了一溜儿美人图，细看不是发型模特儿，都是中外影星，都是女的。空当儿里有一幅无外框的油画，画着一个金发碧眼的女郎，飞着媚眼儿吻着一朵玫瑰花儿，技巧极粗劣。顶棚上装着压花塑料板，大概为躲开房梁、檩条之类，拼得不平整，好几个地方鼓着包。塑料板上吊满了葡萄藤和葡萄，滴溜耷拉，塑料的，很假。这么点儿空间还用木格子隔成两部分：这边儿是洗头的地方，没有洗脸池没有热水冷水龙头，只有一根塑料管连着个什么热水器。旁边摆着一溜儿洗发剂、洗发香波、洗发精、洗发液、洗发水、洗发灵等等的塑料瓶，都是进口的或洋货土装或土货洋装或既有洋文又有中文串了种儿的。镜子前边儿是做头发的地方。

这个小店有四个人：一个老板、一个大工、两个小工。墙上挂着营业执照，说明这是个体企业说明店主是老板。做头发的是"大工"——手艺师傅，多半是从广州雇来的，说话嗡咙嗡咙，即使不是从广州雇来的说话也嗡咙嗡咙，要的就是这个劲儿。洗头的是"小工"——打下手儿的，从哪儿雇来的就说不好了，反正这年头儿老板花钱雇人容易。

现在大工正在给一位女顾客做头发。长发披肩，梢儿还往里卷着。头顶上一撮吹得高高的，喷了定发乳，直撅撅地雷打不动，像高傲的公鸡冠子。大工的头发蓬松，后脑勺儿垂下一片发帘儿，很流行的一种发式。不穿白大褂儿，黑褂子黑裤子，裤腿儿肥得像灯笼，裤脚束着——和清朝服装毫无关系，据说这是港式的。大工不大，才二十来岁。家伙不多，才一把梳子、一把剪子、一只吹风机。手艺不错，女顾客从镜子里挺满意地瞧着他。

两个小工在给两个男顾客洗头。两个小工都是女的。一个胖点儿，一个瘦点儿。都不难看，燕瘦环肥。都戴着耳坠儿、抹着红嘴唇儿。都纤纤素手（肥瘦略有不同）正在给顾客抓挠。

老板正在吃晚饭。坐在椅子上，面前的小凳儿上摆着啤酒、可乐和"肯德基"。老板不老，才三十来岁。留着小胡子，一脸浅麻子。"肯德基"啃得嘴唇油光光。

角落里有一台录放机，正在播放台湾歌曲，一个沙哑的嗓子在唱：

　　第一次的相遇，

　　我看到你眼中的敌意；

　　再一次的相遇，

　　看到你我同样的心情。

　　我抱怨我恐惧，

　　蓦然间世界窒息……

写小说的愣头愣脑地走进来。他看看老板，看看大工，看看小工（他其实弄不清这些称呼），心里琢磨着：珍妮发廊，谁是"珍妮"？

不留神，腿差点儿碰倒了老板当饭桌的小凳子。

老板抬眼瞅瞅他："来了您？做做头发？"

"哦，我理个发。"他说的还是老词儿。

"您请坐，"老板啃着"肯德基"说，"我这就完，这就完……"

他没有抢占老板的交椅的意思。旁边儿还有三把椅子，两把被等着做头发的一男一女占上了，另一把空着，上面却摆着几本流行读物，最上面儿的一本封面上画着黑洞洞的枪口和倒在血泊中的裸女，还有一团爆炸的火光。书角儿已经卷了，而且很脏，显然被坐等的顾客翻了无数遍了。

"我来我来我来……"老板伸出油乎乎的手，把这一摞捧了过去，请他坐。

他就坐下来。

他望望墙上镜框里的营业执照，从店主的照片上看，确认这位啃"肯德基"的正是老板。从发照日期上看，这家发廊开业不过三个月。怪不得……

"原来那家理发店……"他仍念念不忘。

"咳!"老板笑笑,"都什么时候了?他们那一套不灵了!"

他望着老板胜利者的神色,望着墙上的明星照片和地上的乱头发和鸡骨头。就是这么一家小小发廊,竟然把国营理发店给挤跑了!

"生意怎么样?"他问老板。

"还行吧?"老板似问似答,并不说营业额多少、纯利多少。但是手指头上那个大而笨的闪闪发光的金戒指表明了一切。"挣得多,也花得多啊!"

"他们……"他用眼睛扫扫两个洗头的和一个做头发的,"工资给多少?"

"大工和我劈成儿,我六成五,他三成五,"老板说,"好比说这月挣一千,他拿三百五……"

写小说的吃了一惊。这还只是个比方。如果每月挣一万呢?那就拿三千五了!

"小工是固定工资,最少八十,最多一百二。"

写小说的这才知道"大工""小工"都非寻常之辈,这家小小的发廊大工、小工的工资抵得上国营理发店职工的多少倍,抵得上写在方格子稿纸上的多少字。他不敢小瞧这家发廊了。

"你原来是干什么的?"他猜想老板说不定是老理发店的职工。

"原来?车工!"老板鄙夷地一笑,似乎对那翻过一页的历史不屑于回顾,"没料,没活儿,发不出工资,在家等着!去他个毬的,我他妈不干了!"

不干那个,干了这个。他连一点儿理发的手艺都没有,就当起了发廊老板,就雇了三个工,就戴起了金戒指。这个满脸浅麻子的主儿有的是点子。

这工夫儿,大工做完了那位女顾客的头发,小工其中一个洗完了两位男顾客当中的一位的头,腾出了空儿。

先来后到,该旁边儿的一男一女其中的哪一位了。

写小说的望望那俩,意思是:你们先来。

女的望望男的:"您……"

原来这俩不是一对儿。

那男的好像是客气,纹丝儿不动地说:"您先来,我等这个。"朝正在洗头的瘦点儿的小工努努下巴。

胖点儿的小工已经空了。于是女顾客坐上去填补空白。

男顾客不急不躁、一心一意地等着。掏出了一盒"万宝路"和一只金光闪闪的打火机，"啪"地打着，斯斯文文地抽起烟来。发廊里没有烟灰碟，他似乎是下意识地抑或是有意识地做出寻找状，确认这儿根本没有烟灰碟哪儿都可以掸烟灰才作罢，这是有教养的人的教养的体现。其实他应该明知道既然地上可以乱扔头发可以乱扔鸡骨头当然也可以乱掸烟灰。

老板、大工、小工根本没注意他的这番表现，只有写小说的看到了。他习惯于在一切场合利用一切机会观察人了解人，不然他的小说没法儿写。

他忘了带烟，摸了摸兜儿，只好作罢。他希望刚才的这一动作不要让任何人发现。

结果还是让抽"万宝路"的人发觉了。他复又掏"万宝路"，娴熟地弹出一支，高出锡纸封口两厘米，朝写小说的递过去，另一只手"啪"地打着了金光闪闪的打火机。

"噢，谢谢！"写小说的挺不好意思，受之有愧的样子，但还是接受了。

那人却只是微微一笑，没说话，复又正襟危坐，等着洗头。

也许是由于一支烟的馈赠，也许是因为那人的礼貌和教养，使写小说的人对他产生了一些敬意至少说是好感，于是进一步细细地观察他。

那人年纪顶多二十七八岁。瘦长身材。白净面皮。头发偏长，但不"匪"。穿一身深色西服——晚礼服，紫红领带。棕色皮鞋。看不出他的身份。他现在专注地望着还没洗完头的小工——不是刚才被女顾客后来居上填补空白的胖一点儿的那一个，而是瘦一点儿的另一个。

也许他是她的老主顾。写小说的这么想，那专注的神情让他这么想。

这工夫儿，他等的那个姑娘终于洗完了手中的那颗脑袋，打发到大工手里去了。

写小说的本能地望望身旁的晚礼服，心想他是否再次礼让、礼让到底。

没有礼让。晚礼服连看都没看他一眼，当仁不让地起身去填补空白，把脑袋交给那姑娘了。

理应如此，写小说的想。但他仍然瞟了瞟老板，他习惯于在同一时刻研究不同人的表情——心理。

老板已经啃完了"肯德基"，把酒瓶子、纸盒子扔一边儿去，站在那儿剔牙。老板是个敏感的人，他一眼就看出了这人在琢磨什么，就努努嘴儿，悄声儿说："他就是等着她呢！"脸上一个神秘的微笑，浅麻子涨成一个个红点儿。

原先的礼让化为乌有，晚礼服是有选择的。也许他跟她有什么交情？

录放机里的哑嗓子不停歇地一直在唱，这会儿正唱道：

> 我告诉自己，
>
> 再一次不会太迟，
>
> 让我们重新开始……

闹不清楚是怎么回事儿，写小说的想象力有限。如果不是等着理发，也许就没有兴趣研究面前的人物了。但位子都占着，他得等，也就不由自主地在观察、思考。

晚礼服和洗头姑娘无话，默默地，一个洗，一个被洗。挤上点什么水，然后揉得满头白沫。然后冲掉。然后再揉。

再揉揉什么？揉脑袋。揉头皮揉脑门儿揉眼睛揉鼻子揉脸揉下巴颏儿揉耳朵根儿——原来这姑娘会按摩，"整容行的文武不挡"，除了不用编辫子不用正骨好像别的都挺精通。怪不得燕瘦环肥晚礼服偏挑这个瘦点儿的，她的手艺好。一双纤手十指尖尖像藕芽儿像花瓣儿，在那颗脑袋上轻轻拂弄。晚礼服半仰着脑袋半闭着眼睛好似腾云驾雾飘飘欲仙，伺候得浑身舒坦。

这时候他突然从白围裙下边儿伸出了手，握着拇指无名指小指，伸出食指和中指，两指中间夹着一张五块钱的钞票。

"谢谢！"给他洗头兼做按摩的姑娘说了这么两个字，马上接过来，塞进了自己的兜儿。

这肯定不交柜不归老板，归她自己了。算什么呢？大概算"赏钱"，现如今该叫"小费"。写小说的这么想。

这时候另一个洗头的小工也就是胖点儿的那个姑娘已经打发完了手里的脑袋。写小说的眼瞅着她并没像旁边儿的姑娘那样得着小费也就是说这个脑袋并没给她小费。或者说按摩的和不按摩的不一样，或者说顾客和小工的关系不一样。正这么想着，晚礼服已经站起身来，也就是说两个位子都空了。写小说的站起来，不知道自己该填补哪个空白。他看看左右，还没进来新的等候的顾客，也就是说他只能任择其一。尽管两个姑娘都在等着他，他还是不由自主地坐到了胖点儿的姑娘那儿去。也许是为了逃避小费。

胖点儿的姑娘就给他洗头。他的头发保养得不好，挺长挺乱挺脏挺难洗。上了两遍洗发水揉了两遍白沫冲了两遍水，费工费时费料。但没有给他按摩。恐怕她不会，他想。于是他心安理得地下定决心可以不用模仿晚礼服拿出五块钱小费了。

　　他决定了之后又有些歉意，就和为她洗头的姑娘找话儿说："你干了多长时间了？"

　　"刚来，还不到两个月。"她答。

　　"从哪儿来的？"他又问。

　　"四川。"

　　他其实已经听出了她的四川口音。想不起再问什么，就转移目标："她呢？"指的是那个瘦点儿的姑娘。

　　"不晓得。"胖点儿的姑娘无可奉告的语气。她恐怕不一定不知道，听得出来对她的伙伴儿不大存有好感。

　　瘦点儿的姑娘这会儿没事儿可干，就拿着一把塑料笤帚把地上的乱头发扫成一堆儿。

　　"我是宁波来的。"她扫着地说。

　　写小说的本来没想到刚才的那句话她能听到，但结果还是听到了，并且做了回答。

　　"宁波？"写小说的于是立即联想到了侯宝林说的一段关于一个宁波老裁缝和名叫"来发"的小裁缝之间的对话相声，于是脱口而出，"来发多来，索多来，米梭西多来……"

　　给他洗头的四川姑娘和老板都一愣，以为他的神经出了毛病。这倒没关系。有关系的是那位宁波姑娘竟也一愣，拄着塑料笤帚说："你唱的是什么呀？"

　　"你不是宁波人。"他于是说。

　　宁波姑娘却没反驳，也没再问，只低下头去继续扫地。

　　旁边儿做头发的已经给晚礼服做完了头发。晚礼服还没站起来，端详了一阵镜子里的自己，手伸到自己兜儿里，掏出一张五块钱的钞票，仍然是两个指头夹着，举在耳边。

　　"谢谢！"大工接着，一脸的微笑。很殷勤地给他解下白围裙，并且给他整理了白衬衫领子，他这才站起来。

　　看来这个人喜欢给小费……写小说的这么想。

　　晚礼服离开了位子，跟老板结账，刚才给的小费都不算。

老板挺客气地说："还照老价钱吧，九块。"

晚礼服抽出一张十块钱的票子，仍然是两个指头夹着，但多了一句话："甭找了。"

于是扬长而去。

于是老板感恩戴德地跟着送到门口，还说了声："赶明儿您再来！"

写小说的一直盯着晚礼服。他很想研究研究这个人。

老板从门边儿转过身来，似乎是回答他的疑问，说："他是鱼门饭店的！"那口气，有几分崇敬。

"鱼门？"写小说的重复着这个令老板崇敬的名字，实在想不起北京的什么地方有这么个饭店。脑子转悠了一阵，才突然明白了：恐怕是"蓟门饭店"。那个"蓟"字虽然是北京城最古老的正式名字，可现在除了在古籍中已经不大提到了。

四川姑娘已经给他洗完了头。他还在琢磨着蓟门饭店的那个人，所以也就没有给四川姑娘小费的举动——本来就决定了不给的。

这时候他突然看见蓟门饭店的那个人在马路对面出现了，那地方正好有一盏路灯，可以看清他的身影。他从电线杆子旁边推起一辆自行车就走了。那辆自行车相当破旧，和那身晚礼服和刚才的举止都很不协调。

写小说的突然离座而起，往门外追去。

老板吓了一跳："哎，哎，你的头发还没有做呢？"大概是怕他诳了洗头钱就此逃跑。

"待会儿！"他匆匆说了这么一句，往马路的黑暗处追去。

晚礼服还没上车，一手扶着车把，一手摁着车座，充满敌意地等着他。

"你老盯着我干吗？"等他追到跟前儿，冷冷地甩出这么一句，不像在发廊里那么斯文。

是啊，写小说的答不上来。

"我……我想和您认识认识！"他只好这么说。

"认识我有什么用？"又是冷冷地，"想剃头？"

"剃头？"他听得不明白，"您……"

"我是蓟门饭店剃头的！我爸爸、我爷爷、我爷爷的爷爷都是剃头的。听明白了吧？你！"和刚才在店里的举止很不同了。

他就更不明白了。

"那你为什么……为什么还要到这儿……"

"我就该总伺候旁人吗？"反问得挺有火气，"我就不能充一回大爷？"

写小说的听得愣了。

晚礼服跨上车，倏地消失在夜色中。

四

担挑的剃头匠看见那副楹联，就知道自己闯了"误区"。再一瞅门口的这两人，便看出了那个油胖胖的是剃头铺的店主，而这个瘦猴儿却不像，又不知是何身份。于是就放下挑子，笼而统之地抱抱拳，算是对这两人说的："师兄，得罪了！"

店主看这剃头匠，大高个儿，红脸膛儿，浓密的辫顶，一条大辫子蟒蛇一般。青布褂子、裤子，虽然破旧，却还齐整。一身风尘仆仆，一副江湖手艺人的艰辛。既然作揖赔罪，便不想"盘"他了。这"盘道"虽然在同行中屡见不鲜，但如今已经是光绪朝了，行里头已不像老年成那么较真儿。

偏偏瘦猴儿吃饱了没事儿干，打抱不平。他也不瞅瞅自个儿这副筋骨，要是对打起来，是个儿吗？不，有道是：软的怕硬的，硬的怕横的。他这么直眉瞪眼地双手叉腰当街一站，先给了对方一个下马威。对方一句"师兄，得罪了"又使他占据了上风。他不肯就此把人放走，更想整治整治人家。于是大大咧咧地说道："谁是你师兄？你给二爷我当徒孙都不要你！"

剃头匠听了这话，一股怒气油然而生，但并未发作。他在琢磨着：这个挡横儿的是干什么的？仅仅是个泼皮无赖倒也不怕，可怕的就是……也许他有什么"来头"——哪家王府的贵公子之类的，太岁头上动土，吃不了兜着走！何况是在剃头铺门口儿，何况门口儿还站着店主，如果事儿闹大发了，吃亏的是自个儿。想到这儿，就不免把心头的怒火忍住了。

瘦猴儿见他不敢还嘴，更加得意，嘿嘿一笑："原来是个无根无梢儿的野种！"

剃头匠这回却不再沉默，又是一抱拳："剃头的祭的是罗祖！欺行不能欺祖！"

"咦！你还知道罗祖？"瘦猴儿往跟前儿走一步，"那咱们更得好好儿聊聊了！"

这工夫儿，街头的行人仨一簇两一伙儿的，不觉驻足观望，不知道这儿发生了什么事儿。甭管它什么事儿，总而言之是要有热闹好瞧了。那时候又没有广播电视足球比赛通俗音乐演唱会，街头斗殴酗酒打架也是一种"乐子"可瞧。

瘦猴儿瞅见有人瞧热闹，浑身来劲儿。不慌不忙地抬着剃头挑子上的刁斗旗杆，问："这是什么？"

"刁斗旗杆。"剃头匠接得快当。

"干什么用的？"

"开国皇帝下旨剃发梳辫，这是悬挂圣旨用的。"

"圣旨呢？"

剃头匠又一抱拳，朝着刁斗旗杆上那块乌黑油亮的磨刀布一揖。

人群哄笑起来，喊喊喳喳：这么块脏布是"圣旨"？这不是糟践皇上吗？这小子许是疯了魔了不要命了？要是让官府的人听见了，准把他带走，也甭剃头了，等着砍你的脑袋吧！

只有这三个人不乐："盘道"的瘦猴儿、被"盘"的剃头匠和剃头铺的店主。因为那块磨刀布确实象征着当年顺治皇帝颁发剃头令的圣旨，流传至今，虽然在一般人眼中完全没有了尊严，脏布一块，但细琢磨那形态：细长条儿，上面带轴，居中以线悬挂于杆上，确有些"圣旨"的味道。

不管旁观者作何设想，这三人挺正经。两个剃头匠都是门里出身，对祖上传下的家什自是了如指掌。瘦猴儿在剃头铺泡久了，耳濡目染学了些掌故，正愁没处显摆，如今遇着亮学问的时候了。又有那么多看客，当然不会放过。

他指头剃头挑子上洗头的大铜盆，又问："这是什么？"

旁边儿的闲人在小声儿插嘴："铜盆儿。"

剃头匠正色说："海。"

瘦猴儿紧追："'海'是干什么的？"

剃头匠答道："原是三旗兵役的铜盔。"

瘦猴儿指着取水的木瓢："这是什么？"

"镇海。"

"'镇海'是干什么的？"

"原是旗兵喝水的葫芦。"

瘦猴儿指着煮水的火罐："这是什么？"

"军用火药罐。"

瘦猴儿指着大蓝布围裙："这是什么？"

"'大竹蓝'，军中的围裙。"

这两人一问一答，说的都是二百多年前的事儿，旁观的人听得新鲜，人越聚越多。剃头匠暗暗吃惊：这小子横瞅竖瞅都不像是个剃头的，敢情还是个行家？瘦猴儿心里却有些发怵：眼瞅着问不倒他，这出戏不好收场……不，不至于，刚才"盘"的都是小小不言的家什，问点儿玄的！

他指着扁担上的绳子："这是什么？"

旁观者又在叽咕："绳子还不知道？"

剃头匠不理会这些"提词儿"的，按行话作答："法绳。"

"干什么用的？"

"捆那些不肯剃头的人的！"

旁观者开始咂舌了："敢情老年成不剃头还犯法？"

瘦猴儿心说：你们懂什么？接着又指着刁斗上缠绕的铜丝："这是什么？"

"耳扦子。"

"干什么用的？"

"穿犯人耳朵的。"

旁观者有好几个伸手摸了摸自个儿的耳朵。

瘦猴儿指指扁担上的小凳子："这是干什么用的？"

"原是砍脑袋的木墩。"

旁观者由耳朵摸到脑袋。

瘦猴儿伸手拉开小凳儿下边的抽屉，露出大大小小各式剃头刀："这是什么？"

"小家伙。"

"干什么用的？"

"砍脑袋的。"

瘦猴儿指着放火罐的圆笼："这个呢？"

"装人头的！"

旁观者大惊失色，发出一片"妈呃"声，仿佛面前是血淋淋的杀人屠场，那剃头挑子原来有这么吓人的来头？！

"盘道"至此，剃头匠始终对答如流，瘦猴儿未能取胜，心里不免有些急了。他极力寻找对方的漏洞，以便结束这动口不动手的"文盘"，砸挑子揍人，以求一快！可是……可是……

剃头铺的店主一直站在旁边静观。这场"盘道"本不是他挑起的，但他也不好劝阻。如果对方是个不懂行规的艺人，被瘦猴儿"盘"倒，赶走了事，倒也给他在门前儿清除了抢生意的麻烦；但眼见得这个人不是那路孬货，倒使得他也得犯点儿寻思了……

这当口儿，瘦猴儿眼珠儿一转，又挺起胸脯，继续进攻："伙计，看起来你还没白吃这碗饭。可是你知道担起挑子走四方，还有个'三不鸣'吗？"

剃头匠屡战屡胜，此时已不把他放在眼里，昂然说："这是行规，岂能不知？"他捏起"唤头"，"过庙不鸣，免惊动鬼神；过桥不鸣，免惊动四海龙王；过剃头棚不鸣，免抢了同行的生意……"

瘦猴儿及时捕捉到战机，直眉瞪眼："那你为什么犯了行规？"

剃头匠猝不及防，一时语塞，惊愕地退了半步。

瘦猴儿撸胳膊攥拳头，就要动武！

旁观者已经围得里三层外三层，这时兴奋地叫了一声乱糟糟的"好"！好似终于盼到了戏台上的"开打"。

正在这时，人群中急匆匆挤进来一个人。什么人？不是别人，正是此处剃头铺的店主。人们并没注意他刚才在好戏临近高潮处突然不见了，此时又突然冒了出来，手里提着剃头用的那块"大竹蓝"布围裙，朝瘦猴儿说："二爷，慢着！要动'武'的，我来！"

旁观的人群又轰动了，要看两个剃头匠如何动武？保不齐谁割了谁的耳朵谁砍了谁的脑袋，反正家什都是现成的！

瘦猴儿就住了手，往旁边儿一闪。担挑的剃头匠一瞧这阵势，倒踏实了，不藏不躲，不惊不惧，等着呢！

剃头铺店主双手抖开手中的"大竹蓝"布围裙，铺在地上。

旁观者鸦雀无声，这时候要是有一根针掉下来，准能听得见响声儿。大伙儿都琢磨着：地上铺这块布是什么意思？许是两人在这上头掐架？

错了。这一手，虽叫"武盘"，却是极平和的。这块"大竹蓝"对于被"盘"者是一个严峻的考验。如果他确有见识，极易通过，但如果不懂行，担起挑子就走，甭管你是踏着"大竹蓝"走还是绕着走，就都不算完……

现在，剃头铺店主盯着剃头匠。

瘦猴儿也盯着剃头匠。

旁观的闲杂人等都盯着剃头匠，单看他如何动作。

剃头匠不慌不忙，弯下身去，双手捏起"大竹蓝"的边沿，"嗤"的一声，撕了寸许长的小口儿，一边儿撕，还一边儿放声高唱：

"你要青龙挡道……"

旁观者都直发愣，觉得这简直可乐，又不敢乐。

剃头铺店主微微点头。

瘦猴儿抓耳挠腮。

剃头匠已经站起身来，转脸从剃头挑子上取下自己的"小竹蓝"布围裙，搭在左胳膊上，伸手把剃头挑子捧起来，用左胳膊擎着，竟踏着地上的"大竹蓝"大踏步走过，嘴里还在唱：

"我就跨海登山！"

剃头铺店主舒了一口气，看也不看周围的人，只微笑着对瘦猴儿说："二爷，我记得您今儿晚上要听戏去？时候不早了！"

瘦猴儿讪讪地说："是啊，是啊，回见您哪！"竟快快地走了。

周围的那伙儿人顿觉扫兴，还没回过味儿来，好戏就收场了。回头再找那担挑子剃头的，他已经走远了。

他在这条街再没鸣响"唤头"。

这条街他再也没来过第二回。

五

写小说的和晚礼服在街上的那一幕，发廊里的人都看见了，听见了。因为这条街实在太窄，声和光都极易传播的。

当他走回发廊里的时候，发现老板和大工、小工的脸色都不大好看，向他投以不信任的目光。很明显，他得罪了一位顾客而且是常客而且是票子出手极大方的主顾，对于发廊里的每一个人包括对于那个并没有拿到小费的洗头小工四川姑娘都算不上是什么好事儿，尽管她对于那个瘦点儿的宁波来的姑娘难免有些嫉妒，但就大局而言她们仍然是一个互相牵制互相依赖的整体。

写小说的觉得自己仅仅因为职业性的好奇而影响了人家的生意而感到不安。所以他在这几个表情冷淡的面孔之前再走进来的时候就有些不自然甚至可以说愧意。但他想起自己的脑袋只是洗过了还没有理，所以总不能半途而废还得硬着头皮走回来何况还没付钱。

他默默地坐在做头发的大工面前的椅子上，现在这椅子空着，无可礼让也无可争议。

大工毫无表情地问："做什么样西（式）？"

他说："随便。剪短点儿就行。"

于是大工"咔嚓咔嚓"动剪子，屋里再也没有第二个顾客，就只听得这"咔嚓咔嚓"的声响。这声响听得老板和两个姑娘都挺无聊。好像因为进来了这么一个丧门星，本来门庭若市的发廊突然冷落了。

他从镜子里看到老板和两个姑娘都在不怀好意地注意他、研究他。你研究我，我研究你，世界就是这样。

老板终于向他发问："哎，我说，你是干什么的？"

果然现在轮到他了。机会均等，他不能拒绝别人对他的研究。如果拒绝了，也许会被人误会成税务局的人微服私访或者是疯子或者是泼皮无赖来寻衅找碴儿的，无论哪种误会都不大好，他还是如实回答是唯一出路。

写小说的说："我是写小说的。"

他听见那个宁波姑娘"噢"了一声，从镜子里看她似乎有些惊讶，"作家呀？"

四川姑娘和老板和动完了剪子又在"嗡嗡"地吹风的大工都无动于衷，好像作家这个职业和他们相距十万八千里，井水不犯河水，因而毫无兴趣。

"怪不得呢！"宁波姑娘又说，她刚才一直几乎是一言不发，而现在只剩下她在说话，"怪不得呢！"她重复着，"你不要把我们都写进小说里去噢！"

看来她多少知道一些写小说是怎么回事儿。

"那恐怕不会，"写小说的作了一个模棱两可的回答，"我不熟悉的生活，写也写不好。"

言外之意就是：等我熟悉了再写你们。

不知这几位听明白这层意思没有。

老板却似乎放心了，既然这个人不是税务局的不是警察不是上边儿的什么干部只是个写小说的，就不会给发廊构成什么威胁。他下意识地瞟了一眼屋角儿那几本卷了角的流行读物，似乎把写小说的和这些刊物对上了号。于是问道："你都写些什么呀？武侠的？"

"没有。"写小说的回答。

"警察破案子的？"

"没有。"

"外国特务啦什么的？"

"没有。"

回答不够令人满意。没有这些，他写的小说就不会摆到这儿来，没有市场。

"那你都写过什么呀？"这回是宁波姑娘在问他了。

看来得自报家门，自做广告。这样做很不舒服，但好歹也得回答。

"《沉沦》，看过吗？"

"没有。"

"《春风秋雨》，看过吗？"

"没有。"

"《都市的夜色》……"

"没有……"

连续遭否定，问的答的都失去了信心。

老板说话了："赶明写点儿好瞧的，让咱们也瞧瞧……"

写小说的不知道老板认为"好瞧的"应该是什么样的，因而也无法投其所好，只好说："我现在正在写一部长篇《古巷》，说的就是这条街上的事儿……"

"噢！"老板眼里放了光，似乎觉得这事儿与自己有关，"哎，你可别把咱们都写到里头去噢！"

宁波姑娘、四川姑娘似乎也有这种担心——从镜子里头看，表情是这样。

"不会，"他明确答复，"小说里头的人和事儿都是虚构的，张三李四对不上号。何况，我写的都是过去的事儿……"

过去，一切都会成为过去的。今天的一切，明天就会成为过去。这层意思，老板竟然没听出来。

"你什么时候写完？"老板问，有先睹为快的急迫。

"难说，这书很长。"他答。

"多长？"

"大概四五十万字。"

"哟！"老板做惊讶状，他在心里掂量这四五十万字到底有多长，"这四五十万字……您都会写吗？"

他已经把"你"换成了"您"，以示尊重。

写小说的心里暗暗好笑。老板大概认为一部书里的这些字个个儿不重样儿，那就等于把汉字的总字数翻了好多番。他不想多作解释，就说："好像都会，不会的就查字典。"

"吃你们这碗饭也挺不容易的！"老板感叹。

"是啊！"写小说的附和道，却是真心的。

"那你发财啦？"做头发的大工难得说一句话，突然冒出这么一句，"一本书好多万啦！"

写小说的苦笑："哪里！最高稿费 千字才二十块钱，辛苦一年也不一定写成一本书，稿费收入按一个月收入收税，超过八百块抽百分之二十……"

镜子里，那几张面孔的神色都黯淡了，刚才引起的一点儿神秘感抑或崇敬感烟消云散。各人心里有杆秤，只需和自己比较一下就行了。写小说的实在无法和开发廊的相比。

老板说："那你何苦来呢！"

他又把"您"换成了"你"，以示并不值得尊重。

是啊，写小说的在心里发问，我这是何苦来呢！

这时候，大工已经给他吹完了头发，解下白围裙，说："好啦！"

他一愣："怎么……还这么长？跟没剪差不多！"

大工满不在乎地："撅（作）家嘛，就介（这）样子顶好的啦！"

他望望镜子里自己乱蓬蓬的胡子："总得给我刮刮脸……"

大工不可理喻的样子："发廊嘛，不刮脸的啦！"

他环顾左右，镜子前的小台子上除了梳子、剪子、吹风机，竟然没有一把剃刀。

老板和两个姑娘在笑。

他知道自己"露怯"了。无可奈何地站起来，问老板："多少钱？"

"九块。"老板说。

他掏出一张十块钱的钞票递过去。老板迟疑了一下，还是找出了一块。他竟然接了过去，并没说："甭找了！"他不想说。他充什么大爷？

他就这样走了。老板也没说："您赶明儿再来！"大概是但愿他永远别再来。

他走在街上，街上很静，店铺都关门了，只有路灯在黑乎乎的小巷里发着一丛丛昏黄的光。

他忽然觉得有人在背后跟着他。一回头，竟是那个刚才给他洗过头也给晚礼服洗过头的宁波姑娘。

他心里犯嘀咕：难道是追上来要"小费"吗？

不是。

宁波姑娘等他回过头来，才轻声说："告诉你，我不是宁波人。"

"嗯？"他不明白她说这话干什么。

"我是安徽来的，"那姑娘只顾说，"我……怕人家看不起，说安徽的只能当保姆……"

他这才想起来刚才自己的确说过"你不是宁波人"这句话，这姑娘是来作回答并兼作解释。

姑娘的神色忧郁而有些紧张。

他懊悔刚才说过的那句话，其实是无意说的。

"你的老板和同事知道吗？"

"不知道，他们都不知道，我骗他们我是宁波的，还说家里开发廊……"

"唔！"他明白了，也放心了。"可是，你为什么要告诉我呢？"

"怕你再来，再问我……"姑娘可怜巴巴地望着他，似乎生怕被他砸了饭碗。

"我保证，不来了。"他摸摸自己乱蓬蓬的胡子，干脆地回答说。

六

他回到家里，没有像往常那样继续在夜里写小说，好像再写下去挺困难。他第一次觉得自己的脑袋不灵，里边儿装的东西太少、太简单、太单一、太贫乏、太陈旧，他得好好儿准备一番。

他躺在床上，闭着眼睛想了很久。

天快亮的时候，他才睡着了。这一觉睡得很死，竟然忘了去参加自己的作品讨论会。

那个会也不知开成没开成。

原载《花城》1990 年第 3 期

断　　弦

南老其实复姓南郭，因为祖上出了一位吹竽而且滥吹的，留下了千古笑柄，妇孺皆知，南老数典忘祖，便愤然将"郭"字免去，干脆姓"南"，以示划清界限。

南老是 1916（丙辰）年生人，如今又赶上本命年，七十有二。身体还挺好，虎背熊腰，面如重枣，几乎无一根白发。浓须，刮得干干净净，下半张脸都是青的。寿眉如帚。将军肚，底气甚足，不顺心时骂一句"奶奶的"！声若洪钟。

南老退休前是本市中心医院院长。资格虽老，但不懂医，也没有多少文化，凡签署文件，只写一个字："行。"倒是快人快语。至于作报告，则常讲现成的几句话："我们这一行，救死扶伤，人命关天。千万不能马虎，该吃药的吃药，该打针的打针，该开刀的开刀。"其实讲这样的话跟没讲一样，该吃药的自然要吃药，该打针的自然要打针，该开刀的自然要开刀，还用说吗？不，事实上并非人人都按科学规律办事，开了一堆药未必对症，打针、输液未必管用，开膛破肚也许要了人家的命……这样的事儿都曾经发生过，不管行吗？所以南老的超级废话也就难能可贵，永远正确，永远经得起检验。

南老还有一大长处：作风正派、生活严谨、不近女色。几十年和女秘书、女部下、女医生、女护士没有任何瓜葛，厮守着结发老伴儿，不弃糟糠之妻。也不跳舞，厌恶那些混迹于脂粉堆中的同僚。所以某些浓妆艳抹、善于攀附的女人一直找不到巴结南老的途径，南老家中甚至连花儿都不许养，看不惯花花绿绿、招蜂惹蝶的东西。南老虽少未读书，却也有几句掷地有声的口头禅，一曰："色是刮骨钢刀。"二曰："英雄难过美人关。""奶奶的，我就不信！"因之，南老甚得美誉，令人肃然起敬。却也有人背后"揭露"他，说是："老头子有一种怪病：香味儿过敏。所以对花儿呀、香水呀、女人呀都躲得远远的。"这种恶毒攻击，实在太损了点儿，是否属实，也无从查考。

去年南老彻底退下来了，连顾问的名义都不挂了，回家养老。这也是没法子的事，七老八十的不退，下边儿"一刀切"就难办，南老以身作则，干干脆脆地表态："行。该退的退！"是他一贯的逻辑。好在像他这样的老干部，退下来也是一切待遇照旧，并无冷落之感。开头儿因为不再签署文件，有些寂寞，便自我排解，陪着老太婆闲聊解闷儿，把童年趣事、故乡风情和几十年来生儿育女、同甘共苦的经历都细细地回忆，心里觉得这一生过得十分充实。老太婆和他是同乡，比老头子退得早，女性又惯于以持家为己任，便尽心尽力地照顾他，给他做家乡的小米粥、摊煎饼、卷大葱，这些都是南方保姆做不来的，夫人不辞劳苦，亲自下厨。

老夫妻的晚年生活和谐美满，有滋有味儿，令如今那些动辄闹离婚、搞第三者的中青年简直不可理解。

无奈好景不长。老太婆得了癌症，卧床不起，每况愈下，医治无效，危在旦夕。

南老乱了方寸，俯身老妻榻前，手拉着手，垂泪道："孩儿他娘，你要是死喽，我可就完咧！"

老太婆呜咽不止。"老南，人生七十古来稀，我要是今年过不去，也不算短寿咧。就是挂牵你。我上马克思那儿先报个到，等着你。你可别跟我走，看你这体格，再有十年也没问题，你可得珍重自个儿。我走喽，你得叫我放心，别想我。依我说你再找个伴儿，好好儿地照顾你。"

"你说的啥话？"南老急了，扫帚眉挤成疙瘩，铁拳头捶胸不止，"人活一世，讲的是个义气。你跟我一辈子，我还能对你晚节不忠？"声泪俱下。

老太婆勉强绽开一丝欣慰的笑容，喘息着，伸出蜡黄枯瘦的手，替他擦去泪水，又是一番相劝："老南，你革命一辈子，咋还是个封建脑袋瓜儿呢？女的都不讲'三从四德'咧，你还能为我守寡？现如今人们的思想都'解放'咧，过日子都讲实惠。没有了我，儿子、儿媳妇、闺女、女婿，你都指望不上，找个人儿伺候你是你的福。"

南老执意不允。"我谁也不指望，有她给我做饭就行咧。"

他指的是家中的老保姆，从进城用到现在，忠心耿耿。用熟了的家奴比儿女孝顺，的确可以信赖。

"她可不行，"老太婆忧心忡忡地说，"再好的保姆也顶不了老伴儿。再者说，她也不会摊煎饼、卷大葱。我说你还是从咱老家找一个，别讲究模样儿，也别讲究文化水平儿，会疼你就行。"

南老觉得这话不沾边儿。但为了安慰老太婆，就模棱两可地松了口："看情况，看情况。"

这话说得很有原则性，也很科学。理论联系实际，具体情况具体分析。

老太婆这才放心了，但又掉了泪。想到她死后这里将"江山易主"，也不免黯然。

不几天，老太婆就闭了眼，见马克思去了。她这一辈子没识几个字，也念不了马克思的书，脑子里仅存了点儿"打土豪，分田地""阶级斗争，一抓就灵"之类，又不会说德语，见了马克思怎么报到，也就难说了，走着瞧吧。

她一走，南老难过了好几个月，吃什么都不是味儿，也没人跟他聊聊知疼知热的话题。"奶奶的！没有老太婆，还真是个事儿！"

不久便有人上门来探听风声，要给他介绍对象。起初他不介意，不料越来越多，竟门庭若市。南老一概回绝，置之不理，断弦未续。又不料这种供求关系更刺激了行情，他的身价日益高涨，女方的年龄却越来越低，从老年、中年直到青年，趋之若鹜，任其挑选，他不明白自己一个七十多岁又没了官职的老头子哪来这么大的吸引力。他不知道自己的可贵：人家不怕他老，哪怕结婚三天就死了也没事儿，虎死留下一张皮，凭这张皮，还可以吓唬一大片人。谁家能和他联姻，不仅女方立时成了贵夫人，连妻侄、小舅子都可以大搞"官倒儿"啦什么的而通行无阻。如果女方还带了"拖油瓶"来，子孙也后福无穷。

南老被那些介绍人的三寸不烂之舌纠缠得厌烦，便想起老太婆的遗嘱，顺水推舟说："算咧，算咧！我要找也不找那些花蝴蝶儿，从老家找个会做饭的娘们儿就行咧！"其实只是托词。

说客们深不以为然，力谏道："南老，现代化是大势所趋，您还是要长征万里不停步啊！如今知识爆炸、信息爆炸、人才爆炸，应该物色顺应潮流的最佳人选嘛！南老七十不算老，人生还有第二春！"

竟说得南老有些心动，想起近年来"土包子"行情看跌，想起进城之初某些同僚甩了小脚老婆另娶娇娘，竟是有先见之明。既然老太婆已经走了，他也无所谓"晚节不忠"；既然"第二春"遥遥在望，他为什么一定要拒之门外呢？再找个乡下老婆显然已经不合时宜，老观念是得更新一下了。夜来孤枕独眠，眼前便有一些如花似玉的面孔闪来闪去，搅得他睡不安稳，醒来怅然若失。如此辗转反侧、寤寐思服月余，南老便耐不住了，觉得自己返老还童，像当初与老太婆新婚之时，周身有一种热辣辣的阳刚之气，蠢蠢欲动，终于跌足叹曰："奶奶的！看起来，英雄还真是过不了美人关！"

不过南老对自己的终身大事还是慎重的，再有说客来，便宣布了续弦的原则："太年轻的不要，省得儿女们回家来见了她没法称呼。文化太高的不要，省得谈不到一块儿去。太花哨的也不要，艰苦朴素的作风不能丢！"

说客领了指示，自去物色。南老的条件太苛刻。那些年轻的通俗歌星、霹雳高手只好不予考虑，还有丧偶待嫁的中年教授、副教授也只好淘汰。改嫁好几回的风流寡妇自然不能给南老介绍。但太老、太丑、太土的又根本不能入围。挑了又挑，拣了又拣，总算推出了一个适度的人选。此人现年45岁，因丈夫不检点而离了婚，儿女都已成人自立，不当"拖油瓶"。本人品貌端正。中技文化程度。原系轻工业进出口公司技术干部，现任中外合资××实业公司公关部经理，工作颇有成绩。

南老听了介绍，觉得可以考虑，便同意认识认识，约定了时间，就在家里见面。

是日，说客带了女经理，前来拜会南老。

进了客厅，南老已端坐恭候。只见他头发梳得齐整，胡子刮得精光，浓眉下双目炯炯，神采奕奕；穿的也不再是几十年一贯制的四个兜儿中山装和黑布鞋了，换成西服革履，想是新买的，穿着不大自然，领带的系法也欠规范。但在南老却已算旧貌换新颜，分明"现代化""年轻化"了。说客只需这一瞥，便放下心来，知道南老"第二春"已到来无疑，此事玉成有望。

南老见客人进门，便起身相迎。趁说客引荐、介绍的工夫，他抬眼看那位女经理，但见：她中等身材，胖瘦适中，穿一套淡青色西服裙、衫、长筒丝袜，足蹬深棕色高跟皮鞋；头上卷发蓬松，椭圆脸、尖下颏，肤色白净细腻，眉清目秀，嘴唇红润。比说客所说的年龄似乎还要显得年轻，且文静秀美、举止庄重。南老心里思忖：不错！口中说道："欢迎，欢迎！"挺着将军肚，伸出手去，亲切接见。

女经理也伸出纤纤素手，仅将指尖一握，很有分寸，并无献媚之态，只是极有礼貌地寒暄："南老，久仰，久仰！您好啊？"叽里咕噜，哇里哇啦……却又捎带着几个洋词儿，想必是在中外合资的企业工作，已成习惯。

"好，好……"南老只回答那听得懂的部分，却不知下边该说点什么才好。握手之间，只觉得异香扑鼻，猛然想起一个问题，是说客事先未提及的，便脱口问道："你是做什么买卖的？"

女经理觉得这个开场白有些唐突，但既然首长问起，便也就侃侃作答，原是倒背如流的："敝公司采用法国最新配方和最先进流水线，生产高级系列化妆品，包括香脂、香粉、香皂、香波、香水……"

"啊……啊……"南老虎目圆睁，龙口大张，似惊似叹，紧盯着女经理，喉中发出一连串的"啊"字。

女经理不觉中止了对高级系列化妆品的介绍，脸微微地红了。

说客在一旁心中窃喜，庆幸南老一见钟情、一拍即合。但又觉得老头子性情太急，还未让座，就要把人家一口吞吃，何必呢？来日方长，初次见面未免有些失态！

"坐下谈吧，坐下谈！"说客只好反客为主，代其解围。

岂料南老那只铁钳似的手却抓住人家不放，直眉瞪眼，目不转睛，那嘴也久张不闭，似笑似哭："啊……啊……"

女经理黛眉微蹙，待要抽出手来，又由不得她，心中便急了：老头子怎么是这么块料？

说客僵在一旁。手足无措。

"啊……啊……"南老却只是一个调儿，好似中风遇邪，脸色发青，脚下立场不稳，摇摇欲坠……

女经理失色："南老！您……怎么了？身体不适吗？"

"啊……啊……"南老只有出气，没有入气，眼珠子都努出来了！

说客大惊："不好！是得了急病？"

手忙脚乱。

此时，应声从厨房里跑出了老保姆，见状嚷道："喔哟！老毛病又犯了！"

女经理和说客惶惶然，齐声问："什……什么病？"

老保姆伸手扶住南老，拖至沙发上，瞥了一眼女经理，愤愤地说："刚才我一闻见满屋子香味，就晓得要出事！首长对香味过敏，闻见了就能憋死！"

"啊？！"女经理和说客恍然而又骇然。

世上竟有这种怪病！

女经理怏怏："怎么办？家里有氧气袋吗？"

说客悻悻："还是送医院吧，快！"

"不行，不行！"老保姆却说，"他这病什么药也治不好！"

女经理和说客如雷击顶！一切美好愿望全成泡影！但总不能见死不救吧？如果南老的性命今天交代在他们二位手里，这重大责任事故如何担当得起？

在这千钧一发之际，老保姆却丢下南老，返身就往厨房跑，急急如律令，好似要逃离这是非之地⋯⋯

女经理和说客急得大叫："哎，哎，你别走！"

老保姆却胸有成竹，一边跑，一边说道："不要紧！给他吃一棵大葱，马上就通气了！"

原载《中国作家》1989 年第 2 期

市　长

一

这回我出差路过故乡，想停留几天。因为乡下的父母已亡故，就住在镇上的九叔家。

九叔和我同岁，四十五，小学的时候和我同班。他并不是我父亲一奶同胞，而是没出五服的堂兄弟，按大排行，行九。晚辈称他"九叔"，长辈和平辈都称呼之为"老九"，不叫名字。

九叔自幼滑稽多智。他身材矮小瘦弱，论打架，不是那帮膀大腰圆的敌手，但大伙儿都服他。比如去偷瓜，他先带了狗到瓜园的东头儿，把狗绳拴到一根木橛子上，撅到地里，然后领着大伙儿到西头摘瓜。看瓜的老头儿听动静，必然咋呼："谁？"那狗必然答："汪！汪！"老头儿跑去看个究竟，那狗必然使劲挣着绳子，跟他"理论"一阵，老头儿暴躁地打狗，狗就拼命挣，结果拔出橛子跑掉。这边偷瓜的也已大获全胜，逃之夭夭。老头儿既抓不着偷瓜的，也逮不着狗。因此，大伙儿对九叔有如梁山好汉敬重智多星吴用一般。

九叔天资聪颖，语文、算术都极好，只是不用功。专跟老师捣蛋。比如上语文课，老师让说出几个词的反义词，他第一个举手，老师就叫他回答。问："好的反义词？"答："不好！"问："黑的反义词？"答："不黑。"问："高兴的反义词？"答："不高兴。"老师气极："捣蛋！"他依然一脸正经："不捣蛋。"老师怒而拍案："不捣蛋你这是干什么？反义词就是意思相反的词，你不懂？"他正色反问："我说的哪个不是意思相反的？"老师竟被他问住。

后来初中毕业考高中的时候，九叔本性难移，在庄严的考卷上也搞这一套，结果被无情淘汰。他并不懊恼，托人进了镇上的小学（不是我们上过的乡下小学），当了教师。只是不知道他教学生是否也用那一套歪理。到了我上大学的时候，他已当了小学校长。有个时期曾经被学生斗得一塌糊涂。他一听广播里说"老九"就十分恼火。后来落实政策，官复原职，他却执意提前退休，任凭教育局局长说："老九不能走"，也不为所动。他退休的时候刚40岁。无病无恙，为什么呢？他是决计要改行了，当企业家。他的户口在镇上，早已"农转非"，他可以在镇上开企业。

他的企业其实很小，仅是摆摊儿刻图章而已——当地叫"刻戳子"。他无师自通，不知怎么学会了刻戳子。当然他刻的戳子不同于画家、篆刻家、书法家、文人雅士的图章，鸡血、田黄料子一概不用，常用的是木料，讲究些用蜜蜡（我们那里称化学料子为"蜜蜡"），最讲究的是水晶，但极少有人买。他刻得极快，用一把割鸡眼的小刀，在木料上刻反字，不用起稿；印出来清晰规整，一律正楷。三字人名刻两行，一行姓，一行名；两字人名就后缀一个"印"字或"章"字；如果三字人名要加后缀名就刻两行，每行两个字，但要加钱。每字五毛。三字一块五，四字两块，偶遇复姓而又加后缀的以此类推。外加料钱，木料一块，蜜蜡三块，水晶（以有机玻璃冒充）十块。他经常刻的是木料，刻一个两三块钱。每天刻十几个不是问题，一个月的收入就超过了教授的工资，自然比当小学校长强得多，而且悠闲自在。我曾嘲笑他刻的戳子缺乏艺术性，他笑笑说："要艺术性儿，咱有，货卖识家！"一副"天生我才必有用"的神态。

九叔骑着自行车到长途汽车站来接我。好几年没见，他没见老，头发乌黑，不似我已两鬓染霜；脸色红润而光洁，不似我这般枯黄；身着西服革履，不似我仍然一身过时的"四个兜儿"、布鞋。两相比较，他更像大知识分子——不，按时下眼光，像大企业家。

他把我的简单行李放在后座儿上，推着车，慢慢陪着我往家走。

走到丁字路口，忽听得有人叫他："老九啊！"

九叔早就不当"老九"了，他最讨厌这个称呼，偏偏又甩不掉。我想这个叫他的人一定是本家爷们儿，他的平辈或长辈。

我和九叔同时扭过头来。那个人，我并不认识，顶多二十八九岁，小矮个儿，头发蓬乱，脸色黑红，腮帮子上尽是枣疙瘩。眉毛很浓，眉心几乎连了起来。眼皮下垂，看人的时候眉毛挑得很高，眉和眼的距离便拉得更长，从半眯着的眼缝中看人，像是极高傲，或者是患肌无力症，

219

眼皮抬不起来。嘴角儿挂着一丝微笑。身穿一件驼色灯芯绒夹克，半新不旧，松松垮垮。黑裤子，没有裤线。白球鞋，不系带儿。手里举着一串包子（我们那里卖煎包子是用竹扦串成串儿的），已经吃了两三个。嘴里还在嚼着。

这个印象我是在一秒之内获得的，并且在琢磨：这是谁啊？

与此同时，九叔已经在和他打招呼了，那语气极亲热又带着几分尊敬："市长啊！你正忙着嗯？"

"嘞，嘞，"市长回答着，好似心不在焉，又瞥了我一眼，"这是谁呀！"

"俺大侄儿，打北京来的。"九叔说，并且向我介绍，"这是咱们市长……"

我于是说："市长你好……"

"嘞，嘞，"市长却并没有和我握手攀谈的意思，"我有点事儿，有点事儿……"急匆匆地走了。边走边继续吃包子。他好像掌握身体平衡的能力欠佳，走路有点儿立楞歪斜，伸嘴咬竹扦上的包子的时候差点儿被脚底下的砖头绊倒。

我愣愣地看着他的背影，问九叔："他是哪个市的市长？"

九叔一脸正经地说："就是咱们市的市长。"

我只有怪自己孤陋寡闻了，家乡的这个小镇已升格为市，竟然不知道！又感叹："这位市长很年轻啊！"

"有志不在年高，年轻的胆儿大，能办大事！"九叔说着，推着自行车继续朝前走，"这几年，大伙儿都得了市长的济了！"

我跟着他走，洗耳恭听。但想想刚才仅有一面之交的市长，又觉得不可思议。

二

九叔还住在小学宿舍，小胡同里的一个大杂院儿，不过，他的那三间堂屋极好，当校长时占下的。屋里的陈设已不是前几年的样子。中间是客厅，硬木雕花的八仙桌、太师椅；桌上一对儿青花大花瓶，插着鸡毛掸子；墙上挂着字画，竟是本省名家手笔。这种阵势，很像当年的地主。东间、西间都是卧室，过去的木床、小板凳儿统统不见了，换上了新式的双人床、沙发椅和大立柜，还有彩电冰箱。已经"现代化"了，可仍觉有一股"怯"味儿，暴发户总有些像土地主。我想这些大概都是"得了市长的济"。

吃晚饭的时候，饭桌上有荤有素。我说："你们的日子不错。那位市长……"

九婶子端着盘子说："你是说唐二好？他这个人，嘿！没当市长的时候，在街上……"

九叔咂咂嘴，打断了她的话；"打人甭打脸，骂人甭揭短！"

九婶子就不说了，仿佛那位名叫"唐二好"的市长有什么尽人皆知的劣迹，而人们又不便说或者不愿说。

三

次日吃过早饭，九叔便要去"上班儿"。我没事儿，便跟着他去看看。

九叔刻戳子的地方在街上。所谓"街上"，这里专指小镇上仅有的一条贯穿南北的大街，不过二里路长，镇上的饭馆儿、旅社、百货店、五金店、理发店以及名目繁多的个体小铺儿乃至集市贸易统统集中在这里。其余的小胡同都不算"街"。

我们来到街上，已经很热闹。四乡的农民来赶集，牵着羊的，抱着鸡的，挎着鸡蛋的，挑着青菜的，扛着粮食的，都朝这个商品交换之地涌来。人挤人，推着自行车的猛响铃铛，大声嚷嚷，也没人理会。

九叔早已不在街头摆摊儿，他赁了一间临街的民房，开了自己的店。店门口儿的横匾上写着："艺术刻字社。"墙上又写着："款式新颖，字体优美。方便顾客，立等可取。"屋里的柜子里摆着满满的图章料子。进门就是柜台，他罩上工作服，坐在柜台里面，等待顾客光临。

一开门就顾客盈门。都是赶集的农民，火烧火燎似地挤到柜台前："掌柜的，俺刻个戳子！"

"叫啥名儿？"

"张宝福。"

几乎在这一问一答的同时，九叔手里的一枚"张宝福印"的木头图章已经完成。

"三块，给钱吧！"

"怎贵？一眨眼的工夫，就要三块？"

"嫌贵你上北京刻去，三块钱还不够刻一个宝盖头的哩！你不是等着用嘛！要不要？不要，我就磨了！"

"要！要！"庄稼人递过来三块脏兮兮的票子，拿着戳子往外挤，嘴里嘟囔着，"奶奶！人家挣钱是真易……"

又轮到了另一个。

"叫啥名儿？"

……

我看他连刻了几个，后头还排着队。不知道在偏僻的地方，农民们何以对图章这么急需。再看他飞快地刻"张某某印""李某某印"已觉千篇一律。没有兴趣，我于是挤出刻字社，到街上走走。

这儿是牲口市。几条粗麻绳拉开，圈成好几个方块儿，里边儿拴着牛、驴、羊等等家畜，农民们挤在那儿，在袖筒儿捏着指头讨价还价。这景象，我已三十多年没看见了。

前边儿是鱼市。拉着平车的、推着独轮车的，还有挑着柳条筐、蒲包的，都在这儿卖鱼。鲫鱼、鲤鱼、鲢鱼、螃蟹……恐怕都是从百十里地以外的湖里打来的。我们这儿缺水，也缺鱼，往年见不到这么丰富的鱼货。

前边儿是汤市。汤市并不是专卖汤，各种小吃都集中在这里。炸糖糕的、打烧饼的、煎包子的、熬粥的、烧羊肉汤的，还有卖狗肉的。一片烟油水汽，一阵吆吆喝喝，一团混杂的香味儿。乡下的农民肚子里油水少，到了集市上，卖了东西，好歹得解解馋，于是这儿的生意兴隆。

我正想去尝尝阔别多年的家乡小吃，猛然看见了市长，就不觉得停住了步。我不想和他打招呼。

他果然没看见我，只顾立楞歪斜地朝汤市走去。

卖糖糕的老远就招呼他："市长！吃了吗？"

他就走到油锅跟前："起晚了，还没吃嗯！"

卖炸糕的赶紧托了一包糖糕递上去；"垫垫饥！"

"尝一个！"市长伸手捏了糖糕，"哧哧溜溜"地吃着，"多了不要！哈……"

他走到卖烧饼的摊子前，卖烧饼的正伸着胳膊往外掏刚刚烤好的又香又甜又咸、外酥里暄的吊炉烧饼。"哟，市长！拿十个烧饼走吧？"

"一个，多了不要！"市长把最后一口糖糕塞到嘴里，接过了蟹壳黄的烧饼，又继续往前走。

他在羊肉汤锅前头又停了下。卖羊肉汤的赶紧拉过了凳子。"市长，坐下喝碗汤！"

他正需要喝汤，以便把胃里的糖糕和烧饼滋润滋润。

于是"呼呼"地喝汤，那一层红红的辣椒油刺激得他直伸舌头。

我愣愣地注视着他。显然，市长和市民们的关系非常融洽。但是，作为一个市长怎么能这样不花分文地吃遍街？也未免太随便了。

我这么想着的时候，市长已经喝完了羊肉汤，又起身去光顾狗肉摊。

"市长，欢迎你来检查工作！"卖狗肉的眼快嘴快手快，已经递上来荷叶裹着的一包狗肉，"拿着，晌午下酒！"

他就接过来，托着，吃着，继续"检查"下一个推子。如果天天这么"检查"工作，365天的饭钱就都省了。

我无心再看他逐个儿吃下去，便离开汤市朝前走。

前边儿是菜市，卖菜的。白菜、萝卜、辣椒、莴苣（北京叫"莴笋"）、茄子、黄瓜、葱、蒜、元荽（北京叫"香菜"）。

前边儿是鸡鸭市，卖鸡、卖鸭子、卖鹅，也有卖鸽子、卖鹌鹑、卖画眉的，观赏禽和食用禽勉强划归一类。有一个用黄鸟叼小旗算命的，因为沾鸟的光，也在这儿摆摊儿，光天化日之下兜售封建迷信，没人管。

前边儿是蛋市，鸡蛋、鸭蛋（当地叫"青皮"）、鹅蛋、变蛋（北京叫"松花蛋"）、茶叶蛋，与蛋有关的统统在这里。卖鲜蛋的当然都是农民，筐子、篮子、篓子里铺着麦秸，装着自家的鸡（或鸭、鹅）下的蛋，来换点儿零花钱。从穿着和表情上看，他们的日子已不像前些年那么困苦，但还远称不上富裕。不然何必几个鸡蛋还舍不得吃，要到集上卖给吃得起的人去吃？家乡的父老仍然是艰辛的。

这个闺女恐怕是头一回上集卖鸡蛋。怯生生地把篮子挨着旁人的摊子搁下，左看右看，却张不开嘴吆唤，等着人来买。她穿着一件粗布织花夹袄，很旧了。篮子里有多半篮子鸡蛋，有的还带着血。可以想象是怎样等着家里的鸡一个一个下蛋，凑了这些来换钱。

旁边的摊子在给买主儿数鸡蛋（当地的鸡蛋论个儿卖），收钱。没人光顾她这儿。她沉不住气了，试着吆唤："买鸡蛋嗯……"声音很小，脸却腾地红了。

只这一声，竟然招来了买主儿。

"你这鸡蛋咋卖？"

"两毛五一个。

"咋恁贵？"

"贵啥？旁人的也是这个价儿……"

这闺女很不善于讨价还价，这几句话恐怕还是她爹娘事先教给的，依旁人的售价为准。

"人家的个儿大！"买主儿说，"你能跟人家比？"

我这才注意地看了那人一眼，竟是市长！

闺女显然不服，老实人认死理儿，脸红红地拿起一个鸡蛋，凑到旁边儿的摊子上："你比比！"

"比？"市长伸手一扒拉，闺女没防备，手里的鸡蛋"啪"地掉在地上，碎了，透明的蛋清中托着缓缓滚动的蛋黄。

闺女心疼地哭了："你这个人咋恁样儿？不买拉倒，毁俺的东西？你包赔！"

我不禁心头一阵火起，上前一步，想打这个抱不平。却见周围的人都眼睁睁地看着，无人上前相助。

"包赔？"市长说话了，"你交地摊儿费了吗？"

闺女一愣："啥？"

她旁边儿的摊主儿似乎动了恻隐之心，想圆场，小声儿对她说："闺女，卖东西得先交地摊儿费。这是市长！"

闺女不敢说话了。她大概头一回听说这规矩，也是头一回见着这位令人望而生畏的市长。她未必知道这市长是多大的官儿，反正农民听见"长"字儿就害怕。她害怕了，两眼惊恐地望着市长："俺头一回来……"

"嘞，嘞，我一眼就看出你是头一回来，想占公家的便宜啊？"市长不慌不忙地从兜儿里掏出一沓用小铁夹子夹着的纸，像发票，"缴两块钱！"

闺女还在无力地反抗："俺一个鸡蛋还没卖嗯，哪有钱？"

"不缴？鸡蛋全部没收！"市长毫不客气。

闺女妥协了，极其不情愿地把手伸进夹袄里边，掏出了一个小手巾包儿，打开来，把脏兮兮的一块票、五毛票、一毛票和硬币凑在一起，凑够两块，剩下的又包起来。那不知是怎么攒的看家钱，大概是她爹防备她一旦鸡蛋卖不出去带上这钱买点儿油盐或者嘱咐闺女饿了就吃点儿啥的。数钱的时候，她的手直哆嗦。

市长鼻子里哼了一声。他大概早已摸透农民的那一点儿狡猾，一逼，什么都能逼出来。他接过钱，撕下一张纸："盖戳儿！"

闺女迟疑地伸出手又缩回去："俺没有戳子……"

市长拿着那张纸的手也缩了回去："没有？刻去呀！上那边儿刻字社！"

闺女显然不敢违抗，只好站起来，望望市长指的方向，又低头望望自己的篮子……

"我给你看着！"市长说。他竟然愿意在这儿等着盖戳儿。

闺女无可奈何地走去了，哭丧着脸，嘴里嘟囔着："你看看这是啥事儿？没发市儿嗯先破财……"

我顿时明白了九叔的刻字社何以门庭若市，原来许多顾客都是这样逼出来的。他和市长有默契。

我没有追踪那闺女上刻字社，不忍心看着她再一次数着钱去买九叔刻的那块木头。"戳子"对她有什么意义呢？

我也没有陪着市长看守那一篮鸡蛋，等待闺女盖戳儿，尽管我知道九叔刻得极快。我走出这条街，怏怏地走回九叔的家，脑子里翻腾着那位市长……

四

九婶子正在做饭。她可能也是从街上刚回来，厨房里的篮子里满是菜，案板上还有鱼，有肉。她正在把切好的烧鸡往盘子里盛，满满的两大盘。

我说："九婶子，我又不是外人，你还用准备这么些菜？"

九婶子笑笑："轻易不回家，不能叫你亏着肚子！也不光为待承你，你叔说，晌午还有客，叫你陪着。"

我就不好再让她俭省了。既然另有贵客，我已降到了次要地位。按我的习惯，现在应该告辞，但又怕得罪了九叔、九婶子。虽是同龄人，他们却是长辈。

于是就不咸不淡地陪着九婶子说话儿。也实在没有太多的话题。我就把刚才街上的所见所闻说了一遍，末了儿说："这个市长，怎么这样儿？光在市场上转悠、找碴儿？"

九婶子看我这么认真，竟"咯咯"地笑起来："你当他是啥市长？就是市场的市长！"

我恍然大悟，哭笑不得。原来九叔一本正经地向我介绍市长是开了这么一个玩笑！

"看他那个立楞歪斜、半傻不荼的样儿也不是什么大市长！他管市场也不够格！"

"嘿！"九婶子收住笑，叹了口气，"你说：'谁够格？搁到那个位子上他就够格！你叔不叫我说……'"她瞟了瞟门外，没有人，才又接着说，"这个唐二好呀，小时候得过脑膜炎，落下了病根儿，不大透灵。二十多了，也没个正式工作，天天在街上溜达，看见卖啥的吃啥，不给钱，扭脸就走。就这样儿吃遍街……"

"怎么没人敢惹他？"

"开头儿有人敢惹。'哎，哎，你咋拿了就走哇？给钱！''要钱？找俺姐夫去！'就没人敢要了。"

"他姐夫是谁？"

"镇长。"

我重重地叹了口气。

"他就这么当了'市长'了？"

"不，是大伙儿选的。"

"为什么选他？"

"大伙儿都觉着选他合适。"九婶子动手切着肉，似乎无可奈何地说，"先前，市场乱得很，工商所也管，税务所也管，派出所也管，说罚谁就罚谁好几头儿缴钱。大伙儿受不了啦，就找镇长说：请上级拿个章程，归一个头儿管行不？"镇长说：那就成立市场管委会。大伙儿就一商量，公推唐二好当管委会主任，叫'市长'是给他戴高帽儿。"

我又不懂了。"为什么单单选他呢？怎么不选个精明人？"

"喊！"九婶子显然在嘲笑我不开窍，"选旁人，镇长能批准吗？明摆着的！还是唐二好合适，他憨啦吧唧的，啥事儿都好商量。贪图也不大，就是骗吃溜喝，大伙儿情愿叫他占点儿小便宜，图个太平。你听说过不？乡里有句话：'情愿养个肥猪，不愿养个壳篓'……"

"什么意思？"我没听懂。

"你想啊，"九婶子耐心地开导我，"肥猪已是喂肥了，消耗有限；要是换个瘦壳篓猪，能把你吃空喽！"

是的。我想，这里头说出了老百姓的一条真理。他们极容易承认现实，极容易接受无法摆脱的一切，并且有自己独特的运筹学。所以，在他们找不到清官的时候，便一心一意地伺候一个贪官、糊涂官。

感谢九婶子给我上了这一课。门外有脚步声，她便不说了，"嗞嗞拉拉"地炒菜。油烟呛人，我退出了厨房。

在院子里迎面碰见九叔回来了。他是回家吃晌午饭的，手里提着两瓶酒，一瓶"洋河大曲"，一瓶市面上极难买到的"五粮液"。

我突然一阵反感，想起了那个卖鸡蛋的闺女，九叔的钱就是从人家手里那样刮来的……

"那个卖鸡蛋的闺女可能连刻戳子的钱都不够……"我脱口说出这句没头没尾的话。

九叔竟然听懂了，一边儿往堂屋里走，一边儿说："噢，那是刘庄的！哭哭啼啼地跟我说了半天，我没收她的钱！乡里乡亲的，嘿，算啦！"

看来九叔的心肝还没让钱熏黑，只是辜负了"市长"对他的关照，一个戳子白送了。

说话间，客到了，原来是"市长"！

"哟，市长来了！"九叔表现出极大的热情并且毕恭毕敬，仿佛迎接什么大人物的到来，一边儿往堂屋里让客，一边儿说，"正好俺大侄儿打北京来，请市长吃顿便饭，叙叙。赶明儿市长在北京有啥事儿，互相照应照应。"

九叔特地一再点出"北京"，仿佛今天是北京市市长和本市市长聚会似的，其用意显然是在于抬高自己，以期更为对方重视。这让我很不舒服。我在北京只是一名普普通通的教师，能"照应"什么呢？你想巴结、利用"市长"，又何必拉我来陪着受罪？

"市长"像昨天一样，并未对我表现出什么兴趣，只是应付地"嘞，嘞……"大概他从我的装束、神态和一副近视眼镜足够判断出我的实在地位，这在当地的一条地头蛇眼里是算不了什么的。他心目中的大人物大概只有他的姐夫——本镇镇长。

坐在八仙桌旁的太师椅上，喝茶，吸烟。九婶子在厨房忙着做菜，还没出来。我不会吸烟，捧着茶碗干坐着，看他们喷云吐雾，说市场上的事儿，很觉无聊。

坐了好久，菜才上来。这顿"便饭"的丰盛令我大吃一惊，刚才在厨房并未看到全部。现在端上来的是，四个冷盘：烧鸡、狗肉、鹿角（一种海菜）、海蜇；四个热盘：鲤鱼、牛肉、海参鱿鱼、鸡；一个汤盆：清炖老鳖。其余的青菜、豆腐都不算在内。我的家乡是穷乡僻壤，能吃上这等"便饭"的我想至今也不多。九婶子一边儿上菜，还一边儿说："没啥好的，现打兑，不像个样儿！"

我们家乡乃至全中国都习惯于这样自谦，奉承话留给客人说。

我什么也没说，反正不是为我而准备的。

"市长"也没说"不孬"之类的话，好像部下向他奉献了什么都是应该的。

九叔斟酒，"洋河大曲"和"五粮液"都开了，斟满了三瓯儿（小酒盅儿，我们那里叫"酒瓯儿"），说："端！端！"

"市长"和他都端起来。我没端，我不会喝酒。

九叔遗憾地看了我一眼，向"市长"解释说："俺大侄儿酒量不行，咱端！干了！"

两人同时"吱儿"的一声，然后把空酒瓯儿相对，以示"干了"。

九叔再斟满。"叨！叨！"

"叨"就是使筷子夹菜，我们那儿不说"夹"，也不说"搛"，而叫"叨"。于是筷子一齐伸向盘子，好像长嘴鹭鸶啄食，很形象。

我勉强象征性地"叨"了一点儿，吃完了，再"叨"便觉得无趣。于是望望九婶子。

九婶子按家乡风俗，妇女不上席，在一旁伺候着。知道我这一眼是什么意思，就问："这就盛饭啊？"

九叔说；"他不喝酒，先吃饭吧！自家爷们儿，没谁笑话！"

好像我不能陪着"市长"喝酒是一种耻辱，他就以长辈身份把我这个两鬓斑白的大侄儿当作三岁顽童看待，以在"市长"面前圆场。

我就含着屈辱吃九婶子端上来的一碗饭。

九叔唯恐冷场，煽动性地挥着手，问市长："比划比划？"

"市长"垂着眼皮，一边儿吃着狗肉，一边儿"嘞，嘞……"

于是俩人咋咋呼呼地"比划"起来。

"五魁首！"

"八仙八仙！"

"六顺六顺！"

这酒令和外地的大同小异。俩人像拳击运动员似的对伸着胳膊，变换着指法，脸红脖子粗，吼声震耳欲聋。如果说"市长"因脑膜炎留下的病根儿在诸多方面低能，那么在这一套上却是高手。

"七巧七巧！"

"俩不错！"

酒令翻新。我虽不会喝酒，不会猜拳，但幼时在家乡还是见识过的，伸两个指头该说"俩好俩好"才是，为什么"市长"说……一琢磨，明白了！这小子名叫"唐二好"，是有意改说"俩不错"，以避自己的名讳！他何等尊严！

想到这里，我心中暗暗发笑。手里的一碗饭已经匆匆吃完，我便不再陪坐，起身说："你们慢慢吃……"

俩人正喊到兴头儿上，竟未理睬我的离席。

五

我在镇上转悠了半天，看了看一些冷落多年的古迹，拜访了两个中学时的同学。回到九叔家，已是夜里九点多钟。九婶子要给我弄晚饭，我说吃过了。她就回东间睡去了。我就进西间准备休息。

九叔还没睡，正趴在客厅八仙桌上用功。

我无意中瞟了一眼，见他正在刻戳子。

我随口说："生意这么忙？还得打夜作？"

九叔头也不抬地说："人家订的急活，赶明儿取。"

我觉得奇怪：他从来都是刀快如飞、立等可取，为什么"急活儿"还要隔夜？便出于一种下意识的好奇，凑到他背后去看。

九叔没料到我对他的事儿有兴趣，想遮挡，却晚了，我已经看见，那是一枚圆形带把儿的图章，字是事先写上去的，还没刻完。中间一颗五角星，上方一排字弧形排开，是："某某省某某管理局"。仿宋字，规整、标准，刻得用心。

我一愣："你这儿还能刻公章啊？"

九叔只好停下刀，简要地答复我："一般不接，得有批件儿。"

这个答复仍然令我存有疑窦。省里的局级机关公章，有什么必要上这儿来刻？"批件儿"又是什么批件儿？

我不安了。是亲三分向。我替九叔担心："九叔，你可不能……"

九叔不耐烦地咂砸嘴，显然嫌我多事儿。"我说有批件儿就是有，你还要看看吗？"

"我还真得看看。"我不知怎么，此刻已不像对长辈那样对待他。

他无可奈何地从兜儿里掏出一张纸，上面写着：

艺术刻字社：

　我局因体制改革，需要刻新章一枚，请大力协助！

某某省某某局

某年某月某日

那字迹一看就是九叔的手笔，落款处该盖公章的地方还空着，等刻完了再补盖。这种骗人的伎俩，拙劣之极。

旁边儿还有一行批示，写得歪歪扭扭，只两个字"同意"。下盖一个私章："唐二好印。"

这显然就是今天中午那一顿"便饭"和一阵"五魁首""俩不错"的收获。

我为九叔的胆大包天而震惊："你……你这样做是犯法的呀！"

九叔很懊悔让我发觉了这秘密。但并没有害怕的意思，拍拍我的手说："大侄儿，放心，咱这儿是王法管不着的地方，假介绍信、假工作证满天飞，没人查！咱爷们儿不外，我跟你说。光靠在柜台上刻几块钱一个的戳子没多大意思，马不吃夜草不肥，赶明儿订主儿来取货，就是这个数！"

他伸出两个指头给我看。

这相当于我一年的工资。九叔不知已经吃了多少这样的"夜草"，所以他才肥得流油，赏给卖鸡蛋的闺女一个木头戳子当然算不了什么，还能落个好名声。他的才能和机智发挥得很充分，但也把自己给毁了！

我感到他是个危险人物。念是同宗同祖，不能眼看着他往泥坑里陷！"九叔，你怎么变得这样儿！这种事儿万万不能干，一旦露了馅儿，你就一切都完了！"

九叔绷着脸，琢磨着我的话。但一个利令智昏的人不大可能听得进去逆耳之言。

"没事儿！我手里有市长的批件儿，出岔子也有他顶着呢！"他说。

"唐二好？"我听得好笑，"他那个'市长'算个老几？他的后台镇长又算个老几？赶明儿树倒猢狲散，你怎么办？九叔！什么事儿都得想想它的'反义词'啊！"

我无意中联想到了童年趣事。这本是个好笑的话题，九叔都没心思笑了，手里把玩着那个没刻完的、象征着偷来的权力的图章，不知该如何是好。

九婶子披着衣裳从东间走出来，一脸的恐惧。"大侄儿是见过世面的。比咱懂得多。咱不干了，洗手不干了，甭逮不着黄鼠狼弄两手臊气！你要是蹲了'局子'，俺娘儿几个咋着？"她战战兢兢地夺过九叔手里的木头戳子，"把它攮到炉子里去！"

她往厨房走去了，九叔也没拦她。

六

天亮之后，我便拿着行李，要提前走。

九叔挽留了两句，但口气不硬。他心里乱，也无意留我长住。

他还是推着自行车送我去长途汽车站，一路上无话。

在丁字路口我们又碰见了"市长"，九叔还是像昨天一样亲热而又尊敬地打招呼，他也还是那样一边儿吃着什么，一边儿心不在焉地"嘞，嘞"，立楞歪斜地走了。

小镇宁静安详，四乡里赶集的农民已经迎着晨曦拥来了，今天的市场将和昨天一样，并没有出现我昨天晚上预言的"树倒猢狲散"的征兆。

汽车开动了，我挥手向九叔告别。他也摆摆手，就匆匆转身走了。这时我才想到：他大概不会听从我的劝告，那块攮到炉子里的木头疙瘩说不定还会重刻，反正他有手艺。更重要的是他有胆量，只要"市长"和镇长能够当下去……

原载《十月》1990 年第 3 期

美　元

　　曹老头子并不姓曹，这是他的诨号。在我们那里，"曹"是个形容词，普通话里找不到与之对应的词儿。虽然它只有一个字儿，意思却很丰富。其义有二。其一，是吝啬。曹老头子非常吝啬。他家的枣树，年年挂满了果儿，左邻右舍没谁能尝过半个。谁家的小孩儿要是偷他的枣，他追上二里地也要掰开手夺回来，任你哭闹，任你家大人恶语相加，曹老头子也决不手软。他是誓死捍卫私有财产。因此，老邻世居没人跟他有鸡毛蒜皮的来往。其二，是无礼，没面子，言语生硬，令人望而生畏。这层意思前边儿已经有所涉及，但未全包括。比如你春荒揭不开锅，实在无计可施。觍着脸求他借半瓢糁子，他扭脸就走，还说："咋光想着算计我啊？我还正想找你借嗯！"便使求告的人十分尴尬，发誓永不登他的门儿。

　　"曹"字的意义大体如此。只是方言土语，没有规范写法，权且借用曹孟德的"曹"字——曹操就够"曹"的，"拔一毛而利天下，不为也！"

　　曹老头子还非常财迷。其实凡是吝啬而无礼的人无不财迷。曹老头子整天阴沉着脸，从无笑色。除了盘算如何发财，就是睡觉。他随处可睡，场头、地边、房前、屋后，或是靠墙，或是倚树，把棉袍一撅，双手笼在袖筒儿里，便即刻进入梦乡，呼呼酣睡，任你在一旁说笑、放炮仗、打架斗殴溅出活人脑子来，他心不惊，耳不烦，照样打鼾。但有人作过试验，只需在他近旁小声儿叽咕一句："哦，这是谁掉的一个毛咯儿（硬币）啊？"他便立即跳起，双手在地上乱胡噜："我的！我的！"于是众人大笑。曹老头子不羞不恼，拍拍身上的土，昂然走开，眼望着天，口中在感叹："奶奶！能找着个天上掉钱的地方儿不？"

　　地分开种之后，"天上掉钱的地方"有了，其实还是地里长的。曹老头子把划给他老两口的二亩六分地全种上了果树。他有园艺手艺，树栽得横竖成行，疏密有致。修枝、嫁接，有板有眼。周围拉上铁丝网，谢绝参观。他好像要打下万世的基业。有人站在铁丝网外边儿嘲笑他：恁大年纪了，又无儿无女，哪辈子能见收成结果？

错了。桃二杏四梨五年，小枣儿当年就还钱。何况曹老头子年方六十八岁，身板儿极好，还有几十年的好光景嗯！

当年春天，枣树苗儿开满了桂花似的碎黄花儿，像落下满天星星。到麦收之后，就挂满了玛瑙般的大红枣儿，像收获满天红霞。他的树苗儿都是院子里那棵老枣树的子孙，大而脆，摔下来能裂八瓣儿。老两口仔细地一个个摘了，曹老头子不辞辛苦，天天扛到集上去卖，要价儿高出一般枣的两倍，但出手极快。换回来硬哗哗的票子，成摞。

该缴公粮了。邻居们暗暗发狠：你一垄麦没种，能缴枣吗？当然不会缴枣，枣比麦值钱。曹老头子到集上买麦，连吃带缴公粮都有了，花销有限，强似那些出牛力种庄稼的主儿。

第三年，又添了若干桃。第四年，又添了若干杏。第五年，又添了若干梨。果子的价钱年年涨，月月涨，天天涨，曹老头子眼看发起来，吃香的，喝辣的。瓦屋翻新，又起了门楼儿，好像他孙男弟女成群似的，有极长远的打算。

他的钱无数。但一如既往，没有谁能借出一个"毛咯儿"。他的钱不存银行，怕公家久后赖账讹了他。万无一失的办法是锁在柜里，柜上加锁，屋门加锁，院门加锁。还不放心，就喂了一条狼狗，连看家带看果园。那狗极恶，谁家的鸡要是闯进院子，逮住就撕得粉碎。大人孩娃不敢靠前。曹老头子的家和果园都是令人艳羡令人诅咒却又无人敢闯的禁区。

曹老头子安安稳稳地积攒"天上掉下来"的钱。

但他近来不大安稳了。据村里的消息灵通人士跑子说，他知道是咋回事儿。"跑子"就是兔子，腿长耳朵长。这里说的"跑子"是个人名儿。此人的长处是东跑西颠、经多见广，经常向闭塞的庄稼人提供一些新闻，且言语和善、有问必答、夹叙夹议、深入浅出。短处是听风就是雨，往往言过其实，因此，他的消息不免有水分。跑子也是农民，小时候上学上到初中毕业，回家务农。因为他"跑"得紧，嘴皮子练得溜索，种庄稼就缺了功夫，收获中等偏下，遇"征购爱国粮"时就往下打出溜，常常能磨出免征或救济。尽管跑子有诸多缺点。但村民们还是爱听他拉呱儿。虽然他说话没谱儿，乡下人见识少，也挤不出水分。

"知道曹老头子因为啥发愁不？"跑子的记者招待会往往不是先由

人提问，而是自己先出题，有点儿像唱戏的"叫板"。

"因为啥？钱愁得花不了喽呗！"于是有谁答上茬儿，准是忌恨有钱的主儿。

"不对，"跑子胸有城府地笑笑，瞟了瞟旁边儿，曹老头子也在场，只是不扎堆儿，离人群五步远，倚着树根打呼噜。跑子知道他睡着了也能听见旁人说"钱"，所以才拣这时候发表演讲。"他是因为呀……"

周围的人都支棱起耳朵来，静听下文。跑子却又不说了，找旁边儿的人蹭颗烟，点着了，才慢悠悠地往下说，但一家伙把话题岔得不着边际，好似临时想起来似的把刚才借的那只火柴盒儿左看右看："伙计！你的洋火儿多少钱一盒？"

"八分。"蹲在他旁边儿的那位不大耐烦地答，心说你扯哪去了？

"头三年里多少钱一盒？"跑子时空跳跃，又问。

"二分。"那位又答，心说这谁不知道？

"翻了几番？"跑子这回是向大伙儿发问，启发式。但不必回答。他自己答："四番。这就是说啊，现如今的八分钱，才顶二分钱。八块呢？顶两块。八千块呢？顶两千块。八万块呢？顶两万块。那六万哪去啦？叫狗吃啦！"

大伙儿愣愣地傻笑，并不当真。因为手里没有八万块，也就没叫狗吃了那六万块，用不着心疼。

但是，离人群五步远的曹老头子的呼噜却停了。

人们于是明白了跑子的意思，七嘴八舌：

"他情愿喂狗，你咋着？"

"奶奶！能疼死不？想睡都睡不着啦！"

"姐的个×！他觉着钱藏到屋里能生小的嗯，谁知道越搁越少！"

曹老头子睁开了一只眼，瞅着这边儿，身子却没动窝儿。

没人找他说话。跑子这会儿连看都不看他，往下说，但字字都打到他心上。

"这就叫通货膨胀，货币贬值。啥叫'贬值'？钱不值钱，毛啦！"

他把新词儿、老词儿并用，讲得人人明白，比广播喇叭里念报纸踥来踥去地好懂。上岁数的人还记得，当年"金圆券""毛"到什么份儿上，上街买点儿东西得扛一大捆票子！新中国成立后那些钱全作废，小孩儿叠扇子、娘们儿糊袼褙啦！

"这个法儿下去，我看明年'毛'得更厉害！"跑子下了结论，并且包含着形势预测。

曹老头子的两只眼都睁开了，焦急地望着跑子："我不信！"

答上茬儿了。

"不信你就等着！"跑子淡淡地说，"'毛'得不行了，国家就得换新票子，十块的换一块！"

曹老头子一愣。心里算计着他的财产要是这么换了，十成落下一成，得损失多少？这么一算，大惊失色，脱口说："奶奶！没法儿过啦！

众人发出一阵哄笑，越笑，他心里越毛。

跑子不急不忙地说："天无绝人之路，法儿还是有噢！"

"啥法儿？"曹老头子拍拍腚上的土，往跟前凑了凑。他还是头一回这么虚心地向人请教。

"存银行啊，"跑子说，"银行里如今兴'保值'，就是说，物价涨多少，就赔你多少，水涨船高。甭管你早晚取，都不叫你吃亏。"

曹老头子表情黯淡，默默不语。他信不过银行，不想用这个法儿。票子都交了公，万一取不出来可咋着好？

跑子知道他心里想的是这，所以才另指一条道儿："要不然，就换成外国钱……"

曹老头子紧盯着问："外国钱不'毛'啊？"

"不'毛'。"跑子肯定地说，"不但不'毛'，还涨嗯！"

"外国钱，在咱这儿能花吗？"曹老头子又问。

"嗷！"跑子嘴里喷着唾沫，"中国钱在外国不能花，外国钱在中国更金贵，世界就是这个歪理儿！日元、美元、英镑、西德马克，那都是'硬通货'——就是走遍天下都能花！你没听广播里老是说'引进外资'多少多少，'国际贷款'多少多少，那都是外国票子！嗷，要是我腰里掖着十万八万的美元，奶奶！天塌喽也不怕啦！"

曹老头子的眼里放了光儿："要是……中国钱换美国钱，也是一块换一块？"

"你！想好事儿！"跑子肆意地嘲笑他的孤陋寡闻和贪得无厌，"人家的票子值钱！按公家的牌价，三块七毛三分一厘四毫中国钱换一块美元（他说的是当时兑价）。不过你得有证明，证明你有出国任务，或者……你干脆就是外国人。"

曹老头子的眼光又黯淡了，他没地方开出国的证明，并且他也不是外国人。

"实在不行，就到私市上换，八块换一块。"跑子不让他失望，在山重水复之际又推出柳暗花明。

果然曹老头子又燃起了希望："这也有私市？"

"现如今，啥东西没有私市？"这回是旁人搭茬儿了。

"就是忒吃亏……"曹老头子叽咕着。

搭茬儿的人又搭茬儿："私价当然得比官价贵，啥都一样！就说粮食吧，公家征购粮，啥价儿？私市上的粮食，啥价儿？再说化肥吧……"

"算啦，算啦！"跑子认为已无须再举例说明，可以结束记者招待会了，就把手里那只做由头儿的火柴盒扔给旁边儿的人，起身要走，一脸轻松地说："反正咱手里又没有十万八万的钱，用不着找地方儿换美元，操那个心？走喽，吃罢饭耥我的麦去！"

人群懒洋洋地走散，并不理会曹老头子还在那儿发愣。

第二天，曹老头子就上县城去了。空着手，没带啥沉重的东西。许是探探路子。

第三天，曹老头子换长途汽车上市里去了，仍然是空着手。他的调查研究在升级，大概县城里没找着他要找的人。

第四天，曹老头子回来了。不是他一个人，还带回来一个陌生人，戴着墨镜，骑着电驴（摩托），曹老头子坐在后头，搂着他的腰，看样子很是热乎。突突突突，电驴放着响屁开进村，引得大人小孩儿都出来看热闹。

电驴停在曹老头子家门口。曹老头子下了车，阴沉着脸朝街坊四邻咋呼："看啥看啥看啥？谁家不来个客来个人儿的？"

人们无趣地闪开，心里暗笑：你家八辈子也没来过客，这不知是打哪儿勾搭来的！

曹老妈子（就是曹老头子的媳妇）开了大门，那条狼狗忽地蹿出来。朝戴墨镜的陌生人又扑又咬，把那人吓得嗷嗷叫，外乡口音。曹老头子踢了狗一脚。"娘的×，没规矩！"那狗就不咬了。摇着尾巴跟陌生人套近乎。那人从车上取下一只空半截的旅行包轻飘飘提在手里。于是三人一狗进了门楼。这是头一回有人闯进老头子的禁区。不是"闯"，是他请来的。"咣唧"闩上大门，便鸦雀无声。

一庄上的人都鹅似的伸长了脖子等着。

过了一顿饭的工夫，门开了，曹老头子、曹老妈子还有狗送陌生人出来，那人手里的旅行包变得胀鼓鼓的，看起来有几十斤重，不知装的是啥，只能看出鼓出来的地方见棱见角儿。那人把旅行包放在后座儿上，捆结实，跨上车，说声"拜拜"！就"突突突突"一溜烟走了。

这时，跑子正站在自家门口，和几个闲汉朝曹老头子家张望。跑子说。"'拜拜'是美国话，就是再见。"

旁边儿的闲汉说："奶奶！见一回就是一提包。再见下回得开拖拉机来拉了！"

曹老头子目送客人走远了，自己却没进家，吩咐曹老妈子和狗看家，他悠闲地倒背着手，朝前头信步走去，好像忍不住要向邻舍们显示什么，却又不肯说。他的脸上第一次挂上笑容。

没有人向他打听什么，好像谁也不关心他，不忌恨他。

又过了三天，跑子再次举行记者招待会。和往常一样，曹老头子离人群五步，倚在树根上打呼噜。他离不开大伙儿，又怕人家沾他的光，所以总保持一定的距离，有限制地接触。当阔人就是麻烦。

这次，跑子还是先"叫板"："听见广播喽没？市面上发现假票子，一百块钱一张的，印得跟真的一样，就是没有一照就见影儿的人头，技术还不过关……"

于是，爱搭茬儿的人又搭茬儿："票子还有假的？"

"嗘！"跑子不屑地吐口唾沫，旁征博引，"啥没有假的？假烟、假酒、假农药、假化肥，假劳模，假'彩电村'……"

"是的，是的……众人点头称是。这种身边儿的例子最能服人，于是以此类推、举一反三，便相信世界上任何东西都可能偷梁换柱、以假乱真。

"外国票子有假的没？"又有人问，由国内而联系到国际，也在情理之中。

"有，有，当然有！"跑子回答得斩钉截铁，"能造中国票子，就能造外国票子！"

倚在树根上打呼噜的曹老头子鼾声骤然停止。不过他这回没睁眼，只是静听。他不打算显出十分关心这件事儿的样子，以免得人们以为他手里有外国钱。但听到跑子说外国钱有真有假，又不免心里犯猜思……

这边儿，好像根本没人注意他的存在。记者招待会继续进行。

问："真的、假的，能分出来不？"

答："一般人不行，但是瞒不过行家人的眼。"

问："你行不？"

答:"我也就是前年上市里打听事儿,碰见个熟人,他有日元、美元,叫我看过,说是真的、假的,就看……"

跑子说到这里,就此打住。站起身来,朝家走:"该吃饭啦!"

曹老头子真想拉住他!

幸亏旁人也没听够,不让他走,"哎,哎,你还没说完嗯!假票子咋能看出来?"

跑子还是走了,一本正经地丢下一句话:"问这做啥?你又没有外国票子!不能说,这是国际秘密!"

众人都很失望。最失望的是一声没搭茬儿的曹老头子。

但是他并没追上跑子去问,他得猜思猜思。

憋了三天。

半晌午,跑子耱地耱烦了,不到吃饭时候就扛着锄,耷拉着头朝家走。

这时候,村口没什么闲人。小孩儿上学了,大人下地了,娘们儿们在家做饭。

曹老头子突然出现,吓了跑子一个愣怔。

"跑子,我有点事儿,找你帮个忙儿……"曹老头子难得如此低声下气。

"我能帮你的啥忙?帮你吃果子?"跑子以其人之道还治其人之身,曹老头子一向是这样对待求助者的。

"等鲜桃下来,你抬一筐吃去就是喽!"曹老头子竟然舍得心头肉,可见确有大事儿、急事儿。他瞟瞟周围,确信没有第三个人在场,方小心翼翼地从怀里掏出一张票子,双手递到跑子面前,说:"你给看看,这……不能有假吧?"

跑子就放下锄,接过那张票子,看了看说:"美元哟?一百块一张的!"

曹老头子点点头:"嗯。你仔细看看……"

跑子于是极认真地又捻又摸又舔,翻来覆去地看了一袋烟工夫,却未置可否,只问:"你还真能,人民币换美元了?啥比价?"

曹老头子听不懂。

跑子解释说,"比价就是几块换一块?"

曹老头子笼着袖筒儿,捏了捏跑子的手指头:"这个数……"

"行啊,你!"跑子赞扬地瞟瞟他,"六比一,你占便宜了!"

曹老头子粲然一笑,又不放心地问:"没假?"

跑子仍然所答非所问:"你共总换了多少?"

238

"我……"曹老头子当然决不肯公布自己的财产数字，只笼统地说，"家里就攒下那俩钱儿，我都换了。怕'毛'。你肯定没假吧？"

跑子郑重地把这张票子物归原主，这才说："我看清楚啦，你把心装到肚子里吧！——哎，甭忘了一筐鲜桃！"

"哪能？君子一言，驷马难追！"曹老头子舒心地答应着，把票子掖好，走了。用一筐鲜桃换颗定心丸吃，值不？值！

跑子等他走远了，扛起锄，没回家，转身朝地里走去，要立即召开记者招待会，他一路走着，还情不自禁地唱起了上中学的时候学的一首歌儿：

> ……
> 想起了一件事，
> 真是乐死人！
> 你要问我，
> 你要问我什么事呀什么事？
> 嘿嘿！
> 真是乐死人！
> 真是乐死人！

什么事儿让跑子这么乐呢？乐的是曹老头子手里的那张票子——屋里还不知藏了多少这样的票子！那票子……那票子印得倒是挺精致，只是当中盖着一个戳儿，印文是两个中国字：美——元。

原载《十月》1990 年第 3 期

专　列

一

　　大清光绪二十九年，公元 1903 年。

　　从鸦片战争开头的那一年算起，已经过了 63 年。那场战争早已烟消云散，但实实在在地给中国留下了鸦片，朝野上下缭绕着荡魂摄魄的青烟。

　　这一年，大清帝国慈禧皇太后（全称是：慈禧端佑康颐昭豫庄诚寿恭钦献崇颐皇太后）虚年 69 岁。或者可以说她与鸦片一起成长，至今已近古稀。但她的相貌决没有这么老。就在这一年的夏天，从美利坚来了一位画家"柯姑娘"为中国圣母画像，一见之下曾惊叹她的年轻美貌，说她看起来不过四十来岁。可见保养极好。

　　现在，夏天还没到，说的是春天的事儿。

　　慈禧太后正躺在寝宫里龙虾般地曲着腰肢吸"福寿膏"。"福寿膏"是鸦片入乡随俗之后的美称，温和而且吉利，让人忘却那不愉快的战争。慈禧浑身酥酥软软舒服至极，心说：林则徐真不是个东西，在虎门毁了那么多的福寿膏，可惜了！

　　她过足了瘾，兴致高了起来，声音颤悠悠地叫太监总管李连英："小李子！"

　　话音还没落地，李连英已经来到榻前，也不知他刚才在哪儿一级待命来着。

　　"嗻！皇太后，奴才在这儿伺候着呢！"

　　"你说说，中国好还是外国好？"

　　冷不丁提出这么一个问题，好像她刚才正在研究比较学，而李连英也是这方面的专家似的。

"皇太后，"李连英脸上漾着永远的微笑，"这还用说？当然是中国好！咱大清国地大物博，无山不清，无水不秀，要什么有什么，要不洋人干吗总惦记着往这儿跑？就说咱北京的内外五城、皇宫大内、颐和园、万寿山，外国哪儿有哇？皇太后您见天儿一日三餐的御膳，洋人连做梦也没尝过！上回西班牙公使大人送来的奶酪，还当什么好东西呢，连王致和的臭豆腐都不如！……"

李连英笑眯眯地一口气儿几乎要把大清国的好处说尽，捎带着把夷狄嘲弄一番。他这么说当然是有根据的。皇太后曾经说过："只要我活着，就不能学外国！"奴才嘛，当然得顺着主子的意思说。

慈禧瞟了他一眼，半截儿打断他的话茬儿："外国就没有什么好东西吗？"

李连英心里咯噔一声，心说：这老娘们儿的话音儿不对？得赶紧找补！

"皇太后说得是，洋人有些个东西倒是挺地道！"说找补就找补上了，"就说这福寿膏啊、自鸣钟啊、洋枪洋炮啊……"

都没搔到痒处。善解人意的小李子今儿个是怎么了？

慈禧再一次打断了他的话："今儿个是几儿啊？"

"回皇太后的话，二月二十七。"

"噢，春分已然过了。"

"是，春分是二十四，是大前儿个——"李连英掐指算着，心里不明白这个向来不问农桑的老娘们儿今儿个怎么突然关心起节气来了？想到这里，他马上也就明白了，赶紧说，"说话就到清明节了，奴才惦记着皇太后要去谒西陵呢！这回改坐火车去，又快又舒坦！"李连英毕竟是李连英。他竟然能从慈禧八不沾连的一句问话琢磨出她那跳跃的思路，并且飞快地跟上来。皇太后喜欢坐火车，喜欢洋玩意儿！

"唉！"慈禧叹了口气，"我哪儿是想舒坦？这谒陵的事儿关乎祖宗的法度，关乎大清国二百多年的基业……"

"那是，皇太后心里装的都是国家大事！"李连英附和着，心里却在嘀咕：这老娘们儿说的比唱的还好听。要真是按祖宗的法度，哪儿还有她说话的分儿？权力早就都归了光绪爷了！

李连英这边儿寻思着，没碍着慈禧那边儿继续说她的："再者说，皇上是一国之君，启銮谒陵是大事儿……"

"那可不？何况还是皇太后带着皇上去！"李连英赶紧把皇太后举到皇上的前边儿。仿佛那已经 33 岁的光绪皇帝还是 3 岁的小孩子。这么说她听着才舒服，皇上在她眼里算老几？

慈禧笑笑："我记得，三月初九就是清明，按洋人的说法儿，就差个把'礼拜'了。路上的事儿，准备得怎么样了？"

这才切入正题。

"回皇太后的话，铁路已经修通了。"李连英对答如流。他说的铁路是指北京到汉口的京汉铁路。慈禧和光绪到易州去谒西陵，要坐火车，京汉铁路就是必经之途。当时卢沟桥到汉口的北段虽已建成，但慈禧不能赶到卢沟桥去坐火车，所以特地抢修了北京城到卢沟桥的这一段；到了高碑店，也不能下车再奔易州，所以又修了由高碑店至易州良谷庄的支路。如此，慈禧由北京到西陵便可专车直达。

"这是直隶总督袁世凯、卢汉铁路督办盛宣怀两位大人经办的，"李连英接着说，"由高碑店到涞水 27 里，由涞水到易州 34 里，由易州到良谷庄 17 里，总共 78 里，奉旨 6 个月完工，结果 4 个月就齐了，只花了 60 万两银子。这两位大人对皇太后真是忠心耿耿哪！"

"唔，知道了。"

慈禧并没说好也没说不好。心说：现如今能担得起"忠心耿耿"这四个字儿的人可不多，谁知道那些个王八犊子里头有几个好东西？都瞅着大清国家大业大，变着法儿地往自个儿的兜儿里搂，那六十万两银子未必都花在铁路上了。你小李子替他们说好话，保不齐得着了他们什么好处。这种事儿现如今已经算不了什么猫儿腻，要是查起账来，大清国整个儿一笔糊涂账，跟烂泥似的。皇太后虽身居高位，心里明镜儿一般。

又问："谒陵的车子呢？"

李连英忙说："他们在准备……"

"告诉他们，这车子不必太铺张，只要能坐就成了。"慈禧垂着眼皮，慢悠悠地打了个哈欠，"大清国的银子，能省一两是一两。"

二

冒着早春三月的料峭寒风，直隶总督袁世凯和卢汉铁路督办盛宣怀前往察看供慈禧谒陵乘坐的专列——龙车。他们深深知道，皇太后清明节带着皇上、皇后、妃嫔、皇亲国戚去西陵祭祖扫墓，这是何等威严煊赫的一件大事，断断不可出现些许差错。这龙车，虽然皇太后传下来懿旨说"不必太铺张，只要能坐就成了"，其实人人明白她的话只能反着听，要是真这么糊弄她，那就别想要脑袋了。他们也深知，要伺候得皇太后满意，那是一件很不容易的事。面前这辆龙车，是盛宣怀委派道员陶兰泉用普通车厢改装的，能不能达到慈禧所要求的"能坐"的标准，谁也没底儿。今天袁世凯到此，就是要亲自过目，判断一番。

"袁公，请上车！"卢汉铁路督办盛宣怀极其恭敬地向他做了邀请的手势。

盛宣怀，字愚斋，江苏武进人。已虚岁六十，比袁世凯年长十五岁，瞧不起这个河南侉子。望着他那肥嘟嘟的脑袋，想起五年前的"戊戌变法"，袁世凯支持康梁于前，又出卖康梁在后，用谭嗣同们的鲜血染红了自己的顶子，他这颗脑袋里面除了阴谋诡计，还有什么？论学识，论功绩，怎比得了盛某人？大清国第一个轮船招商局、第一个电报局、第一家银行、第一家商办钢铁厂、第一条南北铁路干线，还有北洋大学堂、南洋公学……都是他盛宣怀创建的，若论实业救国，可谓第一功臣哩！可是，对于袁世凯这位直隶总督兼北洋大臣，他却不得不让三分，尽管他此时还不可能想到十年之内大清国就要完蛋，袁世凯飞黄腾达，当了总统又当皇帝，那颗肥脑袋还铸在了银圆上哩。而那时他自己仓皇出逃，亡命日本！

袁世凯当然也瞧不起这个江南蛮子。铁路、轮船、电报局、银行算个啥？要抓权就抓政权、兵权！光绪二十一年袁世凯在天津小站训练"新建陆军"，就此发迹；光绪二十五年在山东镇压"拳匪"，大显身手；两年前又接替李鸿章出任直隶总督兼北洋大臣，把手下的武装扩编为"北洋常备军"，重权在握，羽翼已成。而盛宣怀则曾是李鸿章的幕僚，那么，袁世凯自我感觉也就是盛宣怀的老上司了，眼皮里也不夹他！

因此没有谦让，气昂昂地走在前面，两人一前·后踏上了遍裹黄绒的"龙车"。

慈禧的"龙车"共两节。登门之后，便进了第一节。迎门一道玻璃屏风。绕过屏风便看到车厢正中摆着太后的宝座，四周设长桌，覆绣龙黄缎。四壁缦黄色丝绒，内衬白毡，地铺五色洋毯，金碧辉煌。车中陈设着古玩玉器、名人字画，令人目不暇接。袁世凯看到这里，微微点了点头，肥硕的手指捋着厚嘴唇上面的两撇小胡子，心说：人生在世，得乘此车，足矣！

宝座右边开一门，走进去，便是慈禧卧室。卧室当然也是壁缦黄绒、地铺洋毯。但首先映入袁世凯眼帘的却是一张西式席梦思铁床。

"愚斋，"他叫着盛宣怀的字而并不称他"盛大人"，操着一辈子改不了的河南项城口音问，"皇太后的卧室，咋不摆龙凤榻，弄了恁样个洋玩意儿？"

"袁公，"盛宣怀神秘地笑笑，那只江南人精巧的鼻子耸动着，一双炯亮的眼睛闪烁着智慧，"这是特地请教了宫里的李总管，为的是皇太后吸福寿膏方便！"

袁世凯不觉"噢"了一声，暗暗艳羡：奶奶的！躺在席梦思床上抽鸦片，啥滋味哩！

盛宣怀接着说："这床，刚买来的时候太高，不大合用，就把床腿截短了一些，又把床面移高了一些，这样，太监跪着点烟，才合适。"

袁世凯又点了点头：这个老小子想得倒是真周到，伺候你亲娘恐怕都没这份儿孝心！

却又问："只是……这床横着摆不大合适吧？皇太后忌讳多，要是挑起毛病来……"

他没再往下说，侧眼瞧瞧盛宣怀，眼神里说的是：这天底下，除了大发"横"财，其余"横"的都不大好听：满脸"横"肉啊，"横"骨插心啊，飞来"横"祸啊，尸"横"遍野啊……

这一想径自吓出了一身冷汗。万一出了事儿，不仅唯盛宣怀是问，他袁世凯也脱不了干系！

盛宣怀却不慌不忙，胸有成竹："这床，横着摆是为了防止行车时晃动以至于倾倒。"瞧了瞧袁世凯，又得意地补充了一句："在下办洋务多年，对洋学略知一二，这叫'力学'！"

袁世凯不再言语，心里却在骂：奶奶的，笑话我这土包子？你卖弄啥"力学"哩？马屁学！

看了半天，袁世凯没挑出毛病，基本满意。他有点儿累了，瞅见旁边儿的一座绣墩，想坐下歇会儿，不料刚作下蹲状，却被盛宣怀一把拉住："袁公，坐不得！"

袁世凯什么时候吃过这一套？满脸不悦："咋的？"

盛宣怀道："这是皇太后的如意桶！"

袁世凯没听懂："啥？啥叫'如意桶'？"

盛宣怀心中暗笑，却不回答，伸手一掀，那"绣墩"竟被掀起一只"盖"！

袁世凯俯身看时，果然是中空一"桶"，以缎贴里，桶中盛着明晃晃的水银。仍然不明白，也不好再问，只是疑惑地望着盛宣怀。

"袁公，"盛宣怀笑笑说，"大概你们河南人不惯用此物，这就是皇太后的马桶啊！"

袁世凯脸上一热，土包子又露怯了，只好怪自己眼拙。

盛宣怀心中得意，这马桶的奥妙还没有说完，继续指点迷津："袁公请看！这如意桶中，底贮黄沙，上注水银，便溺之物，入之即沉，了无痕迹，岂不妙哉？"

"妙，妙！"袁世凯敷衍着，心想老子啥时候也弄恁样一个撒尿的玩意儿试试？

"这车，已然好得无以复加，看来能称皇太后的心了。"袁世凯验收完毕，突然心中一动，"只是……不知道车子开动起来，这些古董字画会不会掉下来砸着人的脑袋？要是万一有个闪失，咋办？"

这么一说，盛宣怀也含糊了，不敢打这个保票，脸上的志得意满收敛了许多，沉吟道："那么……就请袁公试一试车，如果有不妥之处，再想办法。"

袁世凯想想，也只好如此。于是盛宣怀下令开车，司机、司炉一应人等顿时忙活起来，火车头一声长啸，吐出团团白烟，车轮缓缓转动，喊哩咣当、喊哩咣当、喊哩咣当，拉着至尊至圣的龙车奔上征途……

袁世凯说："再快点儿！"

盛宣怀跟着大声喊："快，快开最快的车！"

火车全速前进，奔驰在广袤的华北原野上，铁路两边尚未返青的麦田一掠而过，由北京到定兴，再掉头往回开，往返二百里，满车的陈设，纹丝未动，与车厢浑然一体。

两人这才放心地舒了口气。

袁世凯无话可说了，最后还是说了一句话："为了万无一失，最好再请李总管来看看。"

盛宣怀暗暗佩服：袁世凯果然不可轻视，最后让李连英来点头，万一出了些许纰漏，也好有个垫背的！

三

李连英看过了龙车，回宫面奏慈禧。

"皇太后，依奴才看来，这车坐得过了。就是上车的时候不大方便，怕皇太后累着。奴才琢磨出一个法子，让他们这么办：在车站再造一座桥道，上铺绒毯，使软轿平抬着皇太后上车，免了举足之劳……"

慈禧终于面露笑容："难为你这个猴崽子，这么孝顺！"

李连英谦卑地哈着腰："奴才还特为提醒两位大人，皇上的车，也照皇太后的这么办，不可有丝毫差异。一则别让皇上不痛快，二则不能让人猜测好像皇太后忽视皇上似的！"

"唔！"慈禧轻轻地这么应了一声，表示对一切都已满意。在她眼里，最会办事的当然还是李连英。

"皇太后的龙车、皇上的龙车，各花了 14 万两，总共才 28 万两银子，"李连英这才报出账目，"奴才们能给皇太后省一两是一两！"至于这28 万两银子，真正花在龙车上的有多少，袁世凯、盛宣怀、陶兰泉以及他李连英，还有专门向宫里行贿的古玩铺——"内铺"的刘麻子各得了多少，他决不会露半个字儿。皇太后精明，奴才们也不傻。你算计我，我算计你。正应了慈禧的那句话：都瞅着大清国家大业大，变着法儿地往自个儿的兜儿里搂！

万事俱备，只欠东风。慈禧发话道："就这么定下来吧，三月初九是清明，咱们初八辰时起銮！"

四

傍晚时分，盛宣怀一身疲惫地回到自己的府邸。晚饭已经备好，夫人还特地为他亲自下厨，烧了苏锡名菜松鼠鳜鱼、母油鸭、镜箱豆腐、鸡茸蛋，以犒劳老爷这一天非同寻常的辛苦。盛宣怀执杯举箸，一五一十地向贤内助述说试车的经过。

此刻，下人急匆匆禀报道："宫里的陈公公到！"

所谓"陈公公"不过是一个小太监。但盛宣怀不敢怠慢，立即丢下美馔佳肴，振衣整冠，准备接旨。却不料小太监送来的并非太后懿旨，而只是总管李连英的一封私人信件。盛宣怀急急展开，那信上说："回宫面奏车中景象后，皇太后交代：陈设如此华丽，应严促从行之人小心，不要毁坏了，以致增加赔累……"

盛宣怀读到这里，悬着的心总算放了下来，但也暗暗提醒自己：待皇太后谒陵安全回来，不出任何差错，才算圆满交差，在此之前仍然万万不可大意。

信的最后说："在上既有此恩旨，贵大臣当有所知。"

盛宣怀咂了咂嘴，重新看开头，"应严促从行之人小心，不要毁坏了……"，这自然体现了皇太后节俭之美德；但末尾"贵大臣当有所知"这句话是什么意思？若是说对他奖赏或是擢升，事情没办完，还不到时候，而且那语气也不大像。琢磨再三，不得要领。

送走了小太监，盛宣怀双眉微蹙，手捧信笺，在灯下徘徊。一个绝顶聪明的人竟解不开这个谜。盛夫人听他念念有词。不觉插嘴道："喔哟，格种意思还听不出？车上的东西你以为谒陵回来都归你了？那是要你哈马郎当一塌呱子统统都进献皇太后！"

"啊！"盛宣怀恍然大悟，喟然叹曰："愚斋，愚哉！费尽心机尚不及一妇人！"

他说的"妇人"，当然不是自个儿的老婆。于是他赶制了大批黄签，遍置"龙车"上的所有陈设，上书："臣盛宣怀恭进。"

原载《小说林》1995 年第 2 期

注：慈禧时代的清宫大内总管，俗称"李莲英"，其实此人原名李进喜，慈禧赐名"李连英"，没有草字头，李连英墓碑也是如此。今依此说，文中涉及此人，一律写作"李连英"。